mtb

Der Preis dieses Bandes versteht sich einschließlich
der gesetzlichen Mehrwertsteuer.

Umwelthinweis:
Dieses Buch wurde auf chlor- und säurefreiem Papier gedruckt.

Tanja Noy

Höllenfrost

Thriller

mtb

MIRA® TASCHENBUCH
Band 25841
1. Auflage: Juli 2015

MIRA® TASCHENBÜCHER
erscheinen in der HarperCollins Germany GmbH,
Valentinskamp 24, 20354 Hamburg
Geschäftsführer: Thomas Beckmann

Originalausgabe

Konzeption/Reihengestaltung: fredebold&partner GmbH, Köln
Umschlaggestaltung: pecher und soiron, Köln
Redaktion: Thorben Buttke
Titelabbildung: Thinkstock/Getty Images, München; pecher und soiron, Köln
Autorenfoto: © Harlequin Enterprises S.A., Schweiz
Satz: GGP Media GmbH, Pößneck
Druck und Bindearbeiten: CPI books GmbH, Leck – Germany
Printed in Germany
Dieses Buch wurde auf FSC®-zertifiziertem Papier gedruckt.
ISBN 978-3-95649-187-0

www.mira-taschenbuch.de

Für Katja.
Immer.

TEIL 1

Zwei Jahre zuvor.

Oktober 2008
Sonntagmorgen, kurz nach 7:00 Uhr

Zander war als Erster am Tatort, der sich in einem Park befand, hinter einer Brücke mit einem Steinbogen und einem schmiedeeisernen Geländer. Die Kollegen hatten bereits sämtliche Eingänge abgeriegelt. Ein halbes Dutzend uniformierter Polizisten stand Schulter an Schulter innerhalb des abgesperrten Bereiches, um den Tatort so gut wie möglich vor neugierigen Blicken zu schützen.

Als Julia endlich bei ihm ankam, warf Zander einen ungeduldigen Blick auf seine Armbanduhr. „Das wird aber auch Zeit."

„Das ist eigentlich mein freies Wochenende." Sie deutete mit dem Daumen hinter sich auf eine Horde Schaulustiger, die sich alle Mühe gab, etwas von dem mitzubekommen, was sich hier abspielte. „Haben die alle kein Bett, in dem sie liegen können?"

„Das sind noch die Harmlosen. Für die wirklich Irren ist es noch zu früh." Zander schüttelte den Kopf. „Dabei wollen die das garantiert nicht sehen."

„Will ich es sehen?"

„Nein, aber du musst. Komm mit."

Sie gingen in Richtung Bach und überquerten die Brücke.

„Noch hast du Zeit für drei Ave-Marias", bemerkte Zander. „Als gutes katholisches Mädchen hilft es dir vielleicht."

Julia warf ihm einen kurzen Blick zu. „Das denke ich nicht."

Auf der anderen Seite des Baches gingen sie noch ein paar Meter, dann erstarrte Julia in der Bewegung.

Als hätte jemand auf einen Pausenknopf gedrückt.

Einen Moment hörte sie nur ihr Herz schlagen und das Blut in ihren Ohren rauschen. Sie schloss die Augen und zählte bis fünf, doch als sie sie wieder öffnete, war das Bild immer noch da.

Die Leiche war völlig verkohlt, und es stank erbärmlich. Das, was einmal ein Mensch gewesen war, saß aufrecht, mit dem Rücken an die Eisenstange eines Schildes gelehnt, welches darauf hinwies, dass Hunde diesen Teil des Rasens nicht betreten durften. Es hatte kaum mehr Menschliches an sich. Haare und Gesichtszüge waren weggebrannt, lediglich ein Rachen aus einem unvollständigen Gebiss war übrig. Jegliche Kleidung war zu Asche geworden. Die verkohlten Arme waren auf merkwürdige Art und Weise links und rechts zur Seite gestreckt, was es im ersten Moment wie eine besonders perverse Kreuzigung wirken ließ. Oder wie ein abstraktes Kunstwerk, das den Wahnsinn seines Schöpfers in die Welt schrie.

Jemand berührte Julia, sie wandte sich jäh um.

„Alles in Ordnung?“, fragte Zander.

Sie nickte.

„Ich rede mal mit den Kollegen. Du willst bestimmt ein bisschen eintauchen, oder?“

Noch einmal nickte Julia und sah ihm nach, wie er auf einen uniformierten Kollegen zuging und mit ihm sprach. Dann wandte sie sich wieder der Leiche zu, atmete tief durch und bereute es sofort. Sie blinzelte. Ein weiteres Leben war vorbei, ausgelöscht. Sie blinzelte noch einmal, schob das vertraute Aufwallen von Mitleid und Trauer an den Rand ihres Bewusstseins, zu all den anderen Gefühlen.

So stand sie einen Moment vollkommen still und betrachtete den Wahnsinn vor ihren Augen. Bei jeder neuen Leiche durchfuhr Julia derselbe Gedanke: Warum tun Menschen so etwas einander an?

Sie riss sich zusammen, konzentrierte sich auf den Tatort, und stellte fest, dass die Füße der Leiche von den Knöcheln abwärts erstaunlicherweise unversehrt waren, beide steckten noch in roten, hochhackigen Pumps. Den Rest der Beine hatte das Feuer zu dunklem Bernstein verfärbt, danach waren sie schwarz und von der Hitze rissig geworden.

Sie machte einen kleinen Bogen um die Leiche, suchte eine andere Perspektive. Wieder am Ursprungsort angekommen, ging sie in die Hocke und kniff die Augen zusammen.

„Und?", sagte Zander, als er ein paar Minuten später wieder bei ihr ankam. „Was denkst du?"

„Sieht aus wie eine Bühne", antwortete sie.

„Das dachte ich auch. Das hat was Rituelles."

„Hoffentlich nicht. Derart motivierte Mörder neigen dazu, es nicht bei einem Opfer zu belassen." Julia deutete auf die roten Pumps. „Wie hat er es geschafft, dass die Füße unversehrt geblieben sind?"

„Keine Ahnung." Zander zog ein Taschentuch aus der Innentasche seines Jacketts und fuhr sich damit über die Stirn. „Ich kann mir keinen Fall vorstellen, in dem ein Körper so verbrennen kann, ohne dass ein Brandbeschleuniger benutzt wurde. Ich tippe auf Benzin."

„Hmm. Und warum hat er sie an die Stange gelehnt, ehe er sie anzündete?"

„Er hat sie in Position gebracht."

„Aber warum?"

„Das werden wir den Mistkerl fragen müssen, wenn wir ihn haben."

Julia richtete sich auf und rieb sich über die Nase. Der Gestank setzte ihr immer mehr zu. „Wer hat die Leiche gefunden?"

„Eine Joggerin."

„Hast du mit ihr gesprochen? Hat sie etwas gesehen?"

„Ich konnte nicht mit ihr sprechen. Ich habe es versucht, aber sie steht unter Schock. Ich habe veranlasst, dass man sie in ein Krankenhaus bringt."

„Wann hat sie die Polizei alarmiert?"

„Um kurz nach sechs Uhr ging der Notruf ein. Als die Kollegen eintrafen, glühte noch die Asche."

„Das heißt, die Tat war einige Zeit zuvor geschehen."

Zander nickte, und Julia drehte sich einmal um die eigene Achse, ließ den Blick über das weitläufige Gelände schweifen. „Verbrennt sie genau hier, wo er sicher weiß, dass sie schnell gefunden wird. In einem öffentlichen Park. Ganz schön arrogant."

„Vielleicht eine Art Stellungnahme. So etwas wie: Seht her, was ich getan habe!"

„Könnte sein. Was haben wir sonst? Wissen wir, wer das Opfer ist?"

„Nein. Aber wir können wohl annehmen, dass es sich um eine Frau handelt. Die roten Pumps und die schmalen Füße sprechen zumindest dafür."

In diesem Moment meldete ein Kollege, eine Handtasche gefunden zu haben. Sie war klein und zylindrisch, goldfarben, mit gläsernen Steinen besetzt. Zander nahm sie entgegen, öffnete sie und fand darin einen hellroten Lippenstift, eine Puderdose, zwei Fünfzigeuroscheine und zwei Kondome. Keine Spur von Führerschein oder Ausweis. Ebenso wenig war ein Handy zu finden. „Hier ist noch was", sagte er und hielt eine kleine Goldmünze in die Höhe. „Die sieht ziemlich alt aus. Sieh mal, wie abgenutzt sie ist. Könnte ein Talisman sein. Etwas, das Glück bringen sollte."

„So viel zum Thema Glücksbringer." Julia wandte sich ab. Der Gestank war jetzt kaum noch auszuhalten. Ihr war schlecht.

Der Kollege, der die Tasche gefunden hatte, bemerkte in ihre Richtung: „Na, nimm dir das mal nicht so zu Herzen. Shit happens."

Julia hielt in der Bewegung inne und drehte sich zu ihm um. „Was hast du gerade gesagt?" Sie blickte ihm direkt in die Augen. „‚Shit happens?' Hast du das gerade gesagt?"

Der Name des Kollegen war Klaus Bartosch. Er öffnete den Mund, um etwas zu antworten, doch sie schnitt ihm mit einer Handbewegung das Wort ab. „Glaubst du, als die arme Frau mit Benzin übergossen und angezündet wurde, dachte sie sich: ‚Na ja, was soll's? Shit happens!'?"

Betreten sah Bartosch sich um. Die Blicke der umstehenden Kollegen waren auf ihn gerichtet.

„Hier läuft irgendwo ein Mensch herum, dem es nicht das Geringste ausmacht, einen anderen Menschen mit Benzin zu übergießen und anzuzünden. Begreifst du, was das bedeutet? Nein, tust du nicht, sonst würdest du nicht solch einen unfassbaren Schwachsinn reden."

„Ich ..."

„Ach, halt die Klappe." Sie wandte sich ab und ließ ihn einfach stehen.

„Was, zum Teufel, ist dein Problem?", rief Bartosch hinter ihr her.

„Du", gab sie zurück, ohne sich noch einmal umzudrehen. „Typen wie du sind mein Problem. Du nimmst dieser Frau die Würde, genau wie ihr Mörder."

Kurz darauf war sie verschwunden.

„Die hat's dir aber gegeben", sagte jemand.

„Arrogante ... Kuh!", zischte Bartosch. „Die geht mir so was von auf die Nüsse!"

„Und vielleicht liegt genau darin dein Problem", bemerkte Zander. „Dass sie deine Nüsse mit Sicherheit nicht interessieren. Wie wäre es jetzt wieder mit Arbeiten?"

Bartosch warf ihm einen langen, undefinierbaren Blick zu, wandte sich ab und ging davon.

1. KAPITEL

Honesta turpitudo est pro causa bona

Donnerstag, 16. Dezember 2010
20:20 Uhr

Obwohl es draußen dunkel war, schaltete Julia das Licht im Hotelzimmer nicht ein. Langsam bewegte sie sich in Richtung Fenster, blieb dort einen Moment stehen, sah hinaus, schob eine Hand in die Hosentasche und ergriff ein zerdrücktes Zigarettenpäckchen. Es war leer. Sie knüllte es zusammen und warf es auf den Tisch neben sich.

Dann wandte sie sich um, ging ins Badezimmer, und erst jetzt schaltete sie das Licht ein.

Sie zog sich aus und stellte sich unter die Dusche.

Als sie zehn Minuten später wieder aus der Duschkabine stieg, verschleierte Dunst den Badezimmerspiegel. Nur vage erkannte sie die Umrisse ihres nackten Körpers, ihres Gesichtes, der halblangen dunklen Haare, des langen Ponys, der ihr über das linke Auge fiel … es glich alles einem Schatten. Aber durch die Mitte der Scheibe zog sich ein klarer Streifen, so als hätte jemand mit der Hand darübergewischt. Die Tätowierungen, das Gitarrenriff von Judas Priest auf ihrem rechten Unterarm; auf der Innenseite des rechten Oberarms die geschwungenen, lateinischen Buchstaben: *Lebe das Leben wahr;* der Drache, der ihren gesamten Rücken einnahm, vom Genick bis zum Steißbein. Das alles gab es schon lange, die Narben auf der linken Seite ihres Oberkörpers hingegen nicht. Eine befand sich knapp unterhalb des Herzens, die andere etwas tiefer. Sie waren gut verheilt und trotzdem nicht zu übersehen, weil sie etwas erhoben waren. Es war Julia nicht möglich, die beiden Narben zu vergessen, weil sie fast immer schmerzten. Ein Phantomschmerz, natürlich.

Narben schmerzten nicht, erst recht nicht nach acht Monaten. Trotzdem glaubte sie es zu fühlen, Tag für Tag.

Reglos stand sie weiter vor dem Spiegel, betrachtete ihr Ebenbild und versuchte gleichzeitig, sich darin zu finden. Ihr altes Ich. Vielleicht flammte da in ihren braunen Augen etwas auf, aber wenn, dann war es sofort wieder verschwunden. Sie hatte das Gefühl, ein ganz anderer Mensch zu sein, eine fremde Frau. Und genau genommen war es ja auch so. Immer neue Namen, immer neue Hotels, immer eine andere Person. Und doch stand sie hier.

Schließlich drehte Julia dem Spiegel den Rücken zu und trocknete sich ab.

Noch einmal – ein letztes Mal – versuchte sie, nachzuspüren, ob sie irgendeine Form von Zweifel oder Unschlüssigkeit in sich spürte. Doch sosehr sie auch ihre Seele durchforstete, überall stieß sie auf den festen, unerschütterlichen Entschluss, und sie befand, dass es jetzt wirklich an der Zeit war. Sie hatte lange genug darüber nachgedacht.

Es geht nicht anders, dachte sie.

Sie zog sich frische Sachen an, verließ das Badezimmer, ging zu ihrem Rucksack und holte ein neues Päckchen Zigaretten heraus. Sie entfernte die Folie und zündete sich eine an. Dann setzte sie sich aufs Bett, rauchte langsam und in tiefen Zügen. Sie beobachtete den Rauch, wie er sich in Richtung Decke bewegte, um sich dort in durchsichtigen Dunst zu verwandeln.

Als sie zu Ende geraucht hatte, griff sie nach ihrem Handy und wählte die Nummer.

22:44 Uhr

Vor dem Café wehte ein kalter, rauer Wind über jede Menge Gerümpel hinweg, das auf der Straße lag, über eine Mülltonne, die beinahe überlief, und über schwarze Säcke voller Abfall. Nur wenige Menschen gingen an Julia vorbei, die Köpfe gesenkt. Sie selbst hatte sich die Kapuze ihres Sweatshirts über den Kopf gezogen und den Kragen ihrer Jacke nach oben gestellt. Als sie die Tür öffnete, ließ sie eine heftige Windböe leicht wanken.

Im Inneren des Cafés waren die Wände mit Kiefernpaneelen vertäfelt, sodass man den Eindruck hatte, sich in einer großen Holzkiste zu befinden. Die Einrichtung war heruntergekommen, mit wackligem Mobiliar und unglaublich staubigen Plastikblumen auf den Tischen. Mit nur vier Gästen war hier nichts los, was man nach einem kurzen Rundumblick auch sehr gut verstehen konnte.

An einem der Tische saß eine mittelgroße Frau mit einem grauen Pferdeschwanz. Sie blinzelte kurz, als Julia eintrat, und hob eine Hand. „Hier."

„Danke, dass Sie sich mit mir treffen", sagte Julia und setzte sich ihr gegenüber.

„Ich hatte gehofft, dass Sie sich noch einmal bei mir melden würden", gab Paula von Jäckle zurück. „Ich hatte große Angst um Sie – und habe es noch. Deshalb hatte ich mich im letzten Sommer mit ihrem alten Kollegen Zander in Verbindung gesetzt."

„Ich weiß. Er hat mir davon erzählt."

„Haben Sie ihm geglaubt?"

„Ich wollte es nicht, wollte es lange nicht wahrhaben." Julia machte eine kleine Handbewegung. „Was soll ich sagen? Sie sind ein Medium und …"

„Immerhin nennen Sie mich jetzt nicht mehr Wahrsagerin." Paula lächelte dünn.

„Sie wissen, was ich davon halte."

„Allerdings. Das weiß ich."

„Andererseits hatten Sie bisher mit allem recht, was Sie sagten." Julia atmete tief durch. „Ich weiß inzwischen, dass mein Vater ermordet wurde und dass seine Mörder nun, über zwanzig Jahre später, hinter mir her sind. Aber egal, was ich auch tue, ich laufe gegen eine unsichtbare Mauer. Egal, wo ich grabe, ich stoße auf Beton. Also bitte, ich höre Ihnen zu. Erzählen Sie alles, was Sie mir sagen können."

Paula nickte. „Ich kann Ihnen sagen, dass Sie es mit einer Organisation zu tun haben." Sie brach ab und korrigierte sich schnell: „Nein, das ist nicht das richtige Wort dafür. Nennen wir sie ... eine Wesenheit."

Julia blinzelte. „Eine *was*?"

„Man könnte sie auch eine Geheimgesellschaft nennen. Eine Verbindung. Sie verkörpern nicht nur das Böse, sie *sind* es. Ich weiß nicht, woher sie kommen, aber ich weiß, dass es sie gibt. Und dass es mächtige Leute sind. Brutale Leute. Sie verfügen über gewaltige Macht, und sie töten ohne Skrupel."

„Reden wir hier von einer Art Mafia?"

„Nein. Das, worüber wir hier reden, ist etwas ganz anderes. Diese Menschen haben Geld und Macht, ja, aber das ist für sie nur Mittel zum Zweck, um ein anderes, ein größeres Ziel verfolgen zu können."

„Welches?"

Paula legte die Hände wie zum Gebet vor den Mund. „Ich hatte Ihnen im April, in Wittenrode, bereits gesagt, dass es zwei Mächte auf dieser Erde gibt, die einen ewigen Kampf gegeneinander führen: Gut und Böse."

„Ich erinnere mich."

„Betrachten wir es als eine langwierige Partie Schach", sprach Paula weiter. „Das Schachbrett ist die Welt. Das Ziel ist der endgültige Sieg über die andere Seite."

„Und weiter?", sagte Julia. „Was habe ich damit zu tun?"

„Jeder von uns entscheidet sich irgendwann für eine der beiden Seiten. Für das Gute oder für das Böse."

„Ja, das habe ich schon verstanden, aber ..."

„Wie ich gerade sagte, diese Menschen sind das Böse. Sie aufzuhalten ist schwieriger, als mit bloßen Händen ein U-Boot zu bremsen." Paula ließ Julias Blick nicht los. „Sie, Frau Wagner, sind die Einzige, die sie aufhalten kann. Sie sind das Gegengift."

Julia saß einen Moment vollkommen still, dann lachte sie auf, sie konnte nicht anders. „Ja, klar. Wer sonst, wenn nicht ich?"

Paula sah sich im Café um, als hätte sie Angst, jemand könnte ihnen zuhören. „Ich ahnte es von Anfang an und habe es Ihnen damals in Wittenrode auch gesagt", wandte sie sich dann wieder an Julia. „Ich habe bereits in der ersten Sekunde Schatten um Sie herum gesehen. Schatten der Finsternis. Sie umhüllen Sie wie ein Mantel. Das ist der Grund, warum Sie hier sind. Und das ist der Grund, warum diese Menschen Sie ausschalten wollen."

Julia öffnete den Mund, schloss ihn wieder. Setzte dann noch einmal an: „Sie wollen mir ernsthaft erzählen, ich sei dazu auserwählt, gegen das Böse anzutreten?"

„Ja."

„Sie verstehen, dass ich spätestens jetzt wieder aufstehen und gehen würde, wenn Sie nicht meine letzte Hoffnung wären."

„Ja, das verstehe ich. Trotzdem ist und bleibt es die Wahrheit."

Hilflos hob Julia die Hände in die Höhe. „Warum ausgerechnet ich? Warum nicht jemand anders?"

„Ich denke, Sie kennen die Antwort darauf", sagte Paula.

„Nein. Ich kenne die Antwort darauf nicht."

„Dann müssen Sie sie bekommen. Aber nicht hier."

„Wo dann?"

„Sie müssen noch einmal zurück nach Wittenrode. In die alte Kapelle."

„Auf gar keinen Fall. Das können Sie vergessen."

„Sie haben keine Wahl, Frau Wagner." Paulas Blick war ernst. „Ich will Ihnen nicht mehr Angst machen als nötig, aber ich glaube, nicht nur Sie sind in Gefahr. Es geht auch um Ihre Freundin."

„Eva?"

„Ich glaube, dass sie sich in großer Gefahr befindet."

Sofort war Julia auf den Beinen. „Wenn Sie Eva etwas antun wollen, dann werde ich das verhindern."

„Aber dafür brauchen Sie die richtigen Waffen", sagte Paula schnell. „Und die richtigen Waffen sind in diesem Fall Antworten. Wenn Sie jetzt überstürzt handeln, werden Sie einen Fehler machen, und das werden Sie nicht überleben. Also bitte, setzen Sie sich wieder hin."

Eine Weile sahen sie sich in die Augen, dann ließ Julia sich langsam auf den Stuhl zurücksinken.

„Sie müssen sich Ihrer besonderen Kräfte und Fähigkeiten bewusst werden", erklärte Paula.

„Was reden Sie denn da? Ich besitze keine besonderen Kräfte oder Fähigkeiten. Und ich bin auch nicht hier, um die ganze verdammte Welt zu retten. Ich bin einfach nur … ich."

„Sie besitzen mehr, als Sie ahnen."

Ungeduldig schüttelte Julia den Kopf.

„Sie haben während Ihrer Zeit bei der Polizei viele tote Menschen gesehen, nicht wahr?"

„Das blieb bei der Mordkommission leider nicht aus."

„Nein. Natürlich nicht. Aber da ist noch mehr. Sie können sie spüren. Die Toten. Sie können ihre pulsierende Präsenz spüren."

Julia hob überrascht den Blick. „Woher wissen Sie das?"

„Sie waren vor allem deshalb so gut in Ihrem Beruf, weil Sie über genau diese Fähigkeit verfügen", sprach Paula weiter, ohne auf die Frage einzugehen. „Sie haben nie mit jemandem darüber gesprochen, aber so war es. Warum lehnen Sie es so sehr ab, darüber zu reden?"

„Weil es nichts ändern würde. Und weil es mit dieser Sache hier auch überhaupt nichts zu tun hat. Ich komme klar, auch ohne über den ganzen Kram zu reden."

„Sie sind bisher nur schwer damit klargekommen."

Einen Moment sahen sie sich in die Augen.

„Beschreiben Sie es“, forderte Paula dann.

„Es …“ Julia suchte nach den richtigen Worten. „Es ist wie … eine kalte Schwärze, die angefüllt ist mit Wimmern, herumhuschenden Schatten und dumpfem Stöhnen. Es geistert in meinem Kopf umher und lässt mich Dinge empfinden, Gefühle, die ich kaum beherrschen kann.“

„Wie äußert es sich?“

„Meistens in Albträumen. Aber manchmal sehe ich sie auch direkt vor meinen Augen. Tote Menschen.“ Julia hob die Hände in die Höhe. „Ich hab versucht, es zu ignorieren, aber es kam immer wieder. Irgendwann so präsent, dass ich dachte, ich drehe durch. Ich dachte, es ist nur noch eine Frage der Zeit, bis ich endgültig überschnappe. Dann dachte ich wieder, ich kriege es in den Griff, aber …“ Sie schnippte mit den Fingern. „Nein.“

„Haben Sie das alles erst gespürt und gesehen, nachdem Sie bei der Polizei angefangen hatten?“, wollte Paula wissen.

„Nein. Ich habe schon als Kind im Waisenhaus Dinge gesehen … Menschen … die niemand außer mir sehen konnte.“ Julia hob den Blick und sah Paula in die Augen. „Sie redeten mit mir. Ich habe sie nicht verstanden, aber ich hatte das sichere Gefühl, dass sie mir etwas mitteilen wollten. Ich habe versucht, zuzuhören, aber ich habe sie nicht verstanden.“

Paula nickte langsam. „Vielleicht weil es damals noch nicht an der Zeit war.“

Julia atmete tief durch und schwieg.

„Sie haben die Macht, in den Herzen der Toten zu lesen“, fügte Paula hinzu. „Sie können Dinge sehen und spüren, die andere nicht zu sehen und spüren vermögen. Das ist eine seltene Gabe, und sie wird Ihnen helfen, diesen Fall zu lösen. Sie werden die Mörder Ihres Vaters finden. Sie werden herausfinden, wer nun hinter Ihnen her ist. Und Sie werden diese Leute ausschalten. Aber nur, wenn Sie es zulassen, sich eingestehen, dass Sie anders sind. Dass Sie diese Fähigkeit haben. Und wenn Sie *jetzt* handeln."

„Sie können versuchen, was Sie wollen, ich werde nicht noch einmal in diese Kapelle gehen. Auf gar keinen Fall." Julia beugte sich nach vorne. „Wie stellen Sie sich das überhaupt vor? Was soll dort passieren?"

„Wir nutzen Ihre und meine Gabe, um die Antworten zu bekommen, die Sie brauchen."

Als Julia einmal mehr ungeduldig den Kopf schüttelte, seufzte Paula leise auf. „Ziehen wir noch einmal das Schachspiel heran. Es sind schon viele Menschen gestorben, was in den Augen ihrer Gegner aber nur dem Verlust von Bauern gleichkommt. Wenn Sie selbst nun zurück in die alte Kapelle gehen, dann machen Sie einen Zug mit dem Springer."

Als Julia nicht darauf antwortete, fügte Paula hinzu: „Aber was noch viel wichtiger ist: Mit den Antworten, die Sie dort erhalten, können Sie nicht nur sich selbst, sondern auch Ihre Freundin schützen."

Der Wind wehte quälend, schneidend, eiskalt über sie hinweg, während sie schweigend den Berg hinaufstiegen. Julia zog den Kopf zwischen die Schultern und wunderte sich, über wie viel Energie Paula von Jäckle verfügte. Sie hatte ihr Tempo zu keiner Zeit verringert, machte unablässig und zielsicher Schritt für Schritt nach oben.

Julia selbst hielt die Augen auf den Boden gerichtet und fragte sich, warum, zum Teufel, sie sich darauf eingelassen hatte.

„Wollen Sie darüber reden?", fragte Paula.

Ihre Worte ließen Julia aufblicken. „Worüber?"

„Über Ihre Ängste."

„Nein."

„Was meinen Sie, warum hat Wolfgang Lange damals ausgerechnet diesen Ort für seinen letzten Akt mit Ihnen ausgesucht?"

„Das wissen Sie selbst sehr genau. Weil er einen großen Ort dafür brauchte, einen mächtigen Ort. Er war Satanist. Was hätte sich da besser geeignet als eine Kirche?“

Paula nickte. „Und er wusste, dass Sie kommen würden.“

„Er hatte Eva. Natürlich wusste er, dass ich kommen würde.“ Julia verharrte in der Bewegung. „Wirklich, ich will das nicht tun.“

„Sie müssen, und Sie wissen es.“

Julia brummte etwas, das nicht zu verstehen war, und setzte sich wieder in Bewegung.

„Sie werden gewinnen“, sagte Paula nach ein paar weiteren Metern. „Weil Sie immer noch daran glauben.“

„Woran?“

„An den Schmerz und den Kampf und dass es das Ziel am Ende wert ist.“

Darauf bekam Paula keine Antwort von Julia.

Wenig später hatten sie die alte Kapelle erreicht. Im gespenstischen Licht des Mondes sah sie unheimlich aus, ragte aus dem Boden wie ein giftiger Pilz. Gleichzeitig wirkte sie aber auch ruhig und friedlich. Nichts deutete auf das hin, was hier ein paar Monate zuvor geschehen war. Nichts deutete darauf hin, dass dies ein Ort war, an dem die Sonne niemals wieder auf- oder unterging.

Julia war seitdem nicht mehr hier gewesen. Hier nicht und auch in keiner anderen Kirche. Sie legte keinen Wert darauf, sich mit Gott auszusöhnen. Jedenfalls nicht, bevor Gott seine Schuld bei ihr beglichen hatte, und da dies mit ziemlicher Sicherheit nie der Fall sein würde, war eine Aussöhnung praktisch ausgeschlossen.

„Ich gehe zuerst hinein“, sagte Paula. „Sie warten, bis ich Ihnen Bescheid gebe. In Ordnung?“

„Wenn es sein muss.“

„Es ist das einzig Richtige. Alles muss zur rechten Zeit und in der richtigen Reihenfolge geschehen. Sonst wird es keine Wahrheit geben.“ Paula blickte zum Eingang der Kapelle. „Bringen wir es hinter uns.“

Julia nickte langsam. Eine Art passive Akzeptanz. Sie beobachtete, wie Paula auf die Tür zuschritt und wenig später im Inneren verschwunden war.

Der Wind begann immer heftiger und eisiger zu wehen. Jedes noch so kleine Geräusch erschien mit einem Mal hundertfach verstärkt, und jedes einzelne ließ Julia zusammenzucken.

Was für eine beschissene Idee.

Etwas Unheilvolles lag in der Dunkelheit um sie herum, sie spürte es deutlich: Die kahlen Bäume, die ringsum aufragten, deren Äste wie knochige Finger wirkten; der gewaltige Schatten der Burg auf der linken Seite, das klobige Gebäude des Waisenhauses auf der rechten, das alles nahm geradezu bedrohliche Formen an.

Julia sah auf die Uhr, zehn Minuten vor Mitternacht. Sie zündete sich eine Zigarette an, rauchte, ohne die Tür zur Kapelle aus den Augen zu lassen.

Warum kam von Paula nichts mehr?

Als sie zu Ende geraucht hatte, machte Julia drei Schritte auf die Kapelle zu. „Frau von Jäckle?“

Keine Antwort.

Sie wusste nicht, was sie tun sollte, starrte einen Moment die Tür an.

Dann machte sie zwei weitere Schritte, schob die Tür auf und trat ins Innere der Kapelle.

Es ist bitterkalt. Das war ihr erster Gedanke.

Julia stand am Ende des Kirchenschiffes, das zum Altar führte. Dort brannten ein paar Kerzen. Schatten drängten sich in den Ecken. Der Altar selbst war nur ein ausgehöhlter Ring in der Finsternis.

Ein Lufthauch regte sich und ließ die Kerzen flackern, dann hörte sie Paula von Jäckles Stimme: „Frau Wagner, ich bin hier. Kommen Sie zu mir."

Julia hatte keine Ahnung davon, was sie erwartete, sie ging einfach weiter, ehe sie ihre Meinung ändern konnte. Die verschiedenen Gerüche, die mit jedem Schritt mehr auf sie einströmten, waren so intensiv und überwältigend, dass sie glaubte, sie würde sich direkt auf die Vergangenheit zubewegen.

„Kommen Sie zu mir", sagte Paula noch einmal.

Julia blieb stehen, bewegte sich nicht. Wie lange? Sekunden? Minuten? Sie hätte es nicht sagen können. Dann setzte sie sich wieder in Bewegung und blieb schließlich bei Paula stehen. Sie sah, dass diese fünf Karten nebeneinander auf den Boden gelegt hatte, allerdings konnte sie nicht erkennen, was für Abbildungen sich darauf befanden, dafür war das Licht von ihrer Position aus nicht hell genug.

„Haben Sie die für mich gelegt?", wollte sie wissen.

Paula nickte.

„Und was bedeuten sie?"

„Die erste Karte sagt, dass überall Augen sind. Was bedeutet, dass eine Menge Leute nach Ihnen suchen. Die zweite Karte deutet auf Neid hin. Jemand will haben, was Sie haben."

„Ich wüsste nicht, worum man mich beneiden könnte", bemerkte Julia.

„Die dritte Karte bedeutet Verwirrung", redete Paula weiter. „Es wirbelt alles um Sie herum, und Sie wissen nicht, was Sie tun sollen."

„Das stimmt allerdings."

„Die vierte Karte zeigt mir, dass Sie eine Reise machen werden. Und es sieht nicht so aus, als würde es ein Urlaub werden. Da ist eine Menge Schwarz. Genau genommen ist alles schwarz."

„Schwarz bedeutet Unglück, oder nicht?"

„Manchmal. Es kann Unglück bedeuten und Traurigkeit. Allerdings ist bei der fünften Karte wieder alles weiß. Was bedeuten kann, dass nach all dem Schwarz eine Zeit ohne Probleme kommt. So als würden Sie die Wolken durchbrechen und den blauen Himmel erreichen."

„Sie sagen *kann*", hakte Julia nach. „Was kann es noch bedeuten?"

Paula hob den Blick. „Manchmal bedeutet eine weiße Fläche nach so viel Schwarz auch, dass der Mensch im Himmel ist. Makellos weiß."

„Also tot."

„Ja, tot."

„Und dieser Mensch bin ich?"

Paula nickte langsam. „Aber, wie gesagt, es kann auch …"

„Das heißt, die Karten sagen, dass ich am Ende entweder tot oder noch am Leben bin", fasste Julia zusammen.

„Ja."

„Danke. So weit war ich vor zehn Minuten auch schon." In einer einzigen Bewegung drehte Julia sich in Richtung Tür. „Ich habe es mir gerade anders überlegt. Ich habe mich entschieden, dass ich Wichtigeres zu tun habe, als mir diesen Schwachsinn anzuhören. Ich bin nicht hierhergekommen, um mit Ihnen Halloween zu feiern, Frau von Jäckle. Und auch nicht, weil ich auf einem Besen reiten kann. Ich gehe wieder und suche nach Eva. Wenn ihr etwas passiert, drehe ich nämlich endgültig durch."

„Glauben Sie wirklich, Sie können allein mit Ihrer Schusswaffe verhindern, dass ihr etwas passiert?", fragte Paula in ihren Rücken.

Julia blieb stehen, wartete einen Moment, dann drehte sie sich noch einmal um. „Ja. Das glaube ich allerdings. Denn das habe ich gelernt – zielen und abdrücken. Glauben Sie mir, wenn ich Ihnen sage, dass ich das wirklich gut kann." Sie machte wieder einen kleinen Schritt auf Paula zu. „Und jetzt sage ich Ihnen noch etwas: Ich gebe ja zu, dass mit mir nicht alles in Ordnung ist. Dass sich in meinem Kopf Dinge abspielen, die sich bei anderen mit Sicherheit nicht abspielen. Aber das hat ganz bestimmt nichts mit Gut und Böse zu tun. Und auch nicht mit dem, was letzten April hier in dieser verdammten Kapelle geschehen ist. Und erst recht hat es nichts mit irgendwelchen ... Wesenheiten zu tun. Was Sie da in Ihren Karten lesen, das ist ein Witz." Damit klappte Julia den Mund zu und wandte sich erneut in Richtung Tür.

„Glauben Sie, Sie sind jetzt schon in der Lage, das beurteilen zu können?", fragte Paula.

Auf ein Neues blieb Julia stehen. „Ja." Als sie sich ein weiteres Mal umdrehte, funkelten ihre Augen im Dämmerlicht. „Und wo wir schon dabei sind, sage ich Ihnen jetzt noch etwas: Gut und Böse können überhaupt nicht gegeneinander antreten, denn *Gut* würde ja bedeuten, dass es einen Gott gibt, und das alleine ist schon völliger Schwachsinn."

„Sind Sie da ganz sicher?"

„Oh ja. Gott ist nur ein kranker, grausamer Witz. Da oben im Himmel ist niemand, der uns beschützt. Und wenn er doch existiert, dann interessiert sich Gott einen Scheiß für die Menschen. Er sieht zu, wie sie leiden und sterben, und er tut nicht das Geringste, um ihnen zu helfen. Warum nicht?" Julia warf die Hände in die Höhe. „Tja, darüber können wir nur spekulieren. Ich weiß nur, dass wir uns den Mund fusselig beten und flehen können, so viel wir wollen, und trotzdem wird er uns nicht helfen. Gut gegen Böse, sagen Sie? Dann soll er sich doch gefälligst selbst darum kümmern. Ich hab damit jedenfalls nichts zu tun. Ich habe alles gesagt. Ich bin weg."

„Frau Wagner", sagte Paula von Jäckle leise. „Es ist jemand hier."

Julia verharrte in der Bewegung. „Wer?"

„Spüren Sie es nicht? Spüren Sie nicht diese Kälte, die bis in die Knochen zieht?“

Doch. Julia spürte es. Sogar sehr deutlich. Die Luft um sie herum schien plötzlich eisiger und dicker zu werden. Ein Schauder durchfuhr sie, fast so stark wie ein Stromschlag, sie spürte ihn förmlich durch Arme und Nacken fahren. Sofort schlugen alle Instinkte in ihr Alarm. Warnten sie. Doch sie kamen zu spät. Wie aus heiterem Himmel tauchte ein Blitz vor ihren Augen auf, und bevor sie wusste, wie ihr geschah, verschwand Paula von Jäckle aus ihrem Blickfeld. Stattdessen tauchte eine andere Gestalt vor ihren Augen auf. So reglos, dass sie nichts als eine Verdichtung der Finsternis zu sein schien.

Das kann nicht sein! Julia blinzelte. *Das ist unmöglich!*

Aber sie sah ihn klar und deutlich vor sich, sah, wie er die Hand nach ihr ausstreckte.

Pastor Jordan.

Sie wich zurück. „Hau ab! Verschwinde!“ Doch falls er die Worte gehört hatte, so sie sie denn tatsächlich ausgesprochen hatte, nahm er keinerlei Notiz davon. Im Gegenteil, er kam nun einen Schritt näher. Und was er dann sagte, knallte wie Gewehrschüsse durch die kleine Kapelle: *„Honesta turpitudo est pro causa bona.“*

Kaum hatte er es ausgesprochen, spürte Julia, wie alles in ihr zu vibrieren begann. Stechende Schmerzen jagten durch ihren Körper. Sie hörte ein leises Wimmern. Wirklich nur sehr leise, aber es war trotzdem deutlich zu vernehmen. Es war hinter ihr.

Sie fuhr herum und sah Eva an dem schwarzen Kreuz hängen.

Bitte, lass mich nicht sterben …

„Das kann nicht sein! Das kann nicht sein! Das kann nicht sein!“ Dieses Mal hörte Julia, wie sie es aussprach.

Das Bild vor ihren Augen zerfiel, Eva am Kreuz löste sich auf, formte sich zu einer anderen Person.

Julia blinzelte. *Sandmann.* Sandmann lag mit aufgeschnittener Kehle auf dem Altar. Sie blinzelte noch einmal, bemerkte aus den Augenwinkeln einen Schatten. Erneut fuhr sie herum und stand Wolfgang Lange gegenüber.

Du hast den wahren Teufel übersehen, Julia.

Und dann, so schnell wie er aufgetaucht war, verschwand er auch wieder. Dafür tauchten andere Gesichter vor ihren Augen auf. Immer mehr Gesichter. Menschen aus der Vergangenheit. Menschen aus der Gegenwart. Eine endlose Abfolge von Bildern. Wie in einem Kaleidoskop wechselten und veränderten sich die Gesichter, die Farben und die Formen.

Dann hörte sie Stimmen. Fragmente von Wörtern und Sätzen, die durch ihren Kopf hallten. Und gerade als sie dachte, es nicht mehr auszuhalten, wurde es auf einmal ganz still.

Einen Augenblick lang tat sich gar nichts.

Dann eine weitere Stimme, seltsam vertraut, irgendwie bekannt und doch wieder nicht.

Ich werde mir dein Herz holen, Prinzessin.

Es ist in deinen Kopf, in deinen Leib, in deine Knochen geschrieben.

Du kannst nicht gewinnen.

Von irgendwo ertönte ein Grollen, wie Donner. Der Boden unter Julia schien sich zu bewegen. Sie wankte. Dann Paula von Jäckles Stimme: „Kommen Sie zu sich!“

„Sind Sie in Ordnung?“

Julias keuchender Atem riss Löcher in die Stille der Kapelle. Sie stemmte die Hände auf die Knie, in ihren Lungen stach es, als wäre sie gerade in fünf Minuten drei Kilometer gelaufen.

Es dauerte noch einen Moment, dann nickte sie.

Paula legte eine Hand auf ihre Schulter. „Sie glauben nicht, wie froh ich bin, dass es Ihnen gut geht.“

„Und Sie glauben nicht, wie froh ich bin, wenn ich von hier wieder verschwunden bin." Dafür, dass sie sicher war, unter Schock zu stehen, kamen die Worte erstaunlich klar und deutlich aus Julias Mund. „Lieber Himmel, ich war mir gerade sicher, dass mich jede Sekunde der Schlag trifft."

„Dasselbe befürchtete ich für mich auch, das können Sie mir glauben." Paulas Blick taxierte sie. „Was haben Sie gesehen?"

„Pfarrer Jordan. Er stand vor mir, in voller Größe."

„Was hat er zu Ihnen gesagt?"

„Er sagte: *Honesta turpitudo est pro causa bona.*"

Paula formte den Satz mit den Lippen nach. „Sie wissen, was das bedeutet?"

„Ich war beschissen in Latein, aber das krieg ich gerade noch so zusammen." Julia rang immer noch nach Atem. *„Für eine gute Sache ist Schande ehrenvoll."*

„Ein brillanter Satz. Einprägsam und gleichzeitig vieldeutig."

„Und was will er mir damit sagen?"

„Das müssen Sie leider selbst herausfinden. Wen haben Sie noch gesehen?"

„Eva, Sandmann und Wolfgang Lange."

„Sie habe ich ebenfalls gesehen. Aber es war noch eine weitere Person anwesend, nicht wahr?"

„Ich habe noch eine Stimme gehört. Die Stimme eines Mannes. Ich bin mir sicher, dass ich sie kenne, dass ich sie schon einmal irgendwo gehört habe. Aber ich erinnere mich nicht. Wer war das?"

„Jener Mann, der Ihren Tod will."

„Ja, das habe ich schon verstanden. Er hat es klar und deutlich zum Ausdruck gebracht. Aber hat er auch einen Namen?"

„Ich habe ihn nur als den ‚Zaren' in den Karten gesehen."

Als Julia fragend die Augenbrauen in die Höhe hob, lächelte Paula dünn. „Ich sehe, Sie kennen sich aus in Dämonologie."

„Ich bin in einem katholischen Waisenhaus aufgewachsen. Der Zaren ist der Dämon der sechsten Stunde, der Geist der Rache."

„Richtig." Paula nickte. „Und eben das ist er. Böse und skrupellos und von Rache getrieben."

„Und warum hat er es ausgerechnet auf mich abgesehen?"

„Das hatte ich Ihnen bereits erklärt. Weil nur Sie ihm gefährlich werden können. Nur Sie können ihn ausschalten."

„Warum nur ich?"

„Sie alleine sind ihm ebenbürtig."

„Verdammte Kacke." Julia atmete tief und verzweifelt durch.

„Sie müssen es annehmen", fügte Paula hinzu, „sonst haben Sie keine Chance. Er ist längst auf dem Weg zu Ihnen, auf den verschiedensten Wegen. In Form von verschiedensten Personen. Vergessen Sie niemals, dass er nicht fair spielt." Sie suchte Julias Blick und hielt ihn. „Sie haben soeben alle Hinweise erhalten, die Sie brauchen. Sie müssen sie nur richtig zusammensetzen. Sie müssen verstehen. Aber vor allem, Sie müssen es annehmen. Dann können Sie gewinnen. Haben Sie das verstanden, Frau Wagner?"

Julia schwieg.

„Frau Wagner?"

„Ja", sagte Julia. „Annehmen. Zusammensetzen. Ausschalten." Sie wandte sich ab. „Ich werde es versuchen. Aber zuerst muss ich Eva finden."

2. *KAPITEL*

Was ist los?

Samstag, 18. Dezember 2010
08:07 Uhr
Weidling

„Wo, zum Teufel, steckst du?“

„Ich bin im Schwarzwald.“

„Was, bitte schön, tust du im Schwarzwald?“

Bibbernd blickte Eva Haack aus der Frontscheibe ihres Wagens. Das war also das Unwetter, das der Wetterbericht angekündigt hatte. Die Wolken wirkten dick und unbeweglich wie eine nasse Bettdecke, der Wind pfiff, der Schnee fiel nicht, nein, er stürzte geradezu vom Himmel, und dazu war es so kalt, dass trotz dicker Kleidung jede Bewegung anstrengend werden würde. Hätte sie nicht dringend ihre Medikamente gebraucht, Eva hätte ihr sicheres Domizil an diesem Morgen garantiert nicht verlassen. Unter gar keinen Umständen hätte sie den Weg ins Dorf auf sich genommen. So aber war sie gezwungen, die Apotheke aufzusuchen, und gerade in dem Moment, in dem sie den Wagen geparkt hatte und aussteigen wollte, piepste das Handy. Sie hatte es aus ihrer Handtasche gezogen und das Gespräch angenommen. Und das hatte sie jetzt davon.

„Was, bitte schön, tust du im Schwarzwald?“, wiederholte Robert am anderen Ende.

„Ich muss nachdenken“, gab Eva zurück. „Wichtige Entscheidungen treffen.“

„Aha. Und sagst du mir auch, um welche Art von Entscheidungen es sich dabei handelt?“

„Ich werde mich scheiden lassen, Robert.“

„Was?“

„Hör zu ...“ Eva atmete tief durch. „Wir haben es versucht. Aber es ist einfach zu viel passiert.“

„Und anstatt mir das ins Gesicht zu sagen, haust du einfach ab und fährst von Hamburg bis in den Schwarzwald? Was ist los mit dir, Eva? Wir sind fünf Jahre lang verheiratet. Ich finde, ich habe ein bisschen mehr verdient als das. Wir lieben uns doch.“

„Du machst es dir leichter, wenn du dich einfach damit abfindest.“

„Ich werde mich nicht damit abfinden. Was du gerade tust, ist hilfloses Handeln. Verzweiflung. Natürlich, du hast in den letzten Monaten viel durchgemacht ... und tust es noch, aber das geht doch jedem einmal so.“

„Es wurde aber nicht jeder lebendig an ein Kreuz genagelt.“

Robert schwieg, während Eva es schon wieder deutlich vor sich sah: Wolfgang Lange; die alte Kapelle; das riesige, auf dem Kopf stehende Kreuz; die Nägel, die er durch ihre Hände und Füße geschlagen hatte. Wie sollte man das je wieder vergessen? Man konnte die Erinnerung daran nicht einfach mit Seife abwaschen, und alles war wieder gut. Sie musste damit leben, er nicht. Für einen so selbstbewussten und beherrschten Menschen wie sie war das Gefühl der Machtlosigkeit geradezu erdrückend. Sie fühlte sich beschädigt, in sich selbst isoliert. Mehr als einmal glaubte sie, kurz davor zu sein, den Verstand zu verlieren.

„Hör mir zu“, sagte Robert in ihre Gedanken. „Ich weiß doch, dass das alles nur Abwehrmechanismen sind. Mauern, die du um dich herum aufgebaut hast, um dich zu schützen. Aber doch nicht vor mir. Lass mich wieder in dein Leben. Wir können es zusammen schaffen. Wir ...“

„Selbst wenn ich es wollte“, fiel Eva ihm ins Wort, „ich würde nie wieder die werden, die ich einmal war. Dafür ist einfach zu viel passiert.“

„Ich werde dir helfen, darüber hinwegzukommen.“

„Das muss ich leider ganz alleine tun."

Jetzt hob Robert die Stimme ein wenig an. „Wenn diese furchtbare Geschichte nicht passiert wäre, dann würden wir uns jetzt nicht trennen. Wir wären ewig zusammengeblieben."

„Das wissen wir nicht."

„Ich weiß es. Das hätte dieser Mistkerl dir nicht antun dürfen. Und *sie* hätte dich niemals in diese Sache hineinziehen dürfen. Es ist allein *ihre* Schuld."

„Robert, bitte ...", setzte Eva an.

„Von mir lässt du dich scheiden, aber *sie* nimmst du weiter in Schutz."

„Hör bitte auf."

„Warum hat sie es nicht verhindert?"

„Sie konnte es nicht verhindern. Es war nicht ihre Schuld."

„Siehst du! Du tust es schon wieder! Du nimmst sie in Schutz!"

„Ich denke, wir sollten das Gespräch besser beenden, bevor ..."

„Bevor *was*?" Robert feixte. „Bevor es mit mir durchgeht?"

„Bevor nur noch Scherben übrig sind."

„Sie hat immer zwischen uns gestanden", redete er unbeeindruckt weiter. „Immer."

„Das ist nicht wahr."

„Ach, hör doch auf, Eva, natürlich ist es wahr. Dein ganzes Tun und Handeln kreist um sie, selbst wenn sie gar nicht da ist. Vielleicht ist es dir nicht bewusst, aber genauso ist es. Auch wenn du es nicht aussprichst, ist sie trotzdem immer in deinen Gedanken."

„Das ist Blödsinn!", fuhr Eva auf.

„Warum bist du im April überhaupt nach Wittenrode gefahren?"

Ein jäher Windstoß blies um den Wagen, Eva spürte ein Erzittern, ein tiefes Beben, das ihr bis tief in die Knochen fuhr.

„Ich wollte an Kerstins Beerdigung teilnehmen", antwortete sie. „Das hatte mit Julia überhaupt nichts zu tun. Du bist auf eine Person eifersüchtig, die du nicht einmal persönlich kennst."

„Ich muss sie nicht persönlich kennen. Ich habe Augen, und ich habe Ohren. Und ich weiß, was ich weiß."

Eva atmete tief durch. „Julia und mich verbindet eine schwierige Kindheit, das kann man nun mal nicht vergessen. Den Rest allerdings, den spinnst du dir zusammen." Sie richtete sich etwas auf. „Es hat tausend Gründe, warum unsere Ehe gescheitert ist, Robert, aber es hat ganz bestimmt nichts mit ihr zu tun. Ich werde jetzt auflegen."

„Du willst es also tatsächlich beenden?"

„Ich habe alles gesagt. Es tut mir wirklich leid."

Damit drückte Eva das Gespräch weg, legte das Handy zurück in ihre Handtasche und machte sich auf den Weg zur Apotheke.

Später würde sie sich an diese Minuten immer wieder erinnern.

Die letzten Minuten, ehe das völlige Chaos ausbrach.

Mainz

„Julia? Was ist verdammt noch mal los mit dir? Wir hatten eine Abmachung, erinnerst du dich? Du wollest dich gestern Morgen melden, hast aber bis jetzt noch nichts von dir hören lassen. Ich gebe dir jetzt noch genau fünf Stunden, wenn du dich dann nicht gemeldet hast, lasse ich dein Handy orten! Das ist mein Ernst! Du weißt genau, was für eine Scheißangst ich um dich habe!" Schnaubend klappte Zander das Handy zu und ging weiter mit großen Schritten den Flur des Krankenhauses entlang. Der Arzt, der am anderen Ende auf ihn wartete, begrüßte ihn kurz, wobei er den Kopf in den Nacken legen musste, denn Zander war ein Riese mit kurzen roten Haaren und einem überbreiten Körperbau. Seine Größe und seine Statur ließen unweigerlich alle, die mit ihm sprachen, respektvoll das Genick einziehen und die Stimme senken. Ein Geschenk für einen Polizisten bei der Kripo.

Der Arzt räusperte sich und blickte auf die Papiere in seiner Hand. „Also, was haben wir … Eine junge Frau, deren Namen wir nicht kennen, weil sie keine Papiere bei sich trug. Vermutlich Osteuropäerin, schätzungsweise zwanzig Jahre alt. Wurde heute Morgen gegen sieben Uhr dreißig eingeliefert. Kopf und Schultern waren blutverkrustet … was von einer tiefen Kopfwunde herrührt. Auf ihrem gesamten Körper finden sich Spuren von schwerer Folter … Außerdem befand sich eine getrocknete Blutspur an der Schenkelinnenseite und eine Wunde im Rektalbereich, die ist allerdings schon etwas älter." Von Zeit zu Zeit sah der Arzt zu Zander auf. „Dazu verschiedene Hämatome und Schnittwunden an Hand- und Fußgelenken. Die Haut über dem rechten Jochbein war aufgeplatzt. Sie wurde also schwer misshandelt und mehrfach, mit zeitlichen Unterbrechungen, vergewaltigt."

„Konnten Spermaspuren sichergestellt werden?", wollte Zander wissen.

„Nein, leider nicht." Der Arzt blätterte. „Dafür fanden sich Spuren eines Barbiturates in ihrem Blut. Wer immer der armen Frau das angetan hat, hat sie mit einer Droge außer Gefecht gesetzt. Vermutlich Ketamin. Ich nehme an, Sie möchten eine Kopie des Berichtes, Herr Kommissar?"

Zander nickte. „Sicher tauchen noch weitere Fragen meinerseits auf, aber für den Augenblick danke ich Ihnen." Er wandte sich ab und betrat das Krankenzimmer.

Die erste Amtshandlung, die er dann beging, war es, die Frau von den Plastikbändern zu befreien, mit denen ihre Handgelenke am Bettgestell fixiert waren.

Die Miene des jungen Kollegen neben ihm sprach Bände. „Das sollten Sie nicht tun, Herr Kommissar. Sie wird ausflippen, wenn sie zu sich kommt."

„Ich werde im Bericht festhalten, dass Sie mich gewarnt haben“, bemerkte Zander.

„Es ist Vorschrift. Wir kriegen das immer wieder gepredigt. Sie wird versuchen, sich die Infusionsnadel rauszuziehen, wenn …“

„Wenn sie gefesselt aufwacht, dreht sie erst recht durch.“ Zander deutete auf die kreisförmigen Schnitte an den Handgelenken der jungen Frau, die von festgezurrten Drähten zu stammen schienen. „Sie war weiß Gott genug gefesselt.“ Damit zog er sich einen Stuhl heran und setzte sich neben das Bett. „Ich bleibe hier. Sie sind abgelöst. Verschwinden Sie.“

Der junge Kollege nickte widerwillig und verließ das Zimmer, während Zander an ihrem Bett sitzen blieb und zusah, wie sie atmete.

Zur gleichen Zeit saß ein Mann namens Matthias Bartholomäus nur wenige Kilometer entfernt an seinem Küchentisch und starrte auf die Notizen vor sich. Er wusste, dass dies die letzten Minuten seines Lebens waren.

Eiskalte Minuten.

Er wandte den Kopf und starrte nach draußen ins weiße Nichts. Vor seinen Augen spielte sich ein Film ab – ein Film dessen, was er getan hatte.

„Was in dem Keller passiert, bleibt in dem Keller“, murmelte er.

Aber nein, aus Falsch konnte auch Richtig werden. Nichts war absolut. Zügig las er noch einmal den codierten Text, den er gerade geschrieben hatte. Er hatte sich die Verschlüsselung vor ein paar Monaten ausgedacht. Auf diese Weise konnte er seine Gedanken aufschreiben, ohne zu befürchten, dass es jemand las, der es nicht lesen sollte. Bereits als Teenager hatte er sich solche Codierungen ausgedacht. Doch die einfache Übersetzung des Alphabets war im Laufe der Jahre immer ausgefeilter geworden. Längst hatte er noch Zahlen und geometrische Figuren in das

Ziffernsystem eingebaut. Er bezweifelte, dass es vielen Leuten gelingen würde, diesen Code zu knacken – aber das war auch nicht nötig. Es sollte nur die richtige Person an die Informationen gelangen. Für den Fall der Fälle nannte er keine Namen, schrieb nur Initialen auf. Man konnte sie herausfinden, wenn man sich ein wenig Mühe gab.

Bartholomäus hoffte darauf, dass die Polizei sich Mühe geben würde, wenn es so weit war.

Er sah noch einmal aus dem Fenster.

Welche Strafe würde er wohl bekommen?

Er würde es schon sehr bald wissen.

Das Warten hatte bald ein Ende.

3. KAPITEL

Verrat und Zusammenhalt

Hannover

Auch für Jörg Grimm hatte an diesem Morgen zuerst nichts darauf hingedeutet, dass der Tag anders werden würde als die anderen, sah man davon ab, dass es in der Nacht angefangen hatte zu schneien und immer noch schneite. Immer mehr Schneeflocken fielen vom Himmel und legten sich auf die dicke Schicht, die bereits die Straßen, die Rasenflächen, die Spielplätze, die ganze Stadt Hannover bedeckte.

Jörg hatte sich gerade fertig angezogen und war auf dem Weg ins Büro, als es an der Wohnungstür klingelte. Sein erster Gedanke war, dass seine Freundin Yvonne ihren Schlüssel vergessen hatte, aber dann fiel ihm ein, dass das ja gar nicht sein konnte, weil Yvonne überhaupt nicht in Deutschland war.

Widerwillig, weil er eigentlich gar keine Zeit hatte, schritt Jörg zur Wohnungstür, und als er öffnete, schlug ihm ein Schwall kalter Luft entgegen. Ob das nun an der Kälte vor der Tür lag oder an der Gestalt seines Vaters, der davorstand, darüber konnte er nur spekulieren, auf jeden Fall verhieß sein Auftauchen nichts Gutes. Jörg verspürte sofort eine bekannte Gänsehaut auf den Armen, einen Stich im Magen und seinen schnellen Puls. Er sagte: „Ich hätte nicht gedacht, dass du hier auftauchen würdest."

Curt Grimm, etwas über sechzig, mit silbergrauen, perfekt frisierten Haaren und Augen von kühlem Grau, antwortete: „Hast du das gedacht oder gehofft?"

Jörg blieb in der Tür stehen. „Ich muss zur Arbeit."

„Es ist Samstag."

„Ich habe viel zu tun. Also bitte, fass dich kurz."

„Ich will, dass du mir sagst, wo Susanne steckt."

Als Jörg nichts darauf antwortete, fügte sein Vater hinzu: „Man hatte mich zu Anfang ihres Verschwindens darauf hingewiesen, dass du ihr vielleicht helfen würdest. Aber ich habe ihnen versichert, so dumm wärst du nicht. Ich habe gesagt, er wird keiner Frau, die aus der geschlossenen Psychiatrie ausgebrochen ist, dabei helfen, sich vor der Polizei zu verstecken. Auch nicht, wenn sie seine Schwester ist. So dumm ist er nicht. Habe ich mich getäuscht, Jörg? Habe ich mich wirklich so getäuscht?"

„Ich weiß nicht, was du meinst."

„Sie ist jetzt seit fast fünf Monaten verschwunden, und sie ist verdammt noch mal krank. Die Ärzte sagen, sie braucht dringend Medikamente. Wenn sie die nicht bekommt, kann niemand einschätzen, was passiert. Sie muss unverzüglich zurück in die Klinik."

„Wo du sie los bist, meinst du?"

„Hast du nicht verstanden, was ich gerade gesagt habe? Sie braucht *Hilfe*."

„Ich bitte dich, Vater", fuhr Jörg auf. „Du hast dich doch noch nie für das interessiert, was Susanne braucht. Warum jetzt auf einmal?"

„Wir sind immer noch eine Familie."

„Eine Familie? Lüg doch nicht. Dir geht es nicht um die Familie, dir geht es allein um dich und um deinen guten Ruf als Chefarzt." Jörg verschränkte die Arme vor der Brust. „Wo immer Susanne auch sein mag, ich wünsche ihr, dass sie eine faire zweite Chance bekommt. Ohne dich und deine verlogene Heuchelei."

„Es wird keine zweite Chance für sie geben", zischte sein Vater. „Sie war schon von Anfang an völlig neben der Spur. Wir haben wirklich alles versucht, aber es ist nie etwas dabei herausgekommen. Sie ist jetzt dreißig Jahre alt und schaffte es nicht einmal, einen vernünftigen Job zu bekommen, und das, obwohl sie zwei Sprachen studiert hat. Stattdessen färbte sie sich die Haare bunt und spielte in irgendwelchen lächerlichen Punkbands. Sie hat nur Ärger gemacht, so lange, bis sie schließlich im Irrenhaus landete. Nenn mir einen Grund, warum ich der Welt nicht helfen sollte, sich von ihr zu befreien und sie wieder dahin zurückzubringen, wo sie hingehört?"

Jörgs Blick wurde dunkel. „Du bist ein Ekel. Das warst du schon immer, und das wirst du immer bleiben."

„Ach ja? Habt ihr nicht immer alles bekommen, was ihr wolltet?"

„Und zu welchem Preis? Wenn wir geweint haben, waren wir erbärmlich, wenn wir zugestimmt haben, waren wir Schwächlinge. Haben wir nicht so funktioniert wie du es wolltest, dann waren wir undankbare, respektlose Schnorrer." Jörg machte eine kurze Pause. „Susanne hat immerhin versucht, sich gegen dich zu wehren, ganz im Gegensatz zu mir, und jetzt sagst du, dass sie nur Ärger gemacht hat und dass du sehen willst, wie sie wieder in der geschlossenen Psychiatrie verschwindet. Sie kann überhaupt nicht gewinnen. Wir haben bis heute noch nicht ein einziges Mal gegen dich gewonnen, Vater."

Herausfordernd sahen sie sich in die Augen, dann war es erneut Jörg, der sprach. Allerdings sagte er nicht viel. Er sagte nur: „Ich weiß nicht, wo sie ist. Und jetzt geh wieder."

Curt Grimm machte einen Schritt nach vorne, fasste nach dem Arm seines Sohnes und zischte: „Wie erbärmlich bist du eigentlich? Glaubst du, diese ganze Scharade wäre nicht zu durchschauen?"

„Ich habe keine Ahnung, wovon du sprichst. Lass mich los."

„Ich weiß, dass du ihr mit Geld geholfen hast. Vermutlich tust du das immer noch."

„Kannst du das beweisen?"

„Ich weiß es. Ebenso wie ich weiß, dass deine Freundin Yvonne in den letzten Wochen verdächtig oft nach Skandinavien gereist ist."

„Yvonne schreibt Reiseführer. Sie ist immer irgendwo unterwegs. Und jetzt lass mich, verdammt noch mal, los."

„Hältst du mich wirklich für so dumm, die Zusammenhänge nicht zu erkennen?"

„Lass mich los und verschwinde endlich."

Widerwillig zog Curt Grimm den Arm zurück. Dann wandte er sich um und trat zur Treppe. Dort drehte er sich allerdings noch einmal um. „Ich habe es der Polizei gesagt."

Jörg hob den Kopf. „Was hast du gesagt?"

„Ich habe ihnen gesagt, wo sie nach Susanne suchen sollen. In Skandinavien."

„Skandinavien ist groß. Da können sie lange suchen."

„Das sind Zielfahnder, Jörg. Das sind keine dummen Männer. Das solltest du nicht denken."

Jörgs Haut begann am ganzen Körper gleichzeitig zu jucken. Die Worte entwichen ihm, ehe er es verhindern konnte: „Du verrätst deine eigene Tochter?"

„Nein. Ich helfe ihr."

Damit stieg Curt Grimm die Treppe hinunter, während Jörg reglos in der Tür stehen blieb und sich fragte, ob sein Vater es tatsächlich fertiggebracht hatte, zur Polizei zu gehen und seine eigene Tochter zu verraten.

Als in der nächsten Sekunde der Wind eines der gekippten Fenster im Inneren der Wohnung mit Wucht zuschlug, kam ihm die Erkenntnis, dass nichts und niemand ihn je davon hätte abhalten können.

Norwegen

Interessanterweise schneite es in Norwegen an diesem Morgen nicht. Es regnete wie aus Kübeln. Aber selbst das war in dem Land ein grandioses Schauspiel. Eine ungewöhnliche Üppigkeit sättigte die Luft, während sich die Regentropfen wie ein gigantisches Tier mit unzähligen Beinen auf der Meeresoberfläche bewegten. Susanne beobachtete es fasziniert und stellte sich dabei die Frage, ob die Menschen, die hier aufgewachsen waren, das alles ebenso intensiv wahrnahmen, wie sie selbst es tat. Ob sie rochen, was sie roch. Denn Norwegen roch anders als alles, was sie bisher kennengelernt hatte. Irgendjemand hatte es einmal als Land Gottes bezeichnet, als kleines Eden, und vielleicht war da ja tatsächlich etwas dran.

Susanne blies in die Hände, um sie zu wärmen, blieb noch einen Moment ganz ruhig stehen, atmete tief ein und wieder aus.

Der Regen tut dir nichts. Hier tut dir nichts und niemand etwas. Niemand weit und breit, der dich einfangen und zurück in die Psychiatrie stecken will.

Wie um es sich selbst zu bestätigen, nickte sie einmal und schritt dann zum Haus zurück.

Bei der Veranda angekommen, glaubte sie, etwas zu spüren. Eine Bewegung hinter sich. Sie wandte sich um, aber da war nichts.

Sie setzte sich wieder in Bewegung und streckte die Hand aus, um die Terrassentür zu öffnen. Im Wohnzimmer angekommen, rieb sie sich die Arme. Draußen gab es jetzt ein Gewitter, ein Blitz zuckte, aber es war alles noch zu weit weg. So weit, dass sie den Donner nicht hören konnte. Dann ein weiterer Blitz über dem Meer, nur als weiches, warmes Licht wahrzunehmen. Trotzdem verlieh es dem verlassenen Küstenstreifen, den normalerweise nicht einmal die Touristen fanden – es sei denn durch einen großen Zufall –, etwas Gespenstisches.

Irgendwo im Haus klapperte eine Tür. Susanne ging herum, um zu überprüfen, um welche Tür es sich handelte. Als sie dabei am Badezimmer vorbeikam, trat sie für einen Moment ein, um sich im Spiegel zu betrachten. Ihre bunten Haare klebten nass am Kopf, ihre Haut war blass, und ihre Lippen wirkten blutleer. Sie klatschte sich mit der Hand ins Gesicht, um ein bisschen mehr Farbe zu bekommen. Vergeblich.

Schließlich gab sie es auf und ging zurück ins Wohnzimmer, wo sie das Powerbook aufschlug, das Yvonne ihr ein paar Wochen zuvor gebracht hatte.

Immer noch konnte Susanne die Schlagzeilen, die es in Deutschland über sie gab, nicht fassen. Glücklicherweise gab es nicht allzu viele Fotos von ihr. Jene, die es gab, zeigten sie jedoch mit starrem Blick, den Mund zu einem schmalen Strich zusammengepresst. Womit die Medien nur allzu bereitwillig unterstrichen: Susanne Grimm war eine irre und gemeingefährliche Person. Ansonsten gab es lediglich ein paar vereinzelte Schulfotos und einige wenige, auf denen sie zusammen mit der Band gezeigt wurde, in der sie jahrelang Bass gespielt hatte.

Susanne scrollte und fand einen Artikel, dessen Überschrift lautete: *Schwere Körperverletzung bei Punkfestival!*

Da hatte doch tatsächlich irgendein findiger Reporter eine längst vergangene Geschichte wieder ans Tageslicht gezerrt, in der sie nach einem Auftritt mit ihrer Band in eine Schlägerei geraten war. Susanne erinnerte sich noch sehr gut an den Vorfall, obwohl es bestimmt schon acht Jahre her war. Sie hatten auf dem Festival gespielt. Der Auftritt war zu Ende gewesen, und sie hatte sich an einem der Bierstände etwas zu trinken holen wollen. Ein Betrunkener war an sie herangetreten, hatte einen Arm um sie gelegt und gefragt, ob sie ihm einen blasen wolle.

Anstatt dem Typen sofort eine passende Antwort zu geben, hatte Susanne noch einmal nachgefragt: „Was hast du gerade gesagt?"

„Obduanmeinerwurstlutschenwillst?" Während er es nuschelte, versuchte er, sie anzutatschen, und fügte so etwas hinzu wie: „Geile Fotze."

Susanne war fest davon überzeugt, dass es keiner Frau dieser Welt gefallen hätte, von einem wildfremden Mann betatscht und dann auch noch Fotze genannt zu werden. Ihr auch nicht, weshalb sie dem Kerl ohne Ansatz ihr Knie zwischen die Beine rammte. Er sank stöhnend zusammen und hielt sich den Schritt.

Und dann ging auch schon alles ganz schnell. Freunde des Betrunkenen kamen hinzu und wollten sich auf Susanne stürzen. Deren Freunde kamen hinzu, um ihr zu helfen, und in Sekundenschnelle entwickelte sich eine Massenschlägerei. Am Ende warf sich einer der Ordner auf Susanne und drückte sie auf den Boden, bis die Polizei kam.

Das war nur eine von vielen veröffentlichen Geschichten, die – jede für sich – eigentlich nichts wirklich Großes waren, aber sie standen hier, in allen Details und für jeden zugänglich im Internet, und die Diagnose, die die Medien in Sachen Susanne stellten, variierten von aggressiv zu hochgefährlich, psychotisch oder schizophren. Durchgehend alle Zeitungen beschrieben sie als sehr intelligent – immerhin –, aber gleichzeitig auch als labil und äußerst gewaltbereit.

Und als die Zeitungen dann auch noch herausfanden, dass Susanne lesbisch war, gab es kein Halten mehr. Sie schreckten nicht einmal davor zurück, längst vergessene Exfreundinnen aus ihren Löchern zu zerren und zu Kommentaren zu bewegen. Im günstigsten Falle blieb es bei Kommentaren. In ungünstigen Fällen kamen ganze Artikel dabei heraus, wie der folgende, dessen Überschrift lautete: *Manchmal hatte ich regelrecht Angst vor ihr!*

In dem Artikel kam eine Exfreundin von Susanne zu Wort, Doris Serpikov, inzwischen eine mehr oder minder – mehr minder – erfolgreiche Modedesignerin, die berichtete, Susanne hätte sie während ihrer Beziehung bedroht und mehr als einmal in Angst und Schrecken versetzt.

Susanne konnte es nicht fassen. Die Beziehung war ewig her, damals waren sie zwanzig Jahre alt gewesen. Sie waren verliebt und hatten eine wirklich gute Zeit. Nie, nicht ein einziges Mal, hatte sie Doris bedroht. Warum hätte sie das tun sollen? Und doch stand es hier schwarz auf weiß. Der Artikel nahm fast eine halbe Seite ein.

Susanne überlegte. Wie lange waren sie und Doris zusammen gewesen? Vielleicht neun Monate. Dann hatte sie die Beziehung beendet. Doris hatte das damals sehr mitgenommen, aber konnte das allein der Grund für das hier sein?

Wie auch immer, nach unzähligen Berichten dieser Art war Susannes Name den regelmäßigen Zeitungslesern natürlich ein Begriff. Man untersuchte und überprüfte ihren persönlichen Hintergrund, veröffentlichte alles bis ins Detail, von der ersten harmlosen Prügelei in der Grundschule bis zur Behandlung in der geschlossenen Psychiatrie im letzten Sommer.

Susanne zog die Augenbrauen in die Höhe, als sie ein Interview mit Professor Doktor Ulrich Malwik entdeckte. Zwar erklärte er, er unterliege der Schweigepflicht und könne sich daher nicht zu einzelnen Patienten äußern, fügte aber dennoch hinzu, dass Susanne ein „sehr komplizierter Fall" sei, der dringend nach einer qualifizierten Behandlung verlange. Er bedauere zutiefst, dass ein Mensch fast mit dem Leben bezahlt hätte – damit meinte er das Schwein Egert –, ebenso wie er zutiefst bedauere, dass Susanne die Flucht aus der Klinik gelungen sei. Es bliebe nun nur zu hoffen, dass bis zu ihrer Ergreifung nicht noch mehr Menschen in Gefahr gerieten.

Susanne schüttelte den Kopf. Von Malwik hing damals ihre Zukunft ab; er sollte, nach endlosen Gesprächen und Untersuchungen, ein Gutachten über ihren Geisteszustand verfassen. Dieses Gutachten hätte dann über ihre weitere Zukunft entschieden, und nun konnte sie erahnen, wie diese Zukunft ausgesehen hätte. Der Psychiater nannte sie in dem Artikel eine

„unruhige" und „widerspenstige" Patientin. Einen Menschen, der alle Autoritäten infrage stellte und seine Emotionen nicht im Griff hatte.

Als Nächstes verfolgte Susanne die Charakterisierung ihres „Opfers": Helmut Egert. Er wurde in einer Abendzeitung eingehend porträtiert, und der Leser musste bei der Lektüre zu der Überzeugung gelangen, dass hier ein ehrenwerter Mitbürger nur knapp dem Tod entkommen war. Das abgedruckte Foto zeigte ihn wohlwollend lächelnd. Nichts deutete darauf hin, dass man sich vor diesem Mann besser in Acht nehmen sollte. Man beschrieb ihn als geachteten Steuerzahler, der sogar ehrenamtlich in einem Tierheim arbeitete.

Susanne verzog die Lippen zu einem dünnen Lächeln, welches ihr jedoch sofort wieder verging, als sie den Namen Lisa Vollrath las: die weibliche Hauptperson des Dramas; die Frau, die der ehrenwerte Mitbürger Egert hatte vergewaltigen wollen. Ihr widmete man vergleichsweise wenig Raum. Man schilderte sie als sympathische, zurückhaltende junge Frau, die sich nicht zu dem äußern wolle, was sich in jener Nacht im Hinterhof der Kneipe abgespielt habe.

Ausgerechnet die Frau, die die ganze Geschichte hätte aufklären können, wollte sich nicht dazu äußern. Susanne atmete tief durch und schüttelte den Kopf.

In dieser Sekunde klingelte das Handy, und sie zuckte zusammen. Jedoch nur für eine Sekunde, dann beruhigte sich ihr Herzschlag wieder. Niemand außer ihrem Bruder und Yvonne kannten die Nummer, also konnte es nur einer der beiden sein. Sie nahm das Gespräch an.

„Susanne? Hörst du mich?" Jörg schien völlig außer Atem. „Hör mir gut zu. Du musst mir gut zuhören. Du musst aus dem Haus verschwinden. Sofort."

Susanne hörte die Worte und spürte im selben Moment, wie etwas in ihr zusammenbrach. Ein Turm aus Hoffnungen, der im

Bruchteil einer Sekunde einstürzte und nichts als Angst hinterließ. „Was ist passiert?“, fragte sie.

Jörg antwortete nicht darauf. Stattdessen sagte er noch einmal: „Du musst aus dem Haus verschwinden. So schnell wie möglich. Hörst du mich? Du bist dort nicht mehr sicher. Pass gut auf dich auf.“

Die ganze Welt schien sich mit einem Mal wie wild um Susanne herumzudrehen. Ihr Puls pochte in Brust und Armen. Wenn Jörg sagte, dass sie verschwinden musste, dann musste sie das tun. Und zwar sofort. Mit zitternden Knien durchquerte sie das Wohnzimmer und betrat die Küche. Ihre Tasche, die immer zur Abreise gepackt war, lag auf dem Fußboden unter dem Küchentisch. Sie eilte darauf zu und griff danach. Als sie sich wieder aufrichtete und umdrehte, sah sie in den Lauf einer Pistole.

Susanne blieb das Herz stehen.

Der Polizist stand genau vor ihr, vielleicht einen Meter entfernt. „Keine Bewegung.“ Er sagte es auf Norwegisch, aber es war dennoch nicht falsch zu verstehen.

Susanne bewegte sich trotzdem. Sie wich zurück, stolperte und stieß gegen einen Stuhl.

„Keine Bewegung“, sagte der Polizist noch einmal.

Warum macht man die verrücktesten Dinge des Lebens? Weil man die Hoffnung noch nicht aufgegeben hat.

Allein aus diesem Grund griff Susanne, ohne noch einmal darüber nachzudenken, nach dem Stuhl hinter sich und schmetterte dem Polizisten das Möbelstück gegen den Kopf. Er fiel zur Seite, und sie taumelte rückwärts, weil der Schwung des Stuhles sie mitriss. Dann prallte der Mann auf dem Boden auf, und sie sprang durch das geschlossene Fenster.

4. KAPITEL

Was jetzt kommt, wird heftig werden

Schwarzwald

Nachdem sie die Apotheke wieder verlassen hatte, blieb Eva einen Moment stehen und benutzte ihren Inhalator, dann setzte sie sich erneut in Bewegung. Dicke Schneeflocken fingen sich in ihren hellroten Locken. Irgendwo bellte ein Hund, ansonsten war die Straße menschenleer.

Endlich wieder bei ihrem Wagen angekommen, durchsuchte sie den Inhalt ihrer Handtasche nach den Autoschlüsseln, fand sie, schloss auf und hatte sich gerade hineingesetzt und die Tür zugeschlagen, als sie von außen wieder aufgerissen wurde. Im Türrahmen erschienen die Umrisse eines Mannes. „Raus aus dem Wagen! Sofort!“

Starr vor Schreck, bewegte Eva sich überhaupt nicht.

Bereits in der nächsten Sekunde griff eine Hand in den Wagen, die sie herausziehen wollte. Sie wich zurück, drückte sich so tief in den Sitz, dass der Mann sich zu ihr hineinbeugen musste, um sie mit einer Hand am Mantel zu packen. Mit der anderen Hand drückte er ihr etwas an den Kopf. „Komm raus oder ich knall dich gleich hier ab!“

Eva spürte eine Waffe an der Stirn und immer mehr Eiseskälte in der Magengrube. „Wollen Sie Geld?“, fragte sie zitternd. „Ich habe etwa vierzig Euro …“

„Kein Geld. Raus aus dem Wagen! Sofort!“

Mit zittrigen Beinen stieg Eva aus. Ihr Herz hämmerte nur so gegen ihre Brust.

„Du gehst jetzt mit mir zu dem Kastenwagen dort drüben“, sagte er. „Und zwar ohne einen Mucks. Ein Trick von dir und ich knall dich ab. Kapiert?“

Eva bewegte sich trotzdem nicht. Denn wenn sie erst einmal in dem Kastenwagen war – das wusste sie instinktiv –, dann gab es keine Rettung mehr für sie.

„Soll ich dich gleich hier umbringen?“, schrie er sie an. „Willst du das, ja?“ Er drückte den Lauf der Waffe genau zwischen ihre Augen. „Macht mir nichts aus! Macht mir gar nichts aus! Ich knall dich gleich jetzt und hier ab, du dämliche …“

Er kam nicht dazu, den Satz zu beenden.

Obwohl sich das Folgende binnen weniger Sekunden abspielte, schien sich die Zeit mit einem Mal zu verlangsamen und dann fast zum Stillstand zu kommen: Etwas zischte an Eva vorbei, sie spürte es mehr, als dass sie es hörte, und der Mann schrie auf, was ein seltsames, krächzendes Geräusch war, das ihm in der Kehle stecken blieb. In der nächsten Sekunde – oder war es noch dieselbe? – blickte er mit ungläubigem Gesicht auf seine rechte Schulter und stellte fest, dass er blutete. Dann ließ er die Waffe fallen und kippte nach vorne. Noch im Fallen griff er nach Evas Mantel. Sie verlor den Halt und ging ebenfalls zu Boden. Sofort versuchte sie, wieder aufzustehen, rutschte aber mit den Schuhen im Schnee weg und kam erneut hart auf. Im nächsten Moment griff jemand unter ihre Schulter und zog sie mit Kraft nach oben. Eine Stimme zischte: „Wir müssen hier weg. Beeil dich. Komm.“

Eva wandte den Kopf und erkannte eine Gestalt in dunkler Daunenjacke und mit dunkler Strickmütze auf dem Kopf. Immer noch im Nebel ihres eigenen Kopfes gefangen, stellte sie fest, dass die Gestalt Julia unglaublich ähnlich sah. Vielleicht mit ein paar Fältchen mehr um die Augen als noch bei ihrem letzten Zusammentreffen, aber sonst … Eine Doppelgängerin, dachte Eva, und schloss für einen kurzen Moment die Augen, was es hinter ihren Lidern heftig aufblitzen ließ. Schnell öffnete sie die Augen wieder, und in dem Moment realisierte sie, dass es tatsächlich Julia war.

Eva öffnete den Mund, um etwas zu sagen, doch der Mann am Boden hatte, von Schmerzen und Krämpfen geschüttelt, inzwischen mit der linken Hand seine Waffe wieder erreicht. Mit einem Würgen in der Kehle hob er sie an und richtete sie genau auf Julias Brust. Leise fluchend hob sie ihre eigene Waffe noch einmal an und drückte ein zweites Mal ab. Dann packte sie Eva bei der Hand und zog sie mit sich.

„Langsamer!“ Evas Herz raste. Schmerzhafte Adrenalinstöße rauschten nur so durch ihren Körper. Doch Julia hielt sie weiter fest an der Hand gepackt und zog sie unnachgiebig hinter sich her.

„Julia …“

„Noch nicht.“

„Langsamer, ich …“

„Noch nicht.“

Sie bogen in einen Feldweg ein, der an einem gefrorenen Bach entlanglief, dann rannten sie auf Julias dunklen Volvo zu, der am Ende zwischen zwei Bäumen geparkt stand.

Eva keuchte, rang nach Atem. „Wir müssen die Polizei …“

„Nein.“ Julia stieg ein und öffnete die Beifahrertür. „Komm.“

Doch Eva bewegte sich nicht. „Der Typ wollte mich gerade entführen, und du hast auf ihn geschossen! Wir müssen doch …“

„Eva, bitte!“ Flehend sah Julia sie an. „Vertrau mir und steig ein. Bitte!“

Endlich bewegte Eva sich. Sie saß noch nicht richtig im Wagen, als er auch schon gestartet wurde. Julia legte den ersten Gang ein und fuhr los.

„Wohin fahren wir?“

„Den Berg hinauf. Zu der Hütte, die du gemietet hast.“

Eva sah auf. „Woher weißt du von der Hütte?“

Keine Antwort.

Links und rechts standen die Bäume viel zu dicht an der schmalen Straße. Der Motor hörte sich an, als fräße er sich Meter für Meter durch Schnee und Kälte. Sie gab mehr Gas, die Reifen verwandelten den Schnee zu Matsch, der gegen den Boden der Karosserie peitschte. Die Frontscheibe beschlug immer mehr, sodass sie das Fenster öffnen musste, was zur Folge hatte, dass Eva von Kopf bis Fuß zu zittern anfing. Den Mantel fest um den Leib geschlungen, schob sie Nase und Mund in den hochgeschlagenen Kragen und konzentrierte sich darauf, gleichmäßig zu atmen.

Meter für Meter, Schneeflocke für Schneeflocke arbeitete sich der alte Volvo den Berg hinauf. Julia wischte mit dem Ärmel ihrer Jacke über die Frontscheibe, was lediglich einen besseren Ausblick auf das dichte Schneetreiben ermöglichte.

Eva bemühte sich, etwas jenseits der Motorhaube zu erkennen, und ertappte sich dabei, wie sie in jeder einzelnen der folgenden Haarnadelkurven den Atem anhielt. Vor lauter Anspannung begannen schon die Muskeln in ihrem Nacken zu brennen. Ebenso wie ihr der Schweiß unter der dicken Kleidung aus allen Poren drang.

Und dann geschah es. Um weiter hinaufzukommen, musste Julia mehr Gas geben, gleichzeitig musste sie rechts einschlagen, um die nächste Haarnadelkurve zu nehmen. Die Vorderräder folgten auch tatsächlich dem Befehl des Lenkrades, nur der Wagen nicht. Das Heck brach aus.

Der Wagen gab den Gesetzen der Physik nach und schlitterte zuerst seitlich den Berg hinunter, dann machte er eine weitere halbe Drehung und rutschte endgültig von der Straße.

Groß und bedrohlich kamen die Bäume auf die Windschutzscheibe zu, Eva nahm es nur verschwommen wahr, die Konturen liefen förmlich ineinander. Dafür waren die Geräusche umso klarer: das Zerplatzen der Windschutzscheibe; das Knacken von Ästen und das Reißen von Metall. Es war alles klar und deutlich zu hören, in dem Moment, in dem der Wagen frontal gegen einen Baum krachte.

Wenn es für die Stille der nächsten Sekunden überhaupt eine Metapher gab, dann nur die, dass sie wie eine Mauer war, die sie beide vollkommen umschloss.

Fünf, zehn, fünfzehn Sekunden, dann beugte Julia sich zu Eva hinüber, nahm ihr Gesicht zwischen beide Hände und fragte: „Alles okay?“

Eva war benommen, aber sie hatte die Augen geöffnet und atmete. Und nirgendwo war Blut zu sehen. Immerhin.

„Alles okay?“, fragte Julia noch einmal. „Eva! Rede mit mir!“

„Ja, ich … glaube schon.“

Erleichtert atmete Julia auf, stieg aus dem Wagen und eilte einmal um ihn herum. „Shit! *Shitshitshit!*“ Mit Wucht trat sie gegen den linken Vorderreifen, der platt war wie eine Flunder, kam dann zur Fahrertür zurück, beugte sich in den Wagen und holte einen Rucksack vom Rücksitz. „Wir müssen laufen.“

„Was?“

„Wir müssen den Rest der Strecke laufen.“

„Nein.“ In Evas Magen rumorte es. Sie glaubte, sich jeden Moment übergeben zu müssen. „Ich denk ja nicht dran. Julia, du hast gerade einen Menschen …“

„Wir haben keine Zeit zu diskutieren, okay? Der Typ war ein Killer. Er hätte dich ohne mit der Wimper zu zucken umgebracht. Und ich glaube nicht, dass er alleine war. Also bitte, Eva, komm jetzt. Komm!“

Einen Moment starrten sie sich in die Augen, dann endlich bewegte sich Eva aus dem Wagen. Sie machte ein paar unsichere Schritte auf dem vereisten Boden, blinzelte und blieb gleich wieder stehen. „Meine Tasche.“ So schnell sie konnte eilte sie zum Wagen zurück, öffnete die Beifahrertür und beugte sich hinein.

Ein paar Sekunden suchte sie nach ihrer Handtasche, ehe sie sie erleichtert unter dem Beifahrersitz hervorzog.

„Bist du jetzt endlich so weit?“, fragte Julia ungeduldig.

Eva nickte und kam zu ihr zurück.

„Prima. Dann lass meine Hand jetzt nicht los. Was jetzt kommt, wird heftig werden.“

5. KAPITEL

Jo Holmen

Norwegen

Als Susanne wieder zu sich kam, befand sie sich in einem altmodischen Wohnzimmer; das immerhin war leicht zu erkennen, aber der Kopf über ihr verschwamm, weil sie noch nicht ganz bei sich war.

„Ah, du bist wach“, sagte eine Männerstimme in gebrochenem Deutsch.

„Das ist gut. Du siehst ganz schön mitgenommen aus, Susanne.“

Er kannte ihren Namen! Woher kannte er ihren Namen?

Susanne gab sich alle Mühe, konzentrierte sich und wartete darauf, dass sie endlich wieder scharf sehen konnte. Als es ihr schließlich gelang, stellte sie fest, dass der Mann über sechzig sein musste, hellblondes Haar hatte und einen ebenso hellblonden Backenbart. Aus seinen Ohren wuchsen Haare, und er lächelte freundlich.

Sie wollte etwas sagen, aber ihr Hals war zu trocken, und das Sprechen fiel ihr schwer. Schließlich schaffte sie es, zu fragen: „Wer sind Sie?“

„Mein Name ist Jo. Du bist durch ein geschlossenes Fenster gesprungen und ziemlich gestürzt. Ich hatte schon Angst, du könntest schwer verletzt sein. Aber du hast nur ein paar kleine Schnitte und Schürfwunden. Hattest ganz schön Glück, das hätte auch anders enden können. Kannst du dich an den Sturz erinnern?“

Konnte Susanne sich überhaupt an etwas erinnern? Irgendjemand hatte sie gewarnt. Ja, das wusste sie noch ganz sicher. Es war Jörg gewesen. Dann hatte sie einen Polizisten mit einem

Stuhl niedergeschlagen, und … danach befand sich in ihrem Kopf nur noch ein schwarzes Loch.

Der Mann mit dem Namen Jo lächelte aufmunternd. „Du brauchst dir keine Sorgen zu machen. Du bist in Sicherheit."

Susanne hatte daran ihre Zweifel. Sie ließ den Blick durch den Raum schweifen, um sich einen Eindruck darüber zu verschaffen, wo sie war. Es schien sich um ein ganz normales Wohnzimmer zu handeln. Ein Schrank, eine Couch, ein Sessel, ein Tisch, ein alter Fernseher. Unauffällig bewegte sie die Beine, um zu überprüfen, ob sie vielleicht fixiert waren. Aber nein, sie war nicht gefesselt. Vielleicht war dieser Jo ja doch nur ein ganz normaler, anständiger Norweger, der ihr einfach helfen wollte. Vielleicht kam sie noch einmal davon. Vielleicht sollte sie aber auch versuchen, aufzustehen und auf ein Neues wegzulaufen.

Allerdings nicht, solange er zwischen ihr und der Tür stand.

„Ich will dir wirklich nur helfen, Susanne." Jo lächelte unverdrossen weiter. „Die ganze Zeit habe ich schon ein Auge auf dich."

Susanne erstarrte. „Was soll das heißen?"

„Es ist Julia Wagners Ferienhaus, in dem du dich versteckt hast."

„Ja. Und weiter?"

Jo seufzte leise. „Sie rief mich von Deutschland aus an, kurz bevor du vor ein paar Monaten hier aufgetaucht bist. Sie war nicht sicher, ob du tatsächlich kommen würdest, aber falls doch, meinte sie, ich solle ein Auge auf dich haben."

Susanne schluckte noch einmal. Das würde bedeuten, dass Jo und Julia sich kannten, und damit gehörte er zu den Guten. Das war prima – wenn es stimmte.

„Warum ausgerechnet Sie?", wollte sie wissen. „Ich meine, warum hat Julia ausgerechnet Sie darum gebeten?"

„Ich bin dein Nachbar."

Nun ja, „Nachbar“ war in dieser Gegend relativ. Die einzelnen Häuser lagen Hunderte von Metern voneinander entfernt. Susanne wusste zwar immer, dass sie einen Nachbarn hatte, aber sie hatte sich nie die Mühe gemacht, sich näher mit ihm zu beschäftigen. Vielleicht hätte sie das mal besser tun sollen.

„Julia und ich kennen uns schon sehr lange“, redete Jo weiter. „Das Ferienhaus, in dem du dich versteckt hast, gehörte ihren Eltern. Als sie noch ein Kind war, machte die Familie jedes Jahr Urlaub dort drüben. Nach dem Tod ihrer Eltern hat Julia das Haus geerbt. Ich habe mich darum gekümmert, bis sie achtzehn war, aber sie war danach nicht mehr sehr oft hier. Sie bat mich, mich auch weiterhin um alles zu kümmern. Das habe ich getan, und daher kennen wir uns.“

Susanne schloss für einen Moment die Augen, atmete tief durch. *Ganz ruhig, es ist alles in Ordnung.* Denn das bedeutete, dass sie Jo tatsächlich vertrauen konnte. Trotzdem öffnete sie die Augen sofort wieder. „Ich muss aufstehen.“ Sie versuchte, sich aufzurichten. „Ich muss verschwinden. Ich muss …“

„Wo willst du denn hin? Du wirst überall gesucht. Du hast einen Mordversuch begangen, vergiss das nicht.“

Susanne verharrte in der Bewegung. Das hatte Julia ihm garantiert nicht erzählt. Jedenfalls konnte sie sich das beim besten Willen nicht vorstellen. „Es war kein ‚Mordversuch‘. Und woher wissen Sie das überhaupt?“

„Ich habe Internet.“ Mit einem leisen Grunzen ließ Jo sich in den Sessel sinken. „Du hast im letzten Sommer einen mächtigen Rabatz veranstaltet mit deiner Flucht aus der geschlossenen Psychiatrie.“

Susanne sah sich noch einmal im Raum um, fand aber nirgendwo einen Computer.

„Er steht oben, im Arbeitszimmer.“

Sie hob die Beine über die Kante der Couch. In der nächsten Sekunde wurde ihr jedoch schon wieder schwindlig. Sie spürte selbst, wie sie aschfahl wurde. Sämtliches Blut verließ ihren Kopf und rauschte wie ein Wildwasserbach in ihre Beine, wo es allerdings auch nicht blieb. In ihrem Körper ging es drunter und drüber. Sie sank zurück in die Kissen. Sie musste noch einen Moment liegen bleiben und das Beste hoffen.

„Der Polizist", sagte sie nach ein paar Sekunden. „Er stand auf einmal hinter mir. Mit einer Waffe. Mein Bruder rief mich kurz vorher an und warnte mich, dass ich verschwinden müsse. Damit war klar, dass die Polizei auftauchen würde, aber ich ahnte nicht, dass es so schnell geschehen würde."

Jo schüttelte den Kopf. „Der Polizist hat dich für eine ganz normale Einbrecherin gehalten. Die Ferienhäuser stehen mitunter sehr lange leer, und da passiert es schon mal, dass eingebrochen wird." Er machte eine Handbewegung. „Du hast ihm einen Stuhl über den Kopf gezogen, bist aus dem geschlossenen Fenster gesprungen und in den offenen Kohleschacht gefallen, der sich direkt darunter befindet. Das war dein Glück, denn während du dort unten lagst, habe ich mich um den verletzten Beamten gekümmert und ihm die Richtung gezeigt, in die ich dich habe laufen sehen. Danach hab ich dich aus dem Schacht gezogen und mit zu mir genommen."

„Damit haben Sie sehr viel riskiert", sagte Susanne.

Jo seufzte leise und erhob sich wieder vom Sessel. „Wir sollten etwas essen."

Ihr ganzer Körper fühlte sich an, als wäre sie mit einer Eisenstange verprügelt worden. Mit den Fingern zupfte Susanne ein Stück Brot auseinander und stopfte sich eine Flocke davon in den Mund. Dann griff sie nach der Kaffeetasse und warf einen Blick hinein. Es handelte sich um Instantkaffee. Kleine Klümpchen aus H-Milch schwammen darauf und ließen die Brühe schmutzig aussehen. Trotzdem trank sie einen kleinen Schluck. Erst dann fragte sie: „Warum haben Sie mich nicht bei der Polizei verraten?"

„Warum siezt du mich immer noch? Ist das deine Art, zu zeigen, dass du mich nicht magst?"

„Nein. Sorry. Also, warum hast du mich nicht verraten? Wenn du die Nachrichten über mich so genau verfolgt hast, wie du sagst, dann musst du doch denken, ich wäre eine irre Psychopathin."

„Ich vertraue Julia. Wenn sie sagt, ich soll dir helfen, dann tue ich das. Du solltest übrigens wirklich etwas essen. Du wirst es noch brauchen." Jo zerteilte sein Spiegelei mit einer Gabel, schob es sich in den Mund, kaute und schluckte. Dann fragte er: „Du wolltest den Mann also gar nicht umbringen?"

„Nein." Susanne rollte ein Stück Käse in eine Scheibe Wurst und biss hinein. „Er wollte eine Frau vergewaltigen. Ich kam dazu und wollte ihr helfen, aber der Kerl war riesig. Auf dem Boden lag eine zerschlagene Glasflasche. Ich wusste mir nicht anders zu helfen und hab ihm eine Scherbe in den Rücken gerammt. Eine ziemlich fette Scherbe, zugegeben. Aber was hätte ich sonst tun sollen? Zusehen, wie er sie vergewaltigt?"

„Was ist dann passiert?"

Susanne seufzte leise. „Leider verweigerte die Frau hinterher die Aussage. Sie zeigte den Typen auch nicht an. Die Anzeige bekam ich von ihm. Ich landete in der geschlossenen Psychiatrie, und dort sollte dann per Gutachten bewiesen werden, dass ich zu hundert Prozent irre bin und auf jeden Fall in die Klapse gehöre."

„Geht das denn so leicht?", fragte Jo. „Einen Menschen einfach in der geschlossenen Psychiatrie zu behalten?"

„Ich hab vorher leider schon zu viel Mist gebaut."

Jo nickte langsam. Er hatte das Spiegelei auf seinem Teller aufgegessen, nun griff er nach einem Päckchen Tabak und begann mit ruhigen Händen, eine Zigarette zu drehen, die er an sie weiterreichte. Dann drehte er eine zweite, die er sich selbst zwischen die Lippen steckte. „Bereust du, dass du den Mann angegriffen hast?"

„Oh, ich bereue so manches." Susanne betrachtete die Zigarette zwischen ihren zittrigen Fingern. „Aber wenn ich ehrlich bin, gehört das nicht dazu. Ich denke, ich habe größere Fehler begangen in meinem Leben."

„Zum Beispiel?"

„Ich wüsste nicht, wo ich anfangen sollte."

„Am besten vorne."

Noch einmal seufzte Susanne leise auf. „Im Grunde genommen ist mein ganzes Leben eine einzige Kette von Versagen und Scheitern." Sie begann, an den Fingern aufzuzählen. „Ich habe nie etwas wirklich zu Ende gebracht. Die Beziehung zu meinen Eltern war von Anfang an beschissen. Mit meinem Bruder Jörg habe ich erst zusammengefunden, als es schon fast zu spät war. Beruflich kriege ich kein Bein auf den Boden, und Beziehungen kriege ich auch nicht hin. Nicht einmal eine Blume, die ich in meiner Wohnung ins Wasser stelle, hält den Kopf länger als einen Tag oben." Sie seufzte noch einmal. „Und dann, gerade als ich dachte, dass gar nichts mehr geht, dass ich am Ende des Weges angekommen bin, da tauchte auf einmal ein Mensch auf, der … es gut mit mir zu meinen schien. Und was mache ich? Ich begehe den größten Verrat, den ich hätte begehen können."

„Du redest von Julia?"

„Ja. Sie war zur selben Zeit in der Psychiatrie wie ich. Dort haben wir uns kennengelernt."

„Was ist dann passiert?"

Susanne senkte den Blick, starrte auf die Wolldecke, die um ihre Füße gewickelt war. „Ich habe sie verraten. Zu meinem Vorteil. Jedenfalls dachte ich, dass es zu meinem Vorteil wäre."

Als Jo daraufhin schwieg, fügte sie hinzu: „Und trotzdem hat sie mir, der dummen, arroganten Susanne, bei der Flucht aus der Klinik geholfen. Sie hätte mich verpfeifen können, es wäre ein Leichtes für sie gewesen, aber sie hat es nicht getan. Stattdessen durchquerte sie mit mir den Tunnel unter dem Kloster – das ist eine wirklich lange Geschichte –, und kurz bevor wir uns trennten, nannte sie mir die Adresse des Ferienhauses hier in Norwegen. ‚Wenn du es schaffst, genügend Geld aufzutreiben und irgendwie dorthin zu kommen, dann kannst du dich dort so lange verstecken, wie du willst', hat sie gesagt." Jetzt endlich zündete Susanne die Zigarette an, die sie die ganze Zeit in den Fingern gehalten hatte. Sie tat einen Zug, sog den Rauch tief in die Lunge und stieß ihn dann in Richtung Decke. „Für mich war sie damit endgültig eine Heldin. Ein Status, den ich in ihren Augen in diesem Leben garantiert nicht mehr erreiche."

Jo kratzte sich am Kopf. „Was meinst du damit, du hast sie zu deinem Vorteil verraten?"

„Ich habe sie ausspioniert. Ich dachte, ich bekäme so meine Freiheit zurück." Noch einmal zog Susanne an der Zigarette und fügte erklärend hinzu: „Eines Tages tauchte eine Anwältin in der Psychiatrie auf und sagte mir, dass ich nicht dortbleiben müsse. Egert, so hieß der Typ, dem ich die Scherbe in den Rücken rammte, würde die Anzeige gegen mich zurücknehmen, das Verfahren gegen mich würde eingestellt werden. Ich müsste dafür nur eine Kleinigkeit tun. Ich müsste mich mit Julia anfreunden und … ja, sie ausspionieren. Und ich habe mich darauf eingelassen."

Jo pfiff leise durch die Zähne.

Susanne war nicht in der Lage, ihm in die Augen zu sehen. „Du kannst mich ruhig dafür verachten. Es kommt nicht mehr darauf an. Ich hasse mich selbst schon genug dafür. Aber ich sah darin eine echte Chance für mich. Eine Chance auf Freiheit. Ich dachte, wenn ich die nächsten Jahre in der Klapse bleiben muss, dann drehe ich wirklich noch durch. Deshalb habe ich es getan. Und ich konnte ja auch nicht ahnen, dass ich mit dem, was ich tue, am Ende …"

„… die Meute scharfmache?", vollendete Jo den Satz.

Susanne sah auf. „Du weißt, worum es geht?“

„Nein.“

„Das glaube ich dir nicht. Sag mir, was du weißt, Jo. Bitte.“

Jo schwieg, trank einen Schluck von der Instantbrühe.

„Kanntest du Julias Vater?“, hakte Susanne nach.

„Sven Wagner? Natürlich. Er hat das Ferienhaus 1980 gekauft und danach, wie ich schon sagte, jedes Jahr mit seiner Familie hier Urlaub gemacht. Dadurch lernten wir uns kennen.“

„Was weißt du über ihn? Erzähl mir alles, bitte. An dem letzten Abend, den ich mit Julia verbrachte, sagte sie zu mir, dass ihr Vater umgebracht worden wäre und dass seine Mörder nun hinter ihr her wären. Aber das ging alles so verdammt schnell, dass ich ihr kaum folgen konnte.“

„Ich kann dir nichts dazu sagen, Susanne.“

„Warum wurde er umgebracht?“

„Das kann ich dir wirklich nicht beantworten.“

„Julia meinte in jener Nacht noch, dass sie vermutlich als Kind entführt worden wäre, aber sie würde sich kaum daran erinnern.“ Fragend sah Susanne Jo an. „Kann das möglich sein? Ich meine, kann es sein, dass ein Kind entführt wird, diese Entführung aber anschließend wieder vergisst?“

Er hob die Schultern an. „Das käme wohl darauf an, wie traumatisch das Erlebnis war. Vielleicht ist es eine Art Selbstschutz der Seele, einfach zu verdrängen, was passiert ist. Aber immerhin, es würde passen.“

„Was würde passen? Was meinst du?“

„Wenn es diese Entführung tatsächlich gegeben hat, dann kann das nur 1985 passiert sein. Denn das war das einzige Jahr, in dem die Familie ihren Urlaub nicht hier verbracht hat. Und im Sommer danach waren sie alle nicht mehr dieselben.“ Mit einem Ruck erhob Jo sich vom Stuhl. „Wir sollten jetzt besser aufhören. Du siehst aus, als hätte dich eine Dampfwalze überrollt.“ Er wandte sich ab und schritt zur Tür.

„Warte, Jo. Bitte."

Er drehte sich noch einmal zu ihr um.

„Ich weiß, dass das jetzt nicht besonders glaubwürdig klingt, aber ich mag Julia wirklich. Sie ist ein guter Mensch und ich … habe seit meiner Flucht nichts mehr von ihr gehört. Weißt du, wo sie gerade steckt und wie es ihr geht?"

Jo schüttelte den Kopf. „Ich hab seit Wochen nichts mehr von ihr gehört." Im flackernden Licht der Wohnzimmerlampe war der Ausdruck seiner Augen nicht zu erkennen. „Aber sie kommt klar. Um dich mache ich mir mehr Sorgen. Wir müssen uns überlegen, was wir weiter mit dir machen. Im Augenblick bist du hier sicher, aber vermutlich nicht mehr lange."

Damit verließ er das Zimmer, während Susanne auf der Couch sitzen blieb und die offene Tür anstarrte.

Oktober 2008

Die Leiche – oder was davon noch übrig war – lag auf einer blanken Stahlbahre. Einzelne verkohlte Fleischfetzen waren abgeblättert und besprenkelten das glänzende Metall. Die Augenhöhlen, in denen einst bestimmt leuchtende Augen saßen, waren nur noch leere Vertiefungen, und die Lippen waren bis auf die Knochen weggeschält.

Doktor Norbert Fesser stand von Kopf bis Fuß verhüllt vor der Bahre: Kittel, Maske, Handschuhe, eine Kappe auf dem Haar.

„Herr Doktor", sagte Zander, „was haben Sie für uns?"

„Einiges." Der Arzt zog sich die Maske von der unteren Gesichtshälfte. „Bei der Leiche handelt es sich definitiv um eine Frau. Auch wenn nur wenig von ihr übrig geblieben ist, so kann man doch erkennen, dass der Hüftknochen zu breit für einen Mann ist. Sie dürfte kaum älter als zwanzig Jahre alt gewesen sein und ungefähr eins siebzig bis ein fünfundsiebzig groß. Ach ja, und ihr wurde vor ihrem Tod physisch schwer zugesetzt."

„Was heißt das?", fragte Julia. „Dass sie verprügelt wurde?"

„Massiv verprügelt sogar. Unter anderem haben wir hier einen ausgeschlagenen Zahn, den Röntgenbildern zufolge außerdem zwei gebrochene Rippen, einen gebrochenen kleinen Finger und eine Nasenbeinfraktur. Und der Schädel ... nun ja, sehen Sie selbst. Ein Schlag, der kräftig genug ist um die Schädeldrecke zu zerbrechen, erzeugt Risse, die aussehen wie Blitze am Himmel. Und genau das haben wir hier: Zickzacklinien, die nur durch einen schweren Schlag verursacht worden sein können, schwer genug, den Schädel stark zu verletzen, ohne ihn wirklich zu zerbrechen."

„Womit ist sie geschlagen worden?", fragte Zander.

„Zum größten Teil würde ich auf Fäuste tippen. Die Kopfverletzung dürfte von so etwas wie einem Baseballschläger stammen."

Einen Moment schwiegen alle drei. Die Schreie, die die Frau in ihren letzten Minuten von sich gegeben hatte, schienen von den Wänden widerzuhallen.

„War sie schon tot, als sie angezündet wurde?", fragte Julia dann.

„Nein. Es ist allerdings anzunehmen, dass sie bereits bewusstlos war und nichts mehr mitbekam." Fesser streifte sich die Handschuhe von den Händen. „Und ich habe noch etwas für Sie: In der Asche wurden Metallknöpfe sowie Reste eines Reißverschlusses gefunden. Die Frau war demnach also nicht nackt, als das Verbrechen begangen wurde. Ein Sexualverbrechen können wir damit wohl ausschließen."

„Wenn wir von einem Mann als Täter ausgehen", wandte Julia ein, „kann es sich trotzdem um etwas Sexuelles handeln."

„Wenn er sie nicht vergewaltigt hat, wo bleibt dann die Befriedigung?", wollte Zander wissen.

Sie hob die Schultern in die Höhe. „Er könnte masturbiert haben. Auf ihrem verbrannten Körper würden wir keine Spermaspuren mehr finden und am Tatort auch nicht."

Zander nickte und sah auf die Leiche. „Können Sie uns den Todeszeitpunkt nennen, Herr Doktor?"

„Zwischen ein Uhr und drei Uhr in der Nacht von Samstag auf Sonntag."

Wieder schwiegen sie einen Moment.

„Er schlägt sie mit bloßen Fäusten und einem Baseballschläger bis zur Ohnmacht", sagte Zander dann. „Und als würde das noch nicht reichen, zündet er sie dann auch noch an. Womit ist eine solche Brutalität zu erklären?"

Julia wandte ihm den Blick zu. Einen Moment schien es, als wolle sie darauf antworten, sagte dann aber stattdessen zu Doktor Fesser: „Können wir ihr Gesicht rekonstruieren?"

„Wir befinden uns im 21. Jahrhundert, Frau Kommissarin." Der Arzt lächelte. „Wir können mit unseren Computern fast alles, auch kleine Wunder vollbringen. Meine Kollegen arbeiten bereits daran. Geben sie ihnen noch ein bisschen Zeit, dann haben wir ein Computerbild von ihrem Gesicht."

6. KAPITEL

Kalte Angst

Schwarzwald

Als Julia gesagt hatte, dass es heftig werden würde, war das noch stark untertrieben. Selbst an einem schönen Tag mit idealen Bedingungen wäre die Strecke schon für einen trainierten Sportler eine kräftezehrende Angelegenheit gewesen. Sie beide waren weder Sportler, noch waren das hier ideale Bedingungen. Der Wind blies ihnen direkt ins Gesicht, sodass sie die Köpfe gesenkt halten mussten und zeitweise blind durch einen Wirbelsturm aus Hagelkörnern marschierten, die sich wie Glasscherben anfühlten, wenn sie auf das Gesicht prallten. Eva war sich sicher, ihre Nasenhaare bei jedem Atemzug knistern hören zu können. Gleichzeitig spürte sie, wie das Wasser in ihren Augen vor Kälte zähflüssig wurde. Sie verlor den Halt, fiel in den Schnee und landete schmerzhaft auf einer Baumwurzel. Julia zog sie wieder in die Höhe, und sie wankte weiter vorwärts, auf Messern, die in ihre Füße stachen. Zwar trug Eva Winterschuhe, aber selbst die waren für einen solchen Marsch nicht geeignet; das Wasser war längst bis zu ihren Füßen durchgedrungen. Gleichzeitig spürte sie, wie sich der Druck in ihren Ohren veränderte. Ihr war klar, dass sie nicht mehr sehr viel länger durchhalten würde. Und tatsächlich, schon kurz darauf zerrte der Marsch so sehr an ihren Kräften, dass sie anhalten musste, um Atem zu schöpfen. Julia legte einen Arm um ihre Hüften und schob sie weiter vorwärts.

Dann, endlich, waren sie angekommen. Vor Erleichterung hätte Eva weinen mögen.

Die Hütte lag unter einer glitzernden Schneeschicht, so blendend hell, dass sie blinzeln mussten – ein Pfefferkuchenhaus mit

Zuckerguss. Unter anderen Umständen hätten sie den Anblick sicher genossen. In diesem Moment jedoch hatten sie beide keinen Blick dafür.

Julia ließ Eva einen Moment los, drehte sich einmal um die eigene Achse und ließ den Blick schweifen, ehe sie die letzten Meter hinter sich brachten.

Endlich angekommen, begann Eva nach den Schlüsseln zu suchen, aber ihre Hände waren eiskalt und fast taub. Gleichzeitig spürte sie eine unglaubliche Kälte in der Lendengegend. Nur mit Mühe bekam sie die Hand in ihre Handtasche. Ihre steifen Finger schmerzten, als sie sie hineinzwang. Dann endlich hielt sie die Schlüssel in der Hand, und wenig später war die Tür offen. Sie stolperte hinein, hatte sofort die Couch im Auge, wollte sich nur noch daraufsinken lassen, einschlafen und nie wieder aufwachen. Aber im Inneren der Hütte war es inzwischen so kalt, dass sie sich zuerst zum Wandthermostat schleppen musste, um den Zeiger nach oben zu schieben, bis sie das beruhigende Surren der Luft aus den Heizungsschlitzen hörte. Dann nahm sie all ihre Kraft zusammen und wandte sich zu Julia um. „Sagst du mir jetzt bitte, was hier los ist? Was wollte der Typ im Dorf von mir? Aus welchem Loch bist du so plötzlich wieder gekrochen? Warum willst du nicht zur Polizei? Und woher wusstest du, dass ich diese Hütte gemietet habe?"

Julia reagierte überhaupt nicht auf die vielen Fragen. Sie zog sich die Mütze vom Kopf und die Jacke aus und ließ beides einfach kraftlos auf den Boden fallen. Dann fragte sie: „Wo ist das Badezimmer?"

„Julia!"

„Wo ist das Badezimmer?"

Wieder starrten sie sich einen Moment an.

Durch Eva tobte ein Wirbelsturm aus Gefühlen, Gedanken und Ängsten. Sie wollte schreien, wild um sich schlagen, aber dann wurde sie sich ihrer eigenen Atmung bewusst. Ihr Klang schien den ganzen Raum auszufüllen, rau und hastig wie das Keuchen eines gehetzten Tiers. Sie versuchte, es unter Kontrolle zu bekommen, deutete auf eine Tür und sagte mit gepresster Stimme: „Da rein, ins Schlafzimmer, und dann rechts."

Sie beobachtete, wie Julia auf die Tür zuging. Kurz darauf war sie hinter ihr zugefallen.

Im Badezimmer stützte Julia sich einen Moment lang mit beiden Händen am Waschbecken ab, ehe sie den Wasserhahn aufdrehte, was die alten Rohre unter der Hütte erbeben ließ, und sich mit heißem Wasser das Gesicht abspritzte.

Als sie sich dann wieder aufrichtete, waren die Wände um sie herum mit einem Mal schwarz. Dann war es wieder da … *Sie befand sich im Inneren eines Wagens und hatte einen staubigen Geschmack im Mund. Sie hatte Angst, wollte weinen, aber es ging nicht, sie war tief, ganz tief in sich selbst und reichte an keine Tränen heran … Dann starrte sie in ein weißes Gesicht wie hinter einer regennassen Glasscheibe …*

Dann kamen die Stimmen, gedämpft, als wären sie in einer Flasche verschlossen. Sie konnte sie deutlich hören und doch auch wieder nicht.

„Aber sie ist noch ein Kind! Was ist, wenn die Dosis zu hoch ist, wenn sie stirbt?" – „Wann wirst du endlich lernen, mir zu vertrauen?"

In der nächsten Sekunde, war alles wieder vorbei.

Stille.

Julia wartete noch einen Moment, dann richtete sie sich auf und schluckte mühsam. Galle war ihr in die Kehle gestiegen. Sie wartete noch einen weiteren Moment, bis sie sich so weit gefasst hatte, dass sie zurück ins Wohnzimmer gehen konnte. Dort angekommen, sah sie ihre eigene Waffe auf sich gerichtet.

„Gib sie mir, Eva."

Eva umklammerte die Waffe mit beiden Händen. „Ich werde sie nicht aus der Hand legen, ehe ich weiß, was hier gerade passiert!"

„Das ist kein Spielzeug, okay? Du könntest mich damit umbringen."

„Stell dir vor, ich weiß, dass das kein Spielzeug ist. Ich habe gerade eben gesehen, wie du damit auf einen Menschen geschossen hast!"

Ganz langsam streckte Julia die Hand aus. „Bitte, Eva, gib sie mir."

„Du hast überhaupt keine Ahnung, was für eine *Scheißangst ich gerade habe, Julia*!" Eva hörte selbst, wie ihre Stimme immer lauter wurde. „Es ist gerade mal ein paar Monate her, da hast du mich in eine Sache hineingezogen, die ich fast nicht überlebt hätte. Und jetzt tauchst du schon wieder wie aus dem Nichts auf, und – was für ein Zufall! – schon wieder fliegen mir Kugeln um die Ohren!"

„Gib sie mir, Eva."

„Ich will Antworten!" Zitternd hob Eva die Waffe etwas an. Hektische rote Flecken zierten ihren Hals. „Und zwar sofort."

„Ich erklär dir ja alles", sagte Julia ruhig. „Aber zuerst gibst du mir die Waffe und ziehst dir was anderes an, okay? Du kannst nicht länger in den nassen Klamotten bleiben. So holst du dir nur den sicheren Tod."

Eva sah an sich hinab. Sie war völlig durchnässt. Unter den Sohlen ihrer Schuhe hatte sich bereits eine Pfütze gebildet.

„Bitte", sagte Julia eindringlich.

Nur langsam, ganz langsam reichte Eva ihr die Waffe. So als würde sich jede einzelne Sekunde bis zur Ewigkeit dehnen. Dann wandte sie sich ab und wankte in Richtung Badezimmer.

7. KAPITEL

Vorbei ist die Beschaulichkeit

Weidling

Es gab bestimmt nicht wenige Menschen, die behaupteten, in Weidling sei die Zeit stehen geblieben. Und ganz bestimmt wirkte der kleine Ort mitten im Schwarzwald auf viele auch tatsächlich wie im Mittelalter. Wer einmal, aus welchen Gründen auch immer, dort war, dem würden ganz spontan ganz viele Gründe einfallen, weshalb man besser woanders leben sollte. Da war zum einen die Entfernung zur Zivilisation, womit die nächste größere Stadt gemeint ist, die etwa fünfzehn Kilometer nordwestlich lag. Dazu kam, dass Weidling in einer Senke lag, Berge drängten sich um den Ort herum, es führte nur eine Straße hinein und die hörte an einer veralteten Telefonzelle am Dorfplatz auf. Es gab nur ungefähr ein Dutzend Häuser, ein paar Bauernhöfe, eine Kneipe und eine Apotheke. Immerhin, die gab es hier, was einen Sinn ergab, betrachtete man die strengen, langen und schneereichen Winter, vor allem aber das Durchschnittsalter der Dorfbewohner.

Zusammengefasst: Es passierte nicht viel in Weidling. Aber es rankte sich seit vielen, vielen Jahren eine Legende um den Ort: die Legende um den Schwarzen Mann.

Vor langer, langer Zeit, so erzählten es die Dorfbewohner, suchte eine unheimliche Gestalt das Dorf heim. Niemand bekam sie je zu Gesicht, aber alle wussten, dass sie da war. Scheunen gingen mit einem Mal lodernd in Flammen auf, von Hühnern und Schweinen in den Ställen wurden nur noch die Knochen gefunden, Hunde und Katzen verschwanden spurlos. Hysterie brach aus im Dorf, die Türen wurden verrammelt, eine Bürgerwehr gegründet. Man suchte, aber man fand ihn nicht, den

Schwarzen Mann. Doch seine Taten gingen weiter. Wenigstens noch eine Zeit lang. Und dann, ganz plötzlich, passierte nichts mehr. So schnell, wie er gekommen war, so schnell war er auch wieder verschwunden.

Ob dies alles tatsächlich genau so geschehen war oder ob es sich nicht doch einfach nur um eine Legende handelte, konnte nie wirklich geklärt werden. Ebenso wenig die Frage, warum er – der Schwarze Mann – sich ausgerechnet Weidling für seine Tyrannei ausgesucht hatte. Und warum er so plötzlich wieder verschwunden war – und wohin –, darauf hatte auch niemand eine Antwort.

Wie auch immer, inzwischen waren viele, viele Jahre vergangen, und bis vor einer Stunde war alles im Dorf ruhig gewesen, die beschlagenen Fenster hatten die Häuser blind gemacht. Nichts hatte die Leute aus ihren Häusern locken können.

Wie gesagt, bis vor einer Stunde.

Von dieser Stunde trennte die Dorfbewohner nun eine ganze Welt. Jemand war auf ihrem Marktplatz ermordet worden. Im Schnee aufgefunden, mit zwei Kugeln im Leib, und jetzt waren alle auf den Beinen. Auf einmal schien niemand mehr ein Problem damit zu haben, das Haus zu verlassen; Hände reibend standen sie am Tatort und wirkten dabei wie Landstreicher, die sich an einem Feuer wärmten. Sogar Rocco, der Schäferhund des Dorfwirtes, saß inmitten der Menge. Brav auf seinem Hintern, die Ohren gespitzt, beobachtete er interessiert, was sich um ihn herum tat.

„Macht gefälligst alle ein paar Schritte zurück!“, rief Marina Mayer. „Ihr zertrampelt ja die ganzen Spuren!“

Murmelnd bewegte die Menge sich rückwärts.

Warum ausgerechnet hier? war dann das Erste, was sie sich fragte, während sie auf den Toten hinunterstarrte, auf die kurzen dunklen Haare, die teuren Schuhe und die weit geöffneten, starren Augen, die in den schneienden Himmel blickten. Die zweite Frage, die Marina sich stellte, war, wie alt er wohl geworden war? Sie schätzte ihn auf Anfang vierzig.

„Erschossen“, sagte der Mann, der neben dem Toten stand. Sein Name war Dirk Eismann, und eigentlich verfügte er über keinerlei fachliche Kompetenz, was die klassische Schulmedizin betraf. Er war Tierarzt. Die Todesumstände dieser Leiche hätte allerdings auch der danebenstehende Metzger erkannt. „Mit zwei Kugeln“, fügte er hinzu. „Eine in die rechte Schulter, die zweite offenbar direkt ins Herz.“

„Ritualmord!“, rief jemand.

„Mafia in Weidling!“, fügte ein anderer unsinnigerweise hinzu.

Und sofort geriet die Menge in Wallung.

„Wir brauchen die Polizei!“

„Ich bin die Polizei!“, fauchte Marina, atmete tief durch und zog sich die dicke Fellmütze etwas weiter in die Stirn. „Ich wollte bereits Verstärkung anfordern, kann im Augenblick aber leider niemanden verständigen. Die Telefone sind tot, und die Handys haben kein Netz.“

„Was ist mit dem Computer?“, fragte jemand.

„Auch da geht im Moment nichts. Und selbst wenn ich die Kollegen erreichen könnte, käme im Augenblick niemand zu uns durch. Wir müssen uns erst einmal alleine darum kümmern und hoffen, dass wir so bald wie möglich wieder eine Verbindung zur Außenwelt haben.“ Sie wandte sich wieder an Eismann. „Hast du Papiere bei ihm gefunden?“

Er schüttelte den Kopf. „Nichts.“

„Dann sollten wir uns zuerst einmal Klarheit darüber verschaffen, um wen es sich hierbei überhaupt handelt.“

„Vielleicht meldet sich ja jemand. Vielleicht ist der Mann ein Tourist und wird schon bald vermisst.“

Marina deutete auf die Pistole, die neben dem Toten im Schnee lag. „Ein Tourist ohne Papiere, aber mit einer Waffe?“ Sie wandte sich an die Menge. „Elli, wie viele eurer Fremdenzimmer sind zurzeit vermietet?“

Eine Frau um die fünfzig, eingewickelt in einen Poncho, trat nach vorne. „Keins."

Marina wandte sich wieder an Eismann. „Mehr Fremdenzimmer haben wir nicht in Weidling. Wir machen auf jeden Fall ein Foto von seinem Gesicht. Und dann ..."

„Ich hab die Försterhütte vermietet", unterbrach eine Männerstimme.

Alle wandten die Köpfe in Richtung eines mittelgroßen Mannes, um die sechzig, der einen weißen zotteligen Bart im Gesicht und eine russische Pelzmütze auf dem Kopf trug. Sein Name war Frieder Fäth. Er deutete auf den Toten im Schnee. „Aber nicht an ihn. An eine Frau aus Hamburg. Ihr Name war ... warte ..." Er überlegte, dann fiel es ihm wieder ein: „Haack." Er machte eine Handbewegung in Richtung des Wagens, neben dem der Tote lag. Deutete auf das Kennzeichen. „Muss ihr gehören, der Wagen."

„Dann gehört ihr vielleicht auch die Waffe", bemerkte Eismann.

Alle blickten nun den Berg hinauf, auf dem sich die Försterhütte befand und der umgeben war von dichten Nebelschwaden. Eine Wand aus Watte, die alles schluckte.

„Also, wenn sie inzwischen dort oben ist, dann wirst du die Verhaftung noch etwas verschieben müssen", bemerkte Eismann. „Ohne Hubschrauber kommst du da jetzt nicht mehr rauf."

„Und wie soll sie den Berg hinaufgekommen sein?", fragte Marina. „Ohne Auto? War die Fahrertür eigentlich offen, so wie jetzt?"

Eismann nickte. „Der Zündschlüssel steckt."

Marina wandte sich wieder an Frieder. „Wann hast du der Frau die Hütte vermietet?"

„Vor zwei Tagen", antwortete er.

Jemand räusperte sich. „Ich glaube, sie war heute Morgen in meiner Apotheke. Also ... die Frau aus Hamburg."

Alle Köpfe wandten sich nun in Richtung einer alten Frau, die einen vorsichtigen Schritt nach vorne machte. Ihre Haut war so runzlig, dass sie an einen ausgetrockneten Apfel erinnerte. Ihr Name war Margot Morgenstern, ihr gehörte die Apotheke im Dorf. Offenbar hatte sie es eilig gehabt, hierherzukommen, denn sie trug nur eine dünne Strickjacke, die sie frierend enger um sich zog. Aber immerhin, die rosa Ohrwärmer hatte sie nicht vergessen. Margot war schon weit über siebzig und nicht mehr sehr gut auf den Beinen, trotzdem weigerte sie sich beharrlich, in Rente zu gehen, was daran liegen mochte, dass sie selbst ihre beste Kundin war.

„Sie sah sehr auffällig aus", fügte sie hinzu. „Helle, rote Locken und … "

„Genau!" Frieder machte eine weit ausholende Bewegung, die an einen Zirkusdirektor erinnerte. „Das ist sie! Vergisst man nicht so schnell."

„Was hat die Frau bei dir gekauft?", wollte Marina von Margot wissen.

„Medikamente gegen Asthma."

„Und hat sie auch etwas zu dir gesagt?"

„Nein. Sie kaufte die Medikamente und verschwand dann ganz schnell wieder. Ich dachte noch, dass sie es bestimmt eilig hat, wieder nach Hause zu kommen. Wo immer das sein mag."

Marina zog sich ihre Mütze noch etwas weiter über die Ohren. Es war wirklich verdammt kalt. Dann wandte sie sich noch einmal an Frieder Fäth. „Kannst du mir etwas mehr über die Frau sagen?"

Er schüttelte bedauernd den Kopf. „Sie rief vor drei Tagen bei mir an und fragte nach der Hütte. Einen Tag später kam sie vorbei und holte den Schlüssel. Das war's."

„Hast du ihr keine Fragen gestellt?", hakte Marina nach. „Gar keine?"

„Nein."

„Hat sie bar bezahlt?"

„Ja."
„Und dann ist sie wieder gegangen?"
„Ja."
„Und hast du sie danach noch einmal gesehen?"
„Nein. Sie gab mir das Geld, ich gab ihr den Schlüssel. Mehr ist nicht passiert." Frieder verstummte.

„Aber du musst doch neugierig gewesen sein", setzte Marina nach. „Ich meine, da kommt eine Frau aus Hamburg und mietet offenbar alleine … sie war doch alleine?"

Frieder nickte.

„Mietet also alleine die einsame Försterhütte, dort oben auf dem Berg. Erzähl mir nicht, dass dich das nicht neugierig gemacht hat."

„Klar hat es mich neugierig gemacht. Ich hätte mich auch gerne länger mit ihr unterhalten, ich meine, sie war ja eine echte Augenweide. Ganz meergrüne Augen. Die funkelten wie Smaragde." Als ihm auffiel, dass die Augen der gesamten Gruppe auf ihm lagen, konzentrierte Frieder sich wieder auf das Wesentliche. „Hat mich schon gewundert, dass sie alleine unterwegs war. Aber sie machte überhaupt nicht den Eindruck, als wolle sie sich unterhalten …"

„Hattest du das Gefühl, dass sie sich verfolgt fühlte?"

„Nein."

„In Ordnung." Marina betrachtete noch einmal den offenen Wagen. „Frieder, ich benötige von dir eine vernünftige Beschreibung dieser Frau", sagte sie dann. „Dich, Margot, besuche ich dann anschließend in der Apotheke."

Die Apothekerin nickte, und Frieder bemerkte mit Überzeugung in der Stimme: „Ich sag euch, diese Frau ist keine Mörderin."

„Und woher weißt du das?" Das kam von Dirk Eismann. „Machte sie den Eindruck auf dich, als könnte sie keine Waffe halten?"

„Erfahrung“, sagte Frieder in seine Richtung, „Bauchgefühl und Menschenkenntnis. Alle drei zusammen sagen mir, dass wir mit voreiligen Schlussfolgerungen vorsichtig sein sollten.“

„Das sehe ich auch so“, stimmte Marina zu. „Du schleppst den Wagen ab, Dirk. Bring ihn in deine Garage, vielleicht gibt’s darin ja was zu finden.“

Eismann nickte, und sie wandte sich noch einmal an die gesamte Gruppe. Dabei legte sie alle Autorität, die in ihrem ein Meter siebenundfünfzig großen Körper steckte, in ihre Worte. Bis hierhin war sie nur eine einfache, langweilige Dorfpolizistin gewesen, und wenn man von ganz unten kam und nach ganz oben wollte, dann musste man sich schon ganz besonders strecken. „Ihr wisst, wie wichtig es ist, dass wir Ordnung in die Sache bringen“, sagte sie. „Also bitte, hat sonst noch irgendjemand von euch etwas gesehen, was uns weiterhelfen könnte?“

Kollektives Kopfschütteln der Gruppe.

„Hat jemand die Schüsse gehört?“

Erneutes kollektives Kopfschütteln.

Marina seufzte leise. „Wer hat den Mann gefunden?“

„Das war ich.“ Ulrich Pohl, Dorfwirt und Ellie Pohls Bruder, trat nach vorne. Normalerweise verfügte er über eine Gesichtsfarbe, die an Haferschleim erinnerte, im Augenblick jedoch zeigten sich auf seinen Wangen rote Flecken, während die Kälte die Gläser seiner runden Nickelbrille längst in Abendmahloblaten verwandelt hatte.

„Wann war das?“, wollte Marina von ihm wissen. „Wann hast du den Mann gefunden?“

„Vor einer halben Stunde, so. Ich bin mit Rocco raus.“ Pohl deutete auf den Schäferhund neben sich. „Er musste sein Geschäft machen. Wegen der Kälte und dem ganzen Schnee wollte ich nicht so weit gehen. Wir kamen hier vorbei, und da hab ich ihn entdeckt. Das war’s.“

„Hast du jemanden weglaufen sehen?“

„Nein."

Das wäre auch zu schön gewesen. Vor allem zu einfach. Marina nickte, betrachtete noch einmal den Toten und dachte darüber nach, wie sie nun am besten weiter vorgehen sollte …

Zwanzig Minuten später stand sie, einigermaßen zufrieden, im schlichten Holzschuppen der Pohls. Zwei Männer aus dem Dorf hatten die Leiche dort auf einem Campingtisch abgelegt. Immerhin lag er hier kühl und geschützt, bis Hilfe von außen kam. Das war aber auch das Einzige, was Marina irgendwie tröstete. Ansonsten war ihr gar nicht wohl. Das Wetter wurde immer schlechter, der Himmel immer dunkler. Es sah im Augenblick nicht so aus, als würde es in nächster Zeit wieder aufhören zu schneien oder als würde es überhaupt jemals wieder aufhören zu schneien.

„Also, ich hab kein gutes Gefühl dabei", sprach Ellie Pohl aus, was sie dachte.

Marina antwortete nicht darauf, und so starrten sie eine Weile auf den toten Mann.

„Sind die anderen schon losgegangen?", fragte Ellie dann.

„Ja. Frieder hat die Leitung übernommen. Vielleicht finden sie ja die Frau aus Hamburg."

„Ich glaube nicht, dass sie weit kommen werden."

„Nein, vermutlich nicht. Aber einen Versuch ist es wert. Ich kann mir beim besten Willen nicht vorstellen, dass sie es zu Fuß und alleine den Berg hinaufgeschafft hat. Vielleicht liegt sie irgendwo und braucht Hilfe."

„Ja, vielleicht."

Wieder starrten sie auf die Leiche.

„Ich habe immer gedacht, alle Toten würden so aussehen, als würden sie schlafen", bemerkte Ellie nach ein paar Sekunden.

Marina sagte nichts darauf, und sie fügte hinzu: „Er sieht überhaupt nicht so aus, als würde er schlafen. Selbst jetzt nicht, nachdem wir ihm die Augen geschlossen haben …"

Einem Impuls folgend machte Marina sich daran, die Taschen der Jacke des Toten zu durchsuchen.

„Was suchst du?", wollte Ellie wissen.

„Ist es nicht komisch, dass er nicht nur keine Papiere, sondern auch kein Handy dabeihatte?", sagte Marina. „Ich meine, jedes Kind hat heutzutage ein Handy."

„Stimmt", nickte Ellie. „Und sieh dir seine Schuhe an. Das ist italienisches Leder, das sehe ich sofort. Damit spaziert man nicht im tiefen Schnee herum." Sie brach ab, als Marina einen kleinen Zettel aus der Jackentasche des Toten zog. „Was ist das?"

„Eine Notiz." Marina hob die Augenbrauen in die Höhe. „Eine Zahl. *2012.*"

„Eine Jahreszahl?"

„Vielleicht. Oder eine PIN-Kombination." Marina steckte den Zettel ein. Sie trat zur Tür des Schuppens und sah einen Moment hinaus in die weiße Wüste. Weiße Berge und schwarze Wolken in einem einzigen Gewirbel aus Schnee.

Jetzt habe ich meine Chance, und ich werde sie nicht vertun, dachte sie. Und hatte überhaupt keine Ahnung, was noch auf sie zukommen würde. Doch als wäre da irgendwo in ihr etwas, das warnend ausschlug, wurde ihr für den Bruchteil einer Sekunde ganz schrecklich übel. Sie schluckte, wandte sich noch einmal an Ellie und sagte: „Danke, dass wir den Schuppen benutzen dürfen. Es tut mir wirklich leid, dass wir euch das zumuten, aber ich sehe gerade keine andere Möglichkeit."

Ellie nickte unbehaglich und beeilte sich, ihr nach draußen zu folgen.

8. KAPITEL

Und das ist erst der Anfang

Weidling

Der Wind brauste und rauschte in den ungewöhnlichsten Tonlagen um die Hütte. Eva hatte die roten Locken achtlos zu einem Pferdeschwanz nach hinten gerafft. Dazu trug sie einen ausgewaschenen, limettefarbenen Pullover und eine Jeanshose mit einem Loch über dem rechten Knie. Da das nicht ihre übliche Garderobe war, war klar, dass sie im Augenblick auf Autopilot fuhr.

Völlig fertig saß sie auf der Couch, spürte, wie ihr ganzer Körper schmerzte. Ihre Beine fühlten sich an, als wären sie kurz davor, sich aufzulösen. Sie glaubte nicht daran, jemals wieder aufstehen zu können. Aber immerhin, jetzt war es warm in der Hütte. Genau genommen wurde sie geradezu mit Hitze bombardiert – und das von zwei Seiten. Die Heizung lief immer noch auf Hochtouren, und Julia hatte in der Zwischenzeit den Kamin angemacht. Unter normalen Umständen wäre es Eva viel zu heiß gewesen, aber das hier waren keine normalen Umstände. Das hier war … ein Albtraum. Sie wandte den Kopf und sah zu Julia, die an der Küchenzeile stand und darauf wartete, dass der Wasserkocher Dampf spuckte. Als es so weit war, begann sie mit dem heißen Wasser Kaffee aufzubrühen. Ihr Anblick hatte etwas Geisterhaftes. Eva konnte kaum glauben, dass sie tatsächlich da war.

„Ich hab dir auch einen Kaffee gemacht. Ist das in Ordnung?"

„Ich will keinen Kaffee. Ich will jetzt endlich Antworten."

Mit zwei gefüllten Tassen kam Julia zum Tisch und setzte sich auf die Kante des Sessels. Es dauerte noch einen Moment, dann begann sie: „Die Geschichte im April … Die *Teufelsmorde* … Wolfgang Lange … Das war alles gesteuert, Eva. Wir dachten, mit seinem Tod wäre es zu Ende, aber das ist es nicht. Es gibt Menschen hinter ihm, die noch weit gefährlicher sind, als er es war. Und diese Leute wollen meinen Tod."

„Deinen Tod?" Evas Stimme klang leicht erkältet, sie bemerkte es selbst. Kurz hielt sie sich die Nase zu und versuchte, die Ohren durch ein kurzes Schnauben wieder frei zu bekommen. Dann sagte sie: „Das versteh ich nicht. Warum sollte jemand deinen Tod wollen?"

„Darauf habe ich leider noch keine Antwort. Jedenfalls keine befriedigende. Ich weiß nur, dass es dieselben Leute sind, die auch meinen Vater ermordet haben."

„Wie bitte?" Evas Blick war reine Verwirrung. „Dein Vater wurde *ermordet*?"

„Ja."

„Woher weißt du das?"

„Zander, mein ehemaliger Kollege in Mainz, hat mir im letzten Sommer einen Umschlag gegeben. Darin befanden sich Obduktionsberichte." Julia hob zwei Finger in die Höhe. „Zwei. Der offizielle und ein inoffizieller. In dem offiziellen steht, was ich all die Jahre geglaubt habe, nämlich dass mein Vater bei dem Autounfall ums Leben kam, bei dem auch meine Mutter starb und den ich damals nur knapp überlebte. In dem inoffiziellen Bericht steht, dass sich Gift im Blut meines Vaters befand, als wir den Unfall hatten. Ricin, um genau zu sein. Du bist Biologin, Eva, ich nehme an, du weißt, was das bedeutet."

„Ricin?" Eva hustete. „Das ist ja lächerlich. Das ist …"

„Glaub mir, ich war selbst zu Tode erschrocken und bin es immer noch."

„Ricin ist ein hochgiftiges Toxin, Julia. Man muss schon …"

„Ich weiß das alles. Und trotzdem ist und bleibt es die Wahrheit. Mein Vater wurde mit dem Zeug vergiftet." Julia brach kurz ab, fügte dann hinzu: „Er wäre so oder so gestorben, selbst wenn wir den Autounfall nicht gehabt hätten."

Eva schwieg einen Moment, ließ das Ganze auf sich wirken. Dann schüttelte sie den Kopf. „Nein. Nein, das kann ich mir nicht vorstellen. Wer sollte denn deinen Vater vergiften? Und warum?"

„Darauf habe ich leider auch noch keine Antwort. Bisher weiß ich nur, dass es sich um eine Organisation handelt." Julia griff nach der Kaffeetasse, trank aber nicht. „Wobei Paula von Jäckle behauptet, sie würden sich selbst nicht als ‚Organisation, sondern als Wesenheit' sehen, was immer das bedeuten mag."

„Paula von Jäckle?" Eva hob die Augenbrauen in die Höhe. „Du hast mit Paula von Jäckle gesprochen?"

„Ja."

„Freiwillig?"

„Ja."

„Erzähl mir davon."

Julia erzählte von ihrem Erlebnis mit Paula von Jäckle, beginnend mit ihrem Treffen in dem schäbigen Café. Dann schilderte sie, was in der alten Kapelle geschehen war. Sie endete mit den Worten: „Paula von Jäckle nennt ihn den *Zaren*. Und ich habe seine Stimme gehört, Eva. Ich habe sie klar und deutlich gehört. Wäre ich nicht selbst dabei gewesen, ich würde es mir nicht glauben." Julia senkte den Blick, spielte mit dem Henkel der Tasse. „Ich bin nicht von allem überzeugt, was Paula von Jäckle sagt. Dass es um den ewigen Kampf zwischen Gut und Böse ginge und so weiter. Nein, es muss eine andere, eine rationale Erklärung für das alles geben. Und trotzdem … irgendetwas in der alten Kapelle passiert. Ich habe seine Stimme gehört, und ich weiß, dass ich sie kenne. Aber ich kann sie nicht einordnen. Ich weiß nicht, wo ich sie hinstecken soll."

Eva, die das Gefühl hatte, als drehe sich alles in ihrem Kopf, trank ihre Tasse leer, erhob sich und begann, sie auszuspülen. Nur, um überhaupt etwas zu tun. „Okay", sagte sie nach ein paar Sekunden, „nehmen wir einmal an, es ist alles so, wie du sagst. Nehmen wir an, dein Vater wurde tatsächlich ermordet. Und nehmen wir weiter an, seine Mörder sind nun hinter dir her. Warum auch immer. Die Kapelle und alles, was dort geschah, lassen wir vorerst mal beiseite …“ Sie sah auf und blickte Julia an. „Was habe ich damit zu tun?“

„Sie wollen mich“, antwortete Julia. „Aber sie kamen nicht an mich heran. Ich habe in den letzten Monaten alles getan, um immer wieder alle Spuren hinter mir zu verwischen. Ich habe mit ständig neuen Namen in immer wechselnden Hotels eingecheckt, hatte immer neue Kreditkartenkonten. Ich wechselte permanent meine E-Mail-Accounts, ebenso wie meine Mobilfunknummer. Ich habe wirklich alles getan, damit sie mich nicht finden. Also mussten sie handeln.“

Eva hustete wieder. „Du willst sagen, sie wollten mich entführen, um dich zum Auftauchen zu bewegen?“

Julia nickte.

„Und warum haben sie dann nicht schon viel früher versucht, mich zu schnappen? Warum haben sie so lange damit gewartet? Wir beide haben uns im Mai das letzte Mal gesehen, das ist sieben Monate her.“

„Ich schätze, in Hamburg war es schwieriger, an dich heranzukommen, weil du dort ständig von Menschen umgeben warst.“ Julia deutete mit einer Handbewegung um sich. „Erst hiermit hast du ihnen eine perfekte Möglichkeit geboten, zuzuschlagen. Hier, alleine in dieser Einöde …“

Darüber dachte Eva einen Moment nach. Sie war hierhergekommen, um endlich Ruhe und Frieden zu finden. Und das war das Ergebnis. „Und woher wusstest du, dass ich in Gefahr bin?“, fragte sie weiter.

„Paula von Jäckle hat es mir gesagt. Also habe ich mich auf den Weg gemacht und nach dir gesucht. Ich war in Hamburg, aber dort warst du nicht mehr. Ich fand heraus, dass du in den

Schwarzwald gereist bist. Also bin ich dir weiter gefolgt." Julias Blick war ernst. „Ich lasse nicht zu, dass dir etwas passiert, Eva. Niemals."

Einen Moment sahen sie sich in die Augen.

Dann sagte Eva: „Und was hast du jetzt vor?"

„Erst einmal abwarten."

„Ich hab aber überhaupt keine Lust, hier in dieser Schneehölle den Lockvogel zu spielen."

Julia erhob sich, trat zu ihr und wollte gerade etwas sagen, als sie für einen Moment den Eindruck hatte, die Luft würde ihren Sauerstoff verlieren. Bei jedem Atemzug fühlte sich ihre Brust schwerer an. Sie wusste, dass es nicht sein konnte, und doch war es ihr, als kröche etwas in ihr Gehirn. Eiskalte Finger, die es abzutasten schienen. Nur für den Bruchteil einer Sekunde, dann war es wieder vorbei.

Verstört sah Eva sie an. „Alles in Ordnung?"

Julia nickte, sammelte sich und konzentrierte sich wieder. „In der nächsten Zeit wird dank des schlechten Wetters niemand zu uns heraufkommen. Das ist unser Vorteil. Bis das Wetter wieder besser wird, muss ich …"

„Was?"

„Ich muss meine Erinnerung wiederfinden."

Eva blinzelte irritiert. „Was soll das jetzt wieder heißen? Julia, was, zum Teufel, ist los mit dir?"

Es dauerte einen Moment, dann sagte Julia: „Was ich dir bisher erzählt habe, war nur der Anfang. Du weißt noch lange nicht alles."

„Ich bin als Kind entführt worden." Julia hatte wieder auf der Kante des Sessels Platz genommen. „Ich muss damals acht oder neun Jahre alt gewesen sein. Ich …"

„Warte", unterbrach Eva. „Warte, warte, warte. Woher weißt du das?"

„Ich erinnere mich daran. Nur leider nicht gut genug."

„Du hast dich all die Jahre nicht daran erinnert. Warum jetzt auf einmal?"

Julia hob die Hände in die Höhe. „Ich habe keine Ahnung. Es begann im letzten April. Nach dem ... Erlebnis in der alten Kapelle. Irgendetwas ist offenbar in dieser Nacht in meinem Kopf angestoßen worden. Ich hatte zwei Kugeln im Leib und wäre um ein Haar gestorben, vielleicht hängt es damit zusammen. Ich weiß es nicht. Ich weiß nur, dass danach zum ersten Mal Bilder in meinem Kopf auftauchten. Und Stimmen. Zuerst dachte ich, jetzt werde ich endgültig verrückt. Aber dann begriff ich nach und nach, dass diese Bilder etwas zu bedeuten haben. Sie tauchen immer nur ganz kurz und scheinbar ohne Zusammenhang auf, aber es werden kontinuierlich mehr."

„Und warum wurdest du entführt?", fragte Eva. „Um deine Eltern zu erpressen?"

„Meinen Vater. Aber nicht um Geld."

„Worum dann?"

„Er war Staatsanwalt, wie du weißt."

„Ja. Und?"

„Ich kann es nicht beweisen, aber ich glaube, dass sie mich entführt haben, damit er gezielt Fälle manipulierte, Beweise verschwinden ließ, Anklagen verlor. Wie gesagt, ich kann das nicht beweisen, aber eine andere Erklärung gibt es im Augenblick nicht. Irgendwann wurde er anscheinend zum Risiko. Und da haben sie ihn umgebracht."

Eva, die die ganze Zeit noch an der Anrichte gestanden hatte, trat in die Mitte des Raumes. „Gib mir eine Zigarette, bitte."

„Auf keinen Fall. Das kannst du vergessen."

„Bitte."

„Nein." Julia schüttelte den Kopf. „Du siehst auch so schon aus wie eine Leiche, stehst kurz vor einem Anfall. Außerdem rauche ich auch nicht, also kannst du ebenso darauf verzichten."

„Bitte, Julia, ich will nicht wegen einer Zigarette mit dir anfangen zu streiten."

„Ich streite nicht. Du bist es, die total unvernünftig ist."

„Ich kann morgen wieder vernünftig sein. Gerade habe ich nicht die Nerven dafür. Also bitte, gib mir eine Zigarette."

„Nein."

„Meine Güte!" Eva machte sich auf den Weg zu Julias Rucksack. „Dass ausgerechnet du päpstlicher sein willst als der Papst." Gleich darauf hielt sie ein Päckchen Zigaretten in der Hand, und zehn Sekunden später blies sie eine dünne Rauchfahne in Richtung Decke. „Weißt du, wann ich das letzte Mal geraucht habe?"

Resignierend rieb Julia sich über die Augen. „Nein. Wann?"

„Als ich mit gebrochenem Bein in Hannover im Krankenhaus lag und du mir offeriert hast, Pastor Jordan sei der Teufelsmörder."

„Ich erinnere mich. Die größte Fehleinschätzung meines Lebens."

„Willst du ziehen?"

Julia seufzte und nickte.

Eva reichte ihr die Zigarette, setzte sich wieder auf die Couch und sagte: „Mal angenommen, es ist alles so, wie du sagst. Angenommen, du wurdest wirklich als Kind entführt, dein Vater wurde tatsächlich ermordet, und es sind seine Mörder, die nun hinter dir her sind … Warum gehst du dann nicht zur Polizei?"

„Weil es nicht geht."

„Warum geht es nicht?"

Julia zog an der Zigarette, betrachtete sie einen Moment zwischen ihren Fingern. Dann sagte sie: „Du erinnerst dich doch noch an die Zeit im Waisenhaus, nicht wahr?"

Eva nickte.

„Es war alles in allem doch eine ganz gute Zeit, oder nicht? Klar hatten wir es nicht einfach, aber wir hatten uns. Sandmann,

Kerstin, du und ich. Und wir hatten Pastor Jordan. Er hat uns aufgenommen und war so etwas wie ein Ersatzvater für uns."

Julia legte eine Pause ein. Eva rieb sich über die Augen.

„Wir hatten Jordan gern. Wir haben ihm vertraut. Wir dachten, wir würden ihn kennen, aber wir hatten keine Ahnung. Er hat zugelassen, dass Sandmann umgebracht wird. Er hat nichts dagegen unternommen. Er hat uns verraten – und wofür? ‚Für ein bisschen hart ficken', das waren Langes Worte in jener Nacht in der alten Kapelle." Julia sah Eva an. „Und darum geht's. Ich weiß nicht, wer noch alles in diese Sache verstrickt ist. Wir könnten jederzeit wieder ins offene Messer laufen, und das will ich nicht."

„Aber du bist Polizistin", wandte Eva ein.

„Ich war Polizistin. Und selbst wenn ich es noch wäre, würde es nichts ändern. Ich weiß nicht, wem ich noch vertrauen kann. Und solange das so ist, gehe ich damit nirgendwohin, auch nicht zur Polizei."

„Und was ist stattdessen dein Plan?"

„Ich muss diesen Zaren alleine finden und ausschalten. Dieses ganze Gerede von Gut und Böse und alles, was Paula von Jäckle sonst noch so von sich gegeben hat, interessiert mich nicht. Er ist für den Tod meines Vaters verantwortlich, und er will mich auch umbringen. Also muss ich schneller sein als er. Aber um ihm gegenübertreten zu können, brauche ich meine vollständige Erinnerung, das ist das Problem. Ich brauche die richtigen Waffen; wenigstens in diesem Punkt gebe ich Paula von Jäckle recht. Und die richtigen Waffen sind in dem Fall Antworten, und die befinden sich in meinem Kopf."

Eva dachte einen Moment nach. „Also, ich kann mir nicht vorstellen, dass du diese Entführung … und alles andere … einfach so vergessen hast", sagte sie dann. „Eher würde ich glauben, dass sie dich unter Drogen gesetzt haben. Das würde in meinen Augen mehr Sinn ergeben."

„Sie ist noch ein Kind! Was ist, wenn die Dosis zu hoch ist, wenn sie stirbt?“ – „Wann wirst du endlich lernen, mir zu vertrauen?“

„Vielleicht“, sagte Julia. „Aber wie auch immer, es ist da, es befindet sich in meinem Kopf. Das sprichwörtliche Pulverfass, das auf ein Streichholz wartet.“

Eva begann wieder zu husten, griff nach ihrer Handtasche und begann, darin zu wühlen.

„Suchst du deine Medikamente?“

„Ja. Aber ich kann sie nicht finden.“ Ungeduldig kippte Eva den Inhalt auf den Tisch. Da lagen dann ein Geldbeutel, ein Päckchen Taschentücher, ein Päckchen Kaugummis, ein Handy, ein Handyakku, ein Personalausweis, eine Sonnenbrille und eine kleine Seife. Nur die Medikamente waren nicht darunter.

Aufgeregt fuhr Eva mit der Hand über die Innenverkleidung der leeren Handtasche.

„Kriegst du einen Anfall?“, fragte Julia.

„Nein, aber ich könnte jeden Augenblick einen kriegen, wenn ich nur daran denke, dass … Wo ist dieser verflixte Beutel? Er muss in der Handtasche sein. Ich habe inhaliert, kurz nachdem ich die Apotheke verlassen hatte, und dann habe ich die Medikamente zurück in die Tasche getan. Verflixt noch mal, wo sind sie jetzt?“

„Vielleicht sind sie rausgefallen, als die Tasche unter den Sitz rutschte.“

Eva hob den Kopf. „Oh nein.“

In dieser Sekunde piepste irgendwo etwas.

Es war Evas Handy. „Das ist Robert.“ Sie suchte es auf dem Tisch. „Mein Mann.“ Gleich darauf nahm sie das Gespräch an und sagte: „Robert? Robert!“

Doch die Verbindung war schon wieder unterbrochen. Das Display dunkel.

„Mist!“, entfuhr es Eva. „Kein Netz. Wie kann das sein? Eben war es noch da, jetzt ist das Netz weg.“

„Das liegt am schlechten Wetter."

„Hast du ein Netz?"

Julia zog ihr Handy aus der Hosentasche und reichte es ihr. Eva starrte auf das Display. Auch hier nicht ein einziger Strich. Entkräftet sank sie zurück und sagte so leise, dass sie kaum zu verstehen war, in Richtung Decke: „Lieber Gott, warum tust du mir das an?"

9. KAPITEL

Alle Männer

Mainz

„Sie ist jetzt bei sich“, sagte der Arzt gegen elf Uhr fünfundvierzig. „Halten Sie jederzeit genügend Abstand zu ihr. Machen Sie keine ruckartigen Bewegungen. Sie werden nur wenige Minuten mit ihr sprechen können, und wenn ich währenddessen irgendwelche Hinweise auf einen Erregungszustand bei ihr erkenne, dann werde ich das Gespräch sofort beenden.“

„In Ordnung“, sagte Zander und betrat auf ein Neues das Krankenzimmer.

Die junge Frau wandte ihm den Kopf zu, mit Angst in den Augen. Die vielen Schläuche und Infusionen wirkten an ihrem schmalen Körper irgendwie obszön, und ihr ehemals engelsgleiches Gesicht ließ erahnen, wie schlecht es um sie bestellt war.

Zander zog sich einen Stuhl heran und setzte sich, wobei er darauf achtete, genügend Abstand zwischen sich und ihr zu halten. „Mein Name ist Zander. Ich bin von der Kriminalpolizei.“

Sie nickte weder, noch schüttelte sie den Kopf.

„Sie sind in Sicherheit“, fügte er hinzu. „Niemand wird Ihnen mehr etwas tun.“

Keine Reaktion. Sie sah ihn nur weiter aufmerksam an.

„Können Sie mich verstehen?“

Sie nickte.

„Gut. Ich brauche Ihre Hilfe. Fühlen Sie sich in der Lage, mit mir zu sprechen?“

Sie nickte wieder.

„Ich möchte die Männer kriegen, die Ihnen das angetan haben.“

„Alle Männer“, sagte sie jetzt.

Zander atmete tief durch. „Ja. Alle Männer."
Es war ihr nicht anzusehen, ob sie ihm glaubte. Ob sie es ihm zutraute. Sie sah ihn einfach nur weiter an.
„Wie heißen Sie?", fragte er.
„Nathalia." Ihre Stimme klang belegt, gequetscht. „Nathalia Snietka."
„Wie alt sind Sie, Nathalia?"
„Neunzehn." Wie ein Papagei, der nur ein paar Worte sagen konnte, wiederholte sie: „Nathalia Snietka. Neunzehn."
„Aus welchem Land kommen Sie?"
„Ukraine."
„In Ordnung. Ich muss Ihnen noch weitere Fragen stellen, das wissen Sie, nicht wahr?"
Sie nickte.
„Sie hatten keine Papiere bei sich, als Sie heute Morgen eingeliefert wurden. Sind Sie illegal in Deutschland?"
Zuerst nickte Nathalia. Dann schüttelte sie den Kopf. Dann sagte sie: „Sie … genommen … alles."
„Wer?"
Keine Antwort.
„Wie kamen Sie nach Deutschland, Nathalia?"
Sie zögerte. „Mann sagen … heiraten mich … schicken Fotos."
Im Geist fügte Zander die Worte zusammen. „Sie meinen, es gab so etwas wie ein Eheversprechen?"
Nicken.
„Wo haben Sie den Mann kennengelernt?"
„Internet … Mann sagen … heiraten mich. Ich … Deutschland. Aber … nix Mann."
„Sie haben den Mann auf den Fotos nie getroffen?"
Nathalia schüttelte den Kopf. „Andere Männer … kommen … mich holen … an Flughafen. Dann … alles … schwarz."
„Sie wurden von anderen Männern abgeholt?"

Nicken.

„Wie viele Männer waren es?", fragte Zander weiter.

Nathalia hob leicht zwei Finger von der Bettdecke.

„Können Sie die beiden Männer beschreiben?"

Zuerst Nicken. Dann wieder Kopfschütteln. Es war nicht ganz klar, ob sie sich nicht erinnern konnte oder nicht erinnern wollte.

„Können Sie den Wagen beschreiben, mit dem Sie vom Flughafen weggebracht wurden?"

Kopfschütteln.

Zander nahm sich vor, später noch einmal darauf zurückzukommen. „Was passierte dann?", fragte er weiter.

„Ich … Keller. Männer böse … Immer …" Plötzlich, wie aus dem Nichts, stieß Nathalia einen Schrei aus. Zander zuckte zusammen, Krankenschwester und Arzt eilten herein, beruhigten sie und bestanden darauf, dass er das Gespräch beendete.

Nathalia schüttelte unter Tränen den Kopf. „Nix … Mann bleiben."

Krankenschwester und Arzt verschwanden wieder, jedoch nur widerwillig und auch nicht, ohne Zander noch einmal auf jedwede Rücksicht hingewiesen zu haben.

Als sie wieder alleine waren, sagte sie: „Böse Männer … kommen. Viele Männer."

„Wie lange wurden Sie in dem Keller festgehalten?", fragte Zander weiter.

„Ich Deutschland … Sommer."

Sie war im Sommer nach Deutschland gekommen. Also mehrere Monate.

„Andere … Frauen", fügte Nathalia hinzu. „Ich hören … nix sehen."

Zander sah auf. „Es waren noch mehr Frauen in dem Keller?"

Sie nickte.

„Sind diese Frauen mit Ihnen geflohen?"

Kopfschütteln.

„Wie haben Sie es überhaupt geschafft, aus dem Keller zu fliehen?"

Nathalia deutete auf die Wasserflasche, und Zander schenkte ihr etwas in einen Plastikbecher. Sie trank und sagte dann: „Ich … schlagen Mann … ich … " Sie deutete auf das Bettgestell.

„Mit einer Eisenstange?", fragte Zander, und sie nickte.

„Bett … sehr alt." Nathalia versuchte, sich weiter zu konzentrieren, aber die schwarzen Punkte vor ihren Augen wurden immer größer.

„Sollen wir eine Pause machen?", fragte Zander sofort.

Sie schüttelte den Kopf, griff erneut nach dem Wasserbecher und trank einen kleinen Schluck.

„Sie haben also einen Ihrer Entführer mit einer Eisenstange niedergeschlagen?"

Nicken.

„Sie waren nicht die ganze Zeit gefesselt?"

Kopfschütteln. „Mann … bringen Essen."

Zander nickte. „Er brachte Ihnen Essen, machte Sie in der Zeit von den Fesseln los, und dann haben Sie ihn mit einer Eisenstange geschlagen, die Sie zuvor aus dem Bettgestell montiert hatten. Ist das richtig?"

Nicken. „Er fallen … ich weg. Treppe. Dann … ich frei."

Zander nickte nachdenklich. Er hatte noch viel mehr Fragen, doch er bemerkte, dass Nathalia völlig erschöpft war. Sie konnte kaum noch die Augen offen halten.

„Ich komme wieder", sagte er. „Haben Sie keine Angst. Vor der Tür steht ein Polizist. Ihnen wird nichts passieren. Schlafen Sie. Ruhen Sie sich aus."

Morgen wird die Welt schon wieder ganz anders aussehen, hätte er am liebsten gesagt, doch er wusste natürlich, dass das gelogen war. Für Nathalia Snietka würde die Welt nie wieder so sein, wie sie einmal gewesen war.

Bereits eine Stunde später herrschte im Polizeipräsidium wilde Aktivität. Der Besprechungsraum war erfüllt von konstantem Stimmengewirr. Auf dem Tisch lag ein Berg aus Papier: Handlungsanweisungen, Kopien der medizinischen Untersuchung von Nathalia Snietka, dazu mehrere Karten von Mainz. Was nicht mehr auf den Tisch gepasst hatte, war kurzerhand auf dem Boden platziert worden.

Zander stand an der Tafel und betrachtete seine Männer.

Nikolas Augustin saß in der Nähe der Tür. Er war groß, hatte kurze dunkle Haare und war mit vierunddreißig Jahren der Jüngste im Team. Er erinnerte ein wenig an ein männliches Unterwäschemodel, was ihm in der Regel einen unschätzbaren Vorteil bei Verhören mit Frauen einbrachte. Dazu war er einfallsreich und schnell von Begriff. Er arbeitete sorgsam, methodisch und vorausschauend – ein guter Mann.

Neben ihm saß Rolf Dettloff, vierundvierzig Jahre alt, mit dem Aussehen und der Statur eines Preisboxers, einem vernarbten Gesicht, das er der Akne seiner Jugend verdankte, und einer Nase, die mindestens zweimal gebrochen war. Auch er war ein guter Mann, dem es nur manchmal ein wenig an Fantasie fehlte. Aber er hatte – obwohl eine harte Schale – ein gutes Herz. Und er war immer engagiert.

Und dann war da noch Klaus Bartosch. Dreiundvierzig Jahre alt. Groß und knochig, mit grauen Strähnen im dunklen Haar, die das intensive Blau seiner Augen noch zusätzlich unterstrichen. Allerdings leuchteten diese Augen nur selten. Missmutig saß er auf seinem Platz und wartete darauf, dass Zander endlich anfing.

„Nathalia Snietka", lauteten Zanders erste Worte, und sofort meldete sich Augustin. „Ich habe mich bereits mit den ukrainischen Behörden in Verbindung gesetzt. In deren Datenbank läuft jetzt gerade eine Suche nach vermissten Frauen, die sich in derselben Altersgruppe wie sie befinden. Vielleicht sind ja noch mehr verschwunden."

Zander nickte, wandte sich der Tafel zu und notierte auf der einen Hälfte Fragen, auf der anderen Antworten.

Wo befand sich der Tatort? In einem Keller.

„Darauf kommen wir gleich noch“, sagte er und schrieb weiter: *Alter des Opfers? Neunzehn. Tathergang? Schwerer sexueller Missbrauch und Folter. Medizinischer Befund? Siehe Ausdruck. Fotos des Opfers?* Hier hängte Zander einzelne Fotos von Nathalia Snietka an die Tafel. Bilder, die ihren Körper von vorne zeigten, von der Seite und von hinten. Bilder, die das ganze Ausmaß ihrer Verletzungen festhielten.

„Was sind das für Wundmale auf ihrem Rücken?“, fragte Dettloff.

„Brandverletzungen“, antwortete Zander. „Verbrennungen von Zigaretten.“

„Und was ist das auf ihrem Hals?“, wollte Augustin wissen.

„Bisswunden.“

„Menschliche Bisse?“

„Ja.“

„Kranke Schweine“, zischte Bartosch.

Die nächsten Fotos waren keinesfalls weniger schockierend. Nathalia hatte starkes Untergewicht, ihre Beine waren dünn wie Bleistifte, und ihr Beckenknochen stand am Rücken vor. Über ihren Bauch und die Brüste zogen sich schwache Linien und rote runde Punkte. Schwarze und gelbe Blutergüsse zogen sich vom Rücken bis zu ihrem Brustkorb.

„Was ist das dort auf ihrer linken Seite?“, fragte Augustin und deutete auf die entsprechende Stelle.

„Das ist ein Abdruck eines Schuhs.“

„Mein Gott“, entfuhr es Dettloff. „Was haben die dem Mädchen angetan?“

Zander schrieb auf die Tafel: *Vorgehen?* Währenddessen sagte er: „Bisher noch unbekannte Personen traten mit Nathalia via Internet in Kontakt und lockten sie mit einem Heiratsversprechen nach Deutschland. Sie haben das alles sehr geschickt eingefädelt, sie ahnte keine Sekunde, dass sie sich in Gefahr befinden könnte. Kaum war sie am Flughafen angekommen, haben sie keine Zeit mehr verloren. Sie wurde noch vor Ort von zwei Männern überwältigt, sie hatte keine Chance. Während der folgenden Wochen und Monate wurde ihr offenbar regelmäßig Ketamin verabreicht."

„Wo kriegt man das Zeug her?", wollte Dettloff wissen.

„Das kannst du an jeder Ecke kaufen", sagte Augustin. „Ist ein Kinderspiel."

Zander nickte und sagte: „Sie suchten eine Sexsklavin. Sie sperrten sie in einen Keller, und dort wurde sie dann über mehrere Monate missbraucht. Von unterschiedlichen Männern. Viele Männer, wie sie sagte. Und sie war in diesem Keller nicht alleine. Dort befanden sich noch mehr Frauen. Nathalia hat sie nicht gesehen, aber gehört."

„Sind die beiden Männer vom Flughafen nur Handlanger, oder sind es die wirklichen Drahtzieher?", fragte Dettloff. „Die, die die Mädchen an fremde Männer verkaufen und die Kohle dafür kassieren? Gibt sicher genug Perverse, die einen Haufen Geld hinlegen, um ihre üblen Triebe an so einem armen Mädchen ausleben zu können."

Die anderen nickten zustimmend.

Zander sagte: „Das ist eine sehr gute Frage. Sind diese beiden Männer die alleinigen Drahtzieher? Oder gibt es noch mehr Täter im Hintergrund?"

„Also, ich kann mir nicht vorstellen, dass man so eine Entführung mal eben schnell improvisiert", wandte Bartosch ein. „Ich meine, man muss die entsprechenden Vorbereitungen treffen, das passende Mädchen im Internet finden et cetera; man muss die Örtlichkeit haben, und man muss sehr bedacht und vorsichtig vorgehen. Sich unsichtbar machen, sozusagen. Also, ich hab das Gefühl, da steckt mehr dahinter."

„Das sehe ich auch so“, stimmte Zander zu und schrieb: *Täterrisiko?* „Was ihr Risiko anging – um bei Nathalias Fall zu bleiben –, so war es nicht unerheblich. Sie haben sie am Flughafen abgefangen und sofort betäubt. Anschließend mussten sie sie zu einem Wagen bringen. Damit gingen sie das Risiko ein, gesehen zu werden, aufzufallen. Sie haben dieses Risiko dennoch nicht gescheut. Was sagt uns das?“

„Dass sie sich ihrer Sache ziemlich sicher waren.“ Das kam von Dettloff.

Die anderen nickten wieder zustimmend.

Augustin atmete tief durch. „Also, ich würde diese Dreckschweine ja sofort festnehmen, wenn ich nur den Hauch eines Schimmers hätte, wo ich nach ihnen suchen soll. Ich meine, wo sollen wir ansetzen? Wir haben nichts außer dem Hinweis auf einen Keller. Aber Keller gibt es leider reichlich in Mainz. Wo, bitte schön, sollen wir da anfangen, zu suchen?“

„Wie wäre es mit einer stillgelegten Fabrik?“, bemerkte Dettloff. „Wenn ich so etwas machen wollte, dann würde ich mir so etwas suchen. Abgelegen und weit weg vom Schuss. Da können die Frauen schreien, solange sie wollen, niemand wird es hören.“

Das machte Sinn.

„Wir durchkämmen alle stillgelegten Fabriken in Mainz und Umgebung“, ordnete Zander an.

Die Männer nickten.

„Und was machen wir sonst noch?“, fragte Bartosch. „Augustin hat recht. Nathalia kann – oder will – sich nicht an die Gesichter ihrer Entführer erinnern. Sie weiß nicht, mit was für einem Wagen sie vom Flughafen weggebracht wurde. Es wurden keine Spermaspuren bei ihr gefunden.“ Er hob die Hände in die Höhe. „Nichts.“

„Vielleicht erinnert sie sich ja doch noch“, sagte Zander.

„Und was, wenn nicht?“

Einen Moment herrschte ratlose Stille im Raum. Alle starrten mehr oder weniger hilflos auf die Tafel.

Dann sagte Augustin: „Mann, ich wünschte, Julia wäre jetzt hier."

Dettloff nickte. „Bin ganz auf deiner Seite, Kumpel. Ich garantier dir, sie würde sich hierhersetzen und sofort etwas auf dieser Tafel sehen, was wir alle zusammen nicht sehen."

Bartosch schnaubte genervt. „Warum machen eigentlich alle immer noch eine Heilige aus Julia Wagner? Wo doch jeder weiß, dass sie das nicht war."

„Halt die Klappe", sagte Augustin.

„Warum?", wandte Bartosch sich an ihn. „Dieses ganze Einfühlungszeugs, auf dem sie immer rumgeritten ist, das bringt uns hier auch nicht weiter. Wir werden diese Kerle nicht dadurch kriegen, dass wir uns in sie hineinversetzen und anfangen, wie sie zu denken. Wir werden sie kriegen, weil wir besser sind. Weil wir auf der richtigen Seite stehen. So war es immer, und so wird es immer sein. Ende."

Dettloff lehnte sich in seinem Stuhl zurück, bis dieser protestierend knarrte. „Du konntest Julia noch nie leiden", stellte er fest.

„Sie ihn erst recht nicht", fügte Augustin hinzu.

„Sie war eine eingebildete Kuh, mehr nicht. Und mich kotzt es an, dass kein Mensch mehr darüber redet, wie es wirklich war. Warum sie *wirklich* den Job geschmissen hat. Alle heben sie in den Himmel. Niemand traut sich, es auszusprechen."

„Weil sie eine gute Polizistin war", sagte Dettloff.

„Siehst du, du tust es auch. Du sprichst es auch nicht aus." Bartosch schüttelte ungeduldig den Kopf. „Niemand spricht es aus."

„Sie ist nicht mehr hier", sagte Augustin. „Was nützt es dir, jetzt noch nachzutreten?"

„Was nützt es, sie im Nachhinein noch zu einer Heiligen zu machen? Das war sie nicht. Sie war …"

„Was?“, sagte Dettloff und richtete sich auf.

Bartosch murmelte etwas.

„Was?“, wiederholte Dettloff.

„Es hatte einen gottverdammten Grund, warum sie den Job geschmissen hat, das habe ich gesagt.“

„Hallo!“, ging Zander dazwischen und deutete auf die Tafel. „Wir schulden Nathalia ein Ergebnis. Also bitte, lasst uns bei der Sache bleiben.“

Sie nickten, rissen sich zusammen und konzentrierten sich wieder.

10. KAPITEL

Der Schachspieler

Evas Knie schmerzten, ihr Rücken war steif. Am Daumen hatte sie eine tiefe Risswunde, die sie bis eben noch gar nicht wahrgenommen hatte, und an ihren Füßen hatten sich schmerzhafte Blasen gebildet. Sie blickte zu Julia, die bei ihrem Rucksack kniete und darin nach etwas suchte. Als sie es gefunden hatte, zog sie es heraus. Es war ein ausgewaschenes AC/DC-Sweatshirt. Sie zog das, was sie trug, über den Kopf, ließ es achtlos auf den Boden fallen und machte sich daran, das frische überzuziehen.

Als Eva ihren nackten Oberkörper sah, blieb ihr einen Moment der Mund offen stehen. Sie hustete. „Sind das … Sind das die Narben, die Lange … also, ich meine, als er auf dich geschossen hat?"

Julia sah nicht einmal an sich hinab. „Ja."

„Das sieht … übel aus."

„Ich kann wenigstens etwas drüberziehen. Du hingegen kannst die Narben an deinen Händen nur schwer verdecken."

Eva sah auf ihre Hände. Das stimmte. Die Narben, die die beiden Nägel hinterlassen hatten, waren wie Stigmata, auf ewige Zeiten deutlich sichtbar für jeden. Wann immer sie nach einem Kugelschreiber griff, wann immer sie jemandem einen Kugelschreiber reichte, wurde sie daran erinnert. Sie hob den Blick wieder an und sagte: „Wir sollten etwas essen."

„Ich hab keinen Hunger."

„Ist mir egal, ob du Hunger hast. Wir müssen etwas essen." Eva machte sich auf den Weg zum Kühlschrank und öffnete die Tür. „Ich hab noch Käse da. Schafskäse. Und Oliven und Brot. Ist das okay?"

„Hmm."

Kurz darauf legte Eva etwas auf den Tisch, was auf den ersten Blick nicht zu identifizieren war, weshalb Julia skeptisch die Augen zusammenkniff und fragte: „Was ist das?"

„Brot. Ich habe es selbst gebacken."

„Wirklich? Ich geh meins immer kaufen."

Eva nickte wissend. „Es war mir klar, dass du das sagen würdest." Sie schritt zurück zur Anrichte. „Ich habe allerdings vor Kurzem in einer Zeitschrift gelesen, dass Teigkneten eine gute Therapie wäre und eine beruhigende Wirkung haben soll."

„Und? Hat es geklappt?"

„Nein. Aber so haben wir wenigstens etwas zu essen." Eva machte sich daran, den Käse zu schneiden und die Oliven in ein Schälchen zu legen. Nach ein paar stillen Minuten meinte sie: „Schade, dass das Gespräch mit Robert vorhin nicht zustande kam."

„Hmm. Sehr schade."

Etwas in Julias Stimme ließ Eva den Blick heben. „Hast du ein Problem?"

„Nein. Ich frage mich nur, warum du bei unserem letzten Zusammentreffen nicht erwähnt hast, dass du verheiratet bist."

„Entschuldige, bei unserem letzten Zusammentreffen war ich nackt an ein Kreuz genagelt und mir sicher, dass ich die Nacht nicht überlebe. Die Situation war nicht geeignet, um über Privates zu plaudern."

„Und was war in den beiden Tagen davor?"

„Da ging es um Kerstins Beerdigung. Da gab es Wichtigeres." Mit dem Käse und den Oliven kam Eva zum Tisch zurück, stellte beides darauf ab und ließ sich dann erschöpft auf die Couch sinken. „Tut mir leid. Ich hatte wirklich nicht die Absicht, es zu verschweigen. Es hatte sich nur einfach nicht … ergeben."

„Okay", sagte Julia. „Und warum hast du deinen Namen behalten und nicht seinen angenommen? Ich meine, ich bin keine Expertin auf dem Gebiet, aber läuft das nicht normalerweise so?"

„Offen gestanden wollte ich seinen nicht haben."

„Wie heißt er denn?"

„Rakete."

Robert Rakete? „Oh." Julia verkniff sich ein Lächeln. „Dann hätte ich vermutlich auch eher meinen behalten."

Eva griff nach einer Scheibe von dem selbst gebackenen Brot und schwieg. Erst nach ein paar stillen Minuten sagte sie: „Ich werde mich scheiden lassen."

Julia sah auf. „Wegen ... der Sache in Wittenrode?"

„Auch." Eva kaute und schluckte. „Ich habe es Robert heute Morgen am Telefon gesagt, kurz bevor ... das Chaos ausbrach. Und jetzt tut es mir irgendwie leid. Ich war zu grob zu ihm. Ich hätte es ihm anders beibringen sollen. Schonender. Ich wollte ihn nicht verletzen."

„Menschen verletzen sich nun mal gegenseitig. Das ist halt mal leider so."

„Nein, Julia. Menschen müssen sich nicht notwendigerweise gegenseitig verletzen."

„Und doch tun sie es." Julia griff nach einer Olive. „Da kann man noch so gute Absichten haben. Irgendjemand wird immer verletzt."

Eva legte den Kopf in den Nacken und blickte ein paar Sekunden in Richtung Decke. Dann sah sie Julia wieder an. „Siehst du, und das ist genau der Grund, warum all deine Beziehungen scheitern."

Julia hielt ihrem Blick stand, schwieg aber.

„Frag egal welche Frau, mit der du je zusammen warst", fügte Eva hinzu. „Ich garantiere dir, sie wusste von der ersten Sekunde an, dass sie es niemals schaffen würde, dein Herz auch nur einen Moment lang zu berühren. Weil das gar nicht möglich ist. Weil du das gar nicht willst." Sie atmete tief durch und richtete sich etwas auf. „Aber das soll nicht mein Problem sein. Ich wünsche Robert jedenfalls von Herzen alles Gute. Er hat es verdient."

„Von Herzen? Große Worte."
„Die ich auch so meine. Er ist ein guter Mensch. Verlässlich, ordentlich, selbstlos …"
„Klingt, als sollte er den Pfadfindern beitreten."
Eva sah Julia wieder an. „Ich habe mich bei ihm wohlgefühlt, so etwas gibt es tatsächlich, auch wenn du dir das nicht vorstellen kannst."
Einen Moment schwiegen sie daraufhin.
Dann fragte Julia: „Hast du ihn geliebt?"
„Warum fragst du mich das?"
„Hast du?"
Eva zog ein Taschentuch aus ihrer Jeans und putzte sich die Nase. „Es war kein Donnerschlag, der bei mir eingeschlagen hat, falls du das meinst", sagte sie dann. „Und es hatte sich auch kein Himmel voller Geigen über mir ausgebreitet. Aber, wie ich gerade sagte, ich habe mich bei ihm wohlgefühlt. Robert ist … ein netter Mann."
„*Nett?*" Julia blinzelte. „Also, ich weiß ja, dass ich nicht die Fachfrau in Beziehungsfragen bin, aber …"
„Habe ich gesagt, dass ich eine brauche?" Eva steckte das Taschentuch zurück in die Hosentasche. „Es war eine Illusion. Es hätte so oder so nicht funktioniert. Und jetzt hören wir auf, darüber zu reden."
Einen Moment schien es, als wolle Julia sehr wohl noch etwas dazu sagen, doch dann gab sie nach. „Okay. Worüber reden wir dann?"
„Was hat Paula von Jäckle noch zu dir gesagt?"
Julia griff nach einer weiteren Olive. „Nicht sehr viel mehr als das, was ich dir bereits gesagt habe. Ich hätte mich für das Gute entschieden, und damit sei es mein Weg, gegen das Böse anzutreten. Und dass sie bereits in der ersten Sekunde Schatten um mich herum gesehen hätte. Schatten der Finsternis, oder so ähnlich. Ich wäre davon umhüllt wie ein Mantel. Und dann

sprach sie von diesen besonderen Fähigkeiten, derer ich mir bewusst werden müsse."

Eva kaute einen Moment schweigend, dann sagte sie: „Du hast tatsächlich eine außergewöhnliche Gabe, und du weißt das auch."

Julia winkte ab.

„Oder einen sechsten Sinn. Oder wie immer man das nennen möchte", fügte Eva hinzu.

„Ich habe keine Gabe, Eva, und ich habe auch keinen sechsten Sinn. Ich bin nicht allwissend, und ich bin nicht allmächtig. Ganz im Gegenteil, ich habe meine liebe Not mit dem Leben."

„Ich kann mir denken, dass du sensibel genug bist, um dir vorzustellen, was ein ermordeter Mensch erleiden musste, ehe er starb."

„Du hast keine Ahnung davon, was ich mir alles vorstellen kann."

„Ja, du hast recht." Eva hob eine Hand in die Höhe. „Ich habe keine Ahnung von dem, was in dir vorgeht. Ich wünschte, es wäre so, aber so ist es leider nicht. Aber ich weiß, dass du die Präsenz toter Menschen spüren kannst. Du hast früher im Waisenhaus schon mit Gestalten gesprochen, die nur du gesehen hast. Ich weiß das, denn ich habe dich dabei beobachtet."

Julia schwieg. Was sollte sie darauf auch sagen?

„Ich hätte damals gerne mit dir darüber gesprochen", fuhr Eva fort, „aber … zum einen hatte ich Angst davor, zum anderen hatte ich nicht den Eindruck, dass du darüber sprechen wolltest." Sie brach ab, und als Julia nichts darauf sagte, fügte sie hinzu: „Ich dachte, du redest bestimmt mit Pastor Jordan darüber, in den vielen Gesprächen, die ihr zwei damals alleine geführt habt."

Julia nickte weder, noch schüttelte sie den Kopf.

„Wann hat das angefangen?", wollte Eva wissen.

Einen Moment schien es, als bekäme sie wieder keine Antwort. Doch dann sagte Julia: „Kurz nach dem Tod meiner Eltern." Sie griff nach einer Scheibe von dem Brot und betrachtete sie zwischen ihren Fingern. „Es kam ohne Vorwarnung. Auf einmal tauchten diese Gestalten auf. Ich war gezwungen, mich mit ihnen abzugeben, konnte mich ihnen nicht entziehen. Zuerst waren es nur Träume, aber irgendwann habe ich sie auch am Tag gesehen."

„Passiert das heute noch? Ich meine, dass du sie siehst?"

„Hin und wieder. Aber zum Glück nicht mehr sehr oft."

Eva schwieg einen Moment, dann fragte sie weiter: „Kannst du dich an den ersten Traum dieser Art erinnern?"

„Sehr gut sogar. Ich war in einem Wald, konnte kaum etwas erkennen. Es war fast vollkommen dunkel. Dann hörte ich ein leises Wimmern, und plötzlich tauchte ein kleines Mädchen auf, kaum älter als ich selbst. Ich konnte es nicht gut sehen, aber ich wusste trotzdem genau, wie es aussah. Es sagte nichts, sah mich einfach nur an. Dann fiel mir auf, dass es vollkommen blutverschmiert war. Dass es zerrissene Kleidung trug und dass seine Haut abgeschürft und zerkratzt war. Das Ganze dauerte nur ein paar Sekunden, dann war das Kind wieder verschwunden, und ich war wach." Julia legte die Brotscheibe zurück auf den Teller. „Du kannst mir glauben, dass ich in dieser Nacht nicht mehr geschlafen habe. Ich lag hellwach in meinem Bett und betete zum Himmel, dass das Kind nicht noch einmal auftauchen möge. Und das tat es auch nicht. Tatsächlich habe ich von diesem Mädchen nie wieder geträumt." Sie hob den Blick und sah Eva an. „Aber ich habe es auch nie vergessen. Jahre später, als ich dann bei der Polizei war, habe ich in alten Akten nachgesehen und erfahren, dass es von seinem eigenen Vater entführt und umgebracht worden war. Man hatte es in einem Waldstück bei Hannover gefunden."

Wieder schwiegen sie einen Moment.

„Wie ging es nach diesem ersten Traum weiter?", wollte Eva dann wissen.

„Mit der Zeit wurden die Träume immer deutlicher, immer genauer", antwortete Julia. „Es wurden immer mehr Gestalten, und ständig hatte ich das Gefühl, dass sie mir etwas sagen wollen, aber ich habe sie nicht verstanden." Sie schüttelte den Kopf. „Total psycho, oder?"

„Eher … außergewöhnlich."

Julia richtete sich etwas auf. „Ich weiß nicht, was da in meinem Kopf vor sich geht, Eva, aber ich weiß, wenn ich eine so gute Polizistin gewesen wäre, wie alle es immer behaupteten, dann hätte ich diesen Zaren längst aufgespürt und die Sache ein für alle Mal beendet. Stattdessen sitze ich hier und habe keine Ahnung, in welche Richtung ich mich bewegen soll." Sie hob die Hände in die Höhe. „Paula von Jäckle meinte, das Ganze wäre wie ein Schachspiel, und je länger ich darüber nachdenke, desto passender finde ich diesen Gedanken. Für mich war mein Vater der wichtigste Mensch in meinem Leben, aber auf einem Schachbrett war auch er nur ein Bauer. Nicht mehr oder weniger als Wolfgang Lange. Oder Pastor Jordan. Drei völlig verschiedene Menschen, die von anderen Menschen manipuliert wurden, welche ihrerseits wieder manipuliert wurden und so weiter bis ganz nach oben in die Spitze."

„Der Zaren ist also der König auf dem Schachbrett?", fragte Eva.

„Nein. Der Zaren ist der Schachspieler. Und da es bei einer Partie in der Regel zwei Spieler gibt – und wenn ich wiederum Paula von Jäckles Worten folge –, dann müsste ich der zweite Spieler sein."

„Wenn wir bei diesem Bild bleiben", gab Eva zurück, „würde das bedeuten, dass du ihm tatsächlich ebenbürtig bist."

„Nicht unbedingt. Ein Spieler ist immer besser als der andere, sonst gäbe es ja keine Gewinner und Verlierer, nicht wahr?"

„Aber du bist in der Lage, gegen ihn zu spielen."

Julia hob die Schultern in die Höhe. „Vermutlich müsste ich den nächsten Zug machen. Das hilft mir nur nichts, wenn ich nicht weiß, um was für einen Zug es sich dabei handelt. Ich kann nur etwas gegen ihn ausrichten, wenn ich mich gut genug erinnere. Und das tue ich eben nicht."

Eva schwieg einen Moment. Dann sagte sie: „Wir könnten versuchen, deine Erinnerung zurückzuholen."

„Und wie?"

„Mit Hypnose." Kaum hatte sie es ausgesprochen, bereute Eva es auch schon wieder. Erst recht, als sie den plötzlichen Hoffnungsschimmer in Julias Augen sah. „Du kennst dich mit Hypnose aus?"

„Na ja, auskennen …", wiegelte Eva schnell ab. „Ich habe vor meinem Biologiestudium angefangen, Psychologie zu studieren, und während dieser Zeit eine Hypnoseausbildung in Berlin gemacht. Allerdings …", fügte sie schnell hinzu, „ist das ewig her. Ich habe das mit der Psychologie schon nach zwei Semestern wieder aufgegeben, weil ich merkte, dass es mir doch nicht lag, und mit Hypnose hatte ich seitdem überhaupt nichts mehr zu tun."

„Aber du kennst die Grundlagen", blieb Julia am Ball. „Du weißt, wie es geht?"

„Theoretisch, ja. Aber wie gesagt …"

„Lass es uns versuchen."

Eva schüttelte den Kopf. „Das ist keine einfache Zirkusnummer, Julia, das ist eine verdammt ernste Sache und …"

Ehe sie sich's versah, lag eine Hand auf ihrer. „Bitte, Eva, hilf mir. Ich weiß, ich habe in der Vergangenheit nicht viel getan, was dich dazu veranlassen könnte, mir zu helfen, aber … bitte. Ich brauche deine Hilfe. Bitte."

Eva blickte auf die Hand, die auf ihrer lag. Dann sah sie Julia wieder an. „Wenn ich es tue und dir passiert etwas, dann werde ich in meinem Leben nicht mehr froh. Das ist dir klar, oder? Wir sind hier oben ganz alleine. Wenn ich dich aus irgendeinem Grund nicht zurückholen kann, dann sind wir verloren."

„Ich vertraue dir."

Eva lächelte düster. „Dann hast du mehr Vertrauen in mich als ich selbst. Wirklich, ich will dir helfen, Julia, aber ich habe große Angst davor. Es gibt so vieles, was schiefgehen kann."

„Das Risiko gehe ich ein. Denn wenn ich weiter Zeit vergeude, dann verspiele ich die Chance, den Mörder meines Vaters zu fassen."

Eva wandte den Blick ab, rang mit sich. Eine Minute, zwei, dann richtete sie ihre Augen wieder auf Julia und sagte: „Ich hoffe, dass ich das nicht bereuen werde. Dass wir beide das nicht bereuen werden."

11. KAPITEL

Der Schwarze Mann ist zurück!

Weidling

Marina Mayer lechzte nach einer heißen Tasse Kaffee und verfluchte Ellie Pohl im Stillen, weil sie ihn nicht schneller brühte.

Sie stand in der Mitte der *Knolle*, der Dorfkneipe, und betrachtete die Gesichter der Dorfbewohner, die sich um sie herum versammelt hatten. Inzwischen wusste auch der Letzte, dass am Morgen auf dem Marktplatz eine Leiche gefunden worden war, und natürlich waren, wie nicht anders zu erwarten, den blühenden Fantasien jetzt keine Grenzen mehr gesetzt.

„Es sind tatsächlich alle hier", sagte Frieder Fäth, der neben ihr stand, und strich sich über den struppigen weißen Bart. „Alle, bis auf den alten Bauermann. Ich wollte ihn holen, aber kaum hatte ich seinen Hof betreten, da bedrohte er mich mit seiner Schrotflinte und jagte mich damit vom Hof."

„Ja, es wird immer schlimmer mit ihm", gab Marina zurück. „Ich muss ernsthaft darüber nachdenken, ihm die Waffe abzunehmen. Irgendwann bringt er tatsächlich noch jemanden um. Überhaupt müsste man mal darüber nachdenken, ob der alte Mann nicht irgendwo anders besser aufgehoben wäre als ganz alleine auf seinem einsamen Bauernhof. Wie alt ist er inzwischen?"

„Über achtzig. Aber wenn du versuchst, ihn von seinem Hof zu holen, das garantiere ich dir, schießt er dich tatsächlich krumm und lahm."

„Man sollte trotzdem darüber nachdenken, was besser für ihn wäre." Marina wandte sich an die Menge und sagte laut: „Wie ihr alle mitbekommen habt, wurde heute Morgen auf dem Marktplatz ein toter Mann gefunden. Er wurde erschossen, und natürlich seid ihr nun beunruhigt. Ich kann es euch nicht verdenken. Aber …" Sie überlegte, wie sie fortfahren sollte, doch die Entscheidung wurde ihr von Ellie Pohl abgenommen.

„Ihr habt die Frau aus Hamburg also nicht gefunden", stellte sie fest.

„Nein", übernahm Frieder die Antwort. „Leider kamen wir nicht sehr weit. Das Wetter wird immer schlechter, und wir mussten die Suche schon bald wieder abbrechen. Bis dahin keine Spur von ihr. Hoffen wir, dass sie es bis zur Hütte geschafft hat."

„Wisst ihr, was ich mich schon die ganze Zeit frage?" Ulrich Pohl, der an der Theke auf einem Hocker saß, legte seinen an eine Billardkugel erinnernden Schädel etwas zur Seite. „Müssten sie und der Tote nicht zusammen ins Dorf gekommen sein? Ich meine, es stand nur der Wagen aus Hamburg auf dem Marktplatz, richtig? Also müssen sie doch zusammen gekommen sein. Denn wenn sie nicht zusammen gekommen sind, wie kam dann der Tote ins Dorf?"

Das war eine wirklich gute Frage. Darüber hatte Marina noch gar nicht nachgedacht.

„Vielleicht sind sie zusammen gekommen, hier in Streit geraten, und dann hat sie ihn erschossen", spekulierte Ellie.

Und sofort geriet die Menge in Wallung.

„Mörderin!"

„Gemeingefährlich!"

„Sie ist hier noch irgendwo!"

„Langsam!", versuchte Marina zu beschwichtigen. „Noch ist überhaupt nichts bewiesen! Ich verstehe, dass ihr euch Sorgen macht, aber wilde Spekulationen helfen uns jetzt auch nicht weiter."

„Genau. Ich sag euch, dass diese Frau keine eiskalte Mörderin ist", bekam sie Hilfe von Frieder. „Das ist eine gute Seele, so was sehe ich auf den ersten Blick. Was immer da heute Morgen auf dem Marktplatz passiert ist, es muss eine logische Erklärung dafür geben."

„Wir können aber auch nicht zu hundert Prozent ausschließen, dass sie eine kaltblütige Mörderin ist, oder?" Das kam von Dirk Eismann, der seine hochgewachsene Gestalt hinter einem der Tische in eine bequemere Sitzposition brachte. „Bei allem Respekt vor deiner Menschenkenntnis, Frieder. Auf unserem Marktplatz wurde ein toter Mann gefunden, und es ist ja wohl anzunehmen, dass sie ihn erschossen hat, wenn es nicht einer von uns war."

Frieder wandte sich ihm zu. „Manchmal sind die Dinge in Wirklichkeit ganz anders, als sie bei der ersten Betrachtung aussehen."

Ellie brachte endlich den ersehnten Kaffee, und Marina trank einen großen Schluck. „Genau", sagte sie dann. „Es kann sich um Notwehr gehandelt haben. Vielleicht wollte der Tote die Frau angreifen, und sie hat sich gewehrt. Danach ist sie in Panik geraten und weggelaufen."

„Konntest du schon etwas über sie herausfinden?", wollte Ellie wissen.

„Wir fanden in einem Seitenfach ihres Wagens eine Zugangskarte zu einem wissenschaftlichen Institut in Hamburg. Das war aber leider auch schon alles, was es in dem Wagen zu finden gab. Aber immerhin wissen wir jetzt, dass sie tatsächlich Haack heißt. Eva Haack. Auf der Karte ist ein Foto. Sie sieht genauso aus, wie Frieder und Margot sie beschrieben haben."

„Vielleicht wollte der Tote sie entführen, um Geld zu erpressen", spekulierte Ulrich Pohl.

Marina trank noch einen Schluck Kaffee. „Wenn sie Wissenschaftlerin ist, hat sie vermutlich ein solides Einkommen, aber reich wird man damit wohl eher nicht."

„Vielleicht geht es ja um etwas Privates", wandte Eismann ein. „Ist sie verheiratet?"

„Bestimmt nicht", sagte Ellie in seine Richtung. „Sonst wäre sie ja wohl kaum alleine hierhergekommen."

„Kommt schon mal vor, dass man alleine verreist, auch wenn man verheiratet ist, oder nicht?“, gab Eismann zurück.

„Vielleicht hat sie ihren Mann verlassen“, spekulierte Ulrich Pohl. „Und er hat ihr aus Rache einen Killer auf den Hals gehetzt. Wär nicht das erste Mal, dass so was passiert.“

„Oder sie hat Feinde, von denen wir noch nichts wissen“, legte Ellie nach. „Arbeitskollegen, die ihr den Typen auf den Hals gehetzt haben. Oder vielleicht hat sie Spielschulden, und er sollte für seine Bosse das Geld eintreiben.“

Die anderen nickten beifällig.

„Du solltest dir anspruchsvollere Filme im Fernsehen ansehen, Ellie“, bemerkte Marina. „Du siehst eindeutig zu viele schlechte Krimis.“

Ulrich Pohl hob einen Finger in die Höhe. „Oder der Tote war ihr sitzen gelassener Liebhaber.“

„Der ihr bis hierher in den Schwarzwald gefolgt ist?“

„Wer weiß?“

„Um dann *was* zu tun?“

„Sie umbringen.“

„Mitten auf unserem Marktplatz? Und sie wehrt sich, reißt ihm die Waffe aus der Hand und erschießt ihn in Notwehr?“ Marina schüttelte den Kopf. „Nein, das kann ich mir alles beim besten Willen nicht vorstellen. Es muss um etwas anderes gehen.“ Sie war sich sicher. Irgendwo zwischen all den vielen Fragezeichen gab es eine andere Erklärung für das Geschehene. „Es muss etwas zu bedeuten haben, dass der Tote keine Brieftasche bei sich hatte“, sinnierte sie. „Keinen Ausweis. Kein Handy.“

„Es gibt noch kein Gesetz, dass man ein solches Ding mit sich herumtragen muss“, merkte Frieder an.

„Stimmt auch wieder.“ Marina wandte sich erneut an die Menge. „Das Einzige, was wir bis jetzt haben, ist eine Wagenladung voller Fragen und keine Antworten darauf. Deshalb sollten wir erst einmal besprechen, wie wir nun weiter vorgehen. Wichtig ist vor allem: Ruhe bewahren, bis die Kollegen kommen."

„Und wann wird das sein?", wollte Eismann wissen.

„Heute und morgen ganz bestimmt nicht", sagte Ellie. „Wir haben Unwetterwarnung." Kopfschüttelnd machte sie sich daran, ein weiteres Bier zu zapfen. „Dass es aber auch immer wieder unser Dorf trifft. Damals der Schwarze Mann …"

Sie hatte den Satz noch nicht zu Ende gesprochen, da geriet die Menge schon wieder in Wallung.

„Der Schwarze Mann ist zurück!"

„Der Schwarze Mann ist als rothaarige Frau zurück!"

„Den Schwarzen Mann hat es nie gegeben", sagte Marina schnell. „Das ist nur eine Legende, mehr nicht."

„Ach wirklich?" Ellie hob den Kopf und sah sie an. „Unsere Großmutter hat uns erzählt, wie damals ihre Scheune in Flammen aufgegangen ist. Das ganze Gebäude vernichtet. Stimmt's, Ulrich?"

„Stimmt, hat sie erzählt", nickte ihr Bruder.

„Genau." Frieder fuhr sich mit der Hand durch die weißen Haare. „Ihr habt vollkommen recht. Und außerdem ist das hier das Bermudadreieck. Und in jedem Zweiten von uns steckt ein Alien."

„Es gab keinen Schwarzen Mann", fügte Marina dankbar hinzu. „Und es gibt keinen. Das, was sich auf dem Marktplatz zugetragen hat, wird sich auf andere Weise aufklären. Ihr werdet sehen. Aber dafür brauche ich eure Hilfe."

Während sie zehn Minuten später auf dem Marktplatz stand, schlug die alte Glocke des Kirchturms ein Mal. Marina stand genau an der Stelle, an der der tote Mann gefunden worden war, und dort stand sie schon eine ganze Weile. Die Kälte biss ihr in die Nase und stach ihr in die Augen. Trotzdem blieb sie weiter reglos stehen. Gib mir eine Chance, dachte sie. *Irgendeinen Hinweis.*

Frieder schaute zu der bedrohlichen Wolkendecke hinauf. Das dichte Schneetreiben nahm ihm fast die Sicht. „Und was haben wir jetzt genau vor?“, wollte er wissen.

„Wir versuchen, die zweite Kugel zu finden. Sie hat die Schulter des Toten durchschlagen, also muss sie hier noch irgendwo sein.“

„Und du bist dir sicher, dass das wichtig ist?“, fragte Ellie Pohl frierend.

„Nein. Aber irgendwie habe ich das Gefühl, dass es wichtig werden könnte.“ Marina drehte sich einmal um die eigene Achse und betrachtete dabei die Umgebung.

Während die restlichen Dorfbewohner sie zitternd und bibbernd dabei beobachteten, schritt sie um die Stelle herum, an der Eva Haacks Wagen gestanden hatte. Alle paar Schritte hielt sie an und kam schließlich wieder zum Ursprungsort zurück. Dort ging sie in die Hocke und fluchte: „Verdammt noch mal, es bräuchte ein Heizgerät vom Militär, um den ganzen Schnee zu beseitigen.“

„Du willst jetzt nicht wirklich den ganzen Schnee durchsuchen, oder?“, fragte Ulrich Pohl mit reichlich Widerwillen in der Stimme.

„Doch.“ Marina begann bereits damit, den ersten Quadratmeter mit den Handschuhen zur Seite zu schaufeln und dann akribisch zu durchsuchen.

Unwillig taten die Dorfbewohner dasselbe. Die einen mit den Händen, die anderen mit ihren Schneeschaufeln.

Sie suchten und suchten und fanden nichts. Räumten Schnee beiseite und noch mehr Schnee. Durchsuchten Schnee und noch mehr Schnee.

Nur mit Mühe brachte Marina die Leute dazu, sich auch ein zehntes Mal auf die Knie zu begeben und den Schnee noch ein weiteres Mal zu durchsuchen. Obwohl es auch ihr immer kälter und das Wetter noch unangenehmer wurde, als es vorher schon gewesen war.

Und dann – gerade als sie selbst schon entnervt aufgeben wollte – fand sie sie.

Marina griff danach, nahm sie zwischen Daumen und Zeigefinger, was nicht einfach war mit ihren dicken Handschuhen, und hielt sie sich vor die Augen. Das war sie tatsächlich. Sie lächelte. Die zweite Kugel.

12. KAPITEL

Lauf … wenn du kannst

Norwegen

Jo Holmens Arbeitszimmer befand sich unter dem Dach und ließ sich nur schlecht heizen, weshalb es dort im Winter immer eisig kalt war. Früher war es sein Kinderzimmer gewesen, und seine Mutter hatte abends immer einen Ziegelstein in sein Bett gelegt, den sie zuvor stundenlang auf dem gusseisernen Ofen in der Küche aufgeheizt hatte. Jetzt wurde der Raum nur noch als Büro benutzt, und das auch nicht mehr sehr oft.

Er stellte ein Glas Wodka auf den Schreibtisch, schaltete den Computer ein und ließ sich ächzend auf dem Stuhl nieder.

Nicht, dass Jo einen Computer gebraucht hätte, ganz im Gegenteil, es war seine Nichte Edda gewesen, die darauf bestanden hatte, dass er sich einen anschaffte. Er selbst war davon nur wenig begeistert gewesen, hatte überhaupt keinen Drang verspürt, auf seine alten Tage noch zu lernen, wie man mit einem solchen Ding umging. Dann hatte Edda ihm auch noch eine E-Mail-Adresse angelegt und gesagt, er müsse seine Post lesen. Was für Post? Er bekam schon kaum normale Post, wer sollte ihm Nachrichten über den Computer schicken?

Aber immerhin, seitdem korrespondierte er über dieses merkwürdige Medium und stellte fest, dass es interessant war, zu verfolgen, was in der Welt geschah. Hin und wieder schickte Edda ihm tatsächlich Post, und er antwortete ihr mit ein paar dürren Worten.

Eine Minute verging, dann war der Computer bereit, und Jo rief seinen Posteingang auf. Eine Mail hatte Edda ihm gestern geschickt. Eine Beschwerde, weil er sich so lange nicht bei ihr gemeldet hatte.

Während Jo nach seinem Glas griff und einen kleinen Schluck Wodka trank, öffnete sich plötzlich auf seinem Bildschirm ein kleines graues Kästchen. Worte setzten sich vor seinen Augen zusammen – und ihm fiel vor Schreck das Glas aus der Hand.

Keine zwei Minuten später stand Susanne hinter ihm und starrte ungläubig auf das kleine graue Kästchen, in dem klar und deutlich zu lesen stand:

Hallo Susanne! Wie geht es Dir?

In ihrer Brust gab es eine Explosion. Ihr Herz setzte aus, die Welt blieb stehen, dann gab es einen Ruck, und es ging weiter. Sie wandte sich an Jo und fragte: „Wann kam das?"

„Gerade eben. Ich habe den Rechner angemacht, und da …" Er fuhr sich durch die blonden Haare.

„Woher weiß dieser Mensch, dass ich bei dir bin?"

„Keine Ahnung."

Susanne starrte wieder auf den Bildschirm, las die Nachricht ein zweites, ein drittes Mal, dann schrieb sie, ohne noch einmal darüber nachzudenken: *Wer bist du?* Und drückte auf *Senden.*

Keine fünf Sekunden später kam die Antwort: *Ich weiß alles von Dir. Und nicht nur ich.*

Alle Härchen auf Susannes Unterarmen stellten sich auf. Sie schrieb noch einmal: *Wer bist du?*

Wieder kam die Antwort innerhalb weniger Sekunden: *Deine Strafe war von Anfang an festgelegt. Lauf und rette dich … wenn Du kannst.*

Das war es. Danach kam nichts mehr.

Einen Moment herrschte völliges Schweigen im Raum, dann deutete Susanne auf den Bildschirm. „Meine Strafe war von Anfang an festgelegt? Was, zum Teufel, soll das bedeuten?"

Jo, der darauf keine Antwort hatte, sagte: „Ich glaube, wir sollten Edda anrufen."

Und Susanne, völlig aus der Fassung gebracht durch die Nachrichten, war sprachlos und sagte deshalb gar nichts mehr.

Oktober 2008

Eigentlich erschien Julia selten vor acht Uhr im Präsidium, doch bei diesem Fall war alles anders. An jenem Montagmorgen sichtete sie schon früh die glänzenden Zwanzig-mal-fünfundzwanzig-Fotos auf ihrem Schreibtisch. Es waren unzählige. Fotos der verbrannten Leiche. Fotos des Fundortes. Fotos der Umgebung. Aufgenommen aus allen erdenklichen Perspektiven, und der Anblick hatte nichts von seiner schockierenden Wirkung verloren.

Hinsehen. Wegsehen. Einatmen. Wieder hinsehen. Ausatmen.

Julia schritt von ihrem Schreibtisch zur Schautafel an der Wand, auf die eine weitere Reihe von Bildern und Daten geheftet war, und starrte so lange darauf, bis ihre Augen zu brennen begannen.

„Warst du überhaupt zu Hause?“, fragte Zander in der Tür.

Sie wandte ihm das Gesicht zu. „Klar.“

„Du siehst aber ganz schön fertig aus.“

„Danke.“ Julia blickte wieder auf die Schautafel. „Ich nehme meine Überstunden, wenn wir den Mistkerl haben.“

„Du musst aber auf Draht sein.“ Zander legte eine braune Tüte auf seinen Schreibtisch, der Kopf an Kopf mit ihrem stand. Dann zog er sein Jackett aus. „Du tust der armen Frau keinen Gefallen, wenn du zu müde zum Denken bist.“

„Wenn wir ihren Mörder nicht finden, tue ich ihr auch keinen Gefallen.“

Er seufzte leise. „Was gibt’s Neues?“

„Nichts, außer jeder Menge neuer Fragen. Und dem bohrenden Gefühl, dass ich hier etwas Offensichtliches übersehe.“ Julia schob sich den langen Pony aus dem Auge. „Ach übrigens, Eule will uns sehen."

Zander blickte auf seine Uhr. „Es ist gerade mal acht Uhr."

„Ich weiß. Er hat gegen sechs Uhr dreißig angerufen. Ich war gerade reingekommen."

„Du bist um sechs Uhr dreißig ins Präsidium gekommen?"

„Hmm."

Zander blinzelte irritiert. „Hat er gesagt, worum es geht?"

„Rate."

„Haben wir gestern keinen Bericht vorgelegt?"

„Nein. Du hast keinen geschrieben, und ich kam erst vorhin dazu."

„Na prima." Zander wandte sich in Richtung Tür. „Dann lass uns gehen und es hinter uns bringen."

Polizeichef Burkhart war etwas über mittelgroß und stämmig, aber nicht dick. Seine Haut war hell und gerötet und um die Augen herum ziemlich schlaff, was von einer großen, runden Hornbrille verdeckt wurde, die ihn aussehen ließ wie eine Eule. Weswegen ihn hinter seinem Rücken auch alle genau so nannten.

Als Julia und Zander das Büro betraten, sah er kaum von dem Ordner auf, in dem er gerade las. Er sagte nur: „Nehmen Sie Platz."

Als sie sich ihm gegenübergesetzt hatten, klappte er den Ordner zu und verstaute ihn in einer Schublade. Auf seinem Schreibtisch befand sich nichts, was er im Augenblick nicht brauchte, nicht einmal Familienfotos. „Möchten Sie einen Kaffee?", fragte er.

Julia und Zander schüttelten die Köpfe. Den Fehler, einen Kaffee vom Chef anzunehmen, machte man nur einmal. Sie beobachteten, wie Burkhart sich selbst eine Tasse einschenkte und fünf Stück Zucker hineinfallen ließ. Erst dann redete er weiter: „Ich schätze, Sie wissen, dass die Presse uns bereits auf die Pelle rückt."

„Davon war auszugehen", sagte Zander.

Burkhart nickte langsam. „Wie immer entwickeln sie sich auch diesem Fall in rasender Schnelle zu echten Plagegeistern. Wir müssen uns bemühen, die Sache in Grenzen zu halten, und den Fall so schnell wie möglich aufklären. Hoffentlich handelt es sich nur um eine Einzeltat, was nicht heißen soll, dass diese einzelne Tat nicht schon schlimm genug wäre." Er seufzte leise, sah von Zander zu Julia und wieder zurück. „Also, wissen wir schon, um wen es sich bei dem Opfer handelt? Und wie das Motiv lautet?"

„Weder noch", antwortete Zander. „Wir wissen bisher nur, dass es sich um eine junge Frau handelt. Ihr Gesicht wird zurzeit noch digital rekonstruiert. Und was das Motiv betrifft: Einen Raubmord können wir ausschließen, und wir gehen auch nicht von einer Vergewaltigung aus. Was einen sexuellen Übergriff allerdings nicht ausschließt."

Burkhart wandte den Blick Julia zu. „Frau Wagner?"

„Wir haben die Anwohnerbefragung abgeschlossen", antwortete sie. „Sie wurde innerhalb eines Radius von zweihundert Metern um den Park herum durchgeführt. Das Übliche eben. Da wir davon ausgehen, dass es sich bei dem Täter um einen Mann handelt, wurden alle männlichen Anwohner zwischen achtzehn und fünfundsechzig Jahren darüber befragt, wo sie sich von Samstag auf Sonntagnacht zwischen ein Uhr und drei Uhr aufgehalten haben. Und wie zu erwarten war, haben neunundneunzig Prozent darauf geantwortet, dass sie in ihren Betten lagen. Niemand benahm sich auffällig, niemandem ist etwas aufgefallen. Das hier sind Kopien der vorläufigen Berichte von Gerichtsmedizin und Spurensicherung." Julia reichte Burkhart einen Ordner, den sie am Morgen noch zusammengestellt hatte.

Ihr Chef bewegte sich keinen Millimeter. „Würden Sie die Informationen für mich zusammenfassen, Frau Wagner?"

Julia nahm den Ordner wieder an sich, schlug ihn auf und ging die einzelnen Punkte durch. „Das Opfer ist weiblich und etwa Anfang zwanzig. Es wurde zuerst körperlich schwer misshandelt, dann mit Benzin übergossen und schließlich angezündet. Aufgrund des Feuers wurden keine Spuren am Tatort gefunden. Allerdings fanden wir ein paar Meter entfernt eine Handtasche, die dem ersten Anschein nach dem Opfer gehört. Darin befanden sich eine Goldmünze, ein Lippenstift, eine Puderdose, zwei Geldscheine und zwei Kondome. Alles zusammen befindet sich noch in der KTU."

Burkharts Blick hinter der runden Brille war nicht zu deuten. Er wandte sich wieder Zander zu. „Wie könnte sich die Tat abgespielt haben?"

„Wir glauben, dass Opfer und Mörder sich kannten", antwortete dieser. „Sie waren vermutlich im Park verabredet, trafen sich dort, und dann wurde die Frau sofort aus nächster Nähe angegriffen. Der erste Schlag muss sie bereits schwer getroffen haben. Danach wurde weiter heftig auf sie eingeprügelt. Mit den Fäusten und so etwas wie einem Baseballschläger. Danach wurde sie mit Benzin übergossen und angezündet."

„Das Warum ist mir nach wie vor nicht klar. Warum wurde die Frau mit Benzin übergossen und angezündet?" Burkharts Blick legte sich wieder auf Julia. „Was meinen Sie, Frau Wagner?"

„Das kann viele Gründe haben." Julia spielte mit dem Clip ihres Kugelschreibers. „Aber wenn Sie schon die Freudianerin in mir ansprechen ... Feuer hat etwas Reinigendes. Es löscht vollkommen aus. Nichts bleibt zurück. Es könnte also ein Zeichen der Verachtung sein. Oder eine Bestrafung."

„Könnte es sich auch um ein obskures Ritual handeln?", hakte Burkhart nach. „Sie wissen, wir können es uns im Moment nicht erlauben, eine Möglichkeit von vornherein auszuschließen."

„Eventuell“, sagte Julia. „Aber etwas stört mich an diesem Gedanken. Ich kann nur nicht genau sagen, was.“

„Wie siehst es mit einem Verbrechen aus Leidenschaft aus?“, fragte Burkhart weiter.

Julia sah zu Zander hin, und der antwortete: „Bei einem Verbrechen aus Leidenschaft läuft in der Regel alles sehr schnell ab. Der Mörder schlägt im Affekt zu. Das Opfer stirbt. Ende und aus. Hier hingegen …“ Er hob eine Hand in die Höhe, „hörte der Mörder nicht auf, auf die Frau einzuschlagen, auch nicht, als sie schon schwer verletzt am Boden lag. Dann zündete er sie zudem noch an. Er gab sich also nicht damit zufrieden, sie einfach nur umzubringen …“

„Im Gegenteil, er machte fast so etwas wie eine Show aus ihrem Auffinden“, endete Julia.

Burkhart wandte ihr den Kopf zu. „Was meinen Sie mit ‚Show‘?“

„Er wollte offenbar, dass sie genau so gefunden wird. Das Verbrechen fand in einem öffentlichen Park statt, wo er sicher sein konnte, dass es nicht lange dauert, bis wir darauf aufmerksam werden …“

„Sie meinen, er will uns provozieren?“

„Es sieht danach aus, ja.“

Burkhart öffnete eine seiner Schreibtischschubladen und holte ein Päckchen mit Magentabletten hervor.

„Es wäre nicht das erste Mal, dass ein Mörder das versucht“, fügte Julia hinzu.

„Er traut uns offenbar nicht zu, dass wir ihn finden“, bemerkte Zander.

Ihr Chef drückte die letzten beiden Tabletten aus dem Blister und spülte sie mit Kaffee hinunter. „Sie beide halten mich über jeden neuen Hinweis auf dem Laufenden, dass das klar ist“, forderte er dann.

„Natürlich“, sagte Zander.

„Sicher“, sagte Julia.

„Tun Sie, was immer Sie für nötig halten, aber schnappen Sie diesen Verrückten. Es handelt sich hierbei um ein ganz besonders widerliches und brutales Verbrechen an einer jungen Frau. Unsere Straßen müssen sicher sein für junge Frauen. Ich will, dass Sie jeden Stein umdrehen, bis diese Geschichte aufgeklärt ist. Ist das klar?“

„Natürlich“, sagte Zander noch einmal.

„Sicher“, wiederholte Julia.

13. KAPITEL

Kranich? Wer soll das sein?

Schwarzwald

„In Ordnung“, sagte Eva. „Während ich von zehn rückwärts zähle, konzentrierst du dich auf einen gedachten Punkt zwischen deinen Augenbrauen. Du wirst merken, wie meine Stimme immer leiser wird, ungefähr so, als würde man bei einem Radio die Lautstärke herunterdrehen. Nur gibt es hier keinen solchen Knopf, sondern nur den Punkt zwischen deinen Augen. Auf ihn konzentrierst du dich mit aller Kraft. Jedes meiner Worte wird in dein Unterbewusstsein gelangen, denn nur meine Stimme und sonst nichts kann dich wieder zurückzuholen. Hast du das verstanden?“

Julia nickte. „Vergiss die Aufnahme nicht.“

„Nein. Aber du wirst sie nicht brauchen. Wenn alles gut geht, wirst du dich an das erinnern, was du gesagt hast.“

„Ich will es trotzdem hören.“

„In Ordnung. Und jetzt schließ die Augen. Ich zähle ganz langsam von zehn rückwärts. Atme tief durch.“

Julia tat es.

„Zehn … neun … acht … sieben … sechs …“

Julia entspannte sich nicht. Im Gegenteil. Mit jeder Zahl spürte sie, wie eine unangenehme Dunkelheit näher an sie herankroch. In ihrer Magengrube machte sich kalte Angst breit. Ihr Herz begann zu rasen. Sie richtete sich wieder auf, zog die Beine an und schlang die Arme darum.

„Was ist los?“, fragte Eva.

„Ich weiß nicht. Ich …“

„Vielleicht sollten wird es doch besser lassen.“

„Nein.“ Julia wartete noch einen Moment, legte sich dann wieder zurück. „Wir versuchen es noch einmal.“

„Wirklich, Julia, ich bin mir nicht sicher, ob das …“

„Bitte.“

Eva atmete tief durch. Dann begann sie noch einmal von vorne. „Atme ganz langsam ein. Halte den Atem an. Gut. Jetzt noch langsamer ausatmen. Noch einmal. Einatmen, halten, ausatmen. Entspannen. Sehr gut.“ Sie begann zu zählen. „Zehn … neun … acht … sieben …“

Der Punkt zwischen den Augenbrauen.

Konzentration.

„Sechs … fünf … vier …“

Es überkam Julia in Wellen. Nur ganz langsam spürte sie, wie sie Evas Stimme nicht mehr bewusst hörte. Ihr innerer Widerstand wurde schwächer. Ihr Herz beruhigte sich, schlug nicht mehr so schnell. Sie atmete tief. Ihr Gehirn wurde in einen Zustand absoluter Ruhe versetzt, nichts von außen drang mehr hinein. Sie hätte die Augen jetzt nicht mehr öffnen können, selbst wenn sie es gewollt hätte.

Eva griff nach ihrem Handy und drückte auf Aufnahme. „Ich möchte, dass du zum Tag deiner Entführung zurückkehrst. Erinnere dich an den Tag.“

Julia atmete ruhig weiter.

„Kannst du dich an den Tag erinnern?“

„Ja.“

„Was tust du gerade?“

„Ich spüre.“

Eva blinzelte. „Was spürst du?“

„Kälte. Es ist kalt. Es hat geschneit.“

„Spürst du noch etwas?“

„Der Wind bläst mir ins Gesicht. Unter meinen Schuhen ist Schnee. Viel Schnee. Es knirscht.“

„Wie geht es dir? Wir fühlst du dich?“

„Mir geht es nicht gut. Mir ist speiübel. Ich bin wütend.“

„Warum bist du wütend?"
„Ich habe mich mit meinem Vater gestritten."
„Worüber?"
Julia antwortete nicht.
„Streitest du dich oft mit deinem Vater?"
„Nein. Nie. Aber heute renne ich wütend aus dem Haus."
„Wohin rennst du?"
„Ich weiß es nicht. Ich renne einfach. Ich bin unglaublich wütend."
„Was passiert als Nächstes?"
„Ein Wagen fährt an mir vorbei. Ein brauner Wagen. Er hat dunkle Scheiben. Er wird langsamer und hält an. Zwei Männer steigen aus, ein dritter kommt über die Straße. Er ist zuerst bei mir. Er sagt: ‚*Hallo Prinzessin*'."
„Wie sieht der Mann aus?"
„Wie ein Geist."
Eva blinzelte wieder. „Ein Geist? Wie meinst du das?"
„Er ist ganz weiß. Sein Gesicht hat keine Farbe. Seine Haare sind ganz weiß. Und lang. So lang, dass er fast aussieht wie ein Mädchen."
„Aber es ist ein Mann? Du bist dir sicher?"
„Ja." Julia murmelte etwas, was nicht zu verstehen war. Dann: „Er riecht nach Bonbons."
„Was tust du als Nächstes?"
„Ich habe Angst. Ich versuche wegzulaufen. Der Schnee knirscht unter meinen Schuhen." Julias Atmen wurde plötzlich heftiger. „Die Männer verfolgen mich. Sie sind ganz dicht hinter mir. Meine Schuhe versinken im Schnee, ich verliere das Gleichgewicht. Der Mann mit den weißen Haaren fängt mich auf. Er ist böse, ich weiß es. Er ist ganz arg böse."
Eva hörte förmlich Julias Herz schlagen. Und ihren Atem. Er pfiff regelrecht.
„Julia? Hörst du mich?"

„Ich schaff es nicht, ich schaff es nicht!“ Julia begann, um sich zu schlagen. „Ich bin nicht schnell genug! Sie kriegen mich!“

„Julia! Beruhige dich!“

„Da ist ein Flur.“

„Was für ein Flur?“, fragte Eva verwirrt. „Wo bist du gerade?“

„Ich höre jemanden weinen. Ich folge dem Flur. Da ist eine Tür.“

Und dann, ganz plötzlich, veränderte sich Julias Stimme. Sie wurde auf merkwürdige Weise dunkler: *„Siehst du diese Tür, Prinzessin? Geh hindurch und komm zu mir. Komm.“*

Eva schluckte hart.

„Du brauchst keine Angst zu haben“, redete Julia mit der merkwürdigen Stimme weiter. *„Komm.“*

„Julia?“, brachte Eva mühsam hervor.

Als sie dann sah, wie ihr der Schweiß ausbrach und wie sie in der nächsten Sekunde anfing, erneut um sich zu schlagen, fuhr ihr der Schock durch alle Glieder.

Sie entschied sich, sie zurückzuholen.

Zuerst verwirrt von der ungewohnten Umgebung, brauchte Julia ein paar Sekunden, bis sie sich entsann, wo sie war. Ihr Haar und ihr Gesicht waren vom Schweiß feucht. Mit zitternden Fingern strich sie sich den langen Pony aus dem Auge und fragte: „Warum hast du das getan?“

„Weil ich der Meinung war, dass es reicht“, sagte Eva.

„Du musst nicht versuchen, mich zu schützen. Ich schaff das schon.“

„Julia, du hast angefangen, um dich zu schlagen. Du hast plötzlich mit einer völlig anderen Stimme gesprochen. Ich habe Angst bekommen, verstehst du das?“

Julia schwieg, und Eva suchte nach ihrer inneren Ruhe. Sie hustete, atmete ein, aus. Schließlich fragte sie: „Wollen wir es uns anhören?“

Als Julia nickte, spielte sie die Aufnahme ab.

Wie durch einen Schleier zogen die Bilder an Julia vorbei, während sie ihre eigene Stimme hörte: Sie sah sich selbst durch den Schnee laufen, spürte wieder die Kälte in der Luft, und sie sah die drei Männer, die sie verfolgten. Die Intensität dessen, was sie dabei empfand, ließ sie erschaudern. Dann verschleierte Nebel ihren Blick, das Bild kippte, sie schien durch einen langen Flur zu schweben. Nein, natürlich schwebte sie nicht, sie ging. Dann stand sie vor einer Tür, sah sich nach der Klinke greifen und sie nach unten drücken.

Leider hörte ihre Erinnerung in dem Moment auf, in dem die Tür offen war.

„Verdammte Kacke!“, entfuhr es ihr. Sie versuchte es weiter, versuchte, die Erinnerung herbeizuzwingen, doch es gelang ihr nicht. Das Einzige, was sie noch vor sich sah, war schwarze, gähnende Leere.

„Weißt du …“, setzte Eva an, brach ab, setzte noch einmal an: „Kannst du dir erklären, was das für eine Stimme ist, mit der du am Ende sprichst?“

„Nein. Ich habe keine Ahnung.“

Siehst du die Tür, Prinzessin? Geh hindurch und komm zu mir. Komm.

„Und was ist mit dem Mann mit den weißen Haaren?“, fragte Eva weiter. „Kannst du dich an ihn erinnern?“

Jetzt tauchte wieder ein Bild vor Julias Augen auf. Sie sah den Mann vor sich, bleich wie ein Geist, mit merkwürdig durchsichtigen Augen. Er saß in dem braunen Wagen, und neben ihm saß … Ruckartig hob sie den Kopf. „Er saß neben Wolfgang Lange.“

Eva hob die Augenbrauen in die Höhe. „Lange? Willst du damit sagen, Lange war damals einer deiner Entführer?“

Julia nickte. „Es muss so sein. Ich sehe ihn ganz deutlich vor mir. Er saß neben diesem Pigmentlosen und hat leise vor sich hin gesummt. Ich glaube, es war ein Kinderlied. Und dann war da noch ein Mann. Der dritte Entführer, aber an ihn erinnere ich mich nicht.“ Sie brach ab, überlegte kurz. „Lange hat in dem Wagen etwas zu mir gesagt.“

„Was hat er gesagt?“

„‚Du trägst es in dir, Prinzessin.‘“

Eva atmete tief durch. „Julia, wie kann es sein, dass du dich all die Jahre nicht daran erinnert hast? Lange war dein Mentor bei der Polizei. Du hast deine Ausbildung bei ihm absolviert. Du hast ihn jeden Tag gesehen und dich nicht daran erinnert, dass er dich Jahre zuvor entführt hat? Wie ist das möglich?“

Hilflos hob Julia die Hände in die Höhe. „Ich weiß es nicht. Aber wie hätte ich, wo ich mich all die Jahre nicht einmal an die Entführung selbst erinnert habe?“ Sie brach ab und fügte hinzu: „Und er schien sich ja auch vollkommen sicher zu sein. Er hatte offenbar keine Sekunde Bedenken, dass ich mich erinnern und ihn erkennen könnte.“

Eva überlegte wieder einen Moment. „Und ich bleibe dabei: Die haben dir damals etwas gegeben. Sie müssen dir etwas gegeben haben, und das muss ein ziemlich harter Stoff gewesen sein, anders ist das nicht zu erklären.“ Sie hustete wieder, rieb sich über die roten Augen. „Kommen wir noch einmal zurück zu diesem Satz: ‚Du trägst es in dir.‘ Dasselbe hat Paula von Jäckle auch zu dir gesagt, richtig?“

„Ja. Aber solange sie nicht alle mal ein bisschen konkreter werden, bringt mich das ebenso wenig weiter wie Pastor Jordans *‚Honesta turpitudo est pro causa bona.‘*“

„Hat er das früher einmal zu dir gesagt? Kannst du dich daran erinnern?“

„Nein, hat er nicht.“

„Bist du dir da ganz sicher?“

„Ganz sicher. Diesen Satz hat er im Waisenhaus niemals zu mir gesagt.“

„Okay, dann denken wir mal darüber nach, was es bedeuten könnte." Eva griff nach einem Taschentuch und putzte sich die Nase. „Frei übersetzt heißt das doch nichts anderes als: Der Zweck heiligt die Mittel, oder?"

Julia nickte und sah in Richtung Fenster. Draußen schneite es unerbittlich weiter. „*Honesta turpitudo est pro causa bona*", wiederholte sie leise. „Nein, diesen Satz hat Jordan nie zu mir gesagt. Weder auf Lateinisch noch auf Deutsch. Und ich habe auch überhaupt keine Ahnung, was es bedeuten könnte."

„Aber ihr habt damals viele Gespräche geführt, er und du, nicht wahr?"

„Ja. Jeden Abend. In seinem Büro."

„Alleine."

„Ja."

„Das war ungewöhnlich. Mit uns anderen hat er nicht so viel Zeit verbracht."

Julia nickte.

„Kannst du dich noch an den Inhalt dieser Gespräche erinnern?"

„Ist das wichtig?"

„Ich weiß es nicht. Erzähl einfach davon."

Julia atmete tief durch und lehnte sich etwas zurück. „Meistens hat er geredet, und ich hab kaum etwas von dem verstanden, was er gesagt hat. Aber er zwang mir regelmäßig solche Gespräche auf. Dann schlug er immer so ein schwarzes Notizbuch auf, in dem sich ganz merkwürdige Zeichen und Symbole befanden. Und nicht weniger merkwürdige Buchstaben. Eine Sprache, die ... komisch war. Ich musste sie auswendig lernen."

„Weißt du noch, um was für eine Sprache es sich handelte?", fragte Eva weiter.

„Nichts von dem, was wir kennen. Nicht Latein, nicht Hebräisch, nicht Arabisch."

„Und warum solltest du das lernen?“

„Das habe ich ihn jeden Abend gefragt. Ich hatte überhaupt keine Lust, auch noch außerhalb der Schule zu lernen, aber er hat es mir nie beantwortet. Er sagte nur, wenn es so weit wäre, würde ich es verstehen.“

Eva schwieg einen Moment, dann fragte sie weiter: „Was habt ihr sonst noch gemacht?“

„Uns unterhalten. Wobei eigentlich nur er geredet hat. Ich hab zugehört.“

„Was hat er gesagt? Versuch dich zu erinnern.“

„Es ging fast immer um Religion. Um Gut und Böse. Um Ethik und Moral.“ Julia schwieg einen Moment, dann fügte sie hinzu: „Und wir haben uns unglaublich viel mit Dämonologie beschäftigt, das hat mir damals ziemliche Angst gemacht.“ Sie überlegte einen Moment. „Irgendwann reichte er mir einen gelben Zettel. Darauf waren Namen notiert, einige Daten, es sah aus wie flüchtig dahingekritzelte Notizen. Für mich ergab es mal wieder überhaupt keinen Sinn, aber für ihn schien es enorm wichtig. Vielleicht erinnere ich mich nur deshalb noch daran. Vermutlich würde ich mich gar nicht mehr daran erinnern, wenn es ihm nicht so unglaublich wichtig gewesen wäre. Er wollte, dass ich es mir durchlese und merke. Danach hat er den Zettel vernichtet.“

„Er hat ihn vernichtet?“ Eva hob die Augenbrauen in die Höhe.

„Ja.“

„Was für Namen standen auf diesem Zettel?“

Julia hob die Hände in die Höhe. „Ich weiß es wirklich nicht mehr. Nur weil es Jordan wichtig war, heißt das nicht, dass es mir damals wichtig war.“ Sie überlegte wieder einen Moment. „Ich erinnere mich nur noch an einen einzigen Namen.“

„Welchen?“

„Kranich.“

„Kranich? Wer soll das sein?“

„Keine Ahnung. Vielleicht war es auch nur eine Metapher, ich weiß es wirklich nicht mehr.“ Julia erhob sich und schritt zur Anrichte. „Ich weiß auch gar nicht, warum wir überhaupt darüber reden. Es gibt ja nun wirklich Wichtigeres, woran ich mich erinnern müsste.“

14. KAPITEL

Keller der Angst

Mainz

Wolfgang Frank war auf dem Weg zu seinem Wagen. Eine vermummte Frau radelte an ihm vorbei, was er sehr mutig fand. Der Himmel war grau, und es schneite weiter dicke Flocken. Er blickte ihr nach und fragte sich, wie lange sie es wohl schaffen würde, sich auf dem Rad zu halten, ehe sie hinfiel. Dann schloss er seinen Wagen auf, startete den Motor und begann, die Windschutzscheibe freizukratzen.

Schließlich fuhr er los.

Wenn er später zurückblickte und darüber nachdachte, welche Folgen diese Fahrt auf sein Leben gehabt hatte – ja, dann wünschte er sich, er wäre niemals losgefahren. Er war in diese Geschichte hineingesaugt worden und hatte nicht einmal etwas geahnt. Aber wie hätte er das auch ahnen können? Kein Mensch hätte das ahnen können.

Frank brauchte etwa vierzig Minuten, dann parkte er vor einem gelben Einfamilienhaus in einer gepflegten Wohngegend. Er stieg aus dem Wagen und sah sich um. Aus den Schornsteinen der umliegenden Häuser stieg Rauch. Ansonsten war alles still. Kein Kindergeschrei, kein Hundegebell, nichts.

Frank fiel auf, dass bei dem gelben Haus kein Rauch aus dem Schornstein stieg. Er ließ den Blick über die Fenster gleiten. Offenbar war niemand zu Hause. Er seufzte leise. Dann würde er eben ein anderes Mal wiederkommen. Er wandte sich um, doch am Fahrertürgriff zögerte seine Hand. Nun war er schon so weit gefahren, da konnte er wenigstens klingeln. Er schritt auf das Haus zu. Vor der Tür blieb er stehen und drückte auf den Klingelknopf. Wartete. Klingelte noch einmal. Nichts. Ihm kamen

Bedenken, die er nicht erklären konnte. Er klingelte noch einmal, dieses Mal lange. Nein, es war wirklich niemand zu Hause.

Von Neuem beschloss Frank, seinen Plan aufzugeben und nach Hause zu fahren. Und wieder tat er es nicht. Stattdessen schritt er zur Rückseite des Hauses und versuchte es an der Verandatür. Natürlich war sie verschlossen. Er trat an eines der Fenster und schaute ins Innere des Hauses. Durch einen Spalt in der Gardine erkannte er das Wohnzimmer. Einen Fernseher, einen Sessel. Dann fiel sein Blick auf eine Hand, die leblos von der Sessellehne hing. Er machte einen Schritt vom Fenster zurück, ging zum nächsten Fenster, doch von dort aus konnte er überhaupt nichts erkennen. Er ging zurück zum ersten Fenster. Und jetzt war er sich sicher. Es war tatsächlich eine Hand. Eine leblose Hand.

Er zog sein Schlüsselbund aus der Manteltasche und schloss die Haustür auf.

Als Zander eine Stunde später das gelbe Haus betrat, war das Wohnzimmer bereits mit Fingerabdruckpulver und unzähligen leeren Plastikbeuteln für Beweisstücke übersät.

„Kann mir mal bitte jemand Bericht erstatten?“, sagte er laut.

„Die Kollegen sind vor einer Dreiviertelstunde gekommen“, erklärte Bartosch und trat auf ihn zu. „Ein Mann hat seinen Mieter – der Name ist Matthias Bartholomäus – tot aufgefunden und rief die Polizei. Sein Name ist … Moment … Wolfgang Frank. Er sitzt draußen in einem Polizeiwagen. Während die Kollegen feststellten, dass es sich hier um keinen natürlichen Tod handelte und uns benachrichtigten, kam einer von ihnen auf den Gedanken, sich den Keller genauer anzusehen. Komm mit. Ich zeig es dir.“

Kaum hatte Zander den Keller betreten, blieb er wie angewurzelt stehen. Eine Sekunde lang war er so schockiert, dass er nicht sprechen oder gar denken konnte. Es schien, als wäre sein Kopf mit Blut getränkt. Dann meldete sich der Polizist in ihm zurück und hämmerte die grauenvollen Details des Anblicks in sein Gehirn: Er stand vor einem lichtlosen Raum, kaum größer als ein fensterloser Tank, von der Decke bis zum Boden isoliert und zur Lärmdämmung ausgepolstert. An der hinteren Wand stand ein Eisenbett mit einer Matratze. An der Wand waren Haken angebracht, an denen man Fesseln anbringen konnte. Das war es. Mehr gab es hier nicht. Oder ... nicht mehr. Der scharfe Geruch von chemischen Reinigungsmitteln lag noch in der Luft.

„Sieht aus, als wäre hier jemand eingesperrt worden“, hörte er Bartosch wie durch Watte sagen.

„Nathalia“, sagte Zander. „Nathalia war hier.“

Bartosch blinzelte. „Bist du sicher?“

„Das Bett dort. Am Kopfteil fehlt eine Stange.“ Zander deutete auf den Boden. „Sie liegt dort hinten. Das muss die Stange sein, die sie ihrem Entführer über den Kopf geschlagen hat, ehe sie geflohen ist.“

„Der Typ dort oben im Wohnzimmer soll ihr Entführer gewesen sein?“ Bartoschs Stimme klang skeptisch.

Augustin trat auf sie zu. „Es gibt hier unten noch mehr solcher Zellen. Alle identisch.“

„Zeig sie mir“, forderte Zander.

Sie setzten sich in Bewegung, gingen von Zelle zu Zelle.

Fünf dunkle, schmutzige Kammern.

„Also, wenn hier unten tatsächlich Frauen gefangen gehalten wurden“, sagte Bartosch, „dann werden wir etwas finden. Haare, Schweiß, Fingerabdrücke. Irgendwas.“

„Riechst du es nicht?“, gab Zander zurück. „Hier unten ist gründlich sauber gemacht und desinfiziert worden.“ Er blieb vor dem fünften Verlies stehen und starrte hinein. Eine rote Glühbirne baumelte in der Mitte der niedrigen Decke. An der

Wand hing ein Poster von einem Mann und einer Frau beim sexuellen Akt.

Während zwei Männer von der Spurensicherung an ihnen vorbeitraten und sich mit Pinzetten und Lupen bewaffnet an die Arbeit machten, stand Zander einfach nur da, ballte die Fäuste und presste die Kiefer zusammen. Er wollte denken, kombinieren, doch in seinem Gehirn war nichts als Leere. Ich habe einen Schock, dachte er. *Ich alter Hase habe einen Schock und verstehe die Welt nicht mehr, weil ich so etwas Unmenschliches einfach nicht begreifen kann.*

Dann, endlich, riss er sich zusammen und deutete nach oben, auf ein Gewirr herausgerissener Kabel, die in das Verlies hineinhingen. „Hier waren Kameras angeschlossen. Die Bilder wurden auf Monitore übertragen und aufgenommen. Was immer hier geschehen ist, es wurde gefilmt."

Augustin fuhr sich durchs kurze dunkle Haar. „Wenn hier außer Nathalia noch mehr Frauen festgehalten wurden, was könnte mit ihnen passiert sein?"

„Jemand hat sie weggeschafft." Zander wandte sich ab und schritt in Richtung Treppe zurück. Während er die Stufen nach oben stieg, zog er sein Handy aus der Manteltasche. Es dauerte einen Moment, bis sein Chef sich meldete. „Burkhart."

„Zander. Wir haben hier etwas gefunden, das sollten Sie sich ansehen."

„Worum geht's?"

Zander erklärte so ausführlich wie möglich. „Deshalb sollten Sie auf schnellstem Wege herkommen und es sich mit eigenen Augen ansehen", endete er schließlich.

Burkhart hustete in den Hörer. „Ich komme."

Das Gespräch war beendet, und Zander wandte sich an die uniformierten Kollegen. „Ihr geht von Haus zu Haus. Befragt alle Nachbarn und lasst euch nicht abwimmeln. Das hier ist ein verfluchtes Wohngebiet. Irgendjemand muss etwas gesehen oder gehört haben. Dort unten im Keller wurden vermutlich über Monate Frauen gefangen gehalten und als Sexsklavinnen missbraucht, das heißt, hier müssen Männer ein und aus gegangen sein. Das *kann* nicht unbemerkt geblieben sein."

Die Kollegen nickten und machten sich an die Arbeit. Zander blieb in der Tür zum Wohnzimmer stehen und fragte laut: „Gibt es Hinweise auf ein gewaltsames Eindringen ins Haus?"

„Nein", antwortete jemand. „So wie es aussieht, wurde der Mörder freiwillig hereingelassen. Kein Anzeichen eines Kampfes, nichts ist zu Bruch gegangen oder erkennbar verstellt."

„Wurde ein Handy gefunden?", fragte Zander weiter.

„Bis jetzt noch nicht. Aber der Tote musste eins besitzen, es gibt nämlich keinen Festnetzanschluss. Vielleicht finden wir ja irgendwo eine Telefonrechnung."

„Was ist mit einem Computer?"

„Nichts."

Zander atmete tief durch und schritt auf Doktor Fesser zu.

„Herr Kommissar", sagte dieser. „So wie es aussieht, wurde dem Mann das Genick gebrochen."

Der Tote saß aufrecht im Sessel, der Kopf war hinten angelehnt, sodass er nicht zur Seite sacken konnte. Die Augen waren geschlossen. Der linke Arm lag auf der Sessellehne, der rechte hing in Richtung Boden. Er war vollständig bekleidet, seine Haare sauber frisiert. Der einzige Schönheitsfleck an dem ansonsten so sauberen Bild war die offene Wunde auf der linken Seite seines Hinterkopfes.

„Wie alt schätzen Sie die Wunde dort?", fragte Zander und deutete darauf.

„Nicht älter als sechs oder sieben Stunden", antwortete Fesser. „Nicht mehr frisch genug, um dieser Tat zugeordnet werden zu können. Das war etwas anderes."

Nathalia. Wenn Zander sich nicht schon vorher sicher gewesen wäre, jetzt gab es keinen Zweifel mehr. „Was können Sie mir sonst noch sagen?"

„Dass er noch nicht sehr lange tot ist. Höchstens vier oder fünf Stunden."

„Da haben sie sich nicht viel Zeit gelassen", murmelte Zander.

„Wie meinen Sie?"

Zander warf einen Blick in Richtung Fenster. Eine Gestalt – fast so hell wie der Schnee – huschte über die Straße. Er fuhr sich mit der Hand über die Augen, und die Gestalt war verschwunden. Vielleicht hatte er es sich nur eingebildet.

Jemand von der Spurensicherung sagte einsilbig, aber klar und deutlich: „Haar!"

Zander wandte sich um. „Menschlich?"

„Ja."

„Wie lang?"

„Etwa zwanzig Zentimeter. Hellblond bis weiß."

„Okay." Zander suchte mit den Augen nach Augustin und Bartosch. „Ich will alles über diesen Bartholomäus wissen, was es herauszufinden gibt", sagte er, als er sie entdeckt hatte. „Wenn wir kein Handy und keinen Laptop finden, dann kümmern wir uns um seine Bankgeschäfte, ein Konto wird er ja wohl gehabt haben. Außerdem will ich alles über seinen beruflichen Werdegang wissen. Dazu seine Mitgliedschaften in Vereinen, Bibliotheken, Fitnesscentern. Ich will wissen, ob und was für Zeitschriften er abonniert hat. Ich will alles – wirklich alles – über diesen Mann wissen."

Die beiden nickten.

Im nächsten Moment betrat Burkhart das Haus. „Zeigen Sie es mir", sagte er ohne Umschweife zu Zander.

Zum zweiten Mal betrat Zander daraufhin den Keller und schritt von Verlies zu Verlies. Zweimal blieb sein Chef stehen, setzte sich dann wieder in Bewegung. Schließlich sagte er: „Haben Sie irgendeine Form von Zweifel?“

„Nein“, gab Zander zurück. „Mit Spielzeugeisenbahnen wurde hier unten nicht gespielt.“

Langsam schüttelte Burkhart den Kopf. „Wer hat den Toten gefunden?“

„Der Vermieter des Hauses. Sein Name ist Wolfgang Frank.“

„Kann er etwas davon gewusst haben?“

„Ich habe noch nicht mit ihm gesprochen.“

„Dann tun Sie das. Nehmen Sie ihn so richtig in die Mangel.“ Burkhart holte tief Luft. „Was, glauben Sie, ist mit den anderen Frauen passiert?“

„Hoffentlich wurden sie nur an einen anderen Ort gebracht“, sagte Zander. „Vielleicht sind sie inzwischen aber auch schon tot, und man hat ihre Leichen mitgenommen.“

„Wie, bitte schön, will man vier Leichen verschwinden lassen? Sie wissen selbst, wie schwierig es ist, nur eine loszuwerden.“

Zander antwortete nicht, weil er keine Antwort darauf hatte. Als Burkhart sagte: „Finden Sie es heraus, so schnell wie möglich“, gab er seinem Kopf den Befehl, zu nicken, obwohl er das sichere Gefühl hatte, dass das hier nicht ganz so einfach werden würde.

Wolfgang Frank war ein großer, schlanker Mann mit braunen Augen und einer Glatze. Er war sechsundvierzig Jahre alt und verfügte über breite Schultern und einen breiten Brustkorb. Im Augenblick zitterte er allerdings am ganzen Körper wie ein kleines Kind. In seinem Gesicht schien überhaupt keine Farbe mehr vorhanden.

Zander saß neben ihm im Streifenwagen und fragte: „Warum wollten Sie Bartholomäus besuchen?“

„Ich wollte mit ihm sprechen.“ Frank ließ einen ausgeprägten Mainzer Dialekt vernehmen.

„Worüber?“

„Er hat seit zwei Monaten keine Miete mehr bezahlt. Ich habe seit Tagen versucht, ihn anzurufen, ihn aber nie erreicht. Also dachte ich, ich schau persönlich bei ihm vorbei."

Zander neigte den Kopf etwas zur Seite. „Wovon leben Sie? Haben Sie noch mehr Häuser, die Sie vermieten?"

„Nein." Frank schüttelte den Kopf. „Ich habe ein Aktienpaket. Wenn die Kurse steigen, verkaufe ich, wenn sie fallen, kaufe ich. Ich bin ein Daytrader. Manche würden es auch Spieler nennen."

Zander nickte und verbuchte diese Bemerkung in seinem Hinterkopf. „Im Keller Ihres Hauses wurden vermutlich Frauen festgehalten und missbraucht. Wir gehen im Moment von fünf Frauen aus."

„Ich habe es inzwischen mitbekommen." Betroffen schüttelte Frank den Kopf. „Und ich kann es mir beim besten Willen nicht vorstellen. Bartholomäus war … ein angenehmer, ein zurückhaltender Mann."

„Sie haben also von nichts gewusst?"

„Nein. Ich bin seit zwei Jahren nicht mehr im Keller dieses Hauses gewesen. So lange habe ich schon an ihn vermietet."

„Haben Sie Bartholomäus gut gekannt?"

„Nein. Er war mein Mieter, mehr nicht." Frank murmelte etwas Unverständliches. „Ich wollte heute mit ihm sprechen, weil er schon zweimal die Miete nicht bezahlt hat. Ich habe geklingelt, aber niemand machte auf. Ich habe durchs Fenster gesehen, und da saß er … im Sessel. Und dann habe ich Sie gerufen."

„Sind Sie vor dem Haus jemandem begegnet?"

„Nein. Niemandem."

„Sind Ihnen Fahrzeuge aufgefallen, die an Ihnen vorbeigefahren sind?"

„Nein." Frank schüttelte den Kopf. „So etwas gibt es doch einfach nicht. So etwas kann es nicht geben. Allein der Gedanke, dass so etwas in meinem Haus …"

„Hatte Bartholomäus Frauenbeziehungen, wissen Sie das?“

„Als er vor zwei Jahren einzog, war er mit einer Frau zusammen, mit einer sehr schönen Frau. Aber ich weiß nichts von ihr, nicht mal ihren Namen, und offenbar haben sie sich auch kurz danach getrennt.“

„Wann haben Sie ihn das letzte Mal lebend gesehen?“

Frank runzelte die Stirn, dachte nach. „Vor drei Monaten. Ende September. Da hat er mich angerufen. Es war die erste Kältewelle, und die Heizung im Bad funktionierte nicht. Ich kümmere mich immer selbst um solche Dinge. Also hab ich’s repariert.“

„Was für einen Eindruck hat er da auf Sie gemacht?“

„Er war wie immer. Wir haben über das Wetter gesprochen. Über Fußball. Nichts Besonderes.“

„Alles wirkte also ganz normal?“

„Ja. Bartholomäus war freundlich, höflich. Ich weiß noch, dass er beobachtet hat, während ich die Heizung reparierte.“

„Was hat er beobachtet?“

„Na, mich. Bei der Arbeit.“

Zander überlegte einen Moment. „Wissen Sie, wofür er sich sonst noch interessiert hat, außer für Fußball?“

„Er hat sich für Vögel interessiert.“

„Für Vögel?“

„Ja. Für Kraniche. Das hat er einmal erwähnt. Aber da ich mich nicht besonders für Vögel interessiere, war das ein recht kurzes Gespräch.“ Ein erneutes Schütteln durchfuhr Frank. „Wer rechnet denn damit, dass so ein Mann … Wenn ich darüber nachdenke, dass dort unten in dem Keller… während ich oben …“

„Sie haben an jenem Tag nichts gehört?“, hakte Zander nach. „Ungewöhnliche Geräusche? Ein Schreien? Weinen?“

„Nein! Lieber Himmel, ich hätte doch sofort … wenn ich etwas gemerkt hätte … Ich hätte doch … gehandelt.“ Frank schüttelte ehrlich erschüttert den Kopf. „Ich schwöre Ihnen, Herr Kommissar, wenn ich etwas bemerkte hätte, ich hätte gehandelt."

Zander glaubte ihm.

Vorerst.

Er bedankte sich und stieg wieder aus dem Polizeiwagen.

TEIL 2

15. KAPITEL

Böse Menschen, gute Menschen

Soll ich Dir etwas über die Welt erzählen? Über DEINE Welt?

Es ist die Welt, die mich gelehrt hat, zu hassen.
Es ist die Welt, die mich lehrte, wie man mit Vieh umzugehen hat. Wenn ich sage Vieh, dann meine ich Dich damit. Du guter, Du freundlicher Mensch.
Du solltest Dich vorsehen, denn ich bin immer in Deiner Nähe. Sieh Dich um, ob ich nicht hinter Dir stehe, mit einem langen, glänzenden Schwert.
Überall auf der Welt werden Menschen umgebracht, die sich für das Leben anderer, für ihre Mitmenschen eingesetzt haben. Gute Menschen. Menschen wie Du.
Euch auszurotten ist meine Aufgabe. Und ich bin nicht alleine. Wir sind ein ganzes Heer, eine Streitmacht. Wir sind mehr, als Ihr ahnt.
Wir werden gewinnen, weil wir das Spiel beherrschen. Und das Spiel heißt: Manipulation. Verkleidung. Maskerade. Verwirren, das Wasser trüben, einnebeln.
Alles erscheint anders, als es ist.
Du solltest wachsam sein. Ich bin hinter Dir, vor Dir. Ich begleite Dich, wohin Du auch gehst.
Bist Du sicher, dass die Welt, in der Du Dich bewegst, immer noch Deine Welt ist?
Sieh zweimal hin. Du denkst, Du hast die Kontrolle? Aber nein … Du hast die Kontrolle längst verloren.
Ich beherrsche Dich.
Ich bin der Zaren, Dein größter Albtraum.

Julia und Eva saßen nebeneinander vor dem Kamin und blickten in die Flammen.

„Träumst du noch viel von deinem Vater?"

Julia nickte.

„Wie fühlt es sich an, wenn du von ihm träumst?"

„Merkwürdig. Ganz merkwürdig. Ich kann es kaum beschreiben."

„Versuch es."

Julia überlegte einen Moment, suchte nach den richtigen Worten. „Ich sehe ihn und doch wieder nicht."

„Kannst du auch seine Stimme hören?"

„Ja, und manchmal verstehe ich ihn auch. Aber nicht immer. Seine Stimme hört sich anders an."

„Erklär mir den Unterschied."

Julia gab sich Mühe. „Als er noch lebte, klang seine Stimme schärfer. Die in meinem Kopf klingt ... leiser, sanfter."

Eva schwieg, und Julia fügte hinzu: „Ich ahne, dass er mich in meinen Träumen irgendwohin führen will, aber ich sehe die Richtung nicht. Sosehr ich mich auch bemühe."

Sei achtsam!

Julia zuckte zusammen.

„Was ist los?", fragte Eva.

„Nichts."

„Nichts? Du bist gerade zusammengezuckt. Was ist los?"

Etwas schoss durch Julias Kopf und verschwand sofort wieder, ehe sie es näher betrachten konnte. Aber es verschwand nicht vollständig, es schien von innen gegen ihren Schädel zu klopfen und versuchte, hinauszugelangen.

„Was ist los?", fragte Eva noch einmal.

Und dann war es plötzlich da. Als stäche ihr mit einem Mal ein Haufen Nadeln in den Rücken, so schnell richtete Julia sich auf. Sie sah nichts, hörte nichts, aber sie roch es. Süß und ungewöhnlich.

„Dieser Geruch“, sagte sie.
„Wie bitte?“, fragte Eva irritiert.
„Ich kenne den Geruch.“
„Was für einen Geruch?“
„Ich kann es riechen. Ich kann ihn riechen.“
„Wen?“ Eva blickte jetzt überhaupt nicht mehr durch.

Julia sah sie an. „Den Mann, der aussah wie ein Geist. Dieser Pigmentlose. Der zweite Entführer. Er war es, der mir letzten Sommer in der Psychiatrie eine Pistole an den Kopf gehalten hat. Ich bin mir sicher.“

„Du warst in der Psychiatrie?“ Verwundert hob Eva die Augenbrauen in die Höhe. „Davon weiß ich ja gar nichts. Warum hast du mir nichts davon erzählt?“

„Ist nicht so wichtig.“

„Ich finde aber schon, dass das wichtig ist. Erzähl mir davon.“

Es dauerte einen Moment, dann sagte Julia: „Nach letztem April … nach dem, was in Wittenrode, in der alten Kapelle, geschehen war, war ich fertig mit den Nerven. Ich war mir nicht mehr sicher, ob ich weiterleben oder es nicht doch besser beenden sollte. Es erschien mir so ungerecht, dass ich noch am Leben und Sandmann tot war. Eigentlich wollte ich sterben, aber … irgendwo in mir war wohl doch noch ein Funke Lebenswille, ein winziges Fünkchen, deshalb habe ich mich in Behandlung begeben.“

„In eine Psychiatrie?“

„Ja.“

Eva blinzelte. „Und dort bist du auf diesen Mann getroffen? Auf diesen … Pigmentlosen?“

Julia nickte. „Ich konnte ihn nicht sehen, weil er hinter mir stand, aber ich bin mir sicher, dass er es war. Es war derselbe Geruch. Er roch nach Bonbons. Genau wie damals, als er mit mir in dem braunen Wagen saß.“

„Hat er …“ Eva hustete, setzte dann noch einmal an. „Hat er dir in der Klinik etwas getan?“

„Nein. Hätte er das getan, wäre ich nicht mehr hier.“

„Hat er etwas zu dir gesagt?“

„Er sprach von meinem Vater, wie ähnlich ich ihm sei. Und er meinte, wenn es nach ihm ginge, dann wäre ich längst tot. Und dann, so schnell wie er aufgetaucht war, war er auch wieder verschwunden.“

Eva überlegte. „Warum war er überhaupt in der Klinik?“, fragte sie nach ein paar Sekunden. „Ich meine, wenn er dich nicht umbringen wollte …“

Julia erhob sich und bewegte sich in Richtung Anrichte. „Er war wegen der Papiere dort.“

„Wegen welcher Papiere?“

„Die, die bewiesen, dass mein Vater ermordet wurde.“

Wieder überlegte Eva einen Moment. „Und woher wusste dieser Mann, dass du diese Papiere hast?“, fragte sie dann weiter. „Ich meine, du wirst es ihm ja wohl nicht erzählt haben.“

Sie bekam keine Antwort darauf. Julia schien sich vollends darauf zu konzentrieren, Kaffee zu kochen.

„Julia?“

„Jemand hat es ihm verraten.“

„Wer?“

„Eine Frau.“

„Was für eine Frau?“

„Ich habe sie in der Psychiatrie kennengelernt.“ Julia hielt den Blick eisern auf den Wasserkocher gerichtet. „Sie hat sich mit mir angefreundet und mir dann die Papiere gestohlen.“

„Angefreundet?“ Evas Blick war reine Verwirrung. „Sie hat sich mit dir angefreundet?“

„Ja. Und mich ausspioniert.“

„Und das hast du nicht bemerkt?“

„Nein.“

„Wie konnte das denn passieren?“

Keine Antwort von Julia.

„Also, mal abgesehen davon, dass man sich mit dir nicht einfach so anfreunden kann, Julia“, bemerkte Eva, „hast du ein scharf umrissenes Empfinden für deine Umgebung und die Menschen, die sich darin bewegen. Ich kann mir beim besten Willen nicht vorstellen, dass …“ Sie brach ab, und in ihren Blick legte sich Verstehen. „Du hattest was mit ihr. Du warst mit ihr im Bett, und deshalb war dein Gehirn ausgeschaltet.“

Julia schob sich den langen Pony aus dem Auge und schwieg.

„Was hast du getan, als du es herausgefunden hast?“

„Ich hab ihr eine gescheuert.“

„Prima. Und wo ist diese Frau jetzt? Ist sie immer noch in der Psychiatrie?“

Keine Antwort.

„Julia?“

„Sie ist in Norwegen. In meinem Ferienhaus. Ich habe ihr … bei der Flucht geholfen.“

„Wie bitte?“

Julia hob die Hände in die Höhe. „Ich weiß, dass hört sich total absurd an, aber …“

„Absurd ist nicht ganz der Ausdruck, den ich gerade im Kopf habe, aber er trifft es schon ziemlich gut.“ Eva erhob sich nun ebenfalls und machte ein paar Schritte in die Mitte des Raumes. „Nur damit ich das auch wirklich richtig verstehe: Du hast einer Frau, die mit deinen Gegnern gemeinsame Sache gemacht und dich bestohlen hat, bei der Flucht aus einer psychiatrischen Anstalt geholfen und ihr dann auch noch dein Ferienhaus als Unterschlupf zur Verfügung gestellt?“

„Es ist ein bisschen komplizierter“, sagte Julia.

„Nein, gar nicht“, versetzte Eva. „Im Gegenteil, es ist ganz einfach. Diese Frau ist eine Kriminelle. So einfach ist es.“

„Sie ist eine Frau, die sich zu einem Fehler hat verleiten lassen." Julia verließ die Anrichte und machte sich auf den Weg in Richtung Schlafzimmertür. „Ich möchte jetzt nicht mehr darüber reden."

„Aber ich möchte darüber reden", sagte Eva in ihren Rücken. „Ich würde es nämlich gerne verstehen. Ich würde gerne verstehen, warum du dieser Frau zum Dank für ihren Verrat auch noch hilfreich die Hand reichst? War sie so gut im Bett, dass sich der Aufwand lohnt?"

„Hör auf." In einer einzigen Bewegung drehte Julia sich zu ihr um. „Ich habe überhaupt keine Lust, mich deswegen vor dir zu rechtfertigen. Dadurch bekäme nur etwas eine Bedeutung, was in Wahrheit völlig bedeutungslos war."

„Na, so bedeutungslos kann es ja nicht gewesen sein, wenn du ihr bei der Flucht aus einer geschlossenen Psychiatrie hilfst und dich gleich mit strafbar machst. Es ist ja nicht so, als hättest du nicht auch ohne das schon genug Probleme." Eva warf die Hände in die Höhe. „Tut mir leid, aber das versteh ich wirklich nicht."

„Es ist ganz alleine meine Sache, okay?", gab Julia zurück. „Und wenn ich einem halben Frauengefängnis auf der Flucht Unterschlupf in meinem Haus gewähren würde, dann wäre es immer noch meine Sache."

„Ja, da hast du vollkommen recht, es ist deine Sache. Du kannst tun und lassen, was du willst, Julia. Und es wäre mir auch völlig egal, wenn ich nicht mittendrin wäre in dieser Geschichte. Falls es dir gerade entfallen ist …" Eva begann, an den Fingern abzuzählen. „Ich war bereits an ein Kreuz genagelt, heute Morgen wäre ich um ein Haar entführt worden, und jetzt sitze ich hier mit dir in dieser verdammten Hütte fest und habe keine Ahnung, wie es weitergeht und was noch auf uns zukommt." Sie deutete in Julias Richtung. „Und diese Frau, um deren Schicksal du dich so rührend kümmerst, hat mit deinen Gegnern gemeinsame Sache gemacht. Mit Mördern. Da wirst du es mir schon erlauben, dass ich mich darüber aufrege, wenn du …" Abrupt brach Eva ab. Ihr Atem ging schon wieder rasselnd. Sie hustete mehrere Sekunden lang. „Es bringt nichts", sagte sie dann mit rauer Stimme und schritt an Julia vorbei. „Warum mache ich mir überhaupt die Mühe? Warum sollte ausgerechnet ich dich verstehen? Keine Frau der Welt könnte das. Und Tausende haben es bereits versucht." Damit verschwand sie im Schlafzimmer und schlug die Tür hinter sich zu.

Als sie zehn Minuten später ins Wohnzimmer zurückkam, hob sie, noch bevor Julia etwas sagen konnte, eine Hand in die Höhe. „Ich bin immer noch der Meinung, dass du einen Knall hast."

„Sie ist kein schlechter Mensch", sagte Julia. „Sie ist in etwas hineingezogen worden, dessen Ausmaß sie überhaupt nicht abschätzen konnte."

„Na, das macht sie mir doch gleich viel sympathischer." Eva machte einen Schritt auf sie zu. „Es ist in jeder Hinsicht falsch, Julia, und das weißt du auch. Aber was mich noch viel mehr ärgert als das, ist die Tatsache, dass du es mir nicht einmal erzählt hättest, wenn ich nicht nachgebohrt hätte."

„Warum hätte ich es dir erzählen sollen?"

„Warum nicht?"

Julia schwieg, und Eva setzte hinzu: „Das nennt man Vertrauen. Die Überzeugung, dass man nichts vor dem anderen zurückhalten muss."

„Ich habe nichts zurückgehalten. Ich habe es nur nicht erzählt, weil ich es nicht als wichtig empfand. Dir nichts zu erzählen und Dinge vor dir zu verbergen ist nicht dasselbe."

„Ach so, du bist also nicht der Meinung, dass wir beide – wo wir nun schon gemeinsam hier festsitzen und es mit denselben Leuten zu tun haben – auf demselben Stand sein sollten?"

„Doch."

„Prima." Eva sah Julia fest in die Augen. „Behalte das doch bitte im Hinterkopf. Fürs nächste Mal."

Susanne stand am Ofen in der Küche und zündete sich eine Zigarette an. Ihre Hände zitterten, als sie sie ausstreckte, um sie zu wärmen. Ihr war so kalt, als hätte jemand eine unsichtbare Tür geöffnet, durch die die gesamte Wärme entwichen war. Eine innere Kälte.

„Edda wird jeden Moment hier sein", sagte Jo in ihren Rücken. „Sie wird uns helfen."

Sie wandte sich zu ihm um. „Und wie?"

„Edda ist ein CF."

„Was ist das?"

„Ein Computerfreak. Das Wort habe ich inzwischen gelernt."

Ein heftiger Windstoß fegte ums Haus, und Susanne wandte den Kopf, als sie hörte, wie er den Schnee gegen die Fensterläden peitschte.

Jo setzte sich an den Küchentisch und begann mit einem Päckchen Tabak zu hantieren. „Wenn uns im Augenblick jemand helfen kann, dann sie."

Die Deckenlampe flackerte.

„Wenn sie es bei dem Wetter überhaupt bis hierher schafft", murmelte Susanne.

Im selben Moment klopfte es an die Tür.

„Sie hat es geschafft." Jo verließ das Wohnzimmer und kam wenig später mit einer spindeldürren, lila gefärbten jungen Frau zurück, die knapp dreißig Jahre alt sein musste und eine beeindruckende Coolness ausstrahlte.

„Susanne, das ist Edda, der klügste Kopf Norwegens."

„So ein Quatsch." Eddas Protest war nur schwer zu verstehen, denn gerade als sie es sagte, wurde sie von Jo fest an die Brust gedrückt.

„Edda, das ist Susanne", sagte er, als er sie wieder losgelassen hatte.

„Ah." Edda lächelte. „Auch eine Punkerin." Sie wandte sich wieder an Jo. „Gibt's was zu essen? Ich hab wahnsinnigen Hunger."

„Edda hat immer Hunger", erklärte Jo. „Sie ist ständig am Essen, aber schau sie dir an, sie sieht trotzdem aus wie ein Hungerhaken."

„Guter Futterverwerter", sagte Edda. „Also, was gibt's zu essen?"

Wenig später saßen sie zu dritt am Küchentisch. Jo stellte einen Teller mit belegten Broten vor Edda, ehe er in drei Tassen gleich viel Tee goss.

„Also." Eddas Blick wanderte von Susanne zu Jo und wieder zurück. „Weswegen sollte ich so dringend kommen?"

„Wir haben ein Problem", sagte Jo. „Und brauchen deine Hilfe."

„Ja, das habe ich schon verstanden. Aber was braucht ihr genau?" Edda lächelte süß. „Meine sprühende Persönlichkeit? Meinen Intellekt? Oder meinen scharfen Witz?"

„Von allem etwas. Aber vor allem dein Wissen, was Computer betrifft."

Susanne griff nach ihrer Teetasse und sagte: „Bevor du kamst, hat Jo mir erzählt, dass du dich gut mit Computern auskennst."

„Das kann man so sagen." Edda trank einen Schluck Tee. „Ich hatte meinen ersten 1992, da war ich neun, und habe mir schon bald beigebracht in C++ zu progammieren. Ja, ich behaupte, ich kenne mich mit den Dingern tatsächlich ganz gut aus."

„Zwischendurch arbeitete sie sogar mal für eine große Firma", erklärte Jo. „Eine mit Niederlassungen in der ganzen Welt und Hunderten von Angestellten. Ich war sehr stolz auf sie. Es war eine gute Stelle."

„Ja." Edda biss in ihr Brot. „Sie haben mir den roten Teppich ausgerollt. Ich hatte quasi freie Hand in allem. Konnte tun und lassen, was ich wollte. Sie waren nur scharf auf meine Ideen."

„Ist das nicht fantastisch?“, sagte Jo in Susannes Richtung. „Einen besseren Job gibt es doch gar nicht.“

„Kann sein.“ Edda kaute. „Aber ich habe schon recht bald festgestellt, dass meine Chefs die neuen Ausbeuter des Informationszeitalters waren. Was für mich heißt: Geht gar nicht! Ich habe eine andere Vorstellung von dem, was ich schaffen möchte, also bin ich wieder gegangen.“ Sie blickte noch einmal von Jo zu Susanne und wieder zurück. „Ich helfe euch natürlich gerne. Aber ihr müsst mir schon etwas genauer erzählen, worum es geht.“

Susanne erzählte ihr die ganze Geschichte von Anfang an. Sie begann mit ihrem Ausbruch in der Psychiatrie und endete bei den Nachrichten, die sie vor zwei Stunden erhalten hatte. Und dann, als alles gesagt war, entstand in der Küche für einen Moment Stille.

„Mir scheint, du brauchst wirklich Hilfe“, sagte Edda dann.

Susanne nickte. „Ich zermartere mir den Kopf darüber, woher er – oder sie – weiß, wo ich mich aufhalte. Ich war mir sicher, dass niemand außer meinem Bruder und seiner Freundin wissen, dass ich in Norwegen bin.“

„Und da dachtet ihr, es könnte nichts schaden, wenn wir mal nachschauen, mit wem wir es zu tun haben“, schlussfolgerte Edda.

„Du kannst doch so ziemlich in jedem Rechner herumspazieren, ohne dass dich jemand dabei erwischt“, sagte Jo.

„Du schmeichelst mir, Onkel.“

„Wirst du uns helfen?“, fragte Susanne.

Edda dachte einen Moment darüber nach, dann nickte sie. „Ich werde sehen, was ich tun kann. Hast du noch eine Pizza im Gefrierfach, Jo? Ich hab nämlich immer noch Hunger, und das Ganze könnte etwas länger dauern.“

Jo nickte zufrieden. „Du kriegst alles, was du möchtest.“

16. KAPITEL

Angst auf lauten und auf leisen Sohlen

Mainz

Als Zander das Krankenzimmer gegen siebzehn Uhr betrat, wandte Nathalia ihm langsam den Kopf zu. Er zog sich einen Stuhl heran und setzte sich an ihr Bett. „Ich möchte Ihnen ein paar Fotos zeigen. Ist das in Ordnung?"

Sie nickte.

Er zeigte ihr ein Bild von Bartholomäus, woraufhin sie nur mit einem Kopfschütteln reagierte. Doch als er ihr Fotos vom Keller seines Hauses zeigte, von den einzelnen Zellen, da fing sie an zu schreien. Sie schrie und schrie und hörte überhaupt nicht mehr auf, so lange, bis die Ärzte ihr etwas spritzten, was sie zum Schlafen zwang.

Auf der Fahrt zurück ins Präsidium hatte Zander Mühe, sich zu konzentrieren. Immer und immer wieder sah er das Bild vor sich: Nathalia, in Tränen aufgelöst. Schreiend. Sie tat ihm so leid. So unendlich leid.

Er wünschte, er hätte ihr helfen können. Aber die einzige Hilfe, die er ihr anbieten konnte, war es, die Männer zu finden, die ihr das angetan hatten.

Alle Männer.

Dreißig Minuten später durchschritt er den langen gekachelten Korridor, der zur Autopsie führte. Am Ende stieß er eine Schwingtür auf und blieb dann in dem grau gefliesten Raum stehen, in dem es immer nach Tod roch, egal, wie gründlich auch sterilisiert worden war.

„Was haben Sie für mich, Doktor?"

„Die Untersuchungen auf Drogen werden noch etwas dauern, aber ich erwarte nicht, dass dabei etwas herauskommt. Der Mann war clean, ich bin mir so gut wie sicher." Fesser stand vor Bartholomäus' Leiche, über die ein weißes Laken gezogen war. „Die Wunde am Kopf passt tatsächlich zu der Eisenstange, die im Keller des Hauses gefunden wurde. Es war allerdings kein besonders heftiger Schlag. Die Kopfschwarte blieb intakt, er hat vermutlich nur einen Moment lang Sternchen gesehen."

„Was reichte, um Nathalia die Flucht zu ermöglichen", stellte Zander fest.

„Richtig. Und wie ich bereits feststellte, hatte das eine mit dem anderen auch nichts zu tun. Erst etwa drei Stunden nach dem Schlag wurde dem Mann das Genick gebrochen. Schnell und schmerzlos. Von jemandem, der offenbar sehr genau weiß, wie das geht."

„Sie meinen, Bartholomäus hatte überhaupt keine Zeit, sich zu wehren."

„Genau. Eben war er noch am Leben, in der nächsten Sekunde war er tot. Und dann habe ich da noch etwas, Herr Kommissar." Fesser zog das Leichentuch von Bartholomäus' Oberkörper. „Der Mann weist markante Verletzungen auf." Er deutete auf drei auffällige Narben, die sich von Bartholomäus' Schulter bis zur Leiste zogen. „Spektakuläre Verletzungen, wie ich finde. Auf den ersten Blick würde ich sagen, er wurde vor nicht allzu langer Zeit mit einer glühend heißen Klinge verletzt."

„Mit einer glühend heißen Klinge?", wiederholte Zander irritiert.

Fesser nickte.

„Ein Schwert?"

„Eventuell. So genau bestimmen lässt sich das nicht."

„Aber es könnte sich um einen Kampf gehandelt haben?"

„Eher nicht. Es wirkt auf mich eher wie eine Art Folter."

Zander beugte sich etwas nach vorne. „Können Sie mir sagen, wie alt diese Narben etwa sind?"

„Etwa ein bis zwei Wochen." Fesser hielt den Blick weiter auf die Leiche gerichtet. „Und hier unten ist noch etwas. Am rechten Knöchel, in die Haut gebrannt. Ein tiefer, klar begrenzter Abdruck. Es handelt sich dabei um einen Vogel." Er reichte Zander eine Lupe. Der erkannte deutlich das Vogelemblem mit weit ausgebreiteten Flügeln und Gefieder. Der im Profil wiedergegebene Kopf schien allerdings nicht der eines Vogels zu sein, er sah eher aus wie der Kopf eines … „Sind das Teufelshörner?"

„Es sieht tatsächlich aus wie der Kopf eines Teufels", bestätigte Fesser. „Der Körper eines Vogels mit dem Kopf eines Teufels. Das nenne ich mal ein besonderes Merkmal."

Der Pigmentlose hätte ihnen erzählen können, wie er an seine eigenen Narben gekommen war. Er erinnerte sich noch genau an den Tag, an die Stunde, ja sogar an die Minute. Er war damals noch sehr jung gewesen, gerade sechzehn Jahre alt.

„Heute ist der wichtigste Tag in deinem Leben. Heute wirst du ein Kranich. Willst du das? Willst du ein Kranich werden?"

Der Pigmentlose nickte und machte sich bereit.

„Weißt du, was das bedeutet?"

„Es gibt mir das Recht, anderen die Seele zu nehmen."

Anderen … die … Seele … zu … nehmen.

„Ist dir klar, dass dies, wenn es einmal vollzogen ist, nicht mehr rückgängig gemacht werden kann?"

„Ja."

„Nun gut. Dann fangen wir an."

Ein Schwert wurde aus einer Scheide gezogen. Der Pigmentlose hatte es nicht sehen, nur hören können, denn seine Augen waren verbunden.

Dann begann der Kampf.

Bereits eine Sekunde später schnitt die heiße Klinge das erste Mal in seine Haut. Ihm wurde zuerst schwindlig, dann schwarz vor Augen. Als er wieder zu sich kam, lag er auf dem Fußboden.

Er richtete sich auf. Warmes Blut lief über seine Brust. In seinem Kopf hämmerte es, so heftig biss er gegen den Schmerz die Zähne zusammen.

Schwäche war das größte Vergehen. Feigheit das zweitgrößte.

„Noch ein Fehler und du bist tot."

„Ich werde keinen Fehler mehr machen."

„Wirst du kämpfen?"

„Ja."

„Gut. Du bist ein guter Junge. Du bist würdig. Kämpfe."

Kämpfe!

„Du wirst lernen, die Angst zu ignorieren. Schon bald wirst du überhaupt nichts mehr fühlen, und glaub mir, es ist ein großer Vorteil, in dieser Welt nichts mehr zu fühlen."

Nichts ... mehr ... fühlen.

„Kein Mensch hat Macht über uns, es sei denn, wir verleihen sie ihm. Wir flehen nicht. Wir verlangen. Wir sind es, die die Befehle geben."

Endlose Minuten später hatte der Pigmentlose zum ersten Mal einen Menschen getötet. Und dann hatte er etwas getan, was er noch nie zuvor getan hatte. Er hatte sich niedergekniet und vor seinem Meister verneigt. Aus Dankbarkeit.

Sein Meister wollte, dass er stark war.

Und konnte ein Meister seinem Schützling mehr Liebe zeigen?

Der nächste Weg führte Zander ins kriminaltechnische Labor, wo er Do Khae Quang gegenüberstand, der vor einem überfüllten Arbeitstisch hin und her ging und mit weit ausholenden Bewegungen gestikulierte: „Obwohl in dem Keller sorgfältig gereinigt wurde, haben wir an den Wänden Blutspuren gefunden. Ziemlich kleine Tropfen, aber immerhin."

„Gibt es auch Fingerabdrücke?", wollte Zander wissen.

„Nur von Bartholomäus selbst."

„Das wäre auch zu schön gewesen."

„Aber wir haben immerhin einen kleinen Brotkrumen", fügte Quang hinzu. „Und zwar in Form von Fasern. Nicht viele, aber …"

„Was für Fasern?"

„Naturfasern. Exkremental."

„Exkremental?", wiederholte Zander verwirrt.

„Wie Seide." Erklärend fügte Quang hinzu: „Seide kommt aus dem Verdauungstrakt von Raupen."

„Ah", machte Zander. „Und weiter?"

„Hierbei handelt es sich um äußerst feine Fasern. Sie wurden, ehe sie verwoben wurden, rot gefärbt. Aber sehen Sie selbst." Quang trat einen Schritt zur Seite und deutete auf das Mikroskop, das neben dem Labortisch stand.

Zander trat nach vorne und warf einen Blick durch die Okulare. Ein halbes Dutzend dünne rote Fäden hoben sich vor einem hellen Hintergrund ab – glatt und glänzend und sehr gleichmäßig.

„Das Färbemittel", sagte Quang, „ist, wie ich feststellen musste, schwer zu identifizieren. Zwar handelt es sich um einen natürlichen, pflanzlichen Farbstoff, aber bislang konnte ich ihn noch nicht aufspüren. Er ist in keiner Datenbank verzeichnet. Eine Möglichkeit wäre eine seltene Beere, die an den Berghängen in Tibet wächst. Aber das ist bisher nur eine Vermutung."

Während Zander wieder einen Schritt zurück machte, redete der Kriminaltechniker weiter: „Und da ist noch etwas Merkwürdiges: Die bisherigen Tests deuten darauf hin, dass der Stoff vor mindestens zwanzig Jahren gewebt wurde, jedoch spricht nichts dafür, dass das Kleidungsstück selbst alt ist. Es gibt nicht die Art von Verblassen oder Schäden, die man nach Jahren des Gebrauchs und des wiederholten Reinigens erwarten würde. Es sieht so aus, als wäre der Stoff gestern erst aus dem Ladenregal genommen worden."

„Und was bedeutet das?“

Quang schob die Hände in die Taschen seines Kittels. „Wenn ich das wüsste …“

„Wenn der Stoff so außergewöhnlich fein ist, wie Sie behaupten“, sagte Zander, „dann ist er sicher auch sehr teuer. Das heißt, Sie müssen die exklusivsten Schneider kontaktieren. Und auch nur die in New York, London und Hongkong.“

„Wie bitte? Wissen Sie, was das …?“

„Tun Sie es. Zu verlieren haben wir ja schließlich nichts.“

Damit wandte Zander sich ab und verließ ohne ein weiteres Wort das Kriminallabor.

Bei der anschließenden Zusammenfassung hingen ein Dutzend Namen an der Tafel, und alle genannten Personen waren Arbeitskollegen von Matthias Bartholomäus. Leider hatten ihn zwar alle gekannt, aber niemand war privat mit ihm befreundet gewesen.

„Der Typ ist ein echtes Rätsel“, sagte Augustin. „Niemand scheint etwas über ihn zu wissen, niemand scheint ein privates Interesse an ihm gehabt zu haben. Aber was mich noch viel mehr verwirrt, ist, dass der Typ Physiker war. Ein hochintelligenter Mann. Wieso hat der sich auf so eine Scheiße eingelassen?“

„Was sagen seine Kollegen über ihn?“, wollte Zander wissen.

„Er war tüchtig. Wurde geschätzt. Aber er hat sich nie mit Kollegen privat getroffen, wird als typischer Einzelgänger beschrieben. Das war es auch schon. Mehr war nicht über ihn herauszufinden.“

„Alte Schulfreunde?“

„Dafür bräuchten wir Namen, wenigstens ein Fotoalbum. Das Problem ist nur, dass wir keins in Bartholomäus’ Wohnung gefunden haben. Nicht in der Wohnung, nicht im Hausmüll. Nirgends.“

„Dann hat es vielleicht der Mörder.“

„Mitsamt dem Handy und dem Computer."
„Was ist mit seinen Eltern?"
„Beide tot."
„Verwandte?"
„Es gibt einen Onkel und eine Tante, beide seit zwanzig Jahren in Amerika. Sonst niemanden."
Zander atmete tief durch. „In Ordnung. Was sagen die Nachbarn über Bartholomäus?", fragte er weiter.
„Im Großen und Ganzen alle dasselbe", antwortete Dettloff. „Er war ein zurückhaltender Mann. Freundlich, unauffällig. Von dem, was in seinem Keller vor sich ging, will niemand etwas mitbekommen haben."
Hier kamen sie also keinen Zentimeter weiter.
„Das heißt, wir haben nichts", sprach Bartosch es aus.
„So ist es", bestätigte Dettloff. „Wir stehen mit leeren Händen da." Er wandte sich an Zander. „Hat Nathalia Bartholomäus auf dem Foto erkannt?"
Zander schüttelte den Kopf. „Leider nicht. Allerdings hat sie den Keller wiedererkannt. Sie brach zusammen, als ich ihr die Bilder zeigte." Er wandte sich an Augustin. „Was ist mit den Kameras auf dem Flughafen?"
Der junge Kollege hob bedauernd die Schultern in die Höhe. „Die haben keine Entführung aufgenommen. Allerdings kam gerade ein anderer Hinweis herein. Die Kollegen sind in Bartholomäus' Nachbarschaft auf eine alte Dame gestoßen, die behauptet, heute Morgen hätte ein Transporter direkt vor dessen Haus gestanden. Weiß, ein bisschen ramponiert, von der Marke hat sie keine Ahnung."
„Wann genau hat sie den Wagen gesehen?", wollte Zander wissen.
„Um kurz nach zehn. Dann bekam sie Besuch von ihrer Enkelin, und als sie das nächste Mal aus dem Fenster sah, war der Transporter nicht mehr da."

„Hat sie sich das Nummernschild gemerkt?“

„Nein.“

„Vermutlich hat sie auch nicht gesehen, ob Frauen in diesen Transporter geschafft wurden?“

„Nein.“

„Und auch sonst ist ihr nie aufgefallen, dass eine auffällig hohe männliche Fluktuation in dem Haus herrschte?“

„Nein. Auch das nicht.“

Zander seufzte leise. „Wäre auch zu schön gewesen. Was ist mit der Vollmacht für Bartholomäus’ Bankkonto?“

„Müssten wir morgen früh auf dem Tisch haben.“

Zander nickte, und sie schwiegen alle einen Moment.

„Was sagt die Spurensicherung?“, fragte Dettloff dann.

„Sie haben Fingerabdrücke im Keller gefunden, die allerdings alle von Bartholomäus selbst stammen. Ein paar wenige Blutspuren wurden gesichert, aber solange wir niemanden haben, dem wir das Blut zuordnen können, bringt uns das auch nicht viel weiter.“

„Also nichts“, fasste Bartosch zusammen. „Keine fremden Schuhabdrücke am Tatort. Keine Spuren um das Haus herum. Nichts.“

„Aber sie müssen Spuren hinterlassen haben“, wandte Augustin ein. „Es kann nicht einer allein vier Frauen aus dem Haus schaffen. Es müssen mehrere Männer gewesen sein.“

Zander nickte. „Das sehe ich auch so.“

„Und trotzdem keine Spuren“, bemerkte Bartosch.

„Was ist mit den Narben auf Bartholomäus’ Körper?“, wollte Augustin wissen.

„Er wurde offenbar vor einiger Zeit mit einer glühenden Klinge verletzt“, wandte Zander sich an ihn. „Es könnte sich um Folter gehandelt haben. Vielleicht aber doch um einen Kampf. Ich möchte diesen Gedanken noch nicht völlig verwerfen.“

„Veranstalten Studentenverbindungen nicht hin und wieder Schwertkämpfe?“, wandte Dettloff ein.

„Bartholomäus war aber kein Student mehr", gab Bartosch zu bedenken. „Und ich glaube, die kämpfen – wenn – auch eher mit Degen, nicht mit Schwertern."

„Der Gedanke mit der Verbindung könnte trotzdem interessant sein", sagte Zander. „Wir recherchieren auch das. Und wir müssen herausfinden, ob die Brandmarkung an seinem rechten Knöchel etwas zu bedeuten hat. Ein Vogel mit dem Kopf eines Teufels. Bartholomäus hat sich für Kraniche interessiert, erwähnte sein Vermieter Frank. Und da ich im Augenblick keine bessere Idee habe und die Uhr läuft, ist es immerhin einen Versuch wert." Wenn es nichts bringt, dachte er, dann stecken wir in der Klemme.

Als die Gruppe sich auflöste, rief Zander Augustin noch einmal zurück. Nachdem alle anderen den Besprechungsraum verlassen hatten, sagte er: „Ich möchte, dass du für mich ein Handy ortest."

„Welches?"

„Julias."

Augustin blickte verwirrt. „Julia? Unsere Julia? Julia Wagner?"

Zander nickte. „Tu es. Bitte."

„Tut mir leid, das kann ich nicht."

„Warum nicht?"

„Warum nicht? Aus drei ganz einfachen Gründen." Um seine Worte zu unterstreichen, hob Augustin drei Finger in die Höhe. „Erstens, weil ich es nicht darf, es verstößt ohne Genehmigung gegen jede Vorschrift, das weißt du selbst am besten. Zweitens, weil Julia uns umbringen wird, wenn sie es herausfindet. Und drittens, weil sie uns umbringen wird, wenn sie es herausfindet. Wirklich, Zander, du kannst doch nicht einfach …"

„Es ist ein Gefallen, um den ich dich als Freund bitte."

Augustin machte einen Schritt auf den Schreibtisch zu. „Was ist denn los? Was stimmt nicht?"

„Ich habe schon zu lange nichts mehr von ihr gehört", sagte Zander. „Sie könnte in Gefahr sein."

Ein paar Sekunden sah Augustin ihn an. Dann sagte er: „Mal abgesehen davon, dass du nicht ihre Mutter bist, Zander, könnte sie einfach nur ihre Ruhe haben wollen. Vielleicht hat sie irgendwo eine Frau kennengelernt, mit der sie ein bisschen ungestört sein möchte. Du weißt doch, wie sie ist."

Zander schüttelte den Kopf. „Nein."

Augustin machte einen weiteren Schritt an den Schreibtisch heran. „Wenn ich dir helfen soll, dann musst du mir schon ein paar Gründe mehr bieten, Zander."

„Ich kann dir aber nicht mehr sagen. Ich bitte dich als Freund, orte ihr Handy. Ich will wissen, wo sie steckt."

Ein paar Sekunden sah Augustin Zander an. Dann breitete er ergeben die Arme aus. „Meinetwegen. Ich mach's. Aber ich sag dir, wenn Eule das rauskriegt, oder Julia, oder beide, dann werde ich alles abstreiten."

„Geht in Ordnung. Und noch etwas …"

„Was noch?"

„Ich möchte, dass das unter uns bleibt."

„Sowieso." Kurz darauf hatte Augustin die Bürotür hinter sich geschlossen und war verschwunden.

17. KAPITEL

Es gibt ihn doch, den Schwarzen Mann

Weidling

Im Schwarzwald schenkte Ulrich Pohl, der Dorfwirt, noch einen letzten Kurzen für Dirk Eismann ein. Dann sagte er: „Ellie macht hier weiter. Ich muss mit Rocco raus. Der alte Junge muss dringend sein Geschäft verrichten."

„Bist du sicher?" Mit skeptischem Blick sah Eismann zu dem vierzehn Jahre alten Schäferhund, der völlig entspannt hinter dem Tresen lag und so gar nicht wirkte, als würde ihn seine Blase drücken.

„Ich kenne meinen Hund." Pohl pfiff einmal kurz, und sofort war Rocco auf den Beinen. „Bis später."

Draußen war es schon dunkel, der Wind fegte ihn beinahe um, und Pohl entschied sich deshalb für eine kurze Runde. Er pfiff noch einmal nach Rocco, und sie machten sich gemeinsam auf den Weg in Richtung Waldrand. Das kleine Geschäft hatte der Hund direkt vor der Kneipe verrichtet, es wartete das große.

Pohls Stiefel versanken im Neuschnee, während er eilig voranstapfte. Sein Atem kondensierte zu Dampffähnchen. Sie kamen am letzten Bauernhof vor dem Wald vorbei, der ebenfalls fest in der Hand des Winters war. Die Zäune um die Felder herum verschwanden unter dem dicken Schneemantel, eine dünne Rauchfahne stieg aus dem Kamin auf – danach herrschte endgültig Schweigen und nur noch Weiß.

Pohl machte noch größere Schritte, der Hund folgte ihm gemächlich. Ab und zu bohrte er seine Nase in den federleichten Schnee, hob sie wieder an und schüttelte den Kopf.

Kurz darauf waren sie am Waldrand angekommen. Eine erstarrte Landschaft aus undurchdringlichen, hohen Tannengehölzen tat sich vor ihnen auf. Pohl sah zu seinem Hund und sagte: „Mach hin, alter Junge. Es ist kalt, ich will wieder nach Hause."

Doch Rocco machte nicht. Rocco rührte sich auch nicht von der Stelle. Er starrte in den Wald und knurrte.

„Was ist los?" Pohl versuchte, dem Blick seines Hundes zu folgen, konnte aber nichts entdecken.

In der nächsten Sekunde spurtete Rocco los und lief in den Wald hinein.

„Rocco! Komm sofort zurück!"

Pohl hörte den Hund bellen, aber zurück kam er nicht. „Du verdammter ...!" Er setzte sich in Bewegung und machte ein paar Schritte auf den Waldrand zu. Dort blieb er stehen. „Rocco! Sofort hierher!"

Nichts. Jetzt nicht einmal mehr Bellen.

Pohl formte die Hände zu einem Trichter und rief so laut er konnte: „Rocco!" Er nahm die Hände wieder herunter und zischte: „Du dummer Hund! Ich schwör dir, ich zieh dir dein struppiges Fell über die Ohren!"

Als er meinte, etwas gehört zu haben, hielt er inne.

Rocco? Nein, es hatte sich anders angehört. Eher so, als wäre ein Mensch auf einen Ast getreten. Pohl lauschte. Dann rief er so laut er konnte: „Ist da jemand?"

Keine Antwort.

Noch einmal: „Ist da jemand?"

Nichts.

Nein, er hatte es sich nur eingebildet.

Noch einmal formte Pohl die Hände zu einem Trichter und rief in den Wald hinein: „Rocco!"

Wenn er später darüber sprach, würde er sagen, dass er nicht einmal eine Vorahnung gehabt hatte. Vermutlich deshalb blieb ihm fast das Herz stehen, als er auf einmal eine Gestalt zwischen den Bäumen entdeckte. Sie hatte eine dunkle Kapuze über dem

Kopf, die ihr Gesicht verbarg und hinten in ein Cape überging, das den Rest des Körpers verhüllte.

Pohl hatte das Gefühl, als würde sein Hals an- und abschwellen, so stark pulsierte das Blut in seinen Adern. Nein, das war noch weit untertrieben. Genau genommen rann sein Blut wie flüssiges Feuer durch seine Adern. Er schloss die Augen und öffnete sie wieder. Die Gestalt war verschwunden.

Eine Sinnestäuschung, kein Wunder bei dem Schneegewirbel. Nichts als eine Sinnestäuschung.

Doch dann tauchte die Gestalt wieder zwischen den Bäumen auf, und jetzt erkannte er, dass sie etwas in den Händen hielt. Eine Axt. Sie hob sie an und machte einen Schritt auf ihn zu.

Der Schwarze Mann!

Pohl wich zurück.

Einen Augenblick schwindelte es ihn. Die Angst trieb an seinen Haarwurzeln kleine Schweißperlen hervor. Jetzt, endlich, kam Rocco zu ihm zurückgelaufen. Er rief nach ihm, wirbelte gleichzeitig herum und wollte weglaufen, doch er tat es zu hastig und verdrehte sich das Fußgelenk. Er stieß einen Schrei aus – der Wald, die Bäume, der Schnee, alles verschwamm vor seinen Augen. Er hatte Angst wie noch nie zuvor in seinem Leben. Sein Knöchel pochte wie verrückt, er war am ganzen Körper schweißnass. Panik überwältigte ihn. Er richtete sich auf und stürzte so schnell er konnte davon. Rocco blieb ihm dicht auf den Fersen.

Keine Stunde später war in der *Knolle* die Hölle los. Die Stimmung war aggressiv und wild. Einige schwenkten Äxte, andere Schaufeln, und wer ein Gewehr besaß, hatte es aus dem Waffenschrank geholt.

Marina Meyer blinzelte ein paarmal, während ihr Blick über die einzelnen Leute streifte. „Was, zum Teufel, ist hier los?“, fragte sie in Frieder Fäths Richtung.

„Pohl glaubt, er hätte den Schwarzen Mann gesehen. Das hat sich natürlich in Windeseile im Dorf herumgesprochen."

Während der nächsten Minuten konnte Marina überhaupt nichts erreichen. Die Leute schrien einander an, warfen mit Kraftausdrücken um sich und hörten ihr überhaupt nicht zu. Ein paar luden ihre veralteten Gewehre durch. Schließlich stieg sie auf einen Stuhl und schrie: „Klappe halten! Alle!"

Immerhin, jetzt herrschte Ruhe.

„Seid ihr wahnsinnig geworden?", rief sie in die Menge. „Ihr legt sofort alle die Waffen weg. Wir sind hier doch nicht im Wilden Westen."

Ulrich Pohl trank schnell hintereinander zwei Kurze, ehe er aufgebracht sagte: „Ich hab ihn gesehen! Der Schwarze Mann, er stand am Waldrand, zwischen den Bäumen. Er hatte eine Axt, und er kam damit auf mich zu. Verlass dich darauf, dass ich mich bewaffne, wenn mir Gefahr droht."

Sofort brach in der Menge eine erneute Diskussion aus, mit der sie ihre Zustimmung zeigte.

„Wir sollten dankbar sein, dass er noch am Leben ist!"

„Er hätte ihn auch köpfen können!"

„Wir werden uns nicht einfach so abschlachten lassen!"

„Ich weiß nicht, was du da am Waldrand gesehen hast", sagte Marina in Pohls Richtung, „aber ganz bestimmt war es nicht der Schwarze Mann. Es könnte alles Mögliche gewesen sein, vermutlich war es aber nur jemand aus dem Dorf, den du einfach nicht erkannt hast."

Pohl trank noch einen dritten Kurzen. Seine Hand zitterte, als er das Glas absetzte. „Das ganze Dorf ist hier versammelt. Ich habe alle gefragt. Niemand war vor einer Stunde am Waldrand."

„Und warum sollte einer aus dem Dorf auch zwischen den Bäumen stehen?", brachte seine Schwester Ellie ein schlagendes Argument.

„Genau.“ Pohl nickte. „Einer aus dem Dorf hätte freundlich gegrüßt und mir nicht mit der Axt gedroht.“

Die Menge nickte und drückte erneut murmelnd Zustimmung aus.

Finster starrte Marina Pohl an. „Aber der Schwarze Mann steht in der Kälte und wartet darauf, dass du mit deinem Hund vorbeikommst, ja?“

Das war Pohl völlig egal. „Ich will, dass wir jetzt alle zusammen losgehen und uns auf die Suche machen. Ich weiß, was ich gesehen habe. Hier treibt sich einer rum, und den müssen wir finden.“

Marina atmete tief durch, stieg vom Stuhl hinab und trat auf ihn zu. „Ulrich, das Gelände um den Wald herum ist unübersichtlich. Was auch immer du dort gesehen hast – es könnte alles und nichts gewesen sein.“

„Heute Morgen wurde ein Mann erschossen auf unserem Marktplatz gefunden“, gab Pohl zurück. „Und jetzt droht mir einer mit der Axt. Ich sag dir, hier schleicht einer rum. Und du bist doch die Polizei, oder nicht? Also kümmer dich gefälligst darum!“

Marina betrachtete jedes einzelne Gesicht in der Menge. Sah dann Frieder Fäth an. Seine hochgezogenen Augenbrauen sagten alles.

Schließlich nickte sie nachgiebig. „In Ordnung. Gehen wir.“

Kurz darauf bewegte sich die Gruppe im dichten Schneetreiben auf den Waldrand zu. Der Weg war beschwerlich, ihnen peitschte der Schnee in die Augen, und sie versanken fast bis zu den Knien darin. Die Männer schien das jedoch nicht zu stören. Sie waren von ihrer Mission überzeugt und mit Testosteron nur so vollgepumpt. Um überhaupt etwas in der Dunkelheit zu erkennen, hatten sie Fackeln angezündet, die den Test gegen Wind und Schnee allerdings nur mühevoll bestanden.

Es war nur schwer zu deuten, aber Marina glaubte, Besessenheit in Pohls Augen zu sehen.

„Ich habe ihn gesehen“, sagte er immer wieder. „Ich habe ihn gesehen. Ich habe *es* gesehen.“

„Was hast du gesehen?“, fragte Frieder.

„Das Böse. Es war das pure Böse.“

In dem Moment, in dem er es aussprach, wurde die Luft von einem unheimlichen Heulen zerrissen. Es war der Wind, der immer heftiger pfiff.

„Ich weiß, was ich gesehen habe. Die Gestalt war dunkel, und sie war böse. Da ist einer unterwegs, der nicht hierhergehört.“

Da es keinen Sinn machte, ließ Marina diese Worte kommentarlos so stehen.

Wieder heulte der Wind, sie zog sich die Mütze etwas weiter über die Ohren.

„Wenn wir ihn hier nicht finden“, redete Pohl weiter, „dann durchsuchen wir eben das ganze Dorf.“

„Du kannst nicht einfach in die Häuser der Leute einmarschieren“, sagte Marina.

„Ich glaube nicht, dass jemand etwas dagegen hätte. Und wenn doch, dann hat er was zu verbergen.“ Außer Atem und überzeugt von seinen Worten, marschierte Pohl einen Schritt schneller.

Kopfschüttelnd folgte Marina. Sie war fest davon überzeugt, dass sie an diesem Abend nichts und niemanden finden würden. Und so war es.

Sie fanden nichts.

Oktober 2008

In den Tagen nach dem Fund der verbrannten Leiche gab es etliche Vernehmungen, zahllose technische Analysen, Aktennotizen und schier endlose ermittlungstaktische Überlegungen, die allesamt ins Nichts führten.

Julia warf den Ausdruck der Vermisstenliste auf ihren Schreibtisch. „Jetzt haben wir ihr Gesicht, aber sie steht nicht drauf."

„Vielleicht wird sie noch nicht vermisst", sagte Zander. „Oder vielleicht ist sie nicht von hier."

„Wäre auch zu einfach gewesen." Julia griff nach ihrer roten Kaffeetasse. Dann öffnete sie das Fenster und zündete sich eine Zigarette an.

„Die Geschichte geht dir nahe, nicht wahr?", sagte Zander in ihren Rücken. „Noch näher als die anderen."

Julia antwortete nicht.

„Hast du gehört, was ich gesagt habe?"

Sie nickte.

„Du wirst von Mal zu Mal schweigsamer. Mit jedem Fall."

Es dauerte einen Moment, dann wandte Julia sich Zander zu, deutete auf das Foto an der Tafel. „Schau sie dir an. Sie ist viel zu jung, um tot zu sein. Noch nicht lange erwachsen, noch keine Familie gegründet, keine Kinder gekriegt, keine Konflikte, keine Scheidung. Nichts von alldem." Sie breitete die Arme aus. „Und was haben wir? Keinen Fingerabdruck, kein Haar, keine Faser eines Kleidungsstückes, nicht einmal einen Schuhabdruck. Nichts. Nur Asche. Da verbrennt ein Mann in einem öffentlichen Park eine Frau und spaziert dann einfach davon. Und wir, die Polizei, haben *nichts*!"

Der Bürostuhl unter ihm schrie protestierend auf, als Zander sich nach hinten lehnte und sagte: „Wir haben fast nichts. Wir haben immer noch unseren Verstand, und ich bin lange genug bei der Polizei, um zu wissen, dass irgendetwas irgendwo irgendwie uns immer auf die Spur bringt. Also, was ist? Gehen wir es zusammen durch?"

Julia inhalierte tief und nickte.

Er schnappte sich einen Notizblock. „Leg los. Sprich alles laut aus."

Im Laufe ihrer Zusammenarbeit hatten sie eine Technik entwickelt, ihre jeweiligen Ideen und Theorien beim anderen zu erproben. Jeder hatte seine Stärken und Schwächen; gemeinsam erkannten sie oft Zusammenhänge, die einem alleine nicht sofort auffielen.

Julia deutete auf die Fotos und sagte: „Unser Mörder ist ein Machtmensch. Es geht ihm um die Bestätigung seiner Macht."

„Vielleicht hasst er Frauen tief in seinem Inneren", gab Zander zurück. „Ich meine, das, was er ihr angetan hat, zeugt doch von Wut und Frauenhass, oder nicht? Die Verbrennung war ein Symbol. Er wollte sie demütigen, über ihren Tod hinaus."

„Vielleicht geht es aber auch um sadistische Lust", gab Julia zurück. „Ich meine, wir alle verspüren hin und wieder Wut, Hass, vielleicht sogar abnorme sexuelle Bedürfnisse. Aber wir haben die Kontrolle darüber. Wir können das Monster in uns wegsperren. Aber er …"

„Kann das nicht."

„Nein. Er kann das nicht. Er spürt nichts. Kein Anzeichen von Mitleid."

„Vermutlich hat er diese Grenze schon vor langer Zeit überschritten."

„Ja. Vermutlich."

Zanders Augen hefteten sich auf eine Großaufnahme der verbrannten Leiche. „Eine Frau zusammenzuschlagen", bemerkte er nachdenklich, „überhaupt eine Frau zu schlagen, das ist sehr … schwierig. Für einen normalen Mann wie mich ist es ein Albtraum. Für ihn nicht."

„Vermutlich kann er sich nur so ausdrücken."

„Wie meinst du das?"

Julia starrte ebenfalls auf das Foto. „Vielleicht wurde er als Kind oder Jugendlicher schwer traumatisiert, und jetzt artikuliert er sich durch Gewalt. Er drückt ihr die Rolle auf, die sie zu spielen hat. Er zeigt ihr, dass er sie dominiert. Dass er allmächtig ist. Und ihr Tod ist schließlich der Augenblick, in dem die Kontrolle am größten ist."

„Und was ist mit dem Feuer?"

„Damit inszeniert er sich. Wir haben es gerade festgestellt: Tief in sich hasst er Frauen, fühlt sich ihnen unterlegen. Deshalb muss er seine Macht beweisen. Den Körper dieser Frau zu verbrennen, das war das Gefühl der absoluten Macht für ihn. Missbrauch von Macht in ihrer extremsten Form." Julia zog noch einmal an der Zigarette, warf sie dann aus dem Fenster.

„Was fühlst du?", fragte Zander.

„Was soll ich fühlen?"

„Sag mir, was dein Bauch dir sagt."

Julia wandte ihm das Gesicht zu, sah ihn einen Moment lang an, aber ob sie ihn dabei wirklich sah, war fraglich. Es wirkte eher so, als blicke sie durch ihn hindurch, so als wäre er plötzlich transparent geworden, ihr Blick verlor sich irgendwo weit hinter ihm. „Mein Bauch sagt mir, dass wir es nicht mit einem introvertierten Spinner zu tun haben, der das Haus nicht verlässt und sich von Mama noch die Bettwäsche wechseln lässt. Mein Bauch sagt mir, dass der hier ...", sie schritt wieder auf die Fotos zu und deutete darauf, „von der extrovertierten Sorte ist." Kurz brach sie ab, dann redete sie weiter. „Wenn ich mir vornehmen würde, jemanden umzubringen. Wenn ich mich nachts zwischen ein Uhr und drei Uhr auf den Weg zum Park machen würde. Dann würde ich mich dunkel anziehen und mein Gesicht verbergen. Ich würde die Person umbringen, die ich umbringen wollte, und dann ganz schnell wieder nach Hause verschwinden. Wenn ich aber ein Feuer mache und die Leiche anzünde, dann mache ich den Mord zu einem Großereignis. Dann will ich Aufmerksamkeit. Ich suche förmlich danach." Sie griff nach einem Marker und schrieb auf die Tafel: *Symbolik*. „Ich hätte versucht, die Leiche irgendwo zu verstecken. So, dass sie möglichst lange nicht gefunden wird. Das hat er nicht getan, ganz im Gegenteil. Er wollte sie uns zeigen. Genau so. Und deshalb sage ich dir, Zander, der Kerl ist ein Großkotz. Ein Großkotz mit einer großen Klappe. Er hält sich für intelligent genug, sich mit uns anzulegen. Er ist fest davon überzeugt, dass wir ihn nicht kriegen, und offenbar hat er ja auch recht damit."

„Was treibt ihn an?", wollte Zander wissen.

„Gefühle."

„Was für Gefühle?"

„Hass. Das hatten wir doch schon. Er ist nicht in der Lage, das Gegenteil davon zu spüren. Er ist ein Soziopath."

„Es ist nicht das erste Mal, dass wir einen Soziopathen jagen." Julia wandte sich Zander zu, suchte seinen Blick und ließ ihn nicht mehr los. „Aber keinen solchen. Das sagt mir mein Bauch."

Diese Worte sollten sie später noch einholen.

18. KAPITEL

Und dann … ein Moment Friede

Das Feuer loderte im Kamin, als Eva um kurz vor zehn Uhr abends mit ihrem Bettzeug davortrat. „Warum kann ich nicht im Schlafzimmer schlafen?", murrte sie.

„Das hatten wir jetzt schon zweimal", gab Julia zurück. „Wir können nicht noch einen Raum heizen. Wir haben nicht unbegrenzt Öl. Außerdem will ich ein Auge auf dich haben, und du wirst ja wohl nicht wollen, dass ich mich zu dir ins Bett lege."

Eva murmelte etwas, was nicht zu verstehen war, Julia ignorierte es und setzte sich in den Sessel. Sie rieb sich über den Nacken, schloss für einen Moment die Augen und hörte nur. Hörte, wie Eva durch den Raum ging, irgendwo irgendetwas fummelte und dann sagte: „Sieh mal."

Julia öffnete die Augen und blickte zu ihr.

Mit einem Fotoalbum saß Eva auf der Bettdecke.

„Sind das Fotos von uns?"

„Ja. Komm her. Sieh sie dir an."

Julia erhob sich und ließ sich neben sie auf die Decke sinken.

Eine Seite nach der anderen blätterte Eva um, und plötzlich flatterten um Julia Erinnerungen wie von Bäumen fallendes Herbstlaub. Sportunterricht in der Unterstufe, naturwissenschaftliche Projekte kurz vor dem Abitur, die ersten heimlichen Partys, alle Höhen und Tiefen, die man in seiner Kindheit und Jugend so erlebt.

Schließlich starrten sie gemeinsam auf ein Foto, versuchten sich an den Tag zu erinnern, an dem es aufgenommen worden war. Sicher war nur, dass der Hintergrund das Waisenhaus war. Sie mussten damals etwa elf Jahre alt gewesen sein. Auf der linken Seite standen Kerstin und Sandmann, auf der rechten Julia und Eva. Zwischen ihnen stand ein großer, schlanker Mann mit etwas längeren dunklen Haaren, einem schwarzen Anzug und einem weißen Kragen. Ein gut aussehender Mann, der mehr an einen Rockstar erinnerte als an einen katholischen Pastor.

„Wir haben es einfach nicht kommen sehen, nicht wahr?", sagte Eva nach ein paar Sekunden des Schweigens.

„Nein", gab Julia zurück. „Aber wie hätten wir auch? Wir waren Kinder."

Eva überlegte einen Moment. „Aber es war auch nicht alles schlecht, oder?", sagte sie dann. „Ich meine, immerhin sind wir nicht ganz verkorkst."

„Na ja …"

„Du warst bei der Polizei, ich bin Wissenschaftlerin, Sandmann war Computerspezialist, und Kerstin hatte ihre Liebe gefunden, bevor … Und wir hatten uns. Wenigstens unsere Solidarität war echt. Mitten in dem ganzen Chaos gab es immer uns."

„Ja, das stimmt", gab Julia zu. Während sie beobachtete, wie Eva erneut blätterte, fügte sie hinzu: „Weißt du eigentlich, dass ich dich immer beneidet habe?"

Eva wandte ihr das Gesicht zu. „Warum?"

„Du warst immer entschlossen, deine Ziele zu erreichen. Du hast immer an das geglaubt, was du getan hast, und du hast nie aufgegeben. Du bist deinen Weg gegangen und niemals davon abgekommen."

„Ganz so einfach ist es nicht, Julia."

„Doch, so einfach ist es."

„Nein." Eva schüttelte den Kopf. „Ich hatte immer Angst. Davor, dass ich nicht gut genug bin. Davor, dass ich nicht genügend weiß. Davor, dass ich die falschen Entscheidungen treffe. Davor, dass ich irgendwann zur Selbstkritik gezwungen sein werde …" Sie brach ab.

„Das geht uns allen so. Trotzdem hast du schon immer mehr vom Leben verstanden als ich. Du warst immer vernünftig und …"

„Ganz so ist es wirklich nicht, Julia. Leider nicht.“ Eva blätterte wieder. „Sieh mal. Wie alt waren wir da? Vierzehn?“

„Ja, das könnte hinkommen.“

„Erinnerst du dich, wie wir einmal von Wittenrode bis nach Hannover gelaufen sind, um uns einen Film im Kino anzusehen?“

„Klar, erinnere ich mich. Aber ich weiß nicht mehr, warum wir nicht einfach den Bus genommen haben.“

„Ich glaube, dafür reichte unser Geld nicht.“ Eva überlegte. „Kerstin und Sandmann waren nicht dabei. Nur wir beide.“ Sie runzelte die Stirn. „Kannst du dich daran erinnern, um was für einen Film es sich handelte? Ich weiß es wirklich nicht mehr.“

„Ich auch nicht. Ich erinnere mich nur noch an den endlosen Fußmarsch und an die anschließenden Blasen an meinen Füßen.“

„Ja. Die hab ich auch Wochen später noch gespürt.“ Eva lächelte. „Was haben wir uns nur dabei gedacht?“

„Wir haben überhaupt nicht gedacht.“ Julia lächelte ebenfalls. „Das war ja das Schöne.“

Einen Moment schwiegen sie, dann sagte Eva: „Das Kino war winzig. Ob es noch existiert?“

„Nein.“ Julia setzte sich etwas bequemer hin. „Sie haben inzwischen eine Karaokebar daraus gemacht.“

„Wirklich? Woher weißt du das? Warst du noch einmal dort?“

„Ich habe eine natürliche Allergie gegen Karaoke. Nein, ich bin irgendwann später einmal daran vorbeigefahren und habe es gesehen.“

Eva klappte das Album zu und sah Julia an. „An deinem ersten Tag im Waisenhaus sagte ich zu Sandmann, dass ich dir gerne helfen würde. Und er antwortete: Sie lässt sich nicht helfen, sie ist total kaputt.“

Julia hob die Augenbrauen in die Höhe. „Wirklich? Das hat er gesagt? Das wusste ich gar nicht.“

„Ich hab ihm nicht geglaubt. Ich dachte, vielleicht kann ich dir doch irgendwie helfen.“ Eva brach kurz ab. „Du wolltest dir nur nicht gerne helfen lassen.“

„Ich hab mich oft ungerecht verhalten“, gestand Julia ein. „Trotzdem hast du immer zu mir gehalten. Warum hast du mich nicht einfach fallen lassen?“

Darauf antwortete Eva nicht. Stattdessen sagte sie: „Über ein halbes Jahr sind sie jetzt schon nicht mehr da. Kerstin und Sandmann. Ich kann das immer noch nicht glauben. Sie hätten nicht so sterben dürfen. Sie hatten etwas Besseres verdient.“

„Glaub mir, wenn ich es hätte kommen sehen, ich hätte Lange rechtzeitig aufgespürt und ausgeschaltet. Das ist mein Ernst.“

„Ich weiß.“ Eva dachte einen Moment nach. „Sandmann hat einmal zu mir gesagt, Energie löse sich nie auf, sie nehme nur eine andere Form an. Ich muss oft daran denken. Der Gedanke gefällt mir. Das würde bedeuten, dass er immer noch da ist. Auf irgendeine Art und Weise.“

„Das ist tatsächlich ein schöner Gedanke.“

„Sandmann und Kerstin sind tot“, fügte Eva leise hinzu, „aber wir leben.“

„Ja“, sagte Julia ebenso leise. „Wir leben.“

19. KAPITEL

Cracker

Norwegen

Susanne betrat das Arbeitszimmer und fragte: „Wie läuft's?"

Eddas Blick blieb auf den Bildschirm gerichtet. „Die Pizza ist furchtbar. Ich verstehe nicht, warum man in ganz Norwegen keine vernünftigen Tiefkühlpizzen bekommt. Überall kriegen sie das hin, sogar in Schweden, nur hier nicht."

„Tja. Das tut mir leid." Susanne warf einen Blick auf den Teller neben dem Bildschirm. „Aber immerhin ist das ja bereits dein viertes Stück."

„Und, nur um zu zeigen, dass ich es ernst meine, vermutlich auch mein letztes."

„Prima. Ich mag Menschen mit Prinzipien. Also, wie läuft's? Hast du schon herausgefunden, wie er – oder sie – es geschafft hat, die Nachrichten an mich zu schicken?"

Edda deutete auf einen Stuhl neben sich. „Keine Angst. Ich beiße nicht."

Susanne setzte sich und sah sie abwartend an.

„Es handelt sich um einen ‚Er', und er hat sich ganz einfach in den Rechner gehackt."

„Ganz einfach."

„Hmm. Sobald Jo online war, war auch der Kerl auf diesem Rechner."

„Dann ist er also auch ein Hacker", sagte Susanne.

„Nein. Das ist kein Hacker. Die Bezeichnung *Hacker* ist ein Kompliment, eine Auszeichnung. Wir Hacker sind innovative Programmierer. Die Guten, sozusagen." Edda deutete auf den Bildschirm. „So einen wie den da nennt man *Cracker*, das sind die Bösen."

„Okay. Und weißt du auch schon, wer der Böse in unserem Fall ist?"

„Ich kann dir auf jeden Fall sagen, dass die Nachrichten nicht in Norwegen verschickt wurden. Sie kamen aus Deutschland. Genauer gesagt, aus Hannover."

„Wirklich?"

„Hmm. Und zwar vom Rechner eines gewissen Roman Vukovic. Sagt dir der Name etwas?"

Susanne schüttelte den Kopf. „Nein."

„Hm." Edda scrollte. „Hier ist ein Bild von ihm."

Auf dem Bildschirm tauchte ein Mann mit kurzen, blond gefärbten Haaren auf.

„Wie bist du an dieses Bild gekommen?", wollte Susanne wissen.

„Ich habe es mir von seinem Rechner gezogen. Er ist gerade online."

„Und er merkt nicht, dass du bei ihm rumschnüffelst? Ich meine, wenn er so gut ist …"

Edda lächelte süß. „Um wie viel wetten wir, dass ich besser bin?"

„Ich schätze, da brauchen wir nicht zu wetten." Susanne wandte sich wieder dem Bildschirm zu. Allerdings war der Mann nur schwer zu erkennen. Das Bild war ziemlich verschwommen. „Kann man das noch irgendwie schärfer machen?", fragte sie.

Edda zog ein helles Quadrat über den Bildschirm. „Gesichter sind schwierig", sagte sie währenddessen. „Weil es sich nicht um eine Vergrößerung, sondern um eine statistische Berechnung handelt, wie das Gesicht aussehen könnte." Sie tippte auf ein paar Tasten, murmelte etwas, tippte weiter.

Susanne sah jede Menge Zahlen über den Bildschirm laufen.

Nach ein paar Sekunden nickte Edda zufrieden. Mit ausladender Geste drückte sie auf die *Enter*-Taste. Das Gesicht auf dem Bildschirm flackerte und löste sich auf. Sekunden später tauchte es wieder auf. Und jetzt war der Mann deutlich zu erkennen.

„Wahnsinn“, sagte Susanne.

„Und?“, fragte Edda. „Hast du ihn schon mal gesehen?“

„Ich glaube ja, aber ich bin mir nicht sicher.“

„Was hältst du davon, wenn ich das Bild drehe und dir eine andere Einstellung zeige?“ Edda tippte zweimal auf die Tastatur. Die rechte Gesichtshälfte schrumpfte auf einen schwarzen Punkt in der Mitte des Monitors zusammen. Eine Sekunde später dehnte sich der Punkt wieder aus, und prompt erhielten sie die linke Gesichtshälfte. Und jetzt blitzte es vor Susannes innerem Auge auf: Er saß ihr gegenüber, sah nach links, hatte ein Handy am Ohr und sprach mit irgendjemandem.

„Jetzt weiß ich, wo ich ihn schon mal gesehen habe“, sagte sie. „In Hannover, in der Kneipe, in der ich bedient habe. Und zwar an dem Abend, an dem ich Egert die Glasscherbe in den Rücken rammte. Da saß er an der Theke, zwei Plätze neben Lisa – das ist die Frau, die Egert vergewaltigen wollte –, und benahm sich, als wäre er ein Geschenk Gottes an die Frauen. Warum, zum Teufel, schickt ausgerechnet der mir solche Nachrichten?“

„Beschreib ihn“, forderte Edda.

„Wie, beschreiben? Er sah genauso aus wie auf dem Bild hier: etwa eins achtzig groß, schlank, kurze blonde Haare. Er trug eine Lederjacke, glaube ich.“

„Hat er mit dir gesprochen?“

„Nein.“

„Hat er mit jemand anderem gesprochen?“

„Er hat ein paar Frauen angemacht, auch Lisa. Ich hab nicht wirklich auf ihn geachtet.“

„Wann hast du ihn an dem Abend das letzte Mal gesehen?“, fragte Edda weiter. „Weißt du das noch?“

Susanne schüttelte den Kopf. „Ich hab ihn irgendwann aus den Augen verloren."

„Kann er mitbekommen haben, dass ihr euch im Hinterhof treffen wolltet, diese Lisa und du?"

„Möglich. Gesehen habe ich ihn draußen allerdings nicht. Warum fragst du mich das alles? Hast du sonst noch etwas über ihn herausgefunden?"

Edda nickte. „Allerdings. Der Typ ist schwer gestört."

„Was meinst du damit?"

„Seit etwa einer Stunde surft er auf einer Site herum, die *fucksluts* heißt. Das bedeutet …"

„Ich weiß, was es bedeutet. Heißt das, es kommt jetzt das, was ich befürchte, das kommt?"

„Du solltest es dir ansehen, aber du brauchst gute Nerven dafür." Edda öffnete die Site. „Man braucht ein paar ganz bestimmte Codes, um sich *alles* ansehen zu können, was die Site zu bieten hat, aber das ist relativ einfach, sie befinden sich alle auf Vukovics Rechner." Es zeigte sich ein Layout, das schlicht war und ohne viel Grafik. Ein Menü listete die Optionen auf: *Forum, Bruderchat, Schlampen, Schlampenfotos, Fickdieschlampenchat …*

„Ach du Scheiße", entfuhr es Susanne.

„Ich hab die einzelnen Chats quergelesen, ehe du kamst", sagte Edda. „Das heißt, ich habe es versucht, war aber nach drei Minuten schon so bedient, dass ich um ein Haar einen Virus losgeschickt hätte, um die Site zusammenkrachen zu lassen. Für die Typen, die sich hier aufhalten, Susanne, reicht der Begriff *gestört* nicht aus." Sie klickte auf den Button *Fotos* und scrollte dann durch eine ganze Reihe von Bildern. Auf jedem einzelnen war eine Frau in erniedrigender Pose zu sehen. Fast alle waren gefesselt, alle waren sie nackt, und jedes Foto schien noch schauderhafter als das vorherige zu sein. Die Frauen wurden gefoltert, unsägliche Dinge mit ihnen angestellt.

„Das …“ Susanne brach ab, setzte dann noch einmal an. „Das ist nicht gestellt, oder?“

Edda schüttelte den Kopf. „Ich fürchte nicht.“ Sie klickte weiter. „Vukovic hat sich einen Film von der Site heruntergeladen. Den solltest du dir ebenfalls ansehen.“

Susanne nickte widerwillig, und was sie dann sah, ließ das wenige, was sich in ihrem Magen befand, wieder nach oben kommen. Da lag eine nackte Frau auf einem schmalen Eisenbett. Sie lag auf dem Rücken, ihre Hände waren mit Lederriemen an das Kopfteil gefesselt, ihr Gesicht tränennass und ihr Mund weit offen. Man hörte keinen Schrei, denn die Aufnahme war ohne Ton, aber man sah, wie ihr Körper zuckte und wie sie versuchte, sich loszureißen. Ihre Halsmuskeln waren angespannt, jeder einzelne Knochen trat hervor.

Ein Mann trat ins Bild. Er trug nur ein dunkles T-Shirt, keine Hose. Er vergewaltigte sie, wobei er die Hände um ihren Hals legte.

Dann kam noch ein Mann. Und noch einer.

„Oh verdammt“, entfuhr es Susanne. „Die haben eine Vergewaltigung gefilmt und ins Netz gestellt? Wie krank ist das denn?“

Edda räusperte sich. „Und das hier hat Vukovic als Kommentar zu dem Film verschickt.“ Sie klickte auf einen Button.

Frauen sind Fotzen. Herumhurende Fotzen, denen man das Maul stopfen muss. Drecksnutten. Verlogene Huren, die in den Dreck gehören. Das ist der einzige Ort, wo sie hingehören: in den Dreck.

„Und das hier.“

Frauen sind Säue. Gott hat sie nur erschaffen, um seinen großen Schwanz herauszuholen und auf sie zu pissen.

Susannes Züge wurden hart. „Das muss man der Polizei melden.“

„Ja“, gab Edda zurück. „Müsste man. Wenn das, was wir hier tun, nicht illegal wäre.“

„Scheiß auf illegal.“ Susanne fuhr sich mit gespreizten Fingern durch die bunten Haare, die ohnehin schon aussahen, als hätte sie einen Elektroschock erlitten. „Der Typ muss von der Straße. Die müssen alle von der Straße. Das sind nicht einfach nur Irre, Edda, das sind ausgewachsene Psychopathen.“ Sie hielt in der Bewegung inne. „Zeig mir noch mal den Film.“

Edda tat es, und das Martyrium der Frau auf dem Eisenbett begann von Neuem.

Susanne starrte auf den Bildschirm, beugte sich etwas nach vorne. „Was haben diese Männer für Gesichter? Die sehen ja aus wie Dämonen.“

„Masken“, sagte Edda. „Das sind Masken.“ Sie stoppte das Bild und vergrößerte es. „So etwas wie Halloweenmasken. Du kannst es besser erkennen, wenn du einen Schritt zurücktrittst.“

Susanne tat es und zischte dann: „Mein Gott, wie krank ist das denn?“

„Sie wissen ganz genau, dass es in dem Verschlag eine Kamera gibt.“ Edda startete das Bild wieder. „Siehst du? Hier wendet der eine Kerl sich noch dem Mädchen zu, und jetzt schaut er nach oben. Fast, als würde er Anweisungen erhalten.“

Susannes blasses Gesicht drückte reines Entsetzen aus. „Und was machen wir jetzt?“

Edda schüttelte langsam den Kopf. „Ehrlich, Susanne, ich habe keine Ahnung.“

Hannover

Der Bildschirm wurde schwarz.

Die werden mich noch kennenlernen, dachte Roman Vukovic und erhob sich schwankend von seinem Schreibtischstuhl.

Während er am PC gesessen hatte, hatte er eine halbe Flasche billigen Weinbrand getrunken. Er war betrunken, aber noch lange nicht betrunken genug.

Keine zwei Minuten später sollte er denken: *Warum habe ich das getan? Warum habe ich sie provoziert? Hätte ich nicht wissen müssen, dass ich ihnen unterlegen bin?*

Doch das war in zwei Minuten. Jetzt beschäftigte ihn etwas anderes. Immer mehr glimmender Zorn machte sich in ihm breit. Er dachte: *Die denken, ich bin nur ein kleiner Furz. Die denken, sie brauchen mich nicht ernst zu nehmen.*

Da haben sie sich getäuscht.

Eine Minute später sollte er denken: *Ich war es, der sich getäuscht hatte.*

Er legte sich aufs Bett und drehte sich auf die Seite.

Als er ein leises Klacken hörte, erstarrte er. Bereits in dieser Sekunde verstand er, was das bedeutete. Doch da war es schon zu spät.

Die Schlafzimmertür flog auf. Zwei Männer kamen herein. Der erste trat direkt auf Vukovic zu. Der zweite blieb in der Tür stehen.

In eben dieser Sekunde war alles klar.

Vollkommen klar.

„Wir haben einiges zu bereden."

Vollkommen klar.

Sie waren doch stärker als er.

Es war vorbei.

Nein, es war noch nicht ganz vorbei.

Als er das nächste Mal zu sich kam, hatte Vukovic einen scheußlichen Geschmack im Mund und pochende Kopfschmerzen, so schlimm, dass er am liebsten geweint hätte. Er saß im Schlafzimmer, auf seinem Schreibtischstuhl, seine Hände und Beine waren darangebunden. Sein Oberkörper war nackt und mit Klebeband an die Rückenlehne gefesselt. Ein weiterer Klebestreifen verschloss ihm den Mund.

Verzweifelt versuchte er, sich irgendwie von dem Stuhl zu befreien.

„Ganz ruhig, ganz ruhig." Die Stimme an seinem Ohr klang leise, besänftigend und trotzdem eiskalt. „Du musst ganz ruhig weiteratmen."

Die Hand, die sich dabei auf seine Schulter legte, trug allerdings nicht dazu bei, Vukovic zu beruhigen. Während er sich zwang, ein paar tiefe Atemzüge durch die Nase zu machen, versuchte er gleichzeitig weiter, nicht zu weinen. Es gelang ihm nicht. Große, dicke Tränen rollten ihm die Wangen hinab und über das Klebeband, das seinen Mund bedeckte. War das hier wirklich sein Ende? War seine Zeit endgültig abgelaufen? Er hatte Fehler gemacht, aber er hatte doch nur ein größeres Stück vom Kuchen haben wollen. War das so verwerflich?

„Reiß dich zusammen", sagte die Stimme an seinem Ohr.

Vukovic schniefte.

Einen Augenblick herrschte Stille.

Dann fuhr die Stimme fort: „Warum hast du versucht, uns zu bescheißen?"

Vukovic ließ den Kopf sinken.

„Du weißt, was jetzt passiert, nicht wahr?"

Vukovic hob den Kopf wieder an, versuchte zu schreien.

„Wir können das nicht hinnehmen, das weißt du. Versuche niemals, uns zu hintergehen."

Etwas blitzte vor Vukovics Augen auf, und dann fühlte er nur noch Schmerz.

20. KAPITEL

Früher oder später muss es aufhören

Mainz

Nikolas Augustin schloss die Tür des Büros hinter sich und sagte: „Ich habe eine gute und eine schlechte Nachricht."

Verwundert hob Zander den Kopf und sah ihn an. „Ich dachte, du wärst längst mit den anderen verschwunden. Es ist …" Er sah auf die Uhr. „Dreiundzwanzig Uhr dreißig."

„Ich kann sowieso nicht schlafen", sagte Augustin. „Wenn ich die Augen zumache, das weiß ich genau, sehe ich die Bilder vor mir. Alles, was der armen Nathalia angetan wurde. Ich bleibe lieber hier, bis mir am Schreibtisch die Augen zufallen."

„Okay." Zander lehnte sich etwas zurück. „Und was für eine Nachricht hast du für mich?"

„Eine gute und eine schlechte, wie gesagt."

„Zuerst die gute."

„Ich weiß, wo Julia steckt."

Sofort saß Zander wieder gerade. „Wo?"

„Im Schwarzwald."

„Was, zum Teufel, tut sie im Schwarzwald?"

„Genauer gesagt in einem Ort namens Weidling", fügte Augustin hinzu. „Das ist ein winziges Kaff, hat nur ein paar Einwohner."

„Und gibt es in dem Kaff auch eine Polizeiwache?"

„Ja. Und jetzt kommt die schlechte Nachricht: Es gibt im Moment keine Verbindung dorthin. Weder telefonisch noch via Internet. Julia hat keinen Empfang mit ihrem Handy, das ist es. Vermutlich sind sie dort unten vollkommen eingeschneit und vom Rest der Welt abgeschnitten."

Zander wollte etwas darauf sagen, als das Telefon auf seinem Schreibtisch klingelte. Er nahm den Hörer ab, meldete sich und hörte einen Moment zu. Dann legte er wieder auf und sah Augustin an. „Wir haben eine weitere Leiche."

Der Mann lag auf einem Parkplatz, der sich an einer Umgehungsstraße außerhalb von Mainz befand. Doktor Fesser, der in seiner dicken Daunenjacke aussah wie ein Michelinmännchen, richtete sich auf, als Zander auf ihn zukam. „Sein Name ist Lars Dexter. Sechsunddreißig Jahre alt. Todesursache: Genickbruch."

Die Kälte biss Zander in die Ohren und in die Finger. „Wurde er hier umgebracht?"

„So wie es dem ersten Anschein nach aussieht, ja."

„Können Sie mir den genauen Todeszeitpunkt nennen?"

„Vor dem Schnee, nach dem Schnee." Fesser seufzte. „Über dem Gefrierpunkt, unter dem Gefrierpunkt. Das kann bei dem Wetter ziemlich verwirrend sein, die Obduktion kann erst Genaueres ergeben. Der Mann muss erst einmal auftauen."

Augustin, in dessen kurzen dunklen Haaren sich der Schnee verfing, kam auf sie zu. „Ich sag euch, da ist ein Profi am Werk. Das sagt mir mein Gefühl."

„Urteilen Sie immer auf Basis Ihrer Gefühle, Herr Augustin?"

Sie drehten sich zu der Stimme um. Es war Burkhart, der einen grünen Mantel trug und eine dunkle Wollmütze, was die runde Hornbrille auf seiner Nase noch größer wirken ließ.

„Was führt Sie hierher, Chef?", wollte Zander wissen.

„Ist das nicht ein Tatort? Ich war der Meinung, dass ich ihn mir persönlich ansehen sollte. Also bitte, zeigen Sie mir die Leiche."

Zander machte einen Schritt zur Seite und ermöglichte Burkhart damit freie Sicht auf den Toten.

„Wer hat ihn gefunden?", wollte Burkhart wissen.

„Zwei Arbeiter des Winterdienstes“, antwortete Zander.

„Haben die beiden jemanden gesehen? Ich meine, jemand Lebenden. Jemanden, der weggelaufen ist?“

„Nein.“

„Gibt es andere Personen, denen etwas aufgefallen sein könnte?“

„Nein.“

„Was soll das heißen, nein? Das hier ist ein öffentlicher Parkplatz, da muss doch irgendjemandem etwas aufgefallen sein.“

„Sollte man meinen, und im Sommer wäre es vielleicht auch so gewesen, aber bei dem Wetter und um die Uhrzeit …“ Zander schob die Hände in die Taschen seines Mantels. „Die beiden Männer vom Winterdienst wurden auch nur dadurch auf ihn aufmerksam, dass sie mit der Schaufel des Streulasters an seinem Körper hängen blieben und ihn ein paar Meter mitschleiften.“

„Verstehe“, sagte Burkhart. „Könnte es sich um einen Raubüberfall handeln?“

„Eher nicht.“ Das kam von Doktor Fesser. „Es sei denn, der Dieb wäre durch irgendetwas verscheucht worden. Im Geldbeutel des Toten befinden sich hundertvierzig Euro.“

„Und kein gewöhnlicher Dieb würde seinem Opfer das Genick brechen“, fügte Zander hinzu.

„Genickbruch?“, wiederholte Burkhart.

„Genickbruch“, bestätigte Zander.

„Gibt es Kampfspuren? Hat der Mann sich gewehrt? Herr Doktor?“

„Nein. Er wurde schnell und präzise getötet. Vermutlich kam er nicht einmal dazu, über eine Gegenwehr nachzudenken.“

Burkhart stampfte mit den Füßen im Schnee. „Hängen dieser Mord und der an Bartholomäus zusammen? Was denken Sie, Herr Zander?“

„Wir sollten davon ausgehen. Die Indizien deuten auf denselben Täter hin. Vielleicht war Dexter Nathalias zweiter Entführer. Nachdem ihr die Flucht gelang, waren die beiden Männer für andere ein Risiko. Sie mussten beseitigt werden." Zander zog die Schultern in die Höhe. „Nur leider haben wir darüber hinaus so gut wie nichts. Die Spurensicherung wird uns hier wohl kaum helfen, den Fall zu knacken. Außerdem bin ich Augustins Meinung: Hier ist ein Profi unterwegs. Ein eiskalter und zu hundert Prozent konsequenter Mensch. Effizient wie eine Maschine, ohne unkalkulierbare Risiken einzugehen. So arbeitet ein Auftragskiller."

„Prima", entfuhr es Burkhart. „Dann haben wir es also mit einem Serienmörder zu tun. Mit einem Profi."

„Ja."

„Und womit ist er verschwunden, nachdem er den Mann umgebracht hat?"

„Wenn er ihn hier umgebracht und nicht nur abgelegt hat", wandte Zander ein.

„Hat Doktor Fesser nicht eben gerade gesagt, er wurde hier umgebracht?", bemerkte Burkhart in seine Richtung.

„Ich sagte, es ist anzunehmen", schaltete der Arzt sich ein.

„Gehen wir davon aus, dass er hier umgebracht wurde", beharrte Burkhart. „Womit ist sein Mörder danach verschwunden?"

„Mit seinem Auto?", wagte Augustin einen Versuch.

„Würde ein Profi eine Leiche mit seinem eigenen Wagen transportieren, Herr Augustin?"

„Äh, nein."

„Eben."

„Vielleicht hat ihn jemand mitgenommen", startete Augustin einen zweiten Versuch. „Oder er ist mit Dexters Wagen unterwegs. Oder er hat ein öffentliches Verkehrsmittel benutzt."

„Sehen Sie hier irgendwo eine Bushaltestelle?“, fragte Burkhart gereizt.

„Nein.“

„Na also.“

„Er könnte auch ein Taxi genommen haben.“

„Er bricht einem Menschen das Genick und ruft sich anschließend in aller Seelenruhe ein Taxi?“

„Warum eigentlich nicht?“, wandte Zander ein. „Kaltblütig genug dafür ist er sicher.“

Darüber dachte Burkhart einen Moment nach. „Setzen Sie sich sofort mit allen Taxifirmen in Verbindung“, sagte er dann. „Und überprüfen Sie, ob in den letzten Stunden ein Taxi hierherbeordert wurde, Herr Augustin.“

„Jawohl.“

„Außerdem möchte ich, dass alle Container und Mülleimer im Umkreis von zwei Kilometern durchsucht werden“, fügte Burkhart hinzu. „Vielleicht hat unser Täter ja etwas weggeworfen. Ich möchte, dass alles gründlich untersucht wird. Ich mache mir nämlich Sorgen. Übrigens wäre ich dankbar, wenn ich mir das Profil ansehen dürfte, das wir von diesem Killer erstellen werden.“

„Natürlich“, sagte Zander.

„Gut. Dann wissen wir ja jetzt alle, was wir zu tun haben.“ Damit wandte Burkhart sich ab und verschwand mit einem lauten „Gottverdammte Scheiße!“ in der nächsten Schneewehe.

„Komm, ich nehm dich mit zurück“, sagte Augustin zu Zander.

„Nein danke, ich laufe.“

„Ist das dein Ernst? Es ist mitten in der Nacht, und bis zu dir nach Hause sind es ein paar Kilometer.“

„Ich geh zu Fuß. Ich kann die Bewegung gerade gebrauchen.“

Augustin hob die Schultern in die Höhe. „Okay, dann fahr ich mal." Kurz darauf war auch er in einer Schneewehe verschwunden.

Nur Zander ging nicht. Er stand noch zehn Minuten genau dort, wo er war, betrachtete den Parkplatz, die Straße, beobachtete, wie Dexters Leiche abtransportiert wurde.

Dann, endlich, setzte er sich in Bewegung.

Er brauchte diese Zeit für sich. Er dachte wieder an Nathalia. Wer sie gewesen war, bevor das alles mit ihr passiert war. Er fragte sich, ob er Mitleid mit Bartholomäus und Dexter haben musste, wenn sie tatsächlich zu den Männern gehörten, die ihr das angetan hatten. Über all diese Dinge dachte er nach, während er Schritt um Schritt machte, und einmal mehr wünschte er sich, dass er ihr Gerechtigkeit verschaffen könnte.

Alle Männer.

Nathalia lag in ihrem Krankenhausbett und starrte an die Decke. Vor ihrem Zimmer saß ein Polizist. Der dritte an diesem Tag. Es waren schweigsame, aber aufmerksame Männer, die sie nie ansprachen.

Die Wunden an ihrem Körper pochten noch dumpf. Der Arzt war vorhin noch einmal gekommen, um nach ihr zu sehen. Er sprach leise mit ihr und erklärte, dass alles wieder in Ordnung käme.

In Ordnung.

In Nathalias Kopf setzte eine Melodie ein, als wäre plötzlich ein Radio angestellt. Ein Lied aus ihrer Heimat. Sie hatte es als Kind geliebt. Sie musste an zu Hause denken. Sie sah sich selbst als kleines Mädchen durch den Schnee laufen, mit einem roten Schal und einem blauen Mantel. Sie trug eine Wollmütze, und ihre Hände steckten in Fäustlingen. Sie sah sich auf der Eislaufbahn, die fliegende Ouvertüre zum Death Drop, dann ein Ballettsprung …

Als Nathalia die Augen von der Decke nahm, verstummte auch die Melodie in ihrem Kopf. Das leise Schluchzen war dann kaum zu hören. Und doch weinte sie, bis sie das Gefühl hatte, nicht mehr weinen zu können.

Früher oder später musste es aufhören, sagte sie sich.

Niemand konnte ewig mit dieser Qual leben.

Und das konnte auch niemand von ihr erwarten.

21. KAPITEL

Hinter dem Vorhang …

Bis zu ihrem zehnten Lebensjahr hatte Julia sich nie gefürchtet. Wenn sie bis dahin schlecht geträumt hatte, dann waren es Albträume, wie sie jedes Kind gelegentlich hatte; es waren eben *nur* Albträume.

Das war schon lange nicht mehr so.

Eben hatte sie vom Meer geträumt. Sie stand am Ufer und beobachtete die Wellen. Jemand trat neben sie und griff nach ihrer Hand. Es war ihr Vater, und erstaunlicherweise konnte sie seine Stimme dieses Mal klar und deutlich hören.

In dir steckt etwas, das andere fürchten. Es kann etwas Gutes sein, wenn du es dazu machst.

Julia blickte auf die Hand, die ihre hielt.

Er wird nicht aufhören, bis er alles zerstört hat, was dir etwas bedeutet.

Julia wollte etwas sagen, doch in der nächsten Sekunde verdunkelte sich der Himmel, und es wurde pechschwarze Nacht. Ein heftiger Wind erhob sich, der über sie hinwegfegte und den Sand aufwirbelte.

Ihr Vater hielt immer noch ihre Hand.

Was er tut, tut er nur, weil er Angst vor dir hat.

Im nächsten Augenblick war ihr Vater verschwunden.

Julia stand wieder allein am Strand.

„Papa?“

Sie spürte, wie ihr Kälte in die Glieder kroch, eine unnatürliche Kälte, die unter ihren Füßen emporzusteigen schien, als stünde sie auf Eis, nicht auf warmem Sand. Die Wellen des Meeres wurden höher, der Wind, der ihr um die Ohren pfiff, heftiger, und plötzlich spürte sie, wie der Sand unter ihren Füßen sich senkte.

„Papa?“

Ihr Vater antwortete nicht mehr, dafür hörte sie eine andere Stimme: *Ich werde mir dein Herz holen, Prinzessin.*

Julia zuckte zusammen, drehte den Kopf in alle Richtungen. Unfähig, sich zu bewegen, stand sie einfach nur da. Dann hob sie langsam ihre Hände. Sie waren voller Blut. In der nächsten Sekunde teilte sich der Sand unter ihren Füßen, und sie versank in der Erde. Sie wollte schreien, doch es kam kein Laut aus ihrem Mund.

Glaubte sie.

Doch sie schrie.

„Geht es dir gut?", fragte Eva. Ihr Gesicht war kreidebleich.

Julia nickte.

„Meine Güte, wie du zitterst. Soll ich dir einen Tee machen?"

Keine Antwort, Eva nahm das als ein Ja. Während sie Wasser aufstellte, sah sie zu Julia hin. „Hast du geträumt?"

„Ja."

„Was hast du geträumt?"

„Ich war am Meer, mein Vater stand plötzlich neben mir." Julias Stimme erstarb für einen Moment, weil die Erinnerung an den Traum, das kurze Zusammentreffen, noch irgendwo tief in ihrem Inneren schwelte. „Er sagte, es steckt etwas in mir, was andere fürchten." Sie schluckte, ihre Kehle war ganz trocken. „Und er sagte, dass es etwas Gutes sein kann, wenn ich es dazu mache."

„Hast du eine Ahnung, was er damit meinen könnte?"

„Nein."

Eva schwieg ein paar Sekunden, dann sagte sie: „Hast du nur von deinem Vater geträumt?"

„Nein. Auch vom Zaren."

„Wirklich? Hast du ihn gesehen?"

„Nein. Ich habe nur seine Stimme gehört. Es war dieselbe Stimme, wie in der alten Kapelle. Dann hat sich plötzlich der Sand unter mir geteilt, und ich bin einfach untergegangen."

Das Wasser kochte, und Eva füllte es in eine Tasse. Sie hängte einen Teebeutel hinein und brachte sie zu Julia an den Tisch. „Eigentlich würde ich es lieber nicht wissen, aber … was hat er zu dir gesagt?"

„Dass er sich mein Herz holen wird."

Eva hustete, rieb sich mit der Hand über die Stirn.

„Ich habe Angst. Nicht um mich. Um dich." Julia hob den Blick und sah sie an. „Mein Vater sagte, der Zaren würde nicht aufhören, bis er alles ausgelöscht hat, was mir etwas bedeutet. Und du bedeutest mir etwas."

Eva wollte etwas sagen, und Julia war schneller. „Ich weiß, dass du mir das nicht glaubst, ich habe ja auch nie viel dafür getan, dass es anders sein könnte, aber es ist so. Ich hänge an dir, ich würde es nicht verkraften, wenn dir etwas passiert, und ich habe Angst davor, dass ich dich nicht beschützen kann."

„Natürlich kannst du das", sagte Eva. „Du hast mir in der alten Kapelle das Leben gerettet, erinnerst du dich? Lange hätte mich umgebracht, aber du bist gekommen und hast es verhindert." Mit sorgsam gewählten Worten fuhr Eva fort: „Ich hab mich bis heute noch gar nicht wirklich dafür bedankt. Danke, Julia. Vielleicht ist es für dich ja nichts Besonderes, dein Leben zu riskieren, aber ich hatte in jener Nacht Angst. Richtig Angst."

„Ich auch." Julia hielt ihren Blick immer noch fest. „Und ich habe jetzt gerade mehr Angst denn je. Deshalb will ich, dass du Schießen lernst."

„Wie bitte?"

„Ich will, dass du Schießen lernst. Ich weiß nicht, was noch kommen wird, deshalb musst du es lernen. Es ist wichtig."

Eva sah überhaupt nicht begeistert aus.

Das Licht des Kaminfeuers ließ die kleinen Pünktchen auf Julias Iris funkeln. „Noch sind wir am Leben. Und ich will, dass das so bleibt."

22. KAPITEL

Holpriger Start

Sonntag, 19. Dezember 2010
Hannover

Wenn man Charlotte Gärtner beschreiben müsste, dann würde man wohl zu allererst das Wort *unerschrocken* benutzen, denn sie fürchtete sich vor herzlich wenig. Hätte man ihre Vorgesetzten gefragt, hätten diese die Aussage ganz bestimmt bestätigt. Aber es wäre noch einiges hinzugekommen.

Charlotte arbeitete seit über zwanzig Jahren bei der Polizei und hoffte, dass sie die fünfundzwanzig erreichte, ehe jemand die zahllosen Vermerke wie „unfähig, mit anderen zusammenzuarbeiten" und „tanzt gerne aus der Reihe" in ihrer Akte zusammenzählte und sie dazu abkommandierte, den Verkehr zu regeln.

Sie war etwa eins fünfundsiebzig groß, kräftig, hatte blonde kurze Haare und helle blaue Augen, und zu den vielen Dingen, die Charlotte nicht mochte, gehörte es, am Wochenende zu arbeiten und dann auch noch früh aufstehen zu müssen. Weshalb sie an diesem Morgen ihrem Wecker einen unsanften Schlag erteilte, als er es wagte, zu klingeln, um dann, als sie die Augen das nächste Mal öffnete, festzustellen, dass sie verschlafen hatte.

Noch während sie aus dem Bett sprang, rechnete sie die Zeit aus, die sie noch hatte, um pünktlich um sieben Uhr bei der Arbeit anzukommen.

Sie raste ins Bad und begnügte sich mit einer Katzenwäsche. Ihre Kleidung griff sie sich dann in aller Schnelle wahllos aus dem Schrank und machte sich keine Illusionen darüber, dass irgendetwas davon in Form oder Farbe zusammenpassen könnte.

Als sie dann in die Küche kam, war es bereits sieben Uhr. Sie wollte wenigstens noch schnell einen Kaffee trinken, stellte fest, dass das Pulver alle war, und spätestens jetzt war ihre Laune wirklich unterirdisch.

Doch es sollte noch schlimmer kommen.

Kaum hatte sie die Tür geöffnet und das Haus verlassen, erfasste sie ein heftiger Windstoß und blies ihr die Kapuze vom Kopf. Als sie sich vier Schritte vom Haus entfernt hatte, verschluckte der Schnee sie fast völlig. Sie stapfte blindlings in die Richtung, in der sie ihren Wagen vermutete, und sah ihn erst, als sie fast in ihn hineingelaufen wäre, was kein Wunder war, glich der rote BMW Z4 doch einem Eisberg.

An dieser Stelle sei zu erwähnen, dass es sich bei dem Wagen um ein Cabrio handelte. Charlotte hatte ihn nach der Scheidung von ihrem Exmann gekauft, als sie etwas brauchte, was ihr gute Laune bereitete, denn die hatte sie damals dringend nötig. Was sie beim Kauf nicht bedachte, war, dass der BMW ein Sportwagen war, ein Sommerwagen. Dass es irgendwann auch einmal Winter werden würde, darüber hatte sie beim Kauf höchstens zwei Sekunden lang nachgedacht und sich dann dafür entschieden, dass es in Deutschland schon lange keine strengen Winter mehr gab. Erst recht nicht im Norden Deutschlands, schon gar nicht in Hannover.

„Verdammte Protzkiste!“, zischte Charlotte nun, wischte den Schnee von der Windschutzscheibe und ertastete eine solide Eisschicht darunter.

Sie zerrte an der Fahrertür. Die ging nicht auf. Sie war zugefroren.

Charlottes Laune ging nahtlos von unterirdisch zu stinksauer über. Mit der Faust hämmerte sie am Rand der Tür entlang; als das nichts nützte, trat sie mehrmals mit aller Wucht dagegen. Das immerhin schien zu helfen. Die Tür öffnete sich knarzend, und ein Schauer von Eissplittern rieselte zu Boden.

Kaum war sie eingestiegen und hatte den Zündschlüssel im Schloss umgedreht, wurde Charlotte von einem entmutigenden, stotternden Jaulen einer halb leeren Batterie begrüßt.

Weil ihr nichts Besseres einfiel, malträtierte sie den Motor einfach weiter, und schließlich erwachte der BMW doch noch zum Leben. Stotternd zwar und mit jeder Menge ungesunden Geräuschen, aber er lief.

Charlotte trat das Gaspedal durch. Der Wagen schlingerte, als er durch einen Schneehaufen brach, aber es ging vorwärts.

Dann allerdings brauchte es mehr als eine halbe Stunde, um die knapp zehn Kilometer lange Strecke bis zum Polizeipräsidium zu schaffen. Die Straßen waren mit einer spiegelglatten, frischen Eisschicht überzogen, und dazu fielen weiterhin dicke weiße Flocken von Himmel, die auf der Windschutzscheibe landeten. Charlottes Finger schlossen sich fester um das Lenkrad, und erst als sie den Parkplatz des Präsidiums erreicht hatte, löste sie die Finger wieder.

Sie stieg aus, schlitterte auf den hohen Backsteinbau zu, einfach nur dankbar, endlich angekommen zu sein.

Bevor sie ihr Büro betrat, zog sie sich am Automaten einen schwarzen Kaffee, trank einen Schluck, verbrannte sich die Zunge, fluchte und durchschritt dann mit großen Schritten den langen Gang.

Endlich in ihrem Büro angekommen, sank sie auf den Schreibtischstuhl, stieß einen tiefen, erleichterten Seufzer aus und fuhr den Rechner hoch. Als es Sekunden später überraschend *plingte* und sich dann auf dem Bildschirm ein kleines graues Kästchen öffnete, hielt sie verwundert in der Bewegung inne.

In dem Kästchen erschienen die Worte: *Hallo, Frau Kommissarin.*

Charlotte starrte den Bildschirm an, der Bildschirm starrte zurück.

Es dauerte ein paar Sekunden, ehe sie sich dazu durchringen konnte, zu schreiben: *Wer ist da?*

Sie kennen mich. Klinik Mönchshof. Letzten Sommer. Nennen Sie keine Namen.

Charlotte spürte, wie ihr das Blut ins Gehirn rauschte. Sie wusste instinktiv, mit wem sie es zu tun hatte, aber das war vollkommen unmöglich. Das konnte nicht sein. Sie tippte: *Das ist ein Polizeirechner. Wie, zum Teufel, sind Sie in diesen Rechner gekommen?*

Die Antwort kam nahezu sofort: *Sagen wir, ich kenne jemanden, der sich ziemlich gut mit so was auskennt.*

Na, Sie trauen sich was. Der halbe Polizeiapparat ist hinter Ihnen her. Sie müssen sich stellen.

Das kann ich nicht. Noch nicht. Ich brauche Ihre Hilfe.

Sie trauen sich wirklich was.

Es gibt da etwas, das ich Ihnen gerne zukommen lassen würde. Schauen Sie es sich ganz genau an. Und dann handeln Sie.

Danach kamen ein Name und eine Adresse.

Das war es.

Das graue Kästchen verschwand.

Der Bildschirm war leer.

Reglos saß Charlotte auf ihrem Schreibtischstuhl.

„Also, das ist doch unglaublich", murmelte sie. „Sie hat noch nicht einmal *bitte* gesagt ... geschrieben."

Kurz darauf *plingte* es erneut, und es öffnete sich ein anderes Fenster auf dem Bildschirm.

Und was Charlotte dann sah, ließ erst recht das Blut in ihrem Gehirn rauschen.

Mit der Schulter lehnte Edda am Türrahmen. „Hast du Angst?"

Susanne wandte ihr das Gesicht zu. „Scheißangst trifft es eher."

„Woher kennst du diese Kommissarin?"

„Ich habe sie im letzten Sommer in der Psychiatrie kennengelernt. Sie ermittelte dort in einem Mordfall."

„Und du vertraust ihr?"

„Na ja, sagen wir so, wir hatten damals einen eher holprigen Start, sie strotzte nicht gerade vor guter Laune ... aber auf jeden Fall vertraue ich ihr mehr als allen anderen Polizisten." Susanne erhob sich vom Schreibtischstuhl. „Ich will, dass dieser Arsch Vukovic von der Straße geholt wird und alle anderen mit ihm. Und wenn ich dafür das Risiko eingehen muss, auf mich aufmerksam zu machen, dann ist das eben so. Aber ich müsste mich schon sehr irren, wenn es für Charlotte Gärtner nicht die größere Priorität hätte, den perversen Sumpf trockenzulegen, der sich auf dieser verfluchten Internetseite tummelt, als sich mit mir zu beschäftigen." Sie trat zur Tür. „Jedenfalls vorerst."

Susanne irrte sich nicht. Charlotte Gärtner hatte einen hartnäckigen Zug an sich – eine Art moralisches Ethos, nämlich jenes, dass sie ein Verbrechen aufklären wollte, wenn sie erst einmal von einem wusste, und das ungeachtet der Tatsache, wie sie darauf gestoßen war und wie – wer auch immer – an die Beweise dafür gelangt war. Nun hatte sie einen Film zugeschickt bekommen, auf dem eine Frau brutal vergewaltigt wurde, zudem den Hinweis auf eine Internetseite, auf der sich widerlich kranke Gestalten die Hände reichten, und das konnte sie nicht einfach ignorieren.

Da sie ihrem Chef nichts davon erzählen konnte, ohne Susanne sofort in Schwierigkeiten zu bringen, beschloss sie, das Ganze erst einmal als private Recherche zu verbuchen, als bescheidenen Versuch, Antworten auf ein paar Fragen zu finden. Fragen wie: Wer war Roman Vukovic? Wer hatte die Vergewaltigung gefilmt? Wo war der Film aufgenommen worden?

Genau aus diesem Grund stand Charlotte eine Stunde später vor einem verkommenen Wohnblock und drückte auf einen Klingelknopf. Als niemand öffnete, drückte sie kurzerhand auf alle Klingelknöpfe. Irgendjemand im Haus betätigte den Summer, und die Tür ging auf.

Auf der Treppe kam ihr eine ältere Frau entgegen.

„Er wohnt im zweiten Stock“, sagte sie und deutete mit dem Zeigefinger nach oben. „Er muss zu Hause sein. Ich wohne unter ihm und höre in meinem Wohnzimmer seine laute Musik.“

Charlotte stieg die Treppen hinauf und blieb dann vor einer Wohnungstür stehen. Auf dem Klingelschild stand *Vukovic*.

Sie stellte sich neben die Tür und klingelte.

Niemand öffnete.

Charlotte klingelte noch einmal.

Ein unangenehmes Kribbeln beschlich sie, während sie so dastand und die Tür anstarrte, hinter der sich auch weiterhin nichts rührte.

Allerdings war die Musik im inneren der Wohnung tatsächlich nicht zu überhören.

Sie wandte sich um und suchte nach dem Hausmeister.

In der Wohnung war die Luft dick und abgestanden. Was noch das harmloseste war. Nicht einmal die brutalen Pornos, die überall herumlagen, waren das Schlimmste. Den schlimmsten aller Filme hatte Charlotte ohnehin schon am Morgen gesehen.

Nein, das Schlimmste kam erst noch.

Sie schlich von Raum zu Raum. Tatsächlich, sie schlich. Sie schlich sonst nie. Aus irgendeinem Grund tat sie es dieses Mal.

Die Tür zum Schlafzimmer war nur angelehnt. Sie streckte die Hand aus und schob sie auf. Die Musik war jetzt geradezu ohrenbetäubend, ein widerliches Discogeheul aus den Achtzigerjahren.

Charlotte machte einen Schritt in das Zimmer hinein. Es stank nach Schweiß, Sperma, dreckiger Kleidung – und Urin. Weitere Pornozeitschriften lagen überall verstreut herum. Sie wandte den Blick, und dann sah sie ihn.

Vukovic lag mit ausgebreiteten Armen auf dem Bett. Sein Gesicht war so übel zugerichtet, dass es eine Weile dauerte, bis sie sicher war, dass er es auch tatsächlich war. Es sah aus wie Hackfleisch. Einen anderen Ausdruck gab es nicht dafür. Ein Zahn steckte in seinem Kinn. Ein Auge war komplett zugeschwollen. Blut war ihm aus dem Ohr und über die Wange gelaufen und getrocknet. Sein Oberkörper war nackt und die weiße Haut war von Dutzenden dünnen roten Striemen übersät. Es sah aus, als hätte ihm jemand mit einem roten Marker Linien auf den Rumpf gezeichnet.

Er war nicht bei Bewusstsein, aber immerhin, er atmete noch.

Auf seiner Hose hatte sich ein dunkler Fleck ausgebreitet, und nun war auch klar, woher der Uringestank kam.

Während sie nach ihrem Handy griff und einen Krankenwagen rief, war Charlotte nicht in der Lage, den Blick von dem malträtierten Mann zu nehmen.

„Es sieht so aus“, murmelte sie, „als wärst du jemandem begegnet, der noch viel übler drauf ist, als du es bist. Und das will was heißen.“

23. KAPITEL

Was du nie gedacht hättest …

Norwegen

Während Edda weiter am Computer arbeitete, schenkte Jo Kaffee in zwei Tassen und stellte sie auf den Küchentisch.

„Worüber wolltest du mit mir sprechen?", fragte Susanne.

Jos Wangen waren rot, seine Nase tiefrot. Er wartete noch einen Moment, dann begann er: „Ich muss dir etwas erzählen."

„Okay. Und was?"

Er wartete noch einen weiteren Moment, dann sagte er: „Ich habe Geld bekommen. Für Julia. Aus heiterem Himmel. Vor fast dreißig Jahren."

Erstaunt hob Susanne die Augenbrauen in die Höhe, sagte aber nichts.

„Ich weiß nicht, woher es kam", redete Jo weiter. „Oder von wem. Der Umschlag lag eines Tages in meinem Briefkasten. Einfach so. Und er war ziemlich dick. Es befanden sich zehntausend Kronen darin. In bar."

„*Zehntausend?*", entfuhr es Susanne.

Jo schob seine Tasse nach vorne über den Tisch. Dann erhob er sich und verschwand für einen Moment. Als er wieder zurückkam, hielt er einen braunen Umschlag in der Hand. „Zu dem Geld kam diese Nachricht." Er zog ein DIN-A4-Blatt heraus und reichte es an sie weiter.

Susanne las: *FÜR JULIA. SIE DARF NIE DAVON ERFAHREN. KEINE NACHFORSCHUNGEN.*

Sie brauchte ein paar Sekunden, um zu überreißen, was das bedeutete. Dann sah sie auf. „Und du hast das Geld behalten?"

Jo nickte und setzte sich wieder. „Julias Eltern waren gerade gestorben. Sie hatte schon genug zu leiden. Ich wollte, dass sie eine faire Chance auf ein gutes Leben bekommt. Sie sollte etwas aus sich machen können. Ich dachte, ich gebe es ihr, wenn sie achtzehn ist." Er brach kurz ab. „Und das war ja auch noch nicht alles. Eines Tages kam wieder Geld. Wieder in einem Umschlag. Wieder in meinem Briefkasten. Und dann wieder einer. Immer im Abstand von ungefähr zwei Jahren. Und immer ohne Briefmarke. Er – oder sie – muss die Umschläge also persönlich eingeworfen haben."

„Aber du hast nie jemanden gesehen?", fragte Susanne.

„Nein."

„Wie viel Geld hast du insgesamt bekommen?"

„Dreihundertfünfzigtausend Kronen."

Susanne blinzelte. „Meine Güte! Wann hast du ihr davon erzählt?"

Jo blies unglücklich die Backen auf und stieß die Luft dann wie ein Kugelfisch wieder aus.

„Du hast ihr nie davon erzählt?", fragte Susanne ungläubig.

Er schüttelte den Kopf.

„Warum nicht? Das hättest du tun müssen, Jo."

Der Wind rüttelte an den Fensterläden.

„Wenn ich ihr davon erzählt hätte, was wäre dann gewesen?", sagte er.

Susanne starrte ihn an, als wäre er mit Blindheit geschlagen. „Das war nicht sehr klug von dir." Sie versuchte, es milde auszudrücken.

„Vielleicht." Er stand wieder auf, fing an, in der Küche hin und her zu laufen. Mit dem Rücken zu ihr fügte er hinzu: „Aber es wurde doch kein Gesetz übertreten, oder? Ich meine, es war doch einfach nur eine Spende."

„Also, mir würden ganz spontan jede Menge Argumente einfallen, die alle darauf hinauslaufen, dass es nichts mit einer harmlosen Spende zu tun hatte. Und wenn es doch eine gewesen sein sollte, dann stellt sich ja wohl die Frage, wer das Geld gespendet hat?“

Als Jo darauf nicht antwortete, weil er keine Antwort darauf hatte, fügte Susanne hinzu: „Wann hast du das letzte Mal Geld erhalten?“

„Etwas über fünfzehn Jahre muss das jetzt her sein. Als Julia ihre Ausbildung bei der Polizei begann, von dem Tag an kam nichts mehr.“

„Und wann hast du ihr das Geld gegeben?“

„An ihrem achtzehnten Geburtstag. Alles. Die gesamten dreihundertfünfzigtausend Kronen.“

„Hat sie dich danach gefragt, woher du es hast?“

Jo starrte auf den Boden.

„Sie hat dich danach gefragt, oder?“, hakte Susanne nach. „Ich kann mir nicht vorstellen, dass sie es nicht getan hat.“

„Ja, sie hat gefragt. Natürlich hat sie gefragt.“

„Und was hast du ihr gesagt?“

„Dass ihr Vater es mir gegeben hätte. Es wäre sein Wunsch gewesen, dass ich es gut anlege und ihr gebe, wenn sie erwachsen ist.“

„Und das hat sie dir geglaubt?“

Jo machte eine kleine Geste mit der Hand. „Sie hat mehrmals nachgehakt, hat mich gefragt, warum ihr Vater das Geld mir gegeben und nicht auf einer deutschen Bank angelegt hätte, aber ich sagte ihr, dass er den Banken nicht traute, und das war auch tatsächlich so. Sven Wagner war ein Mann, der die Dinge gern unter Kontrolle hatte. Das weiß Julia, und am Ende hat sie es mir geglaubt.“ Er brach kurz ab. „Wir kennen uns schon so lange, sie weiß sehr genau, dass ich nur das Beste für sie will, genau wie ihr Vater.“

Susanne schüttelte ungläubig den Kopf. „Das ist ja mal eine echt krasse Geschichte.“

„Allerdings hat sie das Geld nicht angerührt", fügte Jo hinzu. „Sie hat es auf die Bank gebracht und erst Anfang dieses Jahres, als sie bei der Polizei ausgestiegen ist, abgehoben."

Einen Moment schwiegen sie.

„Es war doch nur zu ihrem Besten", sagte Jo dann.

„Du hast sie angelogen", beharrte Susanne.

„Ja, aber … Meine Güte, die Jahre waren vergangen, und sie hatte sich einigermaßen gefasst. Sie war gerade achtzehn geworden, hatte ihre Ausbildung bei der Polizei begonnen. Sie hatte eine Zukunft vor sich, eine gute Zukunft. Und ich … ich wollte sie nicht auf ein Neues verstören."

„Spätestens jetzt musst du es ihr sagen, Jo. Vielleicht hängt das Vergangene mit heute zusammen. Wer kann das wissen?"

„Wenn ich es ihr sage …" Jo war schweißgebadet. „Oh Mann, sie wird ziemlich sauer auf mich sein."

„Darauf kannst du wetten. Ich zumindest wäre es. Und genau deshalb möchte ich auch nicht in deiner Haut stecken." Susanne wollte sich vom Stuhl erheben.

„Da ist noch etwas", sagte Jo schnell.

Sie hielt in der Bewegung inne.

„Julias Mutter."

„Was ist mit ihr?"

„Ich glaube, sie ist noch am Leben."

Langsam ließ Susanne sich auf den Stuhl zurücksinken. „Ist das ein Witz?"

Jo schüttelte den Kopf. „Kein Witz."

„Julias Mutter soll noch am Leben sein? Wie kommst du darauf?"

„Ich glaube, ich habe sie gesehen. Vor ein paar Monaten."

„Wo?"

„Drüben im Ferienhaus." Jo fuhr sich mit beiden Händen durch die blonden Haare. „Ich konnte nachts nicht schlafen, hab aus dem Fenster gesehen, und dabei fiel mir auf, dass sich drüben etwas tat. Ich dachte sofort an Einbrecher, deshalb bin ich rüber. Vor dem Fenster bin ich stehen geblieben, und da hab ich sie gesehen. Von hinten."

„Von hinten?"

„Ja."

„Wenn du sie nur von hinten gesehen hast, wie kannst du dir dann sicher sein, dass sie es war?"

Jo starrte Susanne an. „Ich habe sie gerochen."

„Wie bitte?"

„Ihr Parfüm", erläuterte er. „Sie benutzte immer ein ganz besonderes Parfüm. Das habe ich nur bei ihr gerochen. Wie eine Blumenwiese. Und in der Nacht ..." Er stockte. „Ich bin vom Fenster zur Tür gegangen, sie stand offen, und als ich da so stand, da habe ich es wieder gerochen. Es lag in der Luft."

Schweigen.

Jo lächelte dünn. „Ich weiß selbst, wie sich das anhört."

„Kann es nicht sein, dass du dich einfach nur getäuscht hast?"

„Aber wer sollte es sonst gewesen sein? Es war eine Frau, sie hatte dieselbe Größe, dieselbe Haarfarbe, sogar dieselbe Figur. Und sie trug dasselbe Parfüm."

„Sie würde nach zwanzig Jahren wohl kaum noch genauso aussehen wie damals", bemerkte Susanne.

Jo zog die Schultern in die Höhe.

„Und warum sollte sie so etwas tun? Warum sollte sie ihren Tod vortäuschen? Das macht doch überhaupt keinen Sinn."

Jo ging zum Fenster und sah hinaus. „Ja, warum sollte sie so etwas tun?"

„Warum bist du damals nicht ins Haus gegangen und hast dich davon überzeugt, dass sie es ist? Oder eben nicht."

„Ganz ehrlich? Ich hab mich nicht getraut. Ich war schockiert und fassungslos. Sie war wieder da. Sie war in dem Haus. Ich hab mich hierher zurückgeschlichen und darüber nachgedacht,

Julia anzurufen. Aber dann hab ich es doch nicht getan. Am nächsten Tag war ich mir nicht mal mehr sicher, ob ich das alles nicht nur geträumt hatte."

Einen Moment schwiegen sie nachdenklich.

„Wann", setzte Susanne dann an, „hast du Julias Mutter das letzte Mal lebend gesehen?"

„An dem Tag, an dem der Autounfall passierte. Kurz bevor sie nach Deutschland zurückfuhren. Ich habe vor dem Haus gestanden. Sie saßen alle drei im Wagen, und dann sind sie losgefahren." Jo machte eine kleine Handbewegung. „Am Morgen hatten sie sich gestritten. Sie und Sven. Ich wollte sie besuchen, aber dann habe ich ihn schon von Weitem schreien hören. Da bin ich lieber wieder zurück."

„Und auch darüber hast du nicht mit Julia gesprochen?"

„Ich bin mir doch selbst nicht hundertprozentig sicher. Den Streit, ja, den habe ich beobachtet, aber es kommt schon mal vor, dass Eheleute sich streiten, nicht wahr? Und alles andere …" Jo kam zum Tisch zurück und begann, sich mit zitternden Fingern eine Zigarette zu drehen. „Wenn Julias Mutter tatsächlich noch leben würde, was würde das bedeuten? Sag's mir, Susanne. Was für eine einfache, harmlose Erklärung gäbe es dafür?"

„Vermutlich keine."

„Genau."

Daraufhin schwiegen sie wieder. Eine endlose lange Minute.

„Wenn sie tatsächlich noch lebt, dann könnte das Geld von ihr stammen", sinnierte Susanne.

„Aber warum sollte sie … sich tot stellen?"

„Darauf habe ich leider keine Antwort." Susanne sah zu Jo auf. „Du musst mit Julia reden. Und zwar dringend."

„Ich weiß", gab er unglücklich zurück. „Aber ich habe nicht einmal eine Nummer, unter der ich sie erreichen kann. Ich muss warten, bis sie sich bei mir meldet."

Eva zog die warme Jacke über, die Julia ihr reichte. Dazu trug sie mit Fell gefütterte Wanderstiefel, eine wattierte Hose, einen wirklich dicken Pullover und eine Strickmütze auf dem Kopf.

Dann machten sie sich auf den Weg in Richtung Wald.

Nach etwa einem halben Kilometer blieben sie stehen. Es schneite immer noch heftige Flocken, und der Wind blies mörderisch. Aber zwischen den Bäumen waren sie einigermaßen geschützt.

Julia deutete auf einen Baumstumpf. „Das sind etwa zehn Meter. Damit können wir anfangen." Sie reichte Eva ihre Pistole. „Nimm sie in die Hand, gewöhn dich an das Gewicht."

Eva tat es, wenn auch widerwillig.

„Glaubst du, dass du von hier aus triffst?", wollte Julia wissen. Ohne eine Antwort abzuwarten, schritt sie auf den Baumstamm zu und stellte drei leere Dosen darauf. Dann kam sie wieder zurück, trat hinter Eva und brachte sie in die richtige Position. „Beine auseinander, die Arme ausgestreckt. Den rechten Zeigefinger an den Abzug. Beide Daumen auf der linken Griffseite. Fertig?"

„Ja."

„Denk an den Rückstoß."

„Ja."

„Konzentrier dich und sag die Worte, die ich dir heute Morgen gesagt habe."

Eva seufzte theatralisch. „Ich ziele mit dem Auge und schieße mit dem Verstand. Irgendwo habe ich das schon einmal gelesen? Wo nur? Warte … in der Polizeibibel?"

„Konzentrier dich." Julia trat zur Seite. „Jetzt. Und denk an den Rückstoß."

Eva drückte ab, ihre Arme flogen auseinander, sie wankte zwei Meter rückwärts. Die Kugel gelangte nicht einmal annähernd in die Nähe der drei Dosen.

„Das nächste Mal triffst du“, sagte Julia. „Konzentrier dich.“

Eva drückte ab, und die Kugel landete erneut irgendwo im Nirgendwo.

„Jetzt triffst du. Ganz bestimmt.“

„Ach ja? Und was, wenn nicht? Verhaust du mir dann den Hintern?“

„Wolfgang Lange“, sagte Julia.

Evas spöttisches Lächeln verblasste.

„Erinnerst du dich daran, wie du nackt an dem schwarzen Kreuz gehangen hast?“

Evas Lächeln war dahin. „Hör auf.“

„Erinnerst du dich daran, wie er die Nägel durch deine Hände und Füße geschlagen hat?“

„Julia …“

„Erinnerst du dich daran, wie er das heiße Kerzenwachs auf deine Haut träufelte? Und wie er dabei lachte?“

„Julia, hör auf!“ Evas grüne Augen funkelten. „Warum tust du das?“

„Da vorne steht er“, sagte Julia. „Da vorne steht der Mann, der dir solche Angst machte, dass du dich selbst besudelt hast. Der Mann, für den du nichts weiter warst als Vieh. Vieh, das man schlachten kann.“ Sie deutete auf die drei Dosen. „Das in der Mitte ist sein Herz. Links hält er das Messer. Rechts hält er die brennende Kerze. *Dort* steht er, Eva.“

Eva wandte den Blick von Julia ab und sah zu den drei Dosen hin.

„Das in der Mitte ist sein Herz. Drück ab.“

Eva atmete heftig. Sie hob die Waffe an. Ihre Hände zitterten ein wenig, doch sie hielt sie mit festem Griff. Und drückte ab.

Einmal.

Zweimal.

Dreimal.

Jede einzelne der Blechdosen segelte durch die Luft.

Dann herrschte für einen Moment absolute Stille. Keine von beiden sagte etwas; sie atmeten nicht einmal, so schien es.

Erst Julia unterbrach das Schweigen, indem sie „Wow!“ machte.

Eva reagierte nicht, stand einfach nur da. Es dauerte noch eine ganze Weile, ehe sie sich zu ihr umwandte und zischte: „Was sollte das, verdammt?“

„Was meinst du? Du hast getroffen.“

„Du hast mir *wehgetan* mit deinen Worten!“

„Aber es hat funktioniert, oder nicht?“

„Du bist ...“ Eva holte tief Luft. „Von allen überheblichen, unsensiblen ... mir fällt überhaupt kein Wort dafür ein ... bist du das ...“

„Du musstest es fühlen“, unterbrach Julia. „Wenn nicht, hättest du nur wieder danebengeschossen. Ich will, dass du *überlebst*, wenn es drauf ankommt. Das ist alles, was mich interessiert.“

„Ach, leck mich doch!“ Eva trat mit dem rechten Fuß aus und hätte um ein Haar Julias Schienbein erwischt. Die wich unwillkürlich einen Schritt zurück und sagte: „Das hier ist kein Spiel, okay? Es ...“ Sie brach ab. Ihre Hand glitt zur Stirn und verweilte da, mit über der Schläfe gespreizten Fingern. Da war es wieder. Dunkel. Kalt. Eisig kalt. Schwarz, klebrig, glitschig wie ein Ölfilm. Sie spürte, wie die feinen Härchen auf ihrem Körper sich aufrichteten.

Julia sah Eva an, sah, wie ihr Mund sich bewegte, hörte ihre Worte aber nur noch gedämpft und undeutlich. Sie blinzelte, schüttelte den Kopf. Und dann war es wieder weg.

„Was ist los?“, fragte Eva.

„Nichts.“

„Nichts? Du siehst aus, als hättest du gerade einen Geist gesehen.“

„Ich habe doch gesagt, es ist nichts.“ Julia nahm Eva die Waffe aus der Hand und wandte sich ab. „Lass uns reingehen, für heute hast du gut genug geschossen.“

24. KAPITEL

Ein Vogel mit dem Kopf eines Teufels

Mainz

Im ersten Moment war es wie ein Déjà-vu-Erlebnis.

„Das ist wirklich interessant“, sagte Doktor Fesser, nachdem er Dexters Oberkörper enthüllt hatte. „Der Mann weist fast dieselben Verletzungen auf wie unser letzter Toter. Sehen Sie es sich an.“

Zander beugte sich nach vorne, zog verblüfft die Augenbrauen in die Höhe. „Das gibt’s doch gar nicht.“

„Aber er hat noch mehr Verletzungen. Schauen Sie hier.“ Fesser drehte den Toten. „Ein Muster von Narben an den Oberschenkeln. Die Schnitte waren sehr tief.“

„Das hat bestimmt wehgetan“, bemerkte Zander.

„Davon können Sie ausgehen. Dieselben Muster haben wir auch noch auf dem Rücken, an den Waden und auf der Rückseite der Arme. Und hier am Knöchel ... wieder das Brandmal, genau wie bei Bartholomäus. Wieder ein Vogel mit dem Kopf eines Teufels. Die Wundränder gleichen sich. Das Muster ist möglicherweise von demselben Werkzeug hervorgerufen worden.“

„Einem Brandeisen?“

„Darauf würde ich tippen.“

Zander überlegte einen Moment. „Meinen Sie, bei diesem Vogel könnte es sich um einen Kranich handeln?“ Er wusste nicht, warum er es fragte, er fragte es einfach.

Fesser betrachtete sich die Brandwunde noch einmal genauer. „Hm“, machte er. „Jetzt, wo Sie es sagen. Es könnte sich bei dem Körper tatsächlich um einen Kranich handeln.“

Zander nickte und richtete sich auf. „Und die Todesursache ist definitiv Genickbruch?“

„Definitiv."

Eine Weile herrschte daraufhin Schweigen, jeder wog für sich die Bedeutung des Gesagten ab, dann bedankte sich Zander und wandte sich ab, während Fesser Dexters Leiche zurück ins Kühlfach schob.

„Wie spät ist es?", fragte Dettloff.

„Halb elf", antwortete Augustin und versuchte, sich auf dem unbequemen Stuhl auszustrecken.

„Also", setzte Zander an und befestigte eine Handvoll Fotos an der Wand. Aufnahmen, die Dexters Rumpf und Arme aus unterschiedlicher Distanz und allen nur erdenklichen Winkeln zeigten. „Auch Dexter verfügt über jede Menge Verletzungen, die ihm offenbar mit einer ähnlichen oder der gleichen Klinge zugefügt worden sind. Er hat davon sogar noch mehr als Bartholomäus. Zweiundzwanzig Narben, um genau zu sein, über den ganzen Körper verteilt. So viel konnten wir zählen. Hinzu kommt das Brandzeichen, das wir ebenfalls schon bei Bartholomäus hatten." Er deutete auf eines der Bilder, das den Knöchel des Toten zeigte. „Ein Vogel mit dem Kopf eines Teufels."

Diese Information erweckte alle zu neuem Leben.

„Das muss doch was zu bedeuten haben", sagte Dettloff.

„Was wissen wir sonst noch über Dexter?", fragte Zander in die Runde.

„Lars Dexter, sechsunddreißig Jahre alt", las Bartosch von seinen Notizen ab. „Ledig. Geboren in Mainz. Ich habe alle Nachbarn befragt. Er war ein netter Bursche und überall beliebt. Immer freundlich, immer ein Lächeln auf den Lippen. Häufig innerhalb der letzten zehn Jahre umgezogen. Er wohnte in München, Stuttgart, Frankfurt und Leipzig. Vor zwei Jahren kam er zurück nach Mainz, wo er in dem Haus, in dem er wohnte, als Hausmeister arbeitete. Bis zu seinem Tod. War offenbar ein Typ, auf den die Frauen standen. Alle hatten ihn gern, übrigens auch die Männer. Was für ein Jammer – und so sinnlos." Er brach ab und schüttelte den Kopf. „Handy oder Laptop wurden in seiner Wohnung nicht gefunden. Keine Post. Keine Pornografie, keine BtM. Nichts, was auf eine Perversität seinerseits hinweisen würde. Rein gar nichts." Bartosch hob die Hände in die Höhe. „Nicht nur, dass wir nichts Verbotenes fanden, es gab in der Wohnung überhaupt keine persönlichen Dinge. Keine Hinweise auf besondere Freundschaften. Keine Bilder von ihm oder anderen. Nicht einmal aufgehobene Weihnachtskarten. Aber, wie gesagt, bei den Nachbarn war er übermäßig beliebt. Hatte immer ein freundliches Wort parat. War immer hilfsbereit. Und so weiter und so weiter."

„Was ist mit Dexters Eltern?", fragte Zander.

„Die Mutter ist vor zehn Jahren gestorben", antwortete Bartosch. „Einen Vater gibt es nicht."

„Oh", machte Augustin. „Das wurde zum letzten Mal vor zweitausend Jahren behauptet."

Bartosch wandte ihm das Gesicht zu. „Vater unbekannt, wollte ich damit sagen." Er wandte sich wieder an Zander. „Und wir haben schon wieder … nichts."

Zu gerne hätte Zander ihm widersprochen, aber Bartosch hatte recht, das Einzige, was sie hatten, waren jede Menge Fragen, auf die es keine Antworten gab.

Und es wurden immer mehr Fragen.

25. KAPITEL

Reingelegt

Norwegen

„Ich hab's!"

In Windeseile stiegen Susanne und Jo die Treppen hinauf zum Arbeitszimmer.

„Was hast du gefunden?"

„Das hier befand sich noch auf Vukovics Rechner. Ich habe es letzte Nacht heruntergezogen und eben durchgesehen." Eddas Finger huschten über die Tastatur, und wenig später erschienen Fotos auf dem Bildschirm, eine unglaubliche Menge an Fotos.

Susanne spürte, wie sie kreideweiß wurde. „Oh Mist, verdammter Dreck. Das sind ja alles Fotos von … *mir*!"

Was, zum Teufel, bedeutete das?

Sicher nichts Gutes. Die Bilder verschmolzen vor Susannes Augen. „Edda? Warum hat der Typ so viele Fotos von mir auf seinem Rechner?"

„Das ist noch nicht alles", sagte Edda. „Es kommt noch mehr. Und jetzt wird's richtig gruselig." Sie öffnete eine weitere Datei, und diese enthielt persönliche Informationen über Susanne, vom Geburtsdatum bis zu den Namen ihrer Eltern und deren Geburtsdaten. Der Name ihres Bruders, ebenfalls mit Geburtsdatum. Sogar die Namen ihrer Exfreundinnen waren dort aufgelistet.

Susannes Knie wurden weich.

Dann gab es noch Kopien ihrer Kontoauszüge. Die dürftigen Summen waren zumeist mit unterschiedlichen Farben unterstrichen. Sogar ihre Einkäufe waren aufgelistet. Marken und Produkte waren wieder farblich markiert. Vukovic wusste wirklich alles über sie. Ihre Zigarettenmarke, die Geschäfte, in der sie ihre Kleidung kaufte, die Kneipen, in die sie regelmäßig ging. Er hatte sie regelrecht … analysiert. Er hatte nichts vergessen. Sogar die Zeiten ihrer Einkäufe waren notiert. Er kannte ihre Vorliebe bei Büchern und Musik. Es gab nichts, wirklich nichts, was er nicht wusste.

Am Ende stand: *Analyse an B. S.*

Susanne konnte es nicht fassen. Wie hatte dieser Kerl eine solche Liste erstellen können? Die viel größere Frage war allerdings: Wie hatte er sie erstellen können, ohne dass sie es bemerkt hatte?

„Ist dir nie aufgefallen, dass du beobachtet wirst?“, sprach Edda es aus.

„Nein. Es ist mir nicht aufgefallen. Wie auch? Ich hätte doch niemals mit … damit gerechnet.“

„Tja, ich würde sagen, Vukovic war dein Klon“, bemerkte Jo. „So nennt man das in unserer Sprache. Menschen, die andere wie einen Schatten verfolgen.“

„Bei uns nennt man das Irre oder Stalker. Oder beides.“ Allein die Vorstellung hinterließ einen üblen Geschmack in Susannes Mund. „Zeig mir noch mal die Fotos, Edda.“

Edda scrollte.

Susannes Blick flog über die einzelnen Fotos. Bei Bild Nummer achtundsiebzig sagte sie: „Das ist mein Elternhaus.“ Keine Personen vor dem Haus. Das Bild war an einem Nachmittag aufgenommen worden, als die Schatten lang waren. „Und hier ist noch ein weiteres Bild von unserem Haus. Und das dort ist mein Bruder Jörg. Das ist vor seinem Büro aufgenommen worden.“

„Hm“, machte Edda.

„Warum hat er das getan?“ Susanne konnte es nicht fassen. „Ich meine, okay, dieser Vukovic ist nachweislich krank, aber das da … Warum hat er all die Fotos gemacht?“ Ihre Augen flogen weiter über die einzelnen Bilder. Bei Bild Nummer hundertacht sagte sie: „Das ist Lisa!"

„Die Frau, die du vor der Vergewaltigung bewahrt hast?", fragte Edda.

Susanne nickte. Lisa stand im Halbdunkel vor einem Café. Dann folgten vier weitere Bilder von ihr, ungefähr aus demselben Winkel aufgenommen.

Auf dem fünften Foto stand ein Mann bei ihr. Sie unterhielten sich.

„Das ist Egert", sagte Susanne. „Der Typ, der sie vergewaltigen wollte." Und jetzt war sie wirklich verwirrt. „Das versteh ich nicht. Was hat das zu bedeuten? Wann wurden diese Fotos gemacht, Edda?"

„Hm … Im März dieses Jahres."

Susanne spürte, wie ihr schwindlig wurde. Sie öffnete den Mund und schloss ihn wieder.

„Es gibt da noch etwas …" Eddas Finger rasten erneut über die Tastatur. „Ein paar Zeilen aus einem Chatroom."

Susanne beugte sich über ihre Schulter und las: *Betr.: S. G. – Start frei. Subjekt muss angeheuert werden.*

„Was meinen die mit ‚angeheuert'?"

„Das ist die Fünfhunderttausend-Kronen-Frage." Edda wandte sich Susanne zu. „Aber fügen wir doch mal eins und eins zusammen: Wenn dich wirklich jemand aus dem Weg haben wollte und Mord dafür nicht infrage kam, was würde sich dafür besser eignen als eine geschlossene Psychiatrie?"

Susanne blinzelte ungläubig. „Aber warum sollte jemand so etwas tun? Ich habe doch niemandem etwas getan. Ich meine, ich bin bestimmt nicht einfach und ganz bestimmt habe ich nicht immer alles richtig gemacht in meinem Leben, aber das ist doch noch kein Grund für … Ich bin nur eine Punkerin, die Bass in einer Band spielte, die es nicht weiterbrachte als zu mittelmäßigen Auftritten auf drittklassigen Festivals. Sicher, es gibt Menschen, die mich nicht mögen. Mein Leben ist eine Katastrophe. Aber ich bin keine Terroristin. Ich habe nichts mit der Mafia zu tun und bin an keinen Verschwörungen beteiligt. Es gibt nichts, wirklich nichts, was …“, sie deutete auf den Bildschirm, „das da rechtfertigen würde. Ich krieg das in meinem Kopf nicht zusammen.“

Edda scrollte noch einmal zu den Fotos von Lisa und Egert zurück. „Die beiden kannten sich, Susanne. Sie kannten sich schon vor der vermeintlichen Vergewaltigung. Das steht fest. Und wenn das so ist, dann kann das doch eigentlich nur eins bedeuten …“

„Dass ich reingelegt worden bin.“

„Ja.“ Edda machte eine halbe Drehung mit dem Stuhl und sah Susanne an. „Meiner Meinung nach gibt es für das Ganze nur eine einzige Erklärung: Irgendjemand wollte alles über dich herausfinden, um dich dann so schnell und so effektiv wie möglich von der Bildfläche verschwinden zu lassen. Sie haben eine Vergewaltigung vorgetäuscht, weil sie dich inzwischen in- und auswendig kannten, und weil sie ganz genau wussten, wie du reagieren würdest. Es war klar, dass du Lisa helfen würdest, dass du nicht einfach zusehen würdest, wie ein Mann über eine Frau herfällt. Du hast nach der Glasscherbe gegriffen, es folgte eine Anzeige, und du bist – dank deiner wilden Vorgeschichte – in der Psychiatrie gelandet.“ Edda hob die Hände in die Höhe. „Case closed.“

Susanne starrte sie an. „Ja“, sagte sie nach ein paar Sekunden. „Das macht tatsächlich Sinn. Und was soll ich jetzt machen?“

„Erst einmal abwarten, was ich noch herausfinde.“ Edda wandte sich wieder dem Bildschirm zu.

„Glaubst du, du kommst in diesen Chatroom hinein?“

„Bestimmt. Aber das kann etwas dauern. Die URLs wandern die ganze Zeit, die Codes ändern sich ständig. So langsam glaube ich, das Ding ist so programmiert, dass es einen immer wieder in irgendeine komische Schleife zurückleitet. Kaum habe ich eine Firewall durchbrochen, fliege ich sofort wieder raus." Sie atmete tief durch und rieb sich über die Augen. „Weißt du, wann ich zuletzt nicht in eine Site gekommen bin?"

„Noch nie?", sagte Susanne.

„Genau. Und das hier, das bringt meinen Ehrgeiz zum Kochen." Eddas Finger flogen schon wieder über die Tasten. „Ich schwör dir, egal, wie viele Firewalls die da auch haben, ich werde sie nacheinander ausschalten, bis ich drin bin. Wollen wir doch mal sehen, wer hier besser ist."

Oktober 2008

Die Ermittlungen blieben ein Albtraum.

Sie fanden einfach nichts. Es gab keine Zeugen, keine Vermisstenanzeige, keinen Hinweis auf die Identität der Toten. Nichts. Bis auf die Tatsache, dass sie tot war.

Zwar hatten Julia und Zander sich inzwischen ein ziemlich klares Bild vom Täter gemacht, das half ihnen nur nichts, solange sie ihm nicht gegenübersaßen, um es zu überprüfen.

Die lokalen Zeitungen hatten dafür ihre Schlagzeilen. Eine davon lautete: IMMER NOCH KEINE SPUR VOM FEUERKILLER!

So hatten sie ihn genannt: den Feuerkiller.

In einem *Tatort* hätte der Kommissar auf eine Person getippt und gesagt: „Der war es."

Aber das Leben war leider kein *Tatort*. Und in diesem Fall wurde nichts, aber auch gar nichts gefunden, was Licht in die Geschichte gebracht hätte. Es war und blieb ein Albtraum.

Frustrierend. Ein anderes Wort traf es nicht.

Die Tage schritten voran.

Und dann kam Lilly Schön.

Es war schon nach zehn Uhr abends, und Julia war gerade dabei, die Treppen nach unten zu steigen, um das Präsidium zu verlassen, als ihr eine Frau in den Weg trat und sagte: „Verzeihung."

Im ersten Moment sah Julia nur flammend rot gefärbte Haare, dann von Mascara verklebte Wimpern in einem Gesicht, um dessen Augen herum Fältchen wie eine Papiertüte knitterten. Der Rest des kräftigen Körpers, der ungefähr den doppelten Körperumfang von ihrem eigenen besaß, steckte in einer engen Hot-Pants-Kombination aus schwarzem Wildleder, aus dem üppige Brüste um ein Haar aus dem Oberteil quollen.

Julia blinzelte verwirrt. „Ja, bitte?"

„Ich bin hier wegen der toten Frau im Park. Die, die verbrannt wurde. Ich weiß, wer sie ist."

In Windeseile hatte Julia Zander angerufen, der ebenfalls schon auf dem Weg nach Hause war. Während er versprach, so schnell wie möglich zurückzukommen, führte sie die Frau ins Büro.

Das Telefon klingelte, sie nahm den Hörer ab, legte ihn zurück auf die Gabel und sah die Frau abwartend an.

„Mein Name ist Lilly Schön", begann diese. „Eigentlich heiße ich Vera Laske. Aber bitte, lassen Sie uns bei Lilly bleiben."

Julia nickte.

„Der Name der Toten ist Lena Pawelczyk." Lilly ließ den Deckel ihrer Zigarettenschachtel aufklappen und betrachtete unsicher die letzten beiden Zigaretten darin. „Haben Sie Zigaretten? Die werde ich brauchen, falls das hier länger dauert. Und ich fürchte, das wird es."

Noch einmal nickte Julia, und Lilly blickte erleichtert. „Lena kam das ein oder andere Mal mit einem blauen Auge zu mir, und dann haben wir ein paar Worte miteinander gewechselt. Wir arbeiten beide als Prostituierte, da muss man sich gegenseitig Rückendeckung geben. Jedenfalls habe ich das immer so gesehen.

Mit Neid und Missgunst schadet man sich in unserem Beruf nur selbst." Sie brach kurz ab. „Ich arbeite auf der Straße, Lena in einem Club. Man könnte meinen, damit hätte sie es besser getroffen, aber das ist nicht so."

„Für wen hat Lena gearbeitet?", wollte Julia wissen.

„Für Eric Cirpka. Ihm gehört das *Lixx*."

Julia nickte, und Lilly redete weiter: „Er ist Lenas Mörder. Ich bin mir sicher. Er ist ein böser Mensch. Ein Dibbuk. Wissen Sie, was ein Dibbuk ist?"

In dem Moment betrat Zander das Büro. Er stellte sich vor, zog sich einen Stuhl heran und setzte sich neben Julia. „Was ist ein Dibbuk?", fragte er.

„Der böse Geist eines Toten, der in den Körper eines lebenden Menschen eindringt und ihn in Besitz nimmt", sagte Julia.

Lilly warf ihr einen anerkennenden Blick zu. „Sie kennen sich aus, Frau Kommissarin."

„Was macht Sie so sicher, dass Cirpka Lena umgebracht hat?", wollte Julia wissen.

„Weil ich ihn kenne und weil ich weiß, wozu er fähig ist." Lilly erhob sich. „Dieser Mann ist der widerlichste Abschaum. Ein Psychopath. Ich werde es Ihnen beweisen." Sie knöpfte ihr Oberteil auf und zog es aus.

Julia wurde blass. Zander schluckte.

In Lillys Bauch befanden sich vier Löcher, jedes mit einem Durchmesser von etwa zweieinhalb Zentimetern, als hätte ein Tier Brocken aus dem Fleisch gerissen. Ein weiterer Krater befand sich unterhalb ihrer Brust. Und als sie sich umdrehte, waren auf ihrem Rücken zu beiden Seiten weitere Narben zu sehen, an den Rändern von grauer, fleckiger Haut umgeben.

„Das ist von ihm", sagte Lilly und zog das Oberteil wieder an.

„Wann ist das passiert?", fragte Zander.

„Vor vier Jahren."

„Warum hat er Ihnen das angetan?"

„Er fand, dass ich mich zu sehr um seine geschändeten Mädchen kümmere. Eines Nachts, ich wollte gerade nach Hause gehen, bekam ich einen Schlag auf den Kopf, und als ich wieder zu mir kam, lag ich im Kofferraum eines Wagens. Ich weiß nicht, wie lange wir unterwegs waren, mir kam es vor wie Stunden. Dann hielt der Wagen an, und der Kofferraum wurde geöffnet. Cirpka stand vor mir. Er hatte ein ganz merkwürdiges Glitzern in den Augen. So etwas habe ich zuvor noch nie bei einem Menschen gesehen. Ich …“ Lilly stockte. „Ich hab mir ins Höschen gemacht. Ich schäme mich nicht, das zu sagen. Ich bin wirklich nicht leicht zu erschrecken, aber als ich diesen Blick sah, das war einfach zu viel. Und er hat es sofort gerochen. Er sagte: Du stinkst vor Angst.“ Dann zerrten sie mich aus dem Wagen und schleiften mich in ein Haus. Dann hat er mir das angetan. Am Ende beugte er sich zu mir hinunter und sagte: ‚Du wirst dich nie wieder in Dinge einmischen, die dich nichts angehen. Was ich mit meinen Mädchen mache, hat dich nicht zu interessieren. In Zukunft wirst du dich einfach umdrehen und weggehen.‘ Dann packten sie mich wieder ins Auto und warfen mich irgendwo am Straßenrand hinaus. Jemand fand mich und brachte mich in ein Krankenhaus.“ Lilly sah zu Julia. „Er wollte, dass ich mich raushalte, und das hat er geschafft. Heute noch sind die Schmerzen stärker als alles, was ich aus meinem Leben davor kannte. Und da ich nun wusste, wozu er fähig ist, habe ich mich von da an aus seinen Angelegenheiten rausgehalten. Wann immer ich eins von seinen Mädchen gesehen habe, habe ich einen großen Bogen darum herumgemacht.“

„Und was war mit Lena Pawelczyk?“, fragte Julia.

„An jenem Samstagabend konnte ich nicht wegsehen. Sie lief mir auf der Straße über den Weg. Nein, das stimmt nicht. Sie lief nicht, sie stolperte mir förmlich vor die Füße. Es war kurz nach Mitternacht, und sie sah ganz fürchterlich aus. Ihr linkes Auge war geschwollen, ihre Unterlippe aufgeplatzt. Er hatte ihr einen

Zahn ausgeschlagen und den kleinen Finger gebrochen. Das waren die offensichtlichen Verletzungen. Eigentlich wollte ich sie zu einem Arzt bringen, aber das wollte sie nicht. Und ich? Ich konnte doch nicht einfach wegsehen. Also nahm ich sie mit zu mir, um sie dort wenigstens einigermaßen zu verarzten. Zu Hause erzählte sie mir unter Tränen, dass Cirpka sie im Club verprügelt hätte, mitten auf der Tanzfläche, vor all den Leuten. Sie lag bereits am Boden, aber er hat trotzdem weiter auf sie eingeschlagen. Am Ende gingen die Türsteher dazwischen und zogen ihn von ihr weg. Sonst hätte er sie vermutlich totgeschlagen."

„Und dann ist sie weggelaufen?", fragte Zander.

Lilly nickte. „Sie irrte ziellos durch die Stadt und traf dabei auf mich. Ich bot ihr an, eine Weile bei mir zu bleiben. Ich wollte ihr gerne helfen, sie war so ein hübsches Ding – eigentlich … aber dann klingelte ihr Handy. Sie nahm das Gespräch an, sagte ein paar Worte und verschwand dann ohne ein Wort. Danach habe ich sie nicht mehr gesehen."

„Sie glauben, es war Cirpka, der sie anrief?", fragte Julia.

„Natürlich. Ich weiß nicht, was er zu ihr gesagt hat, aber was immer es war, es hat seine Wirkung nicht verfehlt. Sie verließ meine Wohnung und lief direkt in ihren Tod." Lilly schwieg einen Moment, dann fügte sie hinzu: „Lena war ein feines Mädchen, während Cirpka nichts weiter ist als ein sadistischer Bastard. Das Wort *krank* reicht für ihn als Beschreibung bei Weitem nicht aus." Sie sah von Julia zu Zander und wieder zurück. „Ich bin heute hier, weil ich es satthabe, noch länger wegzusehen. Ich bin bereit, eine Aussage zu machen, und wenn ich vor Gericht beeiden muss, was ich eben gesagt habe, dann tue ich das." Sie beugte sich etwas nach vorne und fügte leise, aber eindringlich hinzu: „Aber wenn Sie ihn schnappen, dann sehen Sie zu, dass Sie ihn auch wirklich hinter Gitter bringen. Denn wenn nicht, dann werden wir alle nicht mehr lange leben."

26. KAPITEL

Der Zaren

„Meine Güte, wir könnten hier ohne Mühe den Wettbewerb zum *Saustall des Monats* gewinnen." Eva schritt an Julia vorbei und begann zähneknirschend, verschiedene Kleidungsstücke vom Boden aufzuheben.

„Immer noch sauer?", fragte Julia in ihren Rücken.

„Nein. Warum? Sollte ich?" Eva klaubte ein weiteres Kleidungsstück vom Boden. „Musst du deine Klamotten eigentlich überall fallen lassen?"

„Ich hab dir jetzt schon dreimal gesagt, dass es mir leidtut, wenn ich dich verletzt habe. Wirklich."

„Wem willst du was vormachen, Julia? Du wolltest mich wütend sehen. Du warst grob, und du warst brutal. Du nimmst mich einfach nicht ernst, das ist es. Du nimmst meine Gefühle nicht ernst. Das hast du noch nie getan."

„Denkst du, das hier ist ein Spiel für mich? Kennst du mich so schlecht? Nach all den Jahren?"

„Nach all den Jahren, in denen ich dich nicht gesehen habe, meinst du."

Julia verschränkte die Arme vor der Brust. „Denkst du wirklich, das hier ist ein Spiel für mich?", wiederholte sie ihre Frage.

„Ich weiß es nicht, sag du es mir." Ein raues, asthmatisches Pfeifen drang aus Evas Kehle. Sie hustete und wandte sich wieder den Kleidungsstücken zu.

Nach kurzem Zögern machte Julia sich auf den Weg zur Anrichte und begann dort, Tee zu kochen. Ein paar Minuten später stellte sie eine heiße Tasse auf den Tisch, doch Eva achtete gar nicht darauf. Sie war inzwischen mit der Kleidung fertig und machte sich nun daran, abzustauben.

Julia nahm auf der Armlehne des Sessels Platz, verschränkte wieder die Arme vor der Brust und beobachtete, wie Eva sich hingebungsvoll um ein eingerahmtes Foto kümmerte, über dessen Glas sie wischte. Es zeigte sie alle vier zusammen: Kerstin, Sandmann, Julia und Eva. Sie lehnten vor einer verfallenen Burg im Wind und lachten in die Kamera. Damals waren sie dreizehn Jahre alt gewesen.

Julia besaß das gleiche Bild und rechnete mit einem Kommentar von Eva. Mit irgendeiner halblauten Plattitüde, ein paar unbeholfenen Worten. Aber Eva sagte nichts. Sie hielt das Bild lediglich am Rahmen fest, wischte vorsichtig mit dem Tuch darüber und säuberte das Glas. Dann stellte sie es zurück, mittig auf den Kamin, und rückte es so lange gerade, bis sie hundertprozentig zufrieden war. Dann trat sie einen Schritt zurück und betrachtete das Foto noch einmal, ehe sie das Tuch erneut zur Hand nahm und ihre eigenen, kaum sichtbaren Fingerabdrücke abwischte.

Julia stand auf und hielt ihr die Tasse hin. „Bitte, setz dich hin, das ist ja nicht auszuhalten."

Eva hielt in der Bewegung inne, griff nach der Tasse und setzte sich damit vor den Kamin.

Einen Moment wartete Julia, dann nahm sie neben ihr Platz. „Es tut mir wirklich leid, okay? Wirklich. Es ist nur …" Sie suchte nach den richtigen Worten. „In einer perfekten Welt müssten wir all das hier nicht tun. In einer perfekten Welt würden Kerstin und Sandmann noch leben, und wir würden hier nicht sitzen. Aber wir leben in keiner perfekten Welt, Eva, und das hier ist keine normale Situation. Wir haben es mit wirklich bösen Menschen zu tun, die vor nichts zurückschrecken, und wenn es hart auf hart kommt, dann musst du einfach treffen."

Eva schwieg, und Julia fügte hinzu: „Du darfst nicht nachdenken, und du darfst dich auch nicht auf mich verlassen. Du musst einfach zielen und treffen."

Immer noch nichts von Eva.

„Es würde mich umbringen, wenn dir etwas passiert. Das ist mein Ernst."

Jetzt wandte Eva den Kopf, und für einen winzigen Moment verhakten sich ihre Blicke ineinander.

So lange, bis Eva sich wieder erhob und sagte: „Lass uns über diesen Zaren reden. Was weißt du bisher über ihn?"

Julia blinzelte kurz, dann antwortete sie: „Nicht sehr viel, leider."

„Wie gehst du es normalerweise an, wenn du ein Profil von einem Verbrecher erstellst?"

„In der Regel beginne ich mit umgekehrter Logik. Ich fange mit dem Opfer an, mache mir ein Bild davon, wer es ist und was es in seinem Leben gegeben hat, das für den Verfolger attraktiv gewesen sein könnte. Dann schaue ich mir an, was dem Opfer genommen wurde. Und am Ende betrachte ich das, was ihm angetan wurde. Und wenn ich all dies in mich aufgenommen habe, fange ich an rückwärtszugehen. Ich stelle mir Fragen."

„Was für Fragen?"

„Wenn ich der Verbrecher wäre, was würde es mir bringen?" Julia schob die Hände in die Hosentaschen. „Was bedeuten mir die Handlungen? Dann gehe ich noch weiter zurück. Was ist mit mir in der Vergangenheit passiert, das dieser Tat Bedeutung gibt? Und in diesem Stadium bin ich dann hoffentlich ein gutes Stück weitergekommen und habe ein Gefühl dafür entwickelt, was im Kopf des Verbrechers vor sich geht. Dann überdenke ich die Wahrscheinlichkeiten. Was für Beziehungen sind ihm möglich. Was für ein Leben führt er? Wie lebt er?"

Eva griff nach ihrer Teetasse. „Prima", sagte sie. „Dann werden wir es jetzt genau so angehen."

Eine halbe Stunde später war der Wohnzimmertisch vollgeklebt mit Haftnotizen. Eva musterte Julia, die über den Tisch gebeugt stand. Ihr Blick lag auf den Zetteln, sie schien vollkommen konzentriert.

„Hast du dich eigentlich nie gefragt, warum er dich so lange am Leben gelassen hat? Ich meine, wenn man bedenkt, was für einen Aufwand er jetzt betreibt, um dich tot zu wissen."

Julia zog eine gelbe Haftnotiz von rechts ab und klebte sie auf die linke Seite, zu *Motiv*. „Er muss gute Gründe dafür haben. Es gibt immer Gründe, die man zumindest nachvollziehen, wenn auch nicht verstehen kann. Mir fällt nur leider nichts ein. Außer vielleicht Strafe. Vielleicht will er mich bestrafen."

Eva sah auf. „Wofür?"

„Keine Ahnung. Ich brauche einen Kaffee." Julia machte sich auf den Weg zur Anrichte und setzte dort Wasser auf.

„Wer entführt Kinder, Julia?", fragte Eva von der Couch aus.

„Sexualverbrecher und verzweifelte Elternteile."

„Du bist aber keinem Sexualverbrechen zum Opfer gefallen. Das können wir doch ausschließen, oder?"

Julia nickte. „Einen verzweifelten Elternteil gab es bei mir aber auch nicht."

„Was bleibt uns dann noch?"

Während sie darauf wartete, dass das Wasser kochte, sagte Julia: „Wenn wir eine Antwort auf diese Frage wollen, dann müssen wir es umgekehrt angehen: Ein Kind zu entführen, es seinen Eltern zu rauben und festzuhalten ... so etwas setzt einen Seelenzustand voraus, der es dem Täter ermöglicht, seine Taten zu rechtfertigen. Sie sind in seinen Augen nur recht und billig."

Eva erhob sich und rieb sich über das Kreuz. „Mit anderen Worten, dieser Mensch ist verrückt."

„Nein. Nicht verrückt." Julia schob sich den Pony aus dem Auge. „Jedenfalls nicht, was den Zaren betrifft. Er ist nicht psychotisch, denn dann könnte er die Sache niemals so durchziehen, wie er es tut." Das Wasser kochte, und sie begann Kaffee aufzubrühen. „Vergiss nicht, wie ausgefeilt er die Dinge angeht. Nein, geisteskrank ist er nicht. Vielleicht findet er es sogar bedauerlich, dass Menschen sterben müssen. Aber er hat ein höheres Ziel. Eine *Aufgabe*, nennen wir es so. Eine Art … Auftrag." Schon wieder durchfuhr Julia dieses Gefühl, diese Kälte. Sie fühlte, wie die feinen Härchen auf ihren Unterarmen sich aufstellten. Mit ihrer Tasse kam sie zum Tisch zurück, blickte erneut auf die vielen Notizen. „Er hasst mich, das steht fest. Ich weiß nicht weswegen, aber er hasst mich."

Einen Moment schwiegen sie nachdenklich.

„Lass uns noch einmal einen Schritt zurückgehen", sagte Eva dann. „Auf die Frage, warum er dich so lange am Leben gelassen hat. Könnte es sich dabei nicht einfach nur um einen Trick handeln? Ich meine, könnte es sein, dass er versucht, dich zu verwirren?"

„Nein."

„Was macht dich da so sicher?"

„Das kann ich dir nicht sagen. Ich weiß es einfach." Julia trank einen Schluck Kaffee. „Es könnte sein, dass er bei mir einen Fehler gemacht hat. Vielleicht wollte er zu Anfang gar nicht, dass ich sterbe. Aber dann ist irgendetwas geschehen …" Sie stellte ihre Tasse beiseite. „Vielleicht hat er etwas verloren. Etwas überaus Wichtiges. Etwas, worauf er seiner Ansicht nach ein Anrecht hatte. Irgendetwas, das er nicht bekommen hat. Oder das ihm weggenommen wurde." Julia wandte sich Eva zu. „Mich."

Verwirrt hob Eva die Augenbrauen in die Höhe. „Hä? Das verstehe ich nicht."

„Ich auch noch nicht, aber …" Julia schloss für einen Moment die Augen, öffnete sie dann wieder. „Er hat beim letzten Mal Lange vorgeschickt, das bedeutet, dass er im Hintergrund bleiben will. Aber nicht aus Empathie oder Feigheit. Er … will nicht, dass ich ihn sehe. Er will nicht, dass ich weiß, wer er ist. Würde ich ihn sehen, würde ich ihn erkennen. Und das will er um jeden Preis vermeiden."

„Klingt zwar logisch", sagte Eva. „Macht aber trotzdem keinen Sinn. Denn wenn er dich sowieso umbringt … wo ist dann das Risiko für ihn?"

Julia dachte einen Moment darüber nach. Dann nickte sie langsam. „Ja, das stimmt. Es könnte ihm egal sein. Aber das ist es nicht. Es ist ihm nicht egal. Er will den direkten Kontakt mit mir um jeden Preis vermeiden."

Eva hustete. „Nehmen wir einmal an, wir liegen bis hierher richtig. Nehmen wir an, du würdest ihn erkennen, wenn du ihm gegenüberstehst, dann würde das doch bedeuten …" Sie sah auf und Julia an. „Könnte es sein, dass dieser Mann ein Familienangehöriger von dir ist?"

„Nein. Ich habe keine lebende Verwandtschaft mehr. Nirgendwo."

„Vielleicht ein guter Bekannter eurer Familie?"

Julia wollte darauf antworten, schloss den Mund jedoch sofort wieder, als plötzlich dunkle Punkte vor ihren Augen zu tanzen begannen. Dann verschärften sich die Kontraste mehr und mehr, und die Umrisse eines Raumes wurden deutlich, der an ein Kinderzimmer erinnerte. Das Bild kippte, und sie sah das Meer, genau wie letzte Nacht in dem Traum. Sie blinzelte, wollte nach ihrer Tasse greifen und stieß sie dabei um. Die braune Brühe ergoss sich über den Tisch, die Tasse rollte auf den Boden.

„Tut mir leid."

„Ist nichts passiert."

Eva eilte zur Anrichte und holte eine Küchenrolle. „Was war gerade los?"

Julia antwortete nicht gleich. Erst nach ein paar Sekunden sagte sie: „Wir müssen es noch mal machen."

„Was?"

„Du musst mich noch einmal hypnotisieren."

„Julia, bitte …"

„Ich muss wissen, was an unserem letzten Tag in Norwegen passiert ist."

„Warum ausgerechnet das?"

„Ich glaube, dass nicht nur das wichtig war, was mein Vater letzte Nacht in dem Traum zu mir sagte, sondern auch der Ort, an dem wir uns befanden. Und wir standen in Norwegen am Meer, vor unserem Ferienhaus." Julia wandte sich Eva zu. „Ich will wissen, was an unserem letzten Tag in Norwegen passiert ist. Jener Tag, bevor wir nach Deutschland zurückreisten und der Unfall passiert ist. Ich muss das wissen, Eva, ich habe das sichere Gefühl, dass es wichtig ist."

„Erinnerst du dich denn überhaupt nicht mehr an diesen Tag?"

Julia schüttelte den Kopf. „Ich habe, was das betrifft, fast nur schwarze Löcher in meinem Kopf. Ich wollte auch nie weiter darüber nachdenken, immerhin sind an diesem Tag meine Eltern gestorben. Jetzt aber muss ich wissen, was damals passiert ist." Sie sah Eva flehend an, und diese hob hilflos die Hände in die Höhe. „Also bitte, machen wir es noch mal."

27. KAPITEL

Kein Dach mehr und auch keine Leiche

Weidling

Ulrich Pohl wartete nervös vor seinem Schuppen, während Marina Mayer und Frieder Fäth auf ihn zugeeilt kamen. Der heftige Wind, der längst zu einem kräftigen Sturm geworden war, presste ihnen die Jacken gegen den Körper und peitschte ihnen Schnee ins Gesicht.

„Ich hab mich sofort gemeldet, als ich es gesehen hab." Pohl musste beinahe schreien, um sich Gehör zu verschaffen.

Der Schaden war beträchtlich. Der Sturm hatte einen Teil des Daches vom Schuppen gerissen. Was noch davon übrig war, hing gefährlich knarrend herab, während der Wind sein Werk vollenden wollte. Wenn die Leiche im Inneren noch unbeschädigt war, dann würde sie es nicht mehr lange bleiben.

„Wir müssen die Leiche rausschaffen, bevor der Rest des Daches runterkommt!", sagte Marina.

Die beiden Männer nickten und betraten den Schuppen. Die Tür mussten sie nicht öffnen, sie war aus den Angeln gehoben und nach innen auf den Boden gefallen. Überall lagen zertrümmerte Dachschindeln und durch das klaffende Loch schneite es herein. Als sich eine weitere Schindel löste, gingen sie in Deckung.

Dann sahen sie auf und das, was sie dann sahen – oder besser: was sie nicht sahen –, ließ sie beinahe gleichzeitig in der Bewegung erstarren.

„Das gibt's doch gar nicht", sagte Marina.

Frieder Fäth blinzelte. „Wo ist die Leiche?"

Ulrich Pohl sah sich im Schuppen um, als könnte sie sich erhoben und an einen sichereren Ort begeben haben, was natürlich nicht der Fall war. „Sie ist verschwunden“, stellte er fest und hatte den Satz noch nicht zu Ende gesprochen, als das Dach erneut knarrte. Eine Schindel fiel herab und schlug nur wenige Zentimeter neben ihm auf dem Boden auf.

„Wir sollten verschwinden“, sagte Frieder.

„Und zwar schnell“, fügte Marina hinzu.

Doch sie bewegten sich nicht sofort.

Sie lauschten. Denn mit einem Mal schien der Wind sich gelegt zu haben. Eine plötzliche Stille breitete sich aus.

„Anscheinend lässt der Sturm nach“, sagte Pohl hoffnungsvoll.

Doch dann war ein entferntes Rauschen zu hören, das so klang, als würde ein Zug auf sie zurasen.

„Nein“, sagte Frieder. „Er hat nur die Richtung geändert.“

Im nächsten Moment fegte der Wind wieder in den Schuppen.

„Raus hier“, sagte Frieder und schob Marina in Richtung Tür.

Mit eingezogenen Köpfen liefen sie hinaus, hörten Dachschindeln und Holzstücke hinter sich herunterprasseln. Dann ertönte ein lauter Knall, und einen Moment dachte Marina, der Schuppen würde einstürzen. Dann waren sie draußen.

Atemlos drehten sie sich um. Das gesamte Dach war verschwunden. Ein Teil war weggefegt worden, während der Rest in den Schuppen hineingefallen war. Der Raum, in dem sie eben noch gestanden hatten, war jetzt mit Schutt übersät.

„Mein Gott“, keuchte Marina.

„Das war knapp“, schnaufte Frieder.

Ulrich Pohl sagte gar nichts. Er stand einfach nur da und betrachtete die Reste dessen, was bis vor ein paar Minuten noch sein Schuppen gewesen war.

28. KAPITEL

Gefühle, Eindrücke, Instinkte

Hannover

Als Roman Vukovic gegen Mittag zu sich kam, spürte er Übelkeit im ganzen Körper. Derart beschissen hatte er sich noch nie gefühlt, auch nicht, als er sich einmal fast eine ganze Flasche Schnaps in den Kopf gehauen hatte. Brechreiz überkam ihn in heftigen Wogen; sein Körper brannte und kribbelte – ein Gefühl wie Feuer, das von den Knochen aus auf die Muskeln auszustrahlen schien. Alle möglichen Gedanken kreisten in seinem Kopf, doch ehe er sie zu fassen bekam, hatten sie sich schon wieder vernebelt.

Als er die Augen öffnen wollte, stellte er fest, dass das nur mit einem Auge möglich war. Mit diesem einen Auge sah er zunächst nichts als fahles Weiß über sich, eintönig wie ein Winterhimmel. Er lag auf dem Rücken, bewegte sich leicht und spürte sofort, wie es ihn schmerzvoll durchzuckte. Er hatte das Gefühl, in seine Brust wurde ein Messer gebohrt, und sein rechter Arm, der unter einem Verband verborgen war, tat unerträglich weh. In seinem Kopf klopfte es, als hätte sich sein Pulsschlag in einen Hammer verwandelt, der unerbittlich hinter dem gesunden Auge auf und nieder sauste.

Es dauerte noch einen Moment, ehe er verstand, dass er sich in einem Krankenzimmer befand. Kaum hatte er es verstanden, spürte er ein heißes Prickeln auf der Haut. Wie war er hierhergekommen? Er erinnerte sich an keinen Unfall, aber zweifellos war er verletzt. Sein rechter Arm fühlte sich steif und unförmig an, seine Brust tat bei jedem Atemzug weh, und in seinem Kopf tobte ein wahres Unwetter.

Was war passiert?

Er erinnerte sich an nichts, quälte sich mit seinem Gedächtnis ab, als plötzlich ein Gesicht über ihm auftauchte und eine Stimme, die etwas verzerrt klang und von weit weg zu kommen schien, sagte: „Das wurde aber auch Zeit, Herr Vukovic."

Er versuchte zu schlucken, spürte einen scheußlichen Geschmack im Mund, und seine Zunge klebte dick am Rachen. Mit dem gesunden Auge starrte er nach oben und versuchte, sich auf das Gesicht über seinem Kopf zu konzentrieren. Es war rund, hatte zwei blaue Augen, kurze blonde Haare, und es gehörte einer Frau. Mühsam quälte er ein „Wrsndse?" heraus.

„Sie wollen wissen, wer ich bin? Mein Name ist Charlotte Gärtner. Kriminalpolizei. Ich warte schon viel zu lange darauf, mich endlich mit Ihnen unterhalten zu können."

Ein bitterer Schwall Galle stieg Vukovic in die Kehle. Er würgte, hustete, rang nach Atem. Verzweifelt schluckte er Luft und blinzelte durch das tränenverschleierte Auge.

„Falls Sie sich fragen, warum Sie nur mit einem Auge sehen können und warum Sie so nuscheln", fügte Charlotte hinzu. „Das andere Auge ist zugeschwollen, und man hat Ihnen einen Zahn ausgeschlagen. Übrigens ist Ihr halbes Gesicht angeschwollen, was aber nur einen kleinen Teil Ihrer Verletzungen ausmacht. Können Sie sich daran erinnern, wie das passiert ist?"

Mit einer mikroskopisch kleinen Bewegung seines Kopfes versuchte Vukovic, ein Kopfschütteln darzustellen.

„Nun ja, nach einem Unfall sieht es jedenfalls nicht aus. Vielmehr so, als wollte Sie jemand zu Brei schlagen."

Krampfhaft versuchte Vukovic, einen klaren Gedanken zu fassen. Und dann erinnerte er sich plötzlich wieder. Auf einmal war es da. Glasklar. Schnell schloss er das gesunde Auge wieder.

„Warum, Herr Vukovic?"

Die Sekunden strichen langsam vorbei. Dann schüttelte er erneut minimal den Kopf. Er konnte es nicht sagen. Er konnte es nicht. Das war unmöglich.

„Ich versuche herauszufinden, was geschehen ist", drängte Charlotte. „Das sollte vor allem in Ihrem eigenen Interesse sein."

Die nackte Panik überkam Vukovic, wirbelte wie ein Schneesturm durch seinen geschundenen Körper. „Lsmchnru", zischelte er.

„In Ruhe lassen? Nein, diesen Gefallen kann ich Ihnen leider nicht tun."

Mehrere ausgedruckte DIN-A4-Seiten segelten auf die Bettdecke.

Vukovic öffnete das gesunde Auge wieder. „Wsds?"

„Was das ist? Nun, auf diesen Papieren steht unter anderem der Name einer Seite, die Sie zuletzt im Internet besucht haben. *Fucksluts.com.* Auf dieser Seite haben Sie sich gestern Nacht einen Film heruntergeladen. Ich nehme an, Sie wissen, von welchem Film ich spreche."

Vukovic schluckte schwer. „Dsürfnsnit."

„Ach, Sie haben ja keine Ahnung, was wir alles dürfen, wenn es um die Aufklärung von Verbrechen geht, Herr Vukovic. Das hier sind übrigens die Kommentare, die Sie zu dem Film abgaben." Ein weiteres DIN-A4-Blatt segelte auf die Bettdecke.

In Vukovics Kopf drehte sich alles. Mit pochenden Schläfen versuchte er, seinem umnebelten Gehirn eine Idee abzuringen, wie er aus dieser Nummer wieder herauskommen konnte. Da ihm nichts anderes einfiel, schloss er das gesunde Auge wieder und verfiel in einen tiefen, erschöpften Schlaf.

Mainz

Manchmal tun wir Dinge, ohne zu wissen, warum wir sie eigentlich tun. Wir tun sie einfach. Wir handeln nach unserem Gefühl, weil wir ahnen, dass etwas Gutes dabei herauskommen könnte. Vielleicht ist es ja das Universum, das uns Zeichen schickt, in

Form von Gefühlen, von Eindrücken, von Instinkten. Wir werden es nie erfahren, weil das Universum es uns nicht erzählen wird. Tatsache ist, dass wir handeln. Und das tat auch Zander zu diesem Zeitpunkt. Er wusste nicht, warum er Bartholomäus' Haus noch einmal betrat. Es war einfach nur ein Gefühl, das er in seinem Bauch hatte. Ein Bauchbeben, sozusagen.

Er öffnete die Tür, schaltete das Licht ein und hielt sich dabei das Handy ans Ohr.

„Die Kollegen haben den Rastplatz komplett auf den Kopf gestellt und nichts Brauchbares gefunden", sagte Dettloff am anderen Ende. „Lediglich ein Bonbonpapier lag ein paar Meter von Dexters Leiche entfernt unter Schnee begraben. Jetzt können wir darüber streiten, ob das etwas mit unserem Fall zu tun hat oder nicht."

„Was für ein Bonbon?", fragte Zander.

„Butterscotch. Eine verdammt seltene Sorte, die kriegt man – wenn überhaupt – nur noch in kleinen Tante-Emma-Läden."

„Dann wird sich eine unserer Tante Emmas vielleicht an den Käufer erinnern."

Schweigen.

Dann wieder Dettloff: „Meinetwegen, ich geh der Sache nach."

Zander legte auf und schob das Handy in seine Manteltasche.

Butterscotch.

Butterscotchbonbons.

Er sah sich im Wohnzimmer um. Überall schwarzgraues Rußpulver, mehrere Schubladen standen halb offen. Er trat in die Mitte des Raumes, drehte sich einmal um die eigene Achse. Keine Anzeichen für ein gewaltsames Eindringen, Bartholomäus hatte seinen Mörder hereingelassen. Sie kannten sich. Der Mörder betrat das Haus mit dem sicheren Wissen, was er zu tun hatte.

Zander machte einen Schritt auf den Sessel zu, in dem Bartholomäus gesessen hatte.

Der Mörder brach ihm das Genick und setzte ihn dann hinein. Das konnte zusammen nur wenige Sekunden gedauert haben.

Was hast du dann getan? fragte Zander den Mörder im Geiste.

Er drehte sich um, verließ das Wohnzimmer und ging hinunter in den Keller.

Langsam und geräuschlos stieg er die Treppen hinab.

Hier unten waren die Frauen in ihre Zellen eingesperrt gewesen. Vermutlich wussten sie überhaupt nicht, wie ihnen geschah, als man sie plötzlich herausgeholt hatte. Sie waren verwirrt und orientierungslos. Sie hatten Angst, sie waren eingeschüchtert und verstört. Sie wurden die Treppe hinaufgetrieben.

Zander stieg die Treppe wieder hinauf, betrat nun Bartholomäus' Schlafzimmer. Es war groß, hatte aber nicht mehr als eine Kommode, einen Nachttisch, einen Schrank und ein breites Bett. Er ging zum Fenster, schob die Gardinen beiseite und blickte hinaus. Es schneite immer noch heftig. Er wandte sich wieder um, zog sich Latexhandschuhe über und begann mit dem Nachttisch. Vollkommen leer. Er wandte sich der Kommode zu, wo er verschiedene Hosen fand. Unterwäsche, mehrere Paar Socken.

„Wo hast du deine Geheimnisse aufbewahrt?", fragte Zander leise.

Er ging zum Bett, dessen Decke zurückgeschlagen und zerwühlt war. Er hob die Matratze an und tastete darunter entlang. Er kniete sich hin, um unter das Bett zu sehen, und fand eine einsame Socke inmitten von Wollmäusen. Er wollte sich gerade wieder aufrichten, als ihm ein Dielenbrett auffiel, das ein winziges Stück höher lag als die anderen. Er streckte die Hand aus, um das Brett mit den Fingern anzuheben, was erstaunlicherweise sehr leicht ging. Darunter befand sich ein kleines Heft: Er nahm es heraus und richtete sich auf. Es war liniert, ein Heft für die Grundschule. Es war auch nicht besonders dick, höchstens einen halben Zentimeter. Er schlug es auf und blätterte.

In der nächsten Sekunde bemerkte er aus den Augenwinkeln eine Bewegung. Blitzschnell wandte Zander sich der Tür zu und sah gerade noch einen Schatten davonhuschen. Ohne Ansatz setzte er sich in Bewegung, lief zur Haustür. Sie war offen. Er rannte hinaus und wurde von einer heftigen Schneewehe empfangen. Rechts von sich nahm er eine erneute Bewegung wahr, drehte sich und sah gerade noch, wie eine Gestalt die Straße entlangeilte.

„Halt!“, rief Zander. „Stehen bleiben! Polizei!“

Die Gestalt lief weiter.

Er rannte hinter ihr her. Der Schnee peitschte ihm ins Gesicht, er konnte so gut wie nichts sehen. Er zog seine Dienstwaffe, stolperte über etwas und fiel der Länge nach hin. Die Pistole flog ihm aus der Hand. Er rappelte sich auf, wieder auf die Füße, und lief weiter.

Doch die Gestalt war nirgends mehr zu sehen.

Zander blieb stehen. „Verdammt!“

Frierend und wütend über sich selbst ging er zum Haus zurück.

29. KAPITEL

Wen liebst du?

Der Wind peitschte die Schneeflocken frontal gegen das Fenster, während Eva zu zählen begann: „Fünf ... vier ... drei ... zwei ... eins ..." Sie wartete einen Moment, dann sagte sie: „Ich möchte, dass du deine Aufmerksamkeit vollständig auf euren letzten Tag in Norwegen richtest." Sie wartete einen Moment. „Wo bist du?"

„In unserem Ferienhaus."

„Was tust du?"

„Ich stehe oben an der Treppe, vor meinem Zimmer, und höre."

„Was hörst du?"

„Meine Eltern. Sie streiten sich."

„Kannst du hören, worüber sie streiten?"

„Meine Mutter hat am Morgen das Haus verlassen. Sie hat den Wagen genommen und ist einfach weggefahren."

„Hat sie das öfter getan?"

„Nein."

„Und jetzt streiten sich deine Eltern deswegen?"

„Ich höre meinen Vater schreien."

„Was schreit er?"

„‚Wen liebst du?'"

Eva hob die Augenbrauen in die Höhe. „Kannst du hören, was deine Mutter darauf antwortet?"

„Nein."

„Was hörst du noch?"

„Mein Vater schreit: ‚Nicht uns. Du liebst nicht uns.'"

„Was passiert dann?"

„Wir bekommen Besuch. Jemand klopft an die Tür. Meine Mutter öffnet."

„Kannst du den Besucher sehen?"

„Nein. Nur seine Schuhe, sie sind glänzend und schwarz."
„Was tut der Besucher?"
Keine Antwort.
„Julia?"
„Er kommt nach oben. Ich höre seine Schuhe auf der Treppe. Klickklack. Ich verstecke mich unter dem Bett." Julias Gesicht verzerrte sich. „Er kommt in mein Zimmer. Ich muss noch weiter an die Wand." Abwehrend hob sie beide Hände in die Höhe.
„Julia?"
„Er darf mich nicht finden, er darf mich nicht finden, er darf mich nicht finden."
„Julia!"
„Er ist ganz nahe. Ich sehe seine Schuhe."
„Julia! Wo sind deine Eltern gerade?"
Julia schwitzte. Die blauen Venen an ihren Schläfen begannen zu pochen.
„Julia? Hast du die Frage verstanden? Wo sind deine Eltern gerade?"
„Ich weiß es nicht. Ich weiß es nicht. Er sagt etwas. Der Mann sagt etwas."
„Was sagt er?"
Plötzlich sprach Julia wieder mit dieser merkwürdigen Stimme: *„Schon bald, Prinzessin."*
Eva blinzelte.
„Schon bald … Schon bald … Schon bald …"
Als Eva dann sah, wie Julias Gesicht entsetzlich zu zucken begann, wie sich zuerst ihre Armmuskeln und dann ihr ganzer Körper verkrampften, ballte sich die Angst förmlich in ihrem Magen.
Sie beschloss, sie zurückzuholen.

„Warum tust du das immer wieder?", fragte Julia kreidebleich. „Das waren noch nicht einmal zwanzig Minuten, und ich habe doch gesagt, ich …"

„Es ist meine Entscheidung, okay?“, unterbrach Eva. „Sieh dich mal an. Du bist völlig am Ende. Und ich werde nicht zulassen, dass du … Ich entscheide, wann es genug ist. Punkt.“ Sie hustete wieder heftig, mehrere Sekunden lang. „Erinnerst du dich an das, was du gesagt hast?“

„Ich erinnere mich an den Streit zwischen meinen Eltern. Und an die Worte meines Vaters. ‚Wen liebst du?‘“ Julia starrte vor sich hin. „Dann kam der Besucher. Aber da war noch etwas anderes, bevor er die Treppe heraufkam. Irgendetwas ist in den Minuten dazwischen noch geschehen. Aber daran erinnere ich mich nicht. Ich weiß nur, dass ich eine unglaubliche Angst vor diesem Mann hatte. Ich hab es bis in die Knochen gespürt. Selbst jetzt spüre ich es noch.“ Julia hob den Kopf und sah Eva an. „Er war böse. Richtig böse. Ich konnte es bis in die Knochen fühlen.“

„Kannst du …“ Eva hustete wieder. „Kannst du dir irgendwie diese Stimme erklären, mit der du zwischendurch immer wieder sprichst?“

Langsam schüttelte Julia den Kopf. „Nein, das kann ich nicht.“

„Und was könnte es bedeuten: ‚Schon bald?‘“

Julia hob die Schultern in die Höhe. „Ich weiß es nicht.“ Für einen kurzen Moment schloss sie die Augen. „Irgendwie wirft jede Antwort, die ich erhalte, nur noch mehr Fragen auf.“

Sie hatte einige Rätsel gelöst, als sie noch bei der Polizei war.

Aber das hier – das stand außer Frage – war das größte Rätsel ihres Lebens.

Wen liebst du?

30. KAPITEL

Diese merkwürdigen Vögel

Norwegen

„Ich sage euch, das war eine meiner größten Herausforderungen“, sagte Edda gegen sechzehn Uhr erschöpft. „Dieser Chatroom hat die besten Sicherheitsvorkehrungen, die mir je untergekommen sind. Ich bin erst auf eine Firewall gestoßen, dann auf eine zweite, dann auf eine dritte, und mit jeder wurde es schwieriger durchzukommen. Keine Ahnung, wie viele es noch gegeben und wie viel Zeit ich gebraucht hätte, um jede einzelne zu überwinden. Irgendwann wäre ich sicher reingekommen, aber dafür fehlt mir die Geduld. Also habe ich meine Geheimwaffe angewandt. Ich habe einen Virus auf den Thread-Teil angesetzt, der mich aufmerksam machte.“

„Was für einen Virus?“, wollte Susanne wissen.

„Einen Backdoor-Virus“, antwortete Edda in ihre Richtung. „Das ist so, als würde man sich irgendwo durch die Hintertür in ein Haus schleichen, wie der Name schon sagt. Bisher habe ich diesen Virus nur eingesetzt, um Websites mit Kinderpornografie abstürzen zu lassen. Nach allem, was wir auf Vukovics Rechner fanden, und wenn man bedenkt, worum es geht, war ein Einsetzen dieser Waffe allerdings auch hier gerechtfertigt, denke ich. Wie auch immer, ich habe mich von dem Virus in den Thread und in die Site hineinführen lassen.“

„Und das hat funktioniert?“, fragte Jo.

„Allerdings.“ Eddas Finger flogen schon wieder über die Tasten, und eine Reihe von Unterhaltungen erschienen auf dem Bildschirm. „Das hier ist auf jeden Fall interessant.“

Susanne beugte sich über ihre Schulter und las.

Vukovic: Ich weiß inzwischen mehr, als Ihnen lieb sein kann.

Worauf jemand mit den Initialen B. S. antwortete: *Worauf wollen Sie hinaus?*

Vukovic: Na ja, zum Beispiel weiß ich, dass Sie ein Kranich sind.

B. S.: Ich weiß nicht, wovon Sie reden.

Vukovic: Aber klar doch. Sie gehören zu diesen Vögeln. Und die wollten von Anfang an, dass die Kleine in der Klapse verschwindet. Deshalb sollte ich sie beobachten. Ihr wolltet wissen, wie sie tickt, ihre Schwachstellen herausfinden. Die versuchte Vergewaltigung, das war alles nur ein Fake. Und weil ich das jetzt alles weiß, steigt mein Preis ganz automatisch um einiges in die Höhe.

Hier brach der Chat ab.

„Tja, ich würde sagen, das ist der Beweis", sagte Edda.

Susanne starrte blind auf den Bildschirm. Ihre Knöchel drückten sich weiß durch ihre Haut, während sie die Lehne des Schreibtischstuhls umklammerte. Die Übelkeit stieg so heftig in ihr auf, dass sie glaubte, sich jeden Moment übergeben zu müssen. Allerdings war der Zorn noch um einiges schlimmer, weil sie nicht wusste, gegen wen sie ihn richten sollte. „Diese Schweine." Jeder Atemzug tat ihr geradezu körperlich weh.

„Weißt du, wen er mit *diesen Vögeln* meinen könnte?", fragte Edda.

„Kraniche?", wandte Susanne sich an sie. „Nein."

„Es hört sich an, als wäre das eine Gruppe, eine Organisation."

„Ich hab nie davon gehört."

„Aber offenbar bist du denen auf die Füße getreten", schaltete Jo sich ein.

„Ich wüsste nicht, womit", wandte Susanne sich an ihn. „Ich schwöre, ich habe diesen Namen noch nie gehört."

Jo sah sie einen Moment lang an, dann trat er nachdenklich ans Fenster und sah hinaus.

Edda fragte: „Wie hast du sie kennengelernt?"

Susanne wandte sich wieder an sie. „Wen?“
„Diese Lisa.“
„Das weißt du doch.“
„Erzähl es noch einmal.“
Susanne schob die Hände in die Hosentaschen. „Ich hab sie in der Kneipe kennengelernt, in der ich arbeitete. Ich bediente hinter der Theke und sie hat mich angesprochen. Wir haben zusammen getrunken und verabredeten uns dann im Hinterhof.“
„Warum?“
„Warum, was?“
„Warum hast du dem Treffen im Hinterhof zugestimmt?“
„Ich wollte mich eigentlich gar nicht dort mit ihr treffen. Ich schlug vor, dass wir nach meiner Schicht zu mir fahren, aber sie war total ungeduldig. Sie wollte nicht warten. Und ich dachte, okay, für manche Frauen hat so etwas einen Reiz. So was Schmutziges, du weißt schon …“ Susanne brach ab, als ihr aufging, dass Jo, der am Fenster stand, es vermutlich nicht wusste.
„Was ist dann passiert?“, fragte Edda weiter.
„Lisa ging zuerst in den Hinterhof, ich hatte zwei Minuten später Pause und bin ihr gefolgt.“
„Und draußen bist du dann auf Egert gestoßen?“
„Ja.“ Susanne nickte. „Er lag auf Lisa und hatte ihr schon halb die Klamotten vom Leib gerissen. Sie rief um Hilfe, und ich habe ihr geholfen. Jedenfalls dachte ich das.“
„Immerhin“, bemerkte Jo vom Fenster aus, „wissen wir jetzt, dass du das Opfer bist, Susanne, nicht die Täterin.“
Sie schüttelte den Kopf. „Oh nein, nein. Ich wollte das sehr wohl tun, Jo. Ich wollte Egert die Glasscherbe in den Rücken rammen.“
„Weil du der Frau helfen wolltest.“
„Ja. Ich dachte wirklich, es wäre ernst. Die beiden haben das echt überzeugend gespielt. Wenn ich mich wieder etwas beruhigt habe, werde ich sie für den Oscar vorschlagen.“ Susanne wandte

sich in Richtung Tür. „Das werde ich ihnen heimzahlen. Verlasst euch drauf, dass ich ihnen das heimzahlen werde. Und dass ich herausfinden werde, wer diese merkwürdigen Vögel sind."

„Die Kraniche?", fragte Edda in ihren Rücken. „Und wie willst du das machen?"

„Das weiß ich noch nicht. Aber Tatsache ist, dass ich das nicht mit mir machen lasse!"

Kurz darauf war die Tür hinter Susanne zugefallen.

31. KAPITEL

Der schwarze Rauch des Satans

Mainz

Augustin massierte seinen steifen Nacken und blickte übermüdet in die Runde. „Ich habe mithilfe des Computers den Schlüssel zu Bartholomäus' Codierung gefunden. Wenigstens zu einem Teil davon. Dabei handelte es sich um eine einfache, durch Ziffernsetzung entwickelte Geheimschrift. In dem Notizbuch befinden sich auch zahlreiche Initialen, denen die verschiedensten Vergehen angelastet werden und die wir noch zuordnen müssen. Einen Namen konnte ich bereits entschlüsseln. Er lautet: Sten Kjaer. Er wird in dem Notizbuch als *des Teufels General* beschrieben. Und …" Er hob einen Finger in die Höhe. „Jetzt kommt's: Bartholomäus nennt diesen Mann seinen Mörder." Er brach kurz ab. „Ich habe den Namen bereits überprüft. Es gibt in ganz Mainz niemanden, der Sten Kjaer heißt. Übrigens in ganz Deutschland nicht. Es gibt keine Kreditkartenverträge auf diesen Namen, keinen Handyvertrag, keinen Fahrzeugschein, keinen Führerschein. Kein identifizierbares Bankkonto. Nichts. Totale Pleite."

„Weil er vermutlich kein Deutscher ist", sagte Zander.

„Oder", wandte Bartosch ein, „weil der Name frei erfunden ist. Weil Bartholomäus ein bisschen durcheinander war, als er den Mist geschrieben hat. Sagen wir einfach: irre. Oder Paranoid. Oder beides. Oder … er wollte sich einfach nur wichtigmachen."

„Das glaube ich nicht", wandte Zander sich an ihn. „Wie wahrscheinlich ist es, dass zwei Männer innerhalb weniger Stunden mit gebrochenem Genick aufgefunden werden?"

„Wir wissen aber nicht, ob sie wirklich Komplizen waren." Bartosch sah ihn müde und leicht gereizt an. „Das vermuten wir nur. Oder wird der Name Dexter irgendwo in dem Heft erwähnt?", wandte er sich an Augustin.

„Bis jetzt bin ich jedenfalls noch nicht darauf gestoßen", antwortete dieser.

„Ich sage euch, wir haben es hier mit einer Organisation zu tun, und die entledigt sich ihrer Handlanger in Form eines Killers", beharrte Zander. „Und dieser Killer heißt Sten Kjaer."

„Beschäftigen wir uns hier mit Fakten oder mit Vermutungen?", hakte Bartosch nach.

„Wenn dieser Mann kein Deutscher ist", redete Zander weiter, als hätte er den Einwand nicht gehört, „dann suchen wir ab jetzt eben europaweit nach ihm." Er wandte sich an Augustin. „Wie lange wird das dauern?"

„Keine Ahnung. Das ist eine riesige Datenbank."

„Egal." Zander war fest entschlossen. „Wir müssen es versuchen." Er wandte sich an Dettloff. „Was hast du inzwischen herausgefunden?"

„Oh, ich habe tatsächlich nach endloser Suche eine Tante Emma gefunden, die sagte: Ja, ich verkaufe Butterscotchbonbons", antwortete Dettloff. „Und tatsächlich ist sie in den letzten achtundvierzig Stunden auch zwei Tüten davon losgeworden."

„Das braucht uns doch überhaupt nicht zu kümmern", wandte Bartosch ein.

„Natürlich kümmert es uns", gab Zander zurück. „Wir haben das Bonbonpapier in der Nähe von Dexters Leiche gefunden. Es kann also durchaus eine Bedeutung haben. Weiter, Dettloff."

„Na ja, die Ladenbesitzerin sagt, dass sie den Kunden noch nie zuvor gesehen hätte. Dass er ein Albino gewesen wäre, ungefähr fünfzig Jahre alt."

„Aber sie sagt definitiv, dass es ein Albino war?", hakte Zander nach.

Dettloff nickte. „Sie meinte, er hätte ausgesehen wie ein Geist. Als er ihren Laden betrat, wäre sie zuerst richtiggehend erschrocken gewesen. Aber er wäre nett gewesen, sehr freundlich. Er hätte die Bonbons gekauft. Zwei Päckchen, wie gesagt. Dann wäre er wieder gegangen. Und …" Er hob einen Finger in die Höhe. „Er hätte einen Akzent gehabt. Er war definitiv nicht deutsch."

„Das ist er", sagte Zander.

„Das wissen wir nicht", beharrte Bartosch.

„Wir haben ein hellblondes bis weißes, halblanges Haar in Bartholomäus Haus gefunden, und wir haben einen Albino, der Bonbons isst, deren Papier an einem der Tatorte gefunden wurde."

Zander und Bartosch sahen sich direkt in die Augen.

„Das ist er", sagte Zander noch einmal. „Das ist unser Killer. Wir brauchen ein Phantombild von diesem Mann. So schnell wie möglich."

In dem Moment klingelte das Telefon, er nahm ab, hörte einen Moment zu, dann wandte er sich an seine Männer. „Gerade eben hat sich der Killer gestellt."

Der Mann hieß Edi Kern. Sie hatten ihn ins Vernehmungszimmer gesetzt. Dort wartete er, nervös und zappelig, den Kopf gesenkt, und knetete die Hände zwischen den Knien, die von unten gegen die Tischplatte schlugen. Er war nicht besonders groß, ziemlich dünn, und er verströmte einen Körpergeruch, der Zander und Dettloff die Tränen in die Augen trieb.

„Das ist kein Albino", sagte Dettloff.

„Nein", gab Zander zurück.

Währenddessen erklärte Edi Kern einmal mehr entschieden: „Ich war es. Ich hab die beiden Typen umgebracht. Und jetzt will ich verhaftet werden."

„Warum haben Sie Bartholomäus und Dexter umgebracht?", fragte Zander.

„Ich wollte es ja gar nicht. Ich kannte sie ja überhaupt nicht."

„Warum haben Sie es dann getan?"

Edis rechtes Auge zuckte. „Die Stimmen haben es mir befohlen."

„Was für Stimmen?"

„Stimmen eben. In meinem Kopf. Und jetzt will ich, dass Sie mich einsperren. Werden Sie das tun?"

Dettloff neigte den Kopf in Zanders Richtung und sagte: „Hältst du ihn für einen eiskalten Mörder?"

„Ich halte ihn für vieles", gab Zander zurück. „Aber dass er das Zeug zu einem Mörder hat, das glaube ich nicht."

Edi zog ein zerknautschtes Zigarettenpäckchen aus seiner Hosentasche, blickte dabei unsicher von einem zum anderen.

„Eben", redete Dettloff weiter. „Ich meine, schau ihn dir an. Er könnte nicht mal eine Parkuhr knacken, ohne sich erwischen zu lassen."

Zander nickte und wandte sich wieder an Edi. „Sie mögen ja vielleicht andere Talente haben, aber es wäre wirklich verrückt, zu glauben, Sie könnten diese beiden Morde begangen haben. Erzählen Sie uns eine andere Geschichte, möglichst eine wahre, oder wir beenden die Vernehmung an dieser Stelle."

„Ich war es aber", beharrte Edi, zündete sich eine zerknitterte Zigarette an und inhalierte tief. „Ihr habt mein astreines Geständnis, Leute."

Dettloff wandte sich wieder an Zander. „Ich glaube ja vielmehr, dass er Angst hat. Riechst du das? Also, ich rieche Angst. Sogar jede Menge davon."

„Ja, ich glaube auch, dass er Angst hat."

„Vielleicht will ihn jemand abmurksen, und er sucht einen Platz, an dem er sich sicher fühlen kann."

Abwartend sahen die beiden Edi an.

Dessen Blick flatterte von einem zum anderen. „Ich bin ein Mörder!"

Dettloff schüttelte den Kopf. „Nein, der war es nicht."

„Jetzt passt mal auf!", spie Edi aus. „Ich brauch einen Platz, wo ich sicher bin, okay? Die wollen mich nämlich killen! Ich weiß es! Die wollen mich umlegen! Letzte Nacht war einer vor meinem Fenster. Zuerst war's nur ein Vogel. Der war fürchterlich laut. Auf jeden Fall laut genug, um nicht schlafen zu können. Also bin ich hingegangen und hab überlegt, ob ich was nach dem Vieh werfen soll. Einen Schuh oder so. Bin ganz gut im Werfen, hätte ihn bestimmt getroffen. Ich steh da also am Fenster, den Schuh in der Hand, und da seh ich plötzlich was ganz anderes als den Vogel."

„Was haben Sie denn gesehen?", erkundigte sich Zander.

Edi zog heftig an der Zigarette, wandte ihm den Blick zu. „Einen ganz üblen Typen, der in mein Schlafzimmer geguckt hat. Ich sag euch, ich bin so erschrocken, bin direkt ohnmächtig geworden. Mannomann!"

„Warum sollte denn jemand in Ihr Schlafzimmer gucken, Edi?", fragte Dettloff. „So hübsch sind Sie nun auch wieder nicht."

„Wollen Sie mich grad verarschen?", zischte Edi in seine Richtung. „Ich sagte doch eben, die wollen mich killen."

„Wer?", fragte Zander.

„Und warum?", setzte Dettloff hinzu.

Edis Blick flackerte wieder hin und her. „Ich hab versucht, die zu bescheißen, okay? Das sollte man nicht machen. So was verzeihen die einem nämlich nicht."

„Wen haben Sie versucht zu betrügen, Edi?", fragte Zander.

„Schon mal was von den Kranichen gehört?"

Zander blinzelte und richtete sich auf. „Erzählen Sie davon", forderte er.

„Die sind der schwarze Rauch des Satans. Seelenräuber, jawohl. Die glauben, sie stehen über den anderen Menschen und erst recht über den Gesetzen. Und das Schlimme ist, dass es auch tatsächlich so ist. Niemand weiß, wer die sind, aber alle wissen, dass es sie gibt. Und wenn man sich mit denen anlegt, dann kann man sich auch gleich selbst aufhängen. Und wenn ich jetzt hier wieder rausgeh, dann schweb ich in Lebensgefahr." Edi beugte sich nach vorne, sah zuerst Zander, dann Dettloff in die Augen. „Ich sehe euch an, dass ihr mir nicht glaubt. Aber ich schwör, dass es die Wahrheit ist. Diese Leute gibt's."

„Tragen diese Leute so etwas wie eine Signatur?", fragte Zander. „Ein Brandzeichen?"

„Weiß ich nicht", sagte Edi und lehnte sich wieder zurück. „Hab noch keins gesehen, aber vorstellen könnt' ich's mir. So irre, wie die sind ..."

„Und was haben Sie mit diesen Menschen zu tun?", wollte Dettloff wissen.

Edi hob die Hände in die Höhe. „Hab ein paar Jobs für einen Kumpel gemacht. Kleine Sachen. Drogen vertickt und so. Wusst' ja nicht, dass der Kumpel einer von denen ist."

„Ein Kranich?"

„Ja."

„Sie selbst sind also kein Kranich?"

„Meine Fresse, nein! Ich hab nur ein paar kleine Sachen für den gemacht und ein bisschen in meine eigene Tasche gewirtschaftet."

„Sie meinen, Sie haben Ihren Kumpel über den Tisch gezogen", fasste Dettloff zusammen.

„Jepp", gab Edi zu. „Hätt ich nicht machen sollen. Scheißidee. Jetzt hab ich sie am Hals."

„Hat Ihr Kumpel Ihnen erzählt, dass er diesen Kranichen angehört?", wollte Zander wissen.

„Das hat er ganz bestimmt nicht getan."

„Woher wissen Sie dann davon?"

„Mann, ich hab vielleicht keinen Doktortitel, aber ich kann hören, okay? Ich hab Ohren." Edi rutschte unbehaglich auf dem

Stuhl hin und her. „Das ist ’ne ganz üble Truppe. Die sind das Böse, sag ich euch. Die haben in allem ihre Finger.“

„Prostitution?“, fragte Zander.

„Auch. Aber nicht nur da. Die haben eine Menge Knete und ganz schön viel Macht. Aber in Wahrheit haben die ein ganz anderes Ziel.“

„Was für ein Ziel?“

„Die wollen das Gute von innen heraus zerstören. Dann können sie nämlich über die ganze Welt herrschen. So ist das. Jawohl.“

Zander ließ Edi nicht aus den Augen. „Wenn es diese Kraniche tatsächlich gibt, warum wissen wir – die Polizei – dann nichts von ihnen?“

„Weil ihr Tomaten auf den Augen habt, deswegen. Weil ihr nur seht, was ihr sehen wollt. Und weil die ihre Leute auch in eurem Laden haben. So sieht’s aus.“

Eine kleine Pause entstand.

Dann wandte Dettloff sich wieder an Zander. „Ich glaube, Edi hat zu viele Horrorfilme gesehen.“

„Ich steh überhaupt nicht auf Horrorfilme, okay?“, zischte Edi. „Ihr müsst mir jetzt helfen. Bitte. Ich bin denen doch ausgeliefert.“

Zander klopfte sich mit dem Zeigefinger gegen die Lippen. „Kennen Sie noch mehr Kraniche, außer Ihrem Freund?“

„Nein. Und ich will auch keine kennen.“ Edi drückte die Zigarettenkippe im Aschenbecher aus. „Niemand redet offen über die, nur hinter vorgehaltener Hand. Am besten, man redet gar nicht drüber. Weil, wenn man’s tut, dann ist man tot. Werd ich jetzt endlich verhaftet?“

„Nennen Sie uns ein paar Namen.“

„Haben Sie mir grad nicht zugehört? Ich kenn keine Namen.“ Man sah Edi an, dass er wirklich Angst hatte. „Ich weiß nur eins, und da bin ich mir sicher.“

„Und das wäre?"

„Dass, wer immer sich mit denen anlegt, das nicht überlebt. Und deshalb müsst ihr mich jetzt sofort verhaften. Ich will noch nicht sterben. Hab ich gar keinen Bock drauf." Er streckte die Arme nach vorne. „Wo sind die Handschellen? Wo ist meine Zelle?"

32. KAPITEL

Niemand kann ewig schlafen

Hannover

Als Roman Vukovic das nächste Mal das gesunde Auge öffnete, waren ihm zwei Dinge sofort klar: Er war immer noch im Krankenhaus, und die Kommissarin war immer noch da. Oder schon wieder. Machte das einen Unterschied?

Er hatte keine Ahnung, wie spät es war, hielt es seinem Gefühl nach jedoch für späten Nachmittag. Nicht, dass es wichtig gewesen wäre, er registrierte es nur.

„Na, geht's besser?", erkundigte sich Charlotte.

Vukovic versagte sich eine Bewegung seines Kopfes, es tat zu weh.

„Sie sehen auch noch nicht viel besser aus. Und vermutlich erinnern Sie sich auch immer noch nicht, richtig?"

Keine Reaktion.

„Keine Ahnung, was Ihnen zugestoßen ist?", hakte Charlotte nach.

Vukovics Instinkt sagte ihm, dass es besser wäre, sofort wieder einzuschlafen, sein Instinkt sagte ihm aber gleichzeitig auch, dass die Kommissarin immer noch da sein würde, wenn er wieder aufwachte. Und genau das sprach sie in der nächsten Sekunde auch aus: „Sie können so oft einschlafen, wie Sie wollen, Herr Vukovic, Sie kommen aus dieser Nummer nicht raus."

Er schwieg weiter.

„Gut, dann schieben wir vorerst beiseite, dass Sie jemand umbringen wollte, und kommen stattdessen zurück zu der Internetseite, auf der Sie so gerne surfen."

Vukovic schluckte krampfhaft.

„Ach, haben Sie das etwa auch schon wieder vergessen? *Fucksluts*, Herr Vukovic. Sie sind auf dieser Seite quasi zu Hause."

Keine Reaktion.

„Sie stehen auf solche Sachen, nicht wahr? Sie stehen darauf, wenn es Frauen so richtig besorgt wird."

„Lckmis."

Charlotte beugte sich etwas nach vorne. „Wie Sie meinen. Wir sind nicht unbedingt auf intelligente Antworten von Ihnen angewiesen, um Anklage gegen Sie zu erheben. In Ihrer Wohnung befindet sich weiß Gott genug Material, um Sie für ein paar Jahre ins Gefängnis zu bringen. Wenn nicht sogar in die geschlossene Psychiatrie."

Vukovics gesundes Auge begann zu zucken.

„Sehen Sie, während Sie sich noch einmal ins Land der Träume zurückzogen, um sich dieser Befragung zu entziehen", redete Charlotte weiter, „war ich noch einmal in Ihrer Wohnung und habe dort Videomaterial gefunden, auf dem Sie selbst zu sehen sind, wie Sie in einem Verschlag eine Frau vergewaltigen. Und sagen Sie jetzt nicht, dass war alles freiwillig und nur ein Spiel." Sie wartete auf eine Antwort, doch die kam nicht. Noch einmal beugte sie sich zu ihm hinunter. „Sind Sie sich im Klaren darüber, was Ihnen droht, Herr Vukovic?"

Shit, Shit, Shit. Vukovic schloss schnell das gesunde Auge. Es war alles noch viel schlimmer, als er gedacht hatte. Seine Haut bedeckte sich mit kaltem Schweiß.

„Sie werden auf gar keinen Fall ungeschoren davonkommen", blieb Charlotte am Ball. „Nur für den Fall, dass Sie gerade in irgendeinem Winkel Ihres Gehirns nach einem Schlupfloch suchen. Das können Sie sofort wieder vergessen."

Schweigen.

„Das ist Ihre letzte Chance, Herr Vukovic. Und Ihre einzige. Tun Sie wenigstens so, als würden Sie bereuen, das kommt immer gut an, auch später bei den Richtern, und beantworten Sie meine Frage: Wie oft haben Sie an solchen Vergewaltigungen teilgenommen?"

Was konnte er herausschlagen? Auf gar keinen Fall wollte Vukovic in die geschlossene Psychiatrie. Also war es sinnvoll, zu beweisen, dass er nicht geisteskrank war. Und wenn er ins Gefängnis ging, was würde ihm dann drohen? Zehn Jahre? Wie alt war er in zehn Jahren?

Die Minuten zogen sich endlos dahin, bis er schließlich nuschelte: „Zwml."

„Zweimal?"

Nicken.

„Wie kamen Sie an die Mädchen?"

„Azge."

„Sie haben eine Anzeige aufgegeben?"

Nicken.

„Auf welcher Seite? Auf ...", Charlotte mochte den Namen gar nicht mehr aussprechen, „Ihrer Lieblingsseite?"

Wieder nicken. „Vschlsslt."

„Verschlüsselt. Natürlich. Weiter. Was haben Sie geschrieben?"

„Suläufhüdi."

„Stopp!" Charlotte hob eine Hand in die Höhe. „Bevor ich hier etwas gründlich missverstehe, übersetzen wir beide zusammen, ja?"

Nicken. „Su ... heee." Es hörte sich an, als würde ein Hund hecheln.

„Suche?"

Nicken. „Läuf ... Hüdi...nnn."

„Hündin?" Charlotte blinzelte.

Nicken. „Läu ... fff...ggeee."

Es dauerte noch einen Moment, bis bei Charlotte der Groschen fiel. „Suche läufige Hündin? Das war der Text?"

Als Vukovic nickte, wandte sie sich ab und trat für einen kurzen Moment ans Fenster. Dann kam sie wieder zurück und beugte sich ein weiteres Mal zu Vukovic hinunter. „Sie sind ein ganz besonders ekelhaftes Exemplar der Gattung Mensch, und vermutlich verschwende ich nur meinen Atem, aber ich möchte, dass Sie über etwas nachdenken, Herr Vukovic. Denken Sie an die Tage, Wochen, Monate und Jahre, die Sie künftig in Ihrer Zelle sitzen werden. Tage, Wochen, Monate und Jahre, in denen Sie das Opfer sein werden. Niemand wird etwas von dem mitbekommen, was man dort mit Ihnen anstellt. Es wird niemanden interessieren, was man Ihnen antut. Das wird Ihre Art sein, dafür zu bezahlen. Und, ganz ehrlich, ich hoffe, Sie bezahlen den vollen Preis." Sie richtete sich wieder auf. „Ich gehe jetzt kurz nach draußen, und wenn ich wieder zurück bin, geben Sie mir alle Codes, die Sie kennen. Ich will ganz genau wissen, wann und wie ich eine Anzeige auf dieser verdammten Seite aufgeben kann. Und sagen Sie nicht, Sie würden sich nicht erinnern. Zur Not helfe ich Ihrem Gedächtnis auf die Sprünge, und glauben Sie mir, das wollen Sie nicht. Die Schonzeit, Herr Vukovic, ist vorbei."

Charlotte war nun wirklich kein Mensch, der leicht aus dem Takt zu bringen war. Nun aber war es geschehen.

Nachdem sie das Krankenzimmer verlassen hatte, betrat sie die Toilette und lehnte sich einen Moment mit dem Rücken gegen die Fliesen. Dann wusch sie sich lange die Hände. Viel lieber wäre ihr eine heiße Dusche gewesen, unter der sie bis in alle Ewigkeit einfach nur hätte stehen können – eine Art Entgiftung, sozusagen. Ihr war schlecht, sie drehte das Wasser auf heiß.

Die Welt war ihr ein unfassbares Rätsel.

Welche perversen Schicksalsverstrickungen führten dazu, dass Männer so etwas taten? Wurden sie dazu geboren, oder waren sie ein Opfer ihrer Umstände? Wer oder was hatte Typen wie Vukovic zu dem gemacht, was sie waren? Kaltblütige Monster, die sich der Tragweite ihrer Taten überhaupt nicht im Klaren waren. Sie vergewaltigten und folterten und waren überhaupt nicht in der Lage, die Abscheulichkeit ihrer Taten zu ermessen.

Warum war nichts anderes aus diesen Männern geworden? Gute Menschen.

Charlotte zwang sich, das Wasser abzuschalten.

Alles ging den Bach runter. Immer mehr nackte Frauen auf allen Fernsehsendern und auf allen Internetseiten. Nacktes Fleisch, das so offen angeboten wurde, dass selbst die Jüngsten sich dem nicht entziehen konnten. Wie sollten junge Männer Respekt und Rücksicht lernen, wenn ihnen überall offeriert wurde, Frauen seien jederzeit und auf jede erdenkliche Art und Weise verfügbar?

Leise seufzte Charlotte auf. Sie wurde langsam zu alt für diesen Beruf. In ein paar Wochen würde sie fünfundvierzig sein, und allein der Gedanke, dass sie diesen ganzen Mist noch weitere zwanzig Jahre würde ertragen müssen, bereitete ihr Magenschmerzen.

Oktober 2008

Eric Cirpka war fünfundvierzig Jahre alt und eine außergewöhnlich elegante Erscheinung. Er war groß gewachsen, dunkelblond, mit braunen Augen und einem ausgeprägten Kinn, das seine markanten Gesichtszüge unterstrich. Er trug einen teuren Anzug und eine bestimmt nicht weniger teure Krawatte. Typ Manager, nicht Zuhälter.

Sein Anwalt hieß Horst Dentler, war etwas über fünfzig Jahre alt, klein, pummelig, und bekannt als raffinierter Verteidiger, was ihm unter den ermittelnden Beamten den Ruf eines Menschen einbrachte, der einem unheimlich auf die Nerven ging – bei den kriminellen Elementen in Mainz war er dafür umso beliebter.

„Mordverdacht“, sagte er nun. „Das steht auf sämtlichen Dokumenten, die ich zu sehen bekomme. Und dazu werden Sie meinen Mandanten nun befragen?“

„So ist es“, sagte Zander.

„Hören Sie, Sie hauen uns hier ein Zeug um die Ohren, auf das wir nicht im Geringsten vorbereitet sind. Ich weise Sie darauf hin, dass …“

„Sie kennen doch das Spiel, Herr Anwalt“, mischte Julia sich ungeduldig ein. „Lassen Sie uns vorankommen, bitte.“

„Das kommt überhaupt nicht infrage, Frau Kommissarin“, wandte Dentler sich an sie. „Nicht bevor ich mich ausführlich mit dem Fall beschäftigt habe.“

„Herr Cirpka kannte das Opfer. Lena Pawelczyk hat für ihn gearbeitet. Er hat sie ein paar Stunden vor der Tat auf der Tanzfläche seines Clubs verprügelt, ihr dabei einen Finger gebrochen und ihr einen Zahn ausgeschlagen. Dafür gibt es Zeugen, und dazu wird er jetzt befragt werden.“

„Eine kleine Streiterei ist noch kein Beweis für einen Mord.“ Dentler lächelte dünn. „Tut mir leid, aber solange Sie nicht mit etwas anderem aufwarten, weiß ich sehr genau, was ich meinem Mandanten zu raten habe.“

„Das würde ich aber gerne hören“, wandte Zander ein.

„In seinem eigenen Interesse rate ich ihm, kein einziges Wort zu sagen.“

„Ich werde mich mit Kommissarin Wagner unterhalten“, sagte Cirpka in diesem Augenblick. Und lächelte dabei. „Nur sie und ich. So, oder gar nicht.“

Burkhart war damit ganz und gar nicht einverstanden. Mit hochrotem Kopf fegte er vor Julia hin und her, als stünde sein Hintern in Flammen. „Das kommt überhaupt nicht infrage! Herrgott noch mal, ich kann nicht glauben, dass wir überhaupt darüber sprechen!“ Er blieb vor ihr stehen. „Es geht nicht nur darum, auf Nummer sicher zu gehen, Frau Wagner. Es geht auch darum, sich von einem Verdächtigen nichts diktieren zu lassen, außer es bleibt einem nichts anderes übrig.“

„Das weiß ich", gab Julia zurück. „Trotzdem sollten wir es tun."

„Mir ist überhaupt nicht wohl bei der Sache. Warum nur mit Ihnen?"

Sie hob die Schultern in die Höhe. „Keine Ahnung."

„Er wird versuchen Spielchen zu spielen."

„Natürlich wird er das."

„Er wird versuchen, Sie zu manipulieren."

„Er kann es versuchen."

Burkhart seufzte leise. „Ich traue ihm nicht von hier bis zur Tür."

„Ich auch nicht." Julia wandte sich in Richtung Verhörraum. „Aber wenn er es so haben will, dann soll er es so haben."

Burkhart und Zander verfolgten das Verhör vom Beobachtungsraum aus. Sie sahen, wie Julia gegenüber von Cirpka Platz nahm, eine Akte aufschlug und sich dann Zeit ließ, ehe sie ihn ansah. „Warum wollen Sie Ihren Anwalt nicht dabeihaben, Herr Cirpka?"

Er tat diese Bemerkung mit einer kleinen Handbewegung ab. „Ich brauche ihn nicht. Ich werde versuchen zu beantworten, was ich beantworten kann, um zur Aufklärung des Verbrechens beizutragen. Das sehe ich als meine Verpflichtung an, Frau Kommissarin."

„Verpflichtung wem gegenüber?"

„Lena natürlich."

„Sie schienen keine derartige Verpflichtung zu fühlen, als Sie vor zwei Wochen bemerkten, dass sie nicht zur Arbeit erschien." Julia blätterte in der Akte, als suche sie nach etwas, was nicht da war. Dann sah sie wieder auf. „Haben Sie sich keine Sorgen um sie gemacht?"

„Ich dachte, sie braucht ein paar freie Tage. Sie war sehr angespannt in letzter Zeit, sprach des Öfteren von Urlaub."

Julia machte eine kurze Notiz. „Hätte sie, als Ihre Angestellte, einen kurzfristigen Urlaub nicht mit Ihnen absprechen müssen?“

„Doch. Aber Lena war in dieser Beziehung schon immer sehr …“ Cirpka überlegte. „Nun ja, sie tut die Dinge einfach, ohne großartig darüber nachzudenken.“

„Tat“, sagte Julia. „Sie ist tot.“

„Natürlich. Tat.“ Cirpkas Miene blieb irgendwo zwischen ausdruckslos und … ausdruckslos.

Julia zog ein Foto der Gerichtsmedizin aus der Akte und schob es wortlos über den Tisch.

Er warf einen kurzen Blick darauf. Sein Stuhl knarrte, als er sich dann wieder zurücklehnte. „Das ist tragisch. Aber ich habe nichts damit zu tun.“

„Sie haben sich vor ihrer Ermordung heftig mit Lena gestritten.“

Cirpka nickte knapp, Julia sagte: „Für die Aufnahme: Herr Cirpka nickt.“ Dann wandte sie sich wieder an ihn. „Sie haben sich nicht nur mit ihr gestritten, Sie haben sie heftig verprügelt. Schwer misshandelt.“

„Ich habe rotgesehen, das kann einmal passieren.“

„In Ihrem Fall war es aber nicht das erste Mal. Das passiert Ihnen öfter, Herr Cirpka. Sie haben einige Ihrer Mädchen schon so schwer misshandelt, dass sie tagelang nicht das Haus verlassen konnten. Geschweige denn, dass sie hätten arbeiten können.“

„Das sind Lügengeschichten.“ Cirpka hob gelassen eine Hand in die Höhe. „An den Haaren herbeigezogene Märchen. Von wem haben Sie diesen Blödsinn?“

„Das tut im Augenblick nichts zur Sache. Es ist auf jeden Fall eine Tatsache, dass Sie sich selbst nicht immer so gut unter Kontrolle haben wie jetzt gerade.“

„Ich möchte es sehen, wenn die Personen, die das behaupten, diese Aussagen vor Gericht beeiden.“

„Darauf wird es hinauslaufen, Herr Cirpka." Julia blätterte wieder. „Kommen wir zu Lena Pawelczyk zurück. Möchten Sie mir sagen, was Sie so sehr aufgebracht hat, dass Sie derart die Kontrolle über sich verloren haben? Rotgesehen, wie Sie selbst es nennen."

„Nein, das möchte ich nicht. Ich gebe zu, dass ich sie geschlagen habe. Das war zweifellos nicht richtig von mir, und es tut mir auch sehr leid. Mit allem anderen aber habe ich nichts zu tun. Ich würde keinem meiner Mädchen …", Cirpka deutete auf das Foto, „so etwas antun."

„Sie haben Lena einen Zahn ausgeschlagen und ihr einen Finger gebrochen."

„Das war keine Absicht. Das wollte ich nicht."

„Sie wollten es nicht." Julia blätterte wieder. „Weshalb waren Sie noch einmal in der Kinder- und Jugendpsychiatrie?"

„Ich weiß nicht, worauf Sie hinauswollen."

„Doch, das wissen Sie. Wir haben mit Ihrem damaligen Arzt gesprochen."

Cirpka lachte trocken auf. „Lebt er noch? Ich weiß nicht mal mehr seinen Namen. Wie alt ist er inzwischen? Siebzig? Achtzig? Ganz bestimmt ist er inzwischen ein seniler, alter Mann."

„Sie haben recht, er ist alt", gab Julia zu. „Aber senil ist er nicht. Darauf sollten Sie sich nicht verlassen. Wollen Sie mir sagen, warum Sie mit vierzehn Jahren in die Psychiatrie verbracht wurden, oder soll ich es Ihnen sagen?"

„Würde es Ihr Bild von mir verändern, wenn wir darüber reden?"

In Julias Gesicht bewegte sich rein gar nichts. „Sie wollten Geld von Ihrem Vater, das er Ihnen aber nicht bereit war zu geben. Daraufhin haben Sie ihm einen Schraubenzieher ins linke Auge gerammt. Er hat nur mit viel Glück überlebt. Korrigieren Sie mich, wenn ich etwas Falsches sage."

„Das war ein Arbeitsunfall, das hat er sich selbst beigebracht. Mein Vater war schon immer etwas unbeholfen." Cirpka beugte sich etwas nach vorne. „Sie wollen eine Verbindung von dieser uralten Geschichte zu Lenas Tod schaffen, sehe ich das richtig?"

„Richtig", bestätigte Julia.

„Versuchen Sie es weiter."

„Wie war Ihr Verhältnis zu Ihren Schulkameraden?", fragte Julia. „Ich meine, bevor Sie in die Psychiatrie kamen."

Cirpka lehnte sich wieder zurück, schlug die Beine übereinander und schwieg.

„Hatten Sie Freunde?"

„Nein. Freunde sind unnötiger Ballast. Sie versprechen einem das Blaue vom Himmel, und am Ende enttäuschen Sie einen doch."

Julia schüttelte den Kopf. „Nein, so war es nicht. Es war anders. Sie hatten deshalb keine Freunde, weil Sie sie alle in schöner Regelmäßigkeit grün und blau geschlagen haben."

„Und selbst wenn?" Cirpka hob die Hände in die Höhe. „Das waren Jugendsünden. Was hat das mit heute zu tun? Sie basteln sich hier ein paar Indizien zurecht und meinen, damit könnten Sie mir einen Mord unterjubeln. Aber so einfach wird das nicht werden." Das war halb an Julia, halb an die verspiegelte Wand gerichtet.

„Möchten Sie mir nicht doch sagen, weswegen Sie sich an jenem Samstagabend mit Lena gestritten haben?", blieb Julia am Ball.

Cirpka schwieg.

Sie wartete.

So lange, bis er schließlich sagte: „Sie wollte aufhören, wollte weg aus Mainz, sich irgendwo anders etwas Neues aufbauen. Da bin ich wütend geworden. Das war es."

„Sie wollten sie also nicht gehen lassen."

„Nein."
„Warum nicht?"
„Weil sie mein bestes Pferd im Stall war." Cirpka hob einen Finger in die Höhe. „Weshalb es mir im Übrigen auch nichts gebracht hätte, sie umzubringen. Sie hat in meinem Laden den meisten Umsatz gemacht; mit ihrem Tod hätte ich mir nur ins eigene Fleisch geschnitten."
„So wie sie nach Ihrem Ausraster aussah, hätte sie auch eine Zeit lang nicht arbeiten können. Auf den Umsatz haben Sie offenbar gerne verzichtet."
„Ich war wütend. Ich habe sie bei mir aufgenommen, sie aufgebaut, etwas aus ihr gemacht, und wie wollte sie es mir danken? Indem sie den Club verlässt und mich im Regen stehen lässt. Das wollte ich mir einfach nicht gefallen lassen."
„Das passt zur Aussage, die wir haben", nickte Julia. „Es wollte schon einmal ein Mädchen ihren Club verlassen. Auch sie haben Sie schwer misshandelt, als Sie davon erfuhren."
„Vergessen Sie es. Wer immer das erzählt hat, hat gelogen. Keines meiner Mädchen wollte mich vor Lena verlassen."
„Wir haben eine Aussage, Herr Cirpka."
„Trotzdem gelogen."
Julia schob ein weiteres Foto über den Tisch. „Kennen Sie diese Frau?" Sie ließ Cirpka nicht aus den Augen, doch der zeigte keinerlei Reaktion, als er das Bild ansah. „Müsste ich sie kennen?"
„Ihr Name ist Lilly Schön. Sie arbeitet ebenfalls als Prostituierte."
„Wissen Sie, wie viele Prostituierte es in Mainz gibt, Frau Kommissarin? Ich kann sie unmöglich alle kennen."
„Ich denke aber doch, dass Sie sich an sie erinnern. Immerhin haben Sie sie vor vier Jahren von der Straße weg entführt und über Stunden misshandelt."
„Warum sollte ich das getan haben?"

„Weil Sie der Meinung waren, sie würde sich zu sehr um Ihre geschundenen Mädchen kümmern. Das war Ihnen ein Dorn im Auge, und da haben Sie reagiert."

„Blödsinn. Ich kenne diese Frau überhaupt nicht. Sie versuchen schon wieder, etwas zu konstruieren, Frau Kommissarin. Wer sagt Ihnen, dass tatsächlich ich es war, der dieser Frau die Narben zugefügt hat?"

In diesem Augenblick klopfte Zander an die Tür und steckte den Kopf hinein. „Kommst du mal? Es gibt Neuigkeiten."

Julia nickte und verließ den Verhörraum.

Als sie sich Eric Cirpka das nächste Mal gegenübersetzte, schob Julia Lena Pawelczyks Handy zu ihm über den Tisch. „Meine Kollegen haben das unter Ihrer Matratze gefunden. Wie kam es dahin?"

Er warf nur einen kurzen Blick darauf. Dann hob er gelassen die Schultern. „Das muss Lenas Mörder an sich genommen und bei mir deponiert haben, um mir den Mord in die Schuhe zu schieben."

„Wer sollte Ihnen einen Mord in die Schuhe schieben wollen, Herr Cirpka?"

„Das weiß ich nicht. Aber es muss ja wohl ganz offenbar jemand sein, der mich ziemlich gut kennt."

„Falls es tatsächlich eine Person gibt, die Ihnen so etwas antun möchte, warum hat sie uns dann nicht selbst angerufen und den Fundort des Handys verraten? Warum sollte die Person darauf warten, bis wir es finden?"

Cirpkas Körpersprache veränderte sich nicht einen Millimeter. Nichts wies auf Anspannung oder irgendeine Gefühlsregung hin. „Das weiß ich nicht. Weil er oder sie ziemlich gerissen ist, schätze ich. Wer immer es war, diese Person wusste sehr genau, dass Sie sich auf mich als Täter einschießen würden, und hat nur darauf gewartet, dass die Falle zuschnappt."

„Und wie sollte diese Person in Ihre Wohnung gekommen sein?“, wollte Julia weiter wissen.

„Vielleicht wurde mein Schlüssel nachgemacht.“

„Woher sollte er oder sie den Schlüssel haben?“

„Oh, solange ich mich in meinem Club aufhalte, liegen die Schlüssel immer in meinem Büro. Das weiß jeder.“

Langsam lehnte Julia sich zurück, verschränkte die Arme vor der Brust. „In Ordnung. Ihre Version ist also: Jemand tötete Lena Pawelczyk und versteckte dann ihr Handy in Ihrer Wohnung, um Ihnen damit den Mord anzuhängen. Sie wissen von nichts, und Sie haben mit nichts etwas zu tun. Richtig?“

„Richtig.“

Julia hob einen Finger in die Höhe. „Meine Version hingegen ist: Sie haben sich an jenem Samstagabend heftig mit Lena gestritten, haben sie in Ihrem Bordell schon schwer misshandelt. Später, im Park, sind Ihnen endgültig die Pferde durchgegangen, und Sie haben sie in wilder Raserei umgebracht, mit Benzin übergossen und angezündet. Welche Version halten Sie für wahrscheinlicher?“

„Ich bin immer noch für die erste.“

Einen Moment sahen sie sich in die Augen.

Dann sagte Cirpka mit leisem Lächeln: „Sie werden es nicht schaffen. Was immer Sie auch versuchen, Sie werden es nicht schaffen.“

Julia blinzelte nicht einmal. „Sie haben Lena mit einem Anruf in den Park gelockt und dort bewusstlos geprügelt.“

„Das behaupten Sie.“

„Aber das reichte Ihnen noch nicht. Sie wollten ein Spektakel. Sie wollten ihre vollkommene Vernichtung. Sie wollten Feuer. Und Sie wollten, dass ihre verbrannte Leiche möglichst spektakulär gefunden wird.“

„Lächerlich.“

„Sie haben das Handy mitgenommen, weil Sie eine Erinnerung an Ihre Tat haben wollten. Eine Erinnerung an das, was Sie

Lena angetan haben. Sie wollten sich … ich weiß gerade nicht, wie ich es anders nennen soll … daran aufgeilen, dass Sie sie komplett ausgelöscht haben."

Cirpka lächelte dünn. „Ich habe ein Alibi."

Julia hob eine Augenbraue in die Höhe. „Das Ihnen eben gerade eingefallen ist?"

„Ich war zur Tatzeit mit einem meiner Mädchen zusammen."

„Dessen Name ist?"

„Zucker."

Julia starrte Cirpka an. „Hat die Frau auch einen richtigen Namen?"

„Pia. Wie gesagt, sie arbeitet in meinem Club. Fragen Sie sie."

„Gab es einen bestimmten Grund für dieses … Zusammentreffen in der besagten Samstagnacht, zur Tatzeit?"

„Ja. Ich war scharf."

Julia schwieg einen Moment. Dann beugte sie sich nach vorne und sagte leise, aber klar und deutlich: „Sie sind vor allem eins, Herr Cirpka, und das ist schuldig."

„Was Sie nicht beweisen können."

„Sie sind hochgradig gestört", fügte Julia hinzu, „sehr intelligent, zweifellos, und sehr eloquent. Aber das wird Ihnen in diesem Fall nichts nützen. Weil wir Sie drankriegen werden, mit oder ohne zweifelhaftem Alibi."

„Das glauben Sie wirklich, Frau Kommissarin?" Cirpka rutschte mit seinem Stuhl ganz nach vorne, erwiderte ihren Blick mühelos. „Alles, was Sie bisher vorgebracht haben, werden Sie vor Gericht beweisen müssen."

„Das werden wir. Wir werden so lange dranbleiben, bis Sie entweder im Gefängnis sind oder die Hölle gefriert."

Mit einem dünnen Lächeln lehnte Cirpka sich wieder zurück. „Ich fürchte, dann wird es künftig sehr, sehr kalt in der Hölle werden, Frau Kommissarin."

33. KAPITEL

Orientierungslos

Weidling

Gegen siebzehn Uhr ging es Eva immer schlechter. Sie konnte sich nicht mehr konzentrieren, war fix und fertig. Sie konnte jetzt auch nicht mehr aufhören zu husten. Julia reichte ihr noch eine Strickjacke, die sie sich über den dicken Pullover zog, aber die half auch nicht viel.

„Okay", sagte sie. „Ich gehe und hole deine Medikamente."

Eva schüttelte den Kopf. Mit zitternder Hand griff sie nach einem Taschentuch und wischte sich die Tränen aus den Augen. „Nein, bleib … Es … geht … schon. Du bist nicht … " Sie hustete wieder.

Julia hatte sich bereits ihre Jacke angezogen und die Strickmütze auf den Kopf gesetzt. Nachdem sie den Schal um Mund und Nase geschlungen hatte, schob sie die Finger in die Handschuhe.

„Es … wird bestimmt … gleich … wieder … besser", kam es mühsam aus Eva heraus.

„Wird es nicht. Das wissen wir beide." Julia schritt zu ihrem Rucksack, zog die Pistole heraus und legte sie auf den Tisch.

„Was … soll … ich … damit?"

„Zu deiner Sicherheit. Wenn irgendjemand hier reinmarschiert, den du nicht kennst und den du noch nie zuvor gesehen hast, dann ziel auf ihn. Und wenn es nicht anders geht, dann schieß. Denk nicht lange darüber nach, Eva, tu es einfach. Ich bin so schnell wie möglich zurück." Damit verließ Julia die Hütte.

Draußen traf sie die eisige Luft wie eine Ohrfeige. Sie zog die Tür hinter sich zu und setzte sich in Bewegung, durch den eiskalten Wind, der ihre Lungen durchbohrte wie ein stechender Schmerz.

Eva, die zurückblieb, war dazu verdammt, um jeden Atemzug zu kämpfen. So lange, bis sie nicht mehr kämpfen konnte und ganz alleine hier sterben würde.

Oder bis sie umgebracht wurde.

Keine zehn Minuten später spürte Julia bereits, wie die Kraft sie verließ. Sie versuchte, Wind und Schnee zu ignorieren, und presste die Zähne so fest gegen die Kälte zusammen, dass sie den Druck bis in die Zahnwurzeln spürte. Sie wusste, dass sie sich jetzt nur noch auf ihre Willensstärke verlassen konnte, nur leider konnte sie mit ihrer Willensstärke nichts gegen den heftigen Schnee ausrichten. Er ließ die Grenze zwischen Himmel und Erde verschwimmen, und gerade als sie dachte, dass es ein bisschen besser wurde, verschluckte er schon wieder alle Orientierungspunkte.

Sie pflügte sich weiter voran, stapfte weiter durch den Schnee, der ihr streckenweise bis über die Knie reichte. Normalerweise war ihr Orientierungssinn so zuverlässig wie ein Kompass. Jetzt aber war sie sich nicht mehr sicher, ob das noch die richtige Richtung war, in die sie ging. In dem ganzen Schneetreiben sah ein Baum aus wie der andere. Einen Moment dachte sie darüber nach, ob sie vielleicht im Kreis ging, doch sie schob diesen Gedanken sofort wieder beiseite. Sie war auf dem richtigen Weg. Sie musste es sein.

Und doch verebbte ihre Zuversicht mit jedem weiteren Schritt. Der Wind war eiskalt und senkte allmählich ihre Körpertemperatur. Er blies ihr ins Gesicht, und sie verspürte den Drang, sich einfach nur hinzusetzen und zu schlafen.

Geh weiter!

Sie trat ins Leere, rollte abwärts, wusste nicht mehr, wo oben und unten war. Auf dem Rücken blieb sie liegen. Benommen und atemlos. Sie zitterte am ganzen Körper vor Eiseskälte, war gleichzeitig schweißgebadet. Kleidung und Gesicht waren mit einer Eisschicht bedeckt, als hätte sie jemand in einen Eisblock gesteckt.

Langsam richtete sie sich wieder auf und stellte fest, dass sie in einen Graben gestürzt war. Als sie sich wieder in die Höhe hieven wollte, schoss ein scharfer Schmerz durch ihre Schulter, der bis in den Schädel ausstrahlte. Sie schrie auf.

Langsam schloss sie die Augen und öffnete sie wieder. Versuchte, den Schmerz zu ignorieren, und machte sie sich daran, die rutschige Böschung wieder hinaufzuklettern, was harte Arbeit war. Oben angekommen, schienen Julias Beine nur noch aus Pudding zu bestehen. Sie sah sich um und stellte fest, dass sie jetzt völlig die Orientierung verloren hatte.

Sie zwang sich, ruhig zu bleiben. Die Straße war nicht weit, es musste so sein. Sie hatte nur keine Ahnung, in welche Richtung sie jetzt gehen sollte.

Ich bitte dich, sie muss hier irgendwo sein.

Aber sie konnte die Straße nicht finden. Um sie herum war nur noch ein einziges Gewirr aus Bäumen und Schnee. Alles floss in einer undurchdringlichen Masse zusammen. Sie setzte sich wieder in Bewegung, stolperte erneut. Dieses Mal war es eine Wurzel unter dem Schnee, die sie zu Fall brachte. Und jetzt konnte sie nicht mehr aufstehen. Sie fühlte, wie sich die Nässe über ihre Hosenbeine ausbreitete. Eine Schwere überkam sie, eine furchtbare Schwere. Sie wurde förmlich hinabgesogen.

Es kostete sie ihre allerletzten Kraftreserven, sich noch einmal nach oben zu hieven. Ihre Wimpern waren längst verkrustet unter den Schneeflocken, die sofort vereisten. Ihr feuchter Atem gefror auf dem Wollschal und machte ihn steif. Aber sie lief weiter. Der Boden wurde unebener, sie blieb erneut an einer Baumwurzel hängen und fiel hin. Instinktiv streckte sie die Arme aus, um sich abzustützen. Schreckliche Schmerzen fuhren durch ihre angeschlagene Schulter. Sie rappelte sich wieder auf und lief weiter. Und dann, plötzlich, befand sich unter ihren Füßen nichts mehr, sie suchte nach Halt und fand keinen, verlor das Gleichgewicht und rollte einen drei Meter tiefen Hang hinunter.

Direkt vor ihrem Wagen blieb sie liegen.

34. KAPITEL

Killer, keine Handtaschendiebe

Mainz

Zander setzte sich an seinen Schreibtisch und fuhr den Computer hoch. Nach einigem Warten ging er ins Internet, rief Google auf und tippte *Kranich* ein. Innerhalb von Sekunden wies die Suchmaschine unzählige Treffer aus. Beim Durchgehen der ersten Seite stieß er auf die Bedeutung des Namens Kranich, was ihm nicht wirklich weiterhalf.

Der nächste Eintrag befasste sich mit Mythologie und Kult. Zander sah darin überhaupt nichts, was einen Zusammenhang zu Edi Kerns Worten ergeben hätte, und suchte weiter.

Als Nächstes stieß er auf das alte Kaiserreich China, in dem man glaubte, dass die Seelen der Verstorbenen auf dem Rücken von Kranichen zum Himmel getragen würden. Nett, aber auch nicht mehr.

Er öffnete die nächste Site und kam nun zum Kranich im Glauben der Kelten. Dort konnte das Abbild des Kranichs den Feinden die Kraft rauben und den eigenen Kämpfern Glück bringen. Außerdem stand der Kranich für Überlegenheit und Täuschung.

Na immerhin. Zander richtete sich auf. Er war sich zwar nicht sicher, ob ihm das irgendwie weiterhalf, aber es konnte auch nicht schaden, es im Hinterkopf zu behalten.

Das Telefon klingelte, er nahm den Hörer ab und meldete sich.

„Ich kann mir denken, dass Sie sehr beschäftigt sind“, sagte Charlotte Gärtner am anderen Ende. „Ich selbst bin es ja auch. Aber wir haben schon lange nichts mehr voneinander gehört und …“

„Was ist passiert?", fragte er. „Sie hören sich an, als wären Sie erkältet."

„Nein, ich bin nur nicht ganz auf dem Damm. Ich bin heute auf etwas gestoßen und würde mich am liebsten ins Bett legen, die Decke über den Kopf ziehen und nie wieder aufstehen." Charlotte seufzte leise. „Ich bin die Menschen und alles, was in ihrer Natur liegt, manchmal wirklich leid. Die Bosheit in ihrem Charakter, ihre unglaubliche Kälte. Ich kann es nicht verstehen, und ich werde es nie verstehen." Noch einmal seufzte sie leise. „Vielleicht wird es doch langsam Zeit für den Ruhestand."

„Erzählen Sie mir, was Sie bedrückt."

„Ach, ich weiß nicht."

„Bitte. Ich könnte selbst ein wenig Ablenkung gebrauchen."

Also erzählte Charlotte Zander von Roman Vukovic und von der fürchterlichen Website. Sie war noch gar nicht fertig, als Zander unterbrach: „Haben Sie gerade Keller gesagt?"

„Ja. Der Film wurde in einem Kellerverschlag gedreht. Die Frau war an ein Eisenbett gefesselt. Drei Männer fielen über sie her und vergewaltigten sie. Ich sage Ihnen, Herr Zander, solche Kerle sind der Abschaum unseres Erdballs. Aber immerhin, ich bekam von Vukovic jede Menge Codes genannt. Unsere Experten sind dran. Natürlich wird sich kein Mann dort mit seinem richtigen Namen anmelden, aber immerhin wären wir dann schon einen Schritt weiter."

„Können Sie mir den Film schicken?"

„Wie? Jetzt?"

„Ja, bitte."

„Warum?"

„Ich würde ihn mir gerne ansehen. Können Sie ihn mir schicken?"

Charlotte gab nach und tat es nach einigen Minuten.

Zander drückte auf *Play*.

Der Film begann zu laufen.

Nach wenigen Sekunden schloss er die Augen. Sein Magen wurde zu einem einzigen Knoten aus Übelkeit.

„Sind Sie sicher?“ Charlotte starrte auf den Hörer in ihrer Hand, während Zander immer noch auf den Bildschirm starrte.

„Ja. Das Mädchen heißt Nathalia Snietka und liegt schwer misshandelt hier in Mainz im Krankenhaus.“

„Wissen Sie, was das bedeutet?“, fragte Charlotte.

„Wer hat Ihnen den Film geschickt?“, stellte Zander die Gegenfrage.

„Das kann ich Ihnen nicht sagen.“

„Wer, Frau Gärtner?“

„Herr Zander, wirklich, ich …“

„Wer?“

„Susanne Grimm.“

Einen Moment wurde es still in der Leitung.

„Heißt das, Sie stehen mit ihr Kontakt?“, fragte Zander dann.

„Nein, Kontakt würde ich das nicht nennen. Sie hackte sich in meinen Rechner, schickte mir den Film und meinte, ich solle mich darum kümmern.“

„Das war sehr mutig von ihr.“

„Das war es.“

„Wissen Sie, wo sie im Augenblick steckt?“

„Nein, das hat sie mir leider nicht verraten.“

Zander überlegte einen Moment. „Was können Sie mir sonst noch zu dem Film sagen?“, fragte er dann.

„Zu wenig. Leider. Ich bin ja noch dabei, den ganzen Schlamm aufzuwühlen.“

Als Zander daraufhin zu lange schwieg, sagte Charlotte: „Hallo?“

„Ich bin da. Ich muss das nur gerade wirken lassen.“

„Sagen Sie mir, was Sie denken, Herr Zander."

„Dass wir versuchen sollten, gegenseitig unsere Lücken zu füllen."

„In Ordnung. Fangen Sie an."

„Also, ich habe es hier in Mainz mit einer verschleppten, vergewaltigten und schwer misshandelten jungen Frau zu tun. Wir haben zwei Männer ermordet aufgefunden, bei denen wir davon ausgehen, dass es ihre Entführer waren. Außerdem fanden wir einen Keller mit fünf Zellen, es wurden also noch vier weitere Frauen dort unten gefangen gehalten. Die sind allerdings verschwunden. Dazu haben wir den Namen eines Mannes: Sten Kjaer. Sagt Ihnen das etwas?"

„Nein."

„Und wir haben den Namen einer Organisation, die sich ‚Kraniche' nennt."

„Das sagt mir auch nichts."

„Okay. Dann erzählen Sie."

„Ich bin hier in Hannover auf eine Internetseite gestoßen … worden", sagte Charlotte, „über die sexuell abartige Männer Frauen als Sexsklavinnen buchen können. Wahrscheinlich werden diese Typen auf noch weiteren – uns bisher unbekannten – Internetseiten versorgt. Ich würde es mir wünschen, glaube aber nicht, dass es nur diese eine Seite gibt."

„Nein, das denke ich auch nicht."

„Wenn wir es hier mit einem Geschäftsmodell zu tun haben", redete Charlotte weiter, „dann heißt das, dass immer wieder Nachschub an Frauen benötigt wird."

„Ja", gab Zander zurück. „Und dafür braucht es ein Netzwerk. So etwas erfordert eine langfristige Planung. Man baut so etwas nicht innerhalb von ein paar Wochen auf, im Gegenteil, es muss sehr, sehr lange gedauert haben."

„Es muss um viel Geld gehen."

„Um sehr viel Geld."

Sie schwiegen einen Moment.

„Und wie gehen wir jetzt vor?“, wollte Charlotte dann wissen.

„Sie können zwei Dinge tun“, gab Zander zurück. „Sie halten die Informationen, die ich Ihnen gerade gegeben habe, unter der Decke, solange es Ihnen möglich ist. Oder Sie schreiben einen ausführlichen Bericht darüber. Das müssen Sie entscheiden.“

„Was würden Sie mir raten?“

„Geben Sie nicht mehr preis, als Sie müssen, wenn Sie auf der heißen Spur bleiben wollen.“

Charlotte dachte einen Moment darüber nach. „Ja, Sie haben recht“, sagte sie dann. „Das ist wohl das Beste.“

Daraufhin unterhielten sie sich noch ein paar Minuten, berieten die nächsten Züge, dann legten sie auf.

Keine halbe Stunde später stand Nikolas Augustin an der Tür zum Büro. Dettloff hielt sich an seiner Kaffeetasse fest, während Bartosch die Unterarme auf die Schreibtischplatte stützte und die Hände wie zum Gebet vor dem Mund gefaltet hielt.

Zander sah jeden Einzelnen an. „Ihr wollt natürlich wissen, warum ich euch schon wieder herbestellt habe. Ich bin gerade auf etwas gestoßen, das ihr euch ansehen solltet.“

Er wandte sich seinem Computer zu, drückte auf *Play,* und es wurde still im Raum.

Als der Bildschirm ein paar Minuten später wieder schwarz wurde, starrten alle weiter mit blassen Gesichtern darauf.

„Mein Gott. Das ist Nathalia.“ Augustin sah aus, als müsse er sich jeden Moment übergeben.

„Wo hast du diesen Film her?“, wollte Bartosch wissen.

„Von einer Kollegin aus Hannover“, antwortete Zander.

„Heilige Scheiße.“ Dettloffs Lippen zuckten. „Ist das grausam.“

Zander wandte sich an Augustin. „Können wir trotz der Masken einen der Männer auf dem Video identifizieren?“, wollte er wissen.

„Wird schwierig werden." Augustin kämpfte immer noch mit seiner Übelkeit. „Aber ich werde es versuchen."

„Gut. Ich möchte, dass du alles aus diesem Film herauszufiltern versuchst, was geht."

„Klar."

Zander wendete sich an Dettloff. „Und was ist mit dem verdammten Phantombild von diesem Albino? Warum ist das noch nicht fertig?"

Dettloff hob die Schultern in die Höhe. „Wir sind dran."

„Ich will, dass das ab jetzt alles ein bisschen schneller geht", forderte Zander.

35. KAPITEL

In letzter Minute

Norwegen

Edda erschien in der Küchentür und fragte: „Kann ich auch einen Kaffee haben?“

Susanne, die gerade die Maschine einschaltete, wandte ihr den Kopf zu. „Klar.“

Einen Moment beobachteten sie schweigend, wie der Kaffee in die Kanne tropfte. Dann sagte Edda: „Ich wollte dich noch etwas fragen. Wegen Julia.“

„Hm?“

„Warst du verliebt in sie?“

Susanne wandte Edda das Gesicht zu. „Warum willst du das wissen?“

„Nur so. Ich hab sie ein- oder zweimal drüben beim Ferienhaus gesehen. Sie scheint eine interessante Frau zu sein.“

„Tatsächlich, das ist sie. Trotzdem, nein.“

Edda schwieg einen Moment, dann sagte sie: „Hättest du dich in sie verlieben können?“

Susanne drehte sich um, griff nach dem Tabak auf dem Tisch und suchte nach den Plättchen. „Ich bin nicht weit genug gekommen, um das herauszufinden.“

„Hattet ihr Sex?“

„Hörst du irgendwann auch mal wieder auf, Fragen zu stellen?“

„Klar. Sobald ich die Antworten habe, die ich haben will.“

Susanne hatte die Plättchen gefunden und begann, bedächtig eine Zigarette zu drehen. „Ja. Hatten wir.“

„Verstehe.“

„Nein, tust du nicht.“ Susanne hob den Blick und sah Edda an. „Als es passierte, waren Julia und ich in der Klinik …“

„In der Nervenheilanstalt?"

„Man nennt es psychiatrische Klinik. Und, ja." Susanne konzentrierte sich wieder auf die Zigarette. „Es war eine schreckliche Zeit. Wir waren beide in einer absoluten Ausnahmesituation. Wir waren einsam und verzweifelt. Und da ist es … passiert. Es musste schiefgehen. Und trotzdem hatte ich das Gefühl, dass es in dem Moment das Richtige war." Sie hielt in der Bewegung inne. „Diesen Satz werden sie irgendwann in meinen Grabstein meißeln: ‚In dem Moment hatte ich das Gefühl, dass es das Richtige war.'"

Edda lächelte. „Es gibt schlimmere Sätze, die sie in deinen Grabstein meißeln könnten."

Susanne lächelte ebenfalls. „Ja. Vermutlich. Warum willst du das eigentlich alles so genau wissen?"

„Es interessiert mich einfach."

„Okay." Susanne zündete die Zigarette an und inhalierte tief. „Ich stehe tief in Julias Schuld", fügte sie nach ein paar Sekunden hinzu. „Ich habe, was sie betrifft, wirklich alles falsch gemacht, und die letzten Monate habe ich mich deswegen mit Selbstvorwürfen nur so malträtiert. Ich wünschte, ich könnte die Zeit zurückdrehen." Sie reichte die Zigarette an Edda weiter, ging zum Küchenschrank und holte zwei Tassen heraus. „Aber mit Verliebtheit hat das nichts zu tun. Übrigens auf beiden Seiten nicht." In dem Moment, in dem sie es aussprach, sah Susanne es noch einmal vor sich, erinnerte sich an die letzte Nacht in der Psychiatrie, als Julia auf der Bettkante saß und sagte: „Ich wäre für sie gestorben, Susanne. Wenn er mir die Waffe in die Hand gedrückt hätte, ich hätte mir direkt ins Herz geschossen. Oder in den Kopf. Ich hätte nicht eine Sekunde darüber nachgedacht. Wenn er sie nur dafür hätte gehen lassen."

„Julias Herz ist schon lange nicht mehr frei", sagte sie. „Vermutlich war es das nie. Ich fürchte nur, dass ihr das selbst gar nicht klar ist. Und der Frau, die es betrifft, erst recht nicht."

Eva hatte das Gefühl, als pressten riesige Fäuste ihre Brust zusammen. All ihre Muskeln waren wie erstarrt. Sie versuchte, die dunklen Schatten, die sich vor ihren Augen formten, durch Blinzeln zu vertreiben. Tief aus ihrem Rachen drang ein Geräusch, das in ihrem Kopf dröhnte, es aber nicht schaffte, an die Luft zu gelangen.

Dann strömte auf einmal wieder ein kurzer Luftschwall in ihre Brust. Das Geräusch, das dabei entstand, glich einem Todesröcheln, jenem letzten Atemzug, bevor man stirbt.

Erst jetzt wurde Eva bewusst, dass sie auf dem Boden lag. Sie spürte den Teppichboden unter ihrem Rücken. Ihre Finger krümmten sich, scharrten auf dem Fußboden und hinterließen willkürliche Muster auf der Oberfläche. Ihr Magen krampfte sich zusammen, beförderte schubweise Gallenflüssigkeit in ihren Mund. Tränen sammelten sich in ihren Augen und liefen ihr die Wangen hinab.

Sie würde sterben.

Sie würde jetzt und hier sterben.

Sie würde einfach nicht mehr da sein.

Tot.

In dem Moment, in dem sie sich damit abfand, hörte sie, wie die Tür aufgestoßen wurde. Julia stürmte auf sie zu, öffnete hastig den Reißverschluss ihrer Jackentasche und zog zwei Fläschchen hervor.

Kurzerhand schob sie den kurzen Rüssel des einen Fläschchens zwischen Evas blutleere Lippen, bohrte ihn zwischen ihre Zähne und drückte auf den Behälter. „Atme!“ Sie schob den Arm unter ihre Schultern, hob sie an und rüttelte sie. „Eva! Du musst einatmen! Bitte, bitte, bitte! Hol Luft!“

Endlich tat Eva es. Das Medikament löste augenblicklich die Muskelkrämpfe, die die Atemwege verschlossen, und öffnete die Bronchien.

Mit pfeifendem Atem schloss Eva die Hände um Julias Finger, die immer noch den Inhalator an ihre Lippen hielten. Sie drückte noch einmal auf den Zylinder. Kurz darauf hustete sie Schleim. Krämpfe schüttelten ihren ganzen Körper.

Julia griff nach einem ihrer Sweatshirts, das auf dem Boden lag, und reichte es ihr. Erst nach ein paar unendlich langen Sekunden ließ das Husten nach, und Eva nahm das Kleidungsstück vom Mund. Sie sah völlig abgekämpft aus. Die roten Locken standen in alle Himmelsrichtungen, ihre Augen waren gerötet, die Haut am Hals fleckig. „Wasser", krächzte sie.

Julia sprang auf, füllte Wasser in ein Glas. Dann kam sie zu Eva zurück, hielt ihr das Glas an die Lippen, während sie ihren Arm unter ihren Nacken legte und ihr beim Trinken half.

Schließlich stellte sie das Glas ab und strich ihr eine rote Locke aus der Stirn. „Okay?"

Evas Stimme klang, als käme sie von ganz weit her. „Es ... geht." Und dann, in der nächsten Sekunde, tat sie etwas gänzlich Unerwartetes. Sie schlang die Arme um Julia, drückte sich an sie und fing an zu weinen. „Ich hab ... dein Hemd ... ruiniert."

Julia legte die Arme um sie und wiegte sie wie ein kleines Kind. „Ich kauf mir ein neues."

„Ich dachte, ich ... sterbe."

„Es ist alles gut. Alles gut. Ich lass nicht zu, dass dir etwas passiert. Das habe ich dir doch gesagt. Jetzt musst du die Pille noch nehmen." Julia füllte erneut das Glas mit Wasser und half Eva beim Trinken. Ganz langsam kehrte die Farbe in deren Gesicht zurück.

Sie wartete noch einen Moment, dann zog sie Eva auf die Füße und brachte sie zur Couch. Dort legte sie sie hin und deckte sie mit einer Decke zu, ehe sie zum Kamin ging und dort begann, das Feuer neu anzufachen. Erst dann wickelte sie sich selbst den Schal vom Hals und nahm die Mütze ab.

„Hab ich ... mich schon ... bedankt?"

„Ja. Hast du."

„Ich bin mir … nicht sicher. Ich hatte … einen … Nervenzusammenbruch und einen … Heulkrampf. Und ich glaube, es ist noch nicht … vorbei.“ Eva verzog auf ein Neues das Gesicht.

„Alles ist gut.“ Julia setzte sich zu ihr und küsste sie auf die Stirn. „Alles ist in Ordnung. Ich bin da, und du bist noch am Leben.“

Eva blinzelte. „Was ist … mit deiner Hand?“

Julia blickte auf ihre linke Hand hinab. „Ich bin gestolpert und blöd aufgekommen. Dabei habe ich mir an einer Wurzel ein bisschen die Haut aufgerissen. Sieht schlimmer aus, als es ist.“

„Du musst … es reinigen … und … desinfizieren.“

„Später.“

Eva nickte und schloss die Augen. Keine fünf Sekunden später war sie eingeschlafen.

Julia betrachtete sie einen Moment, strich ihr eine Locke aus der Stirn, dann sank sie völlig erschöpft zusammen. Kurz darauf war auch sie eingeschlafen.

36. KAPITEL

Freitod

Mainz

„Wie lange dauert das noch?“, fragte Zander ungeduldig.

„Eine Sekunde noch“, sagte Augustin.

Auf dem Bildschirm war nur ein Wort zu sehen: *Processing …*

„Arbeitet noch.“

Sie warteten.

Dann richtete Augustin sich auf. „Ah! Da haben wir es!“

Auf dem Bildschirm blinkte die Mitteilung: *Processing complete.*

„Und was haben wir?“, wollte Zander wissen.

„Eine gute und eine schlechte Nachricht. Die gute Nachricht ist, wir haben zwei Treffer. Zwei Morde, beide in Norwegen. Der erste geschah vor fünfzehn Jahren. Ein Mann wurde auf einem Hochhausdach in Oslo gefunden. Genickbruch. Keine anderen offensichtlichen Verletzungen. Der zweite Fall … warte …“ Er scrollte. „Ist acht Jahre her. Eine nicht identifizierte Leiche wurde in der Nähe von Bergen auf einem Friedhof gefunden. Ebenfalls Genickbruch.“

„Und was ist die schlechte Nachricht?“, fragte Zander, obwohl er sich die Antwort bereits denken konnte.

„Es gab in beiden Fällen keinen Verdächtigen. Der Mörder hat keine Spuren hinterlassen. Rein gar nichts.“

Das Klingeln des Telefons unterbrach das Gespräch. Keiner von beiden nahm ab. Das hier war zu wichtig, um sich ablenken zu lassen.

„Steht da irgendetwas von Narben?“, fragte Zander. „Oder von Brandmalen?“

„Nein.“

Einen Moment schwiegen sie nachdenklich, dann sagte Zander: „Ich nehme an, das Problem bei den Ermittlungen in Norwegen waren die Opfer."

„Was meinst du damit?", fragte Augustin.

„Vermutlich hat man bei den Opfern nach dem gemeinsamen Nenner gesucht."

„Das hätten wir auch nicht anders gemacht, oder?"

„Eben", bestätigte Zander. „Hier aber ist der gemeinsame Nenner der Mörder."

Das Telefon klingelte weiter.

„Könnte es sein, dass er militärisch ausgebildet ist?", fragte Augustin. „Ich meine, diese Genickbruchsache deutet doch darauf hin, oder nicht?"

Das Telefon hörte wieder auf zu läuten.

„Ich würde dir recht geben", sagte Zander. „Er könnte es bei Spezialausbildungen gelernt haben. Allerdings gibt es auch genügend private Anbieter, die gegen entsprechendes Geld solche Ausbildungen anbieten."

„Wir sollten uns mal schlaumachen, wo man solche privaten Ausbildungen erhält", meinte Augustin.

„Nicht in Norwegen und auch kaum in Deutschland. Eher in Südamerika. Nahost. In den guten alten USA."

Das Telefon klingelte wieder.

„Meine Güte, wie soll man denn denken, bei dem ständigen Geklingel." Zander nahm den Hörer ab. „Was?"

„Sie müssen sofort ins Krankenhaus kommen", sagte eine Stimme am anderen Ende. „Nathalia Snietka ist verschwunden."

„Wie, zum Teufel, konnte das passieren?", rief Zander außer sich.

„Sie kam aus dem Zimmer und sagte, sie hätte einen Termin mit dem Arzt", gab der junge Kollege an der Tür unglücklich zurück.

„Und das haben Sie ihr geglaubt?“ Verzweifelt versuchte Zander, seinen Blutdruck unter Kontrolle zu halten. „Was für ein Polizeibeamter sind Sie denn, zum Teufel?“

„Niemand hat mich gewarnt, dass es ein Fluchtrisiko gibt. Es gab also keinen Grund für mich, zu befürchten, sie könnte weglaufen.“

„Hatte sie Besuch?“

„Nein.“

„Haben Sie das Personal befragt?“

„Ja. Niemand hat sie gesehen.“

Zander stürmte in Nathalias Zimmer. Das Bett war zerwühlt und leer. Er öffnete den Spind. Ihre wenigen Sachen waren noch da. Er verließ das Zimmer wieder, fragte die diensthabende Schwester: „Wie viele Damentoiletten gibt es hier auf dem Flur?“

„Die Patientenzimmer sind alle mit Bad“, antwortete sie. „Oder meinen Sie Besuchertoiletten?“

„Besucher, ja.“

„Es gibt eine. Sie ist direkt hier.“ Sie wies auf eine Tür auf der anderen Seite des Flurs.

„Ich muss sie mir ansehen. Kommen Sie bitte mit.“

Die Schwester eilte mit ihm an die nächstgelegene Toilettentür und klopfte laut an. „Niemand drin.“

„Gehen Sie rein.“

Sie ging voraus, er folgte ihr.

Und dann blieb die Zeit stehen.

In der Erinnerung sollte ihm Nathalia am Fenster und das, was anschließend geschah, als etwas vollkommen Surreales erscheinen. Sie stand auf dem Fenstersims, ihr Nachthemd wehte im Wind.

Zander hatte sofort das Gefühl, dass es zu spät war. Er wusste, sie würde sich hinunterstürzen. Trotzdem sagte er: „Nathalia.“

Breitete die Arme zu einer beschwichtigenden Geste aus. „Kommen Sie wieder rein. Bitte, kommen Sie rein."

Sie reagierte nicht.

„Nathalia, ich bin es. Zander. Von der Polizei. Erinnern Sie sich an mich?"

Sie hob den Kopf etwas an, reagierte aber ansonsten nicht.

„Bitte, kommen Sie wieder rein, Nathalia. Ich bin hier, um Ihnen zu helfen."

Sie wandte ihm einen Moment lang das Gesicht zu, schüttelte den Kopf.

Dann entstand ein Moment vollkommener Stille. So, als sei die ganze Szene eingefroren.

Zander versuchte, Blickkontakt mit der jungen Frau aufzubauen, doch es gelang ihm nicht. Er öffnete den Mund, wollte noch etwas sagen, doch schon in der nächsten Sekunde kippte sie vornüber.

Er machte einen Satz nach vorne, doch er bekam nur ihr Nachthemd zu fassen, glatten Stoff, der sich dehnte und in seinen Fingern riss. Er spürte, wie sich Nathalias Schwerpunkt unaufhaltsam nach außen verlagerte, als die Schwerkraft sie erfasste und zu Boden zog. Mit offenem Mund und flatterndem Nachthemd stürzte sie in die Tiefe.

Dann war für einen Moment ein heller Schrei zu hören, danach folgte der unvermeidliche dumpfe Aufprall, und Totenstille trat ein.

Alle Stimmen, alle Bilder in Nathalias Kopf waren ein für alle Mal erloschen.

Und die Welt drehte sich weiter, als hätte es sie nie gegeben.

37. KAPITEL

Was passiert, wenn die Nerven blank liegen

Mainz

Die Stimmung im Konferenzraum war gedrückt. Nur mehr oder minder leises Gemurmel war zu hören.

„Ist mir egal, wie verdient Zander bei der Polizei ist“, zischte Bartosch. „Hier hat er’s versaut.“

„Er hat es nicht versaut“, gab Dettloff zurück. „Er hätte nichts machen können. Was hätte er machen sollen?“

Bartosch rieb an einem Senffleck auf seiner Hose. „Er hat nicht mehr die Nerven für so einen Fall.“

„Natürlich hat er die Nerven“, mischte Augustin sich ein. „Wenn einer die Nerven hat, dann er.“

Als Zander den Raum betrat, wurde es schlagartig still.

Er war unglaublich blass, genau genommen war er noch nie so bleich gewesen. Seine Gesichtszüge waren eingefallen, und man konnte deutlich die blauen Äderchen unter seinen Augen erkennen. Er sagte: „Zuerst möchte ich euch allen für die harte Arbeit danken, die ihr in den letzten vierundzwanzig Stunden geleistet habt. Nathalia Snietka ist tot. Ihre beiden Entführer sind ebenfalls tot, das heißt, wir haben fast nichts mehr.“

„Fast?“, stieß Bartosch aus. „Wir haben nichts.“

Zander legte mehrere Kopien vor die Männer auf den Tisch. „Wir haben das Phantombild von Sten Kjaer. Auf ihn legen wir von nun an alle Konzentration. Darauf und auf das von ihm erstellte Profil.“

Die Männer beugten sich nach vorne, um das Gesicht des Mannes in Augenschein zu nehmen.

Er hatte ein schmales Gesicht und halblange Haare, die ihm

fast bis zu den Schultern reichten. Seine Augen waren irgendwie merkwürdig. Wie gar nicht richtig vorhanden.

„Jesus“, sagte Augustin, und als alle ihn ansahen, fügte er hinzu: „Was ist? Ich finde, der sieht irgendwie aus wie Jesus.“

„Nein, mit Jesus hat der nichts zu tun“, sagte Zander. „Der Mann ist ein Killer. Ein Profi. Er verhält sich diszipliniert, methodisch und zweckgerichtet. Die Wahl seiner Opfer ergibt sich aus den Aufträgen, die er bekommt. Ihr wisst, es gibt zwei Arten von Serienkillern: Marodeure und Pendler. Dieser hier ist ein Pendler. Wenn er weiß, wo sich seine Opfer aufhalten, begibt er sich auf die Reise. Er arbeitet höchst effizient, tut nur das, was nötig ist, und das führt todsicher zum Erfolg. Er verschwendet nichts, vor allem keine Zeit. Er hinterlässt kaum Spuren. Sein vorrangiger Antrieb scheint Geld zu sein. Seine Opfer sind nur eine Ware. Maximales Ergebnis bei minimalem Aufwand. Das ist unser momentanes Bild von ihm.“

Ein leises Gemurmel ging durch den Raum.

„Was nützt uns ein dämliches Phantombild, wenn wir noch nicht einmal wissen, wo wir nach dem Kerl suchen sollen?“, wollte Bartosch wissen. „Mach dir nicht länger was vor, Zander. Wir brauchen das LKA.“

„Noch ist es mein Fall, Bartosch“, sagte Zander ruhig.

„Dein Fall, dein Fall. Du bewegst dich auf dünnen Fakten, so sieht’s aus. Weil auf dieses Scheißbonbonpapier überhaupt kein Verlass ist. Ebenso wenig wie auf die Aussage von dem Spinner Edi Kern. Kraniche und der Rauch des Satans und weiß der Teufel was für einen Schwachsinn. Wir bewegen uns auf einem Haufen Mist, das ist die Wahrheit.“

„Übertreib’s nicht“, bemerkte Dettloff in seine Richtung.

„Edi Kern ist vielleicht ein Spinner“, sagte Zander, „aber ich bin davon überzeugt, dass er in diesem Fall die Wahrheit sagt. Es gibt diese Kraniche, und Sten Kjaer ist einer von ihnen.“

Ein paar Sekunden fixierte Bartosch ihn, dann sagte er: „Und ich bleibe dabei, dass das Mist ist. Wir könnten schon viel weiter sein, wenn wir uns nicht von Anfang an auf diesen Scheiß eingeschossen hätten. Irgendetwas stimmt hier nicht. Wir übersehen etwas, und wenn wir gleich richtig ermittelt hätten, dann wäre Nathalia vielleicht noch am Leben. Du hast es vermasselt, Zander. Das hier ist eine verfluchte Scheiße. Eine gottverdammte, verfluchte Scheiße!"

„Mach mal halblang", zischte Augustin.

„Ihr solltet mal lieber euren Verstand einschalten, dann würdet ihr sehen, was hier los ist", blaffte Bartosch. „Ihr macht einen Eiertanz um Zander herum, weil ihr glaubt, loyal sein zu müssen. Ebenso wie er einen Eiertanz um seine geliebte Julia gemacht hat, aus demselben Grund. Und sie hat's ebenso vermasselt."

„Herrgott noch mal!", entfuhr es Dettloff.

„Wag es nicht!", zischte Zander in Bartoschs Richtung.

„Du hast dich doch nur mit ihr gut gehalten, weil du die Hoffnung hattest, ihr eines Tages einen reinstecken zu dürfen", lautete dessen Retourkutsche. „Aber sie hat dich ja nicht gelassen, die lesbische Kuh."

Chaos brach aus. Zander schoss nach vorne und stürzte sich auf Bartosch, Augustin stieß vor Schreck seinen Kaffeebecher um. Dettloff wollte Zander packen und zurückziehen. Es gelang ihm nicht. Bereits in der nächsten Sekunde versetzte Zander Bartosch einen Schlag ins Gesicht, dessen Kopf flog nach hinten.

„Wenn du noch einmal so mit mir redest, dann brech ich dir die Nase. Und wenn du noch einmal so über sie redest, dann grill ich deine Eier und verkaufe sie unten auf der Straße. Hast du mich verstanden?"

„Hört auf!", ging Augustin dazwischen. „Sofort!"

„Verschwinde aus meinen Augen!", zischte Zander.

Bartosch sagte etwas, was nicht zu verstehen war, verschwand aus dem Büro und schlug die Tür hinter sich zu.

Zander atmete tief durch. „Die Sitzung ist beendet."

Augustin wartete, bis die anderen gegangen waren, dann trat er zu Zander hin.

„Was ist los? Willst du mich trösten?"

„Ich glaube nicht, dass ich das kann."

„Nein, das kannst du nicht." Zander fuhr sich mit Daumen und Zeigefinger über die Nasenwurzel. „Vielleicht hat Bartosch recht. Vielleicht sollte ich den Fall tatsächlich abgeben."

„Sei nicht albern. Jetzt geht es doch erst richtig los."

Als Zander nichts darauf sagte, hob Augustin die Hände in die Höhe. „Du meinst das doch nicht wirklich ernst, oder? Hast du den Verstand verloren? Klar, die Sache mit Nathalia ist übel, aber du hilfst ihr nicht, indem du auf Bartosch hörst. Bartosch ist ein Trottel. Er ist bloß sauer, weil er selbst nichts auf die Reihe kriegt. Er wär gern der Beste, aber das ist er eben nicht." Er unterstrich seine Worte, indem er mit dem Finger auf Zander zeigte. „Du bist der Beste, und deshalb wirst du Nathalia Gerechtigkeit verschaffen. Nur mit dir schnappen wir diese Bastarde. Du bist unersetzbar für die Ermittlungen. Also bitte, was tun wir als Nächstes?"

Zander überlegte einen Moment, dann erhob er sich und pinnte das Foto von Sten Kjaer an die Wand. „Das ist unser Mann, ich bin mir sicher, und wir müssen alles daransetzen, ihn zu finden."

„In Ordnung. Was tun wir also als Nächstes?"

„Wir müssen herausfinden, was es mit den beiden Opfern in Norwegen auf sich hatte. Wir müssen deren gesamten Hintergrund aufrollen und ..." Zander brach ab, als das Telefon klingelte. Er griff nach dem Hörer und meldete sich. Dann hörte er einen Moment zu, ehe er den Hörer zurück auf die Gabel legte. „Kümmere dich darum, Augustin. Ich muss bei Eule antanzen."

In Burkharts Büro war es eiskalt. Vielleicht war es aber auch nur Zander, der es so fühlte.

Sein Chef schob sich zwei Magentabletten in den Mund und spülte sie mit reichlich Kaffee hinunter. Dann sagte er: „Würden Sie mir sagen, wie Sie sich im Augenblick fühlen?"

Zander antwortete nicht darauf, und Burkhart verschränkte die Arme vor der Brust. „Der Tod der jungen Frau ist eine schreckliche Tragödie. Mir persönlich tut es auch sehr leid, und ich verstehe, dass Sie das mitnimmt. Aber es gibt auch Grenzen, die wir nicht überschreiten dürfen, und das aus gutem Grund. Vor allem arbeiten wir zusammen und schlagen uns nicht gegenseitig die Nasen blutig."

„Na, da hat er sich ja nicht viel Zeit gelassen", murmelte Zander.

„Sie sind auf einen Ihrer Kollegen losgegangen. Ich muss Ihnen nicht sagen, wie problematisch das ist. Sie können von Glück sagen, wenn er Ihnen keine Dienstaufsichtsbeschwerde an den Hals hängt."

„Er ist noch am Leben, ich habe ihm nur eine gescheuert. Alles in allem ist es doch gut ausgegangen."

Burkhart schüttelte verärgert den Kopf. „Wenn das witzig sein soll, vergeuden Sie Ihren Humor, Herr Zander. Sie müssen sich im Griff haben, und das wissen Sie."

„Er hat mich provoziert."

„Das interessiert mich nicht! So etwas darf nicht vorkommen. Nicht noch einmal. Ich kann nicht noch einmal beide Augen zudrücken. Ich habe vor zwei Jahren bereits meine beste Kriminalbeamtin verloren, weil sie die Kontrolle über sich verloren hat."

Zander hob den Blick. „Sie hat …"

Burkhart schüttelte den Kopf. „Ich weiß, was sie hat. Und ich weiß auch, warum. Und eben weil ich das weiß, habe ich damals alle Augen zugedrückt und dafür gesorgt, dass es nicht in ihrer

Akte auftauchte, auch wenn es nichts nützte, weil sie trotzdem hingeworfen hat. Aber sei's drum, ich kann und will das nicht noch einmal tun. So etwas darf nicht noch mal passieren. Ich habe keine Lust, auch noch meinen besten Mann zu verlieren, nur weil er seine Gefühle nicht mehr im Griff hat, und ich habe die Befürchtung, dass es genau darauf hinausläuft. Bitte ersparen Sie mir das, Herr Zander."

Zander schwieg wieder.

„Nehmen Sie das als Warnung", setzte Burkhart hinzu. „Sollte noch eine einzige Beschwerde kommen, sehe ich mich gezwungen, Ihnen den Fall abzunehmen. Nehmen Sie das sehr, sehr ernst, Herr Zander."

„Ja."

„Sie können gehen."

Zander nickte, erhob sich und verließ ohne ein weiteres Wort das Büro.

Oktober 2008

„Es ist, als läufst du gegen eine Wand." Julia lehnte sich zurück und hatte die Arme vor der Brust verschränkt. „Er macht einfach keinen Fehler."

„Er war es", sagte Zander.

„Natürlich war er es", gab sie zurück.

Sie befanden sich in Burkharts Büro. Der zerknüllte einen Styroporbecher in der Hand und warf ihn in Richtung Mülleimer, den er jedoch verfehlte. „Aber er hat ein Alibi."

„Von einem seiner Mädchen." Julia winkte ab.

„Was haben wir gegen ihn in der Hand?" Zander rieb sich über die müden Augen. „Wir haben Lena Pawelczyks Handy unter Cirpkas Matratze gefunden. Wir haben die Aussage mehrerer Zeugen, dass er sie ein paar Stunden vor ihrem Tod wie von Sinnen verprügelt hat ..."

„Wir haben die Aussage von Lilly Schön, dass Cirpka ein schwer gestörter, gewalttätiger Mensch ist“, fügte Julia hinzu. „Wir haben ein ausführliches Profil über den Mörder, das perfekt auf ihn passt. Der Mann leidet unter einer schweren Persönlichkeitsstörung …“

„Aber er hatte sich während des Verhörs völlig unter Kontrolle“, wandte Burkhart ein.

„Persönlichkeitsstörung bedeutet nicht, dass man dumm ist“, gab Julia zurück. „Menschen mit solchen Störungen sind klug, manchmal sogar klüger als zuvor, um zu erreichen, was sie wollen.“

„Und was ist mit dem Motiv?“, fragte Burkhart. „Wir haben immer noch keins.“

„Wie viele Motive braucht ein durchgeknallter Psychopath?“, stellte Julia die Gegenfrage. „Sie wollte ihn verlassen, und er hat rotgesehen. Das ist das Motiv.“

„Und wenn ihm das Handy tatsächlich von jemandem untergeschoben worden ist?“, wandte Zander ein.

„Ein Typ wie Cirpka hat ganz bestimmt jede Menge Feinde“, wandte Julia sich an ihn. „Aber ich kann mir beim besten Willen nicht vorstellen, dass ein geschäftlicher Rivale so eine Tat in dieser Weise inszenieren würde. Beim besten Willen nicht.“

„Und wenn es sich um private Rache handelt?“

„Dann erst recht nicht.“

Burkhart überlegte einen Moment, dann sagte er: „Wenn tatsächlich Anklage gegen Cirpka erhoben wird, dann wird es entscheidend auf Lilly Schöns Aussage ankommen und darauf, wie glaubwürdig sie vor Gericht auftritt.“

Zander und Julia wussten das. Vermutlich deshalb gaben sie darauf keine Antwort, sondern nickten nur. Vielleicht, weil sie es ahnten. Vielleicht, weil sie es kommen sahen.

Und tatsächlich sollte es zu Lillys Aussage auch nicht mehr kommen.

Zwei Wochen später, es war ein Mittwochabend, gegen zehn Uhr, näherte Julia sich im strömenden Regen dem rot-weißen Absperrband. Zwei uniformierte Polizisten standen dort Wache, die Arme vor der Brust verschränkt. Sie zeigte ihnen wortlos ihren Ausweis, und einer von beiden hob das Band in die Höhe, um sie passieren zu lassen.

Sie sah Zander ein paar Meter entfernt stehen, wo er jedem, der in Hörweite war, Befehle zurief.

„Wo ist sie?“, sagte Julia, als sie nahe genug herangekommen war.

„Dort drüben“, antwortete er. „Ein Hafenarbeiter hat sie aus dem Wasser gezogen.“

„Wann?“

„Vor etwa fünfundvierzig Minuten.“

Zander führte Julia zum Rheinufer, dirigierte sie um angespülte Äste und unwegsame Stellen herum, wo der Boden vom Regen glitschig und matschig war.

Nach einigen Minuten erreichten sie den Fundort.

Julia richtete den Blick auf Lilly Schöns Leiche. Sie lag auf dem Rücken, die Arme ausgestreckt, die Handflächen nach oben. Ihr Kopf war zur Seite gedreht, ihr Gesicht dunkel und angeschwollen, die Augen starrten gläsern ins Leere.

Einem uniformierten Beamten, der in der Nähe stand, wurde schlecht. Seine Hand bewegte sich in Richtung Magen, er beugte sich nach vorne und übergab sich.

„Schafft den Mann da weg!“, schrie Julia.

Zwei Kollegen kümmerten sich darum.

„Da kommt Doktor Fesser“, sagte Zander.

Der Rechtsmediziner begrüßte sie knapp und machte sich daran, die Leiche zu begutachten. „Ich würde sagen, sie liegt erst seit ein paar Stunden im Wasser“, sagte er. „Auf den ersten Blick sehe ich keine Fremdeinwirkung. Ich werde sie von Kopf bis Fuß röntgen, wenn ich sie auf meinem Tisch habe.“

„Wir wissen, dass das kein Selbstmord war“, sagte Julia, die immer wütender wurde, je länger sie Lillys Leiche betrachtete. „Wir wissen es, und sie hat es kommen sehen.“

„Ja“, gab Zander zurück. „Aber es wird ebenso schwer, Cirpka *das* nachzuweisen, wie alles andere auch. Im Gegenteil, jetzt wird es noch viel schwerer werden.“

„Du glaubst also auch, dass er es nicht selbst getan hat?“

Zander schüttelte den Kopf. „Nein.“

„Mir stinkt's“, zischte Julia und wandte sich ab. „Mir stinkt's gewaltig.“

„Julia …“

„Ich hab's satt! Ich hab's, verdammt noch mal, satt!!“

38. KAPITEL

Ein Moment – und dann noch einer

Schwarzwald

Als Julia das nächste Mal die Lider hob, lag sie immer noch auf der Couch, mit der Wange auf Evas Bauch. Sie lag völlig verdreht, ihre rechte Hüfte war steif und tat weh. Sie hob den Kopf etwas an und sah, dass Eva wach war.

„Ich hab mich nicht getraut, mich zu bewegen. Ich wollte dich nicht wecken."

„Tut mir leid", sagte Julia und richtete sich auf. „Wie geht's dir?"

„Gut." Das war gelogen. Eva wirkte zerbrechlicher denn je. Ihre Augen waren immer noch rot und etwas geschwollen, und darunter befanden sich immer noch schwach sichtbare violette Schatten. Sie griff nach einem Taschentuch und putzte sich die Nase.

„Wie lange bist du schon wach?", wollte Julia wissen.

„Nicht sehr lange. Vielleicht zwanzig Minuten. Deine Hand ist noch nicht verarztet."

„Tut auch gar nicht weh."

„Natürlich nicht." Eva erhob sich und verschwand für einen Moment im Badezimmer. Mit einer Gazerolle und einem Fläschchen Jod kam sie zurück. „Da ist Dreck drin. Das muss sorgfältig sauber gemacht werden, sonst kann sich die Wunde entzünden." Eva setzte sich wieder auf die Couch und griff nach Julias Hand. „War der Beutel mit den Medikamenten unter dem Beifahrersitz?"

„Ja. Der Wagen war komplett unter Schnee begraben und dazu auch noch vereist. Das reinste Wunder, dass ich die Tür überhaupt aufbekommen habe."

„Du hättest dir unterwegs das Genick brechen können."

„Darüber habe ich gar nicht nachgedacht. Ich wollte nur, dass dir nichts passiert.“

Für einen Moment hob Eva den Blick, dann sah sie wieder auf Julias Hand. „Beiß die Zähne zusammen.“ Sie begann, Jod auf die Wunde zu streichen.

„Oh verdammt“, zischte Julia. „Tut das weh! Das schmerzt mehr als vorher!“

„Stell dich nicht so an.“ Eva griff nach einer Gazerolle, umwickelte damit die Hand und riss sie dann mit den Zähnen auseinander. „Als ich eben so dalag und dich beobachtet habe …“

„Du hast mich beobachtet?“

„Da habe ich mir eine Frage gestellt.“

„Welche?“

„Ich habe mich gefragt, ob du wirklich nicht mehr zurückwillst.“

„Wohin?“

Eva nahm das zerrissene Ende der Gaze und steckte es in den Verband. „Zur Polizei.“

„Nein.“ Das kam klar, deutlich und entschieden.

Trotzdem sagte Eva: „Bist du dir sicher?“

„Ganz sicher. Davon abgesehen, dass sie mich gar nicht mehr nehmen würden.“ Julia hob die gesunde Hand und tippte sich damit an die Stirn. „Sieh mich an, ich befinde mich am Rande des Wahnsinns. Ich hätte größere Chancen, den atlantischen Ozean zu durchschwimmen, als den psychologischen Test noch einmal zu bestehen.“

„Das weißt du doch gar nicht. Davon abgesehen müsstest du ja auch nicht zurück zur Mordkommission.“

„Wohin denn sonst?“

„Du könntest zum Beispiel unterrichten.“

Einen Moment sah Julia Eva an. Dann lachte sie trocken auf. „Ja klar. Diejenigen, die es nicht mehr bringen, unterrichten die anderen.“

„Wer sagt denn, dass du es nicht mehr bringst?"

„Ich."

Eine Windböe erschütterte die Hütte. Sie lauschten einen Moment mit geneigten Köpfen.

„Du warst Polizistin mit Leib und Seele", sagte Eva dann. „Ich glaube dir nicht, dass du es nicht vermisst."

„Vielleicht", gab Julia zu. „Aber über so etwas wie Polizeischule brauche ich gar nicht erst nachzudenken."

„Warum nicht?"

„Weil ich aus Erfahrung weiß, dass ..." Julia überlegte kurz, so, als wisse sie nicht recht, wie sie es formulieren sollte. „Auf einer Polizeischule zu unterrichten ist eine große Aufgabe, Eva."

„Davon gehe ich aus. Aber das heißt ja nicht, dass du ihr nicht gewachsen wärst."

„So meine ich es nicht. Ich meine es anders." Julia überlegte wieder einen Moment. „Egal, wie viel Mühe du dir als Ausbilder auch gibst, du kannst die Schüler nicht auf das vorbereiten, was auf sie zukommt. Nicht wirklich." Sie rieb sich über die Augen, sah Eva dann wieder an. „Glaub mir, wenn ich dir sage, ich hab schon in meinem ersten Jahr bei der Streife alles gesehen. Wir kamen zu Ehestreitereien, bei denen die Frauen mit Küchenmessern auf uns losgingen, um uns daran zu hindern, ihre gewalttätigen Ehemänner mitzunehmen. Wir standen zwischen Nachbarn, die mit geladenen Waffen aufeinander zielten, weil ein Ast über einen Zaun hing oder ein Rasenmäher zu laut war. Ich habe kleine Kinder gesehen, die sich an ihre Väter klammerten, und als wir sie dann ins Krankenhaus brachten, entdeckten die Ärzte Hinweise auf sexuellen Missbrauch."

Julia erhob sich, trat zum Kamin und legte Holz nach. „Als Ausbilder versuchst du wirklich alles, um die Schüler auf diese und andere Dinge vorzubereiten, aber ..."

Eva schwieg abwartend; als Julia zur Couch zurückkam, redete sie weiter: „Du kannst mir glauben, auf der Polizeischule gibt es jede Menge Bücher mit unzähligen Abbildungen von Toten. Aber keins, nicht eins davon, kann einen Schüler auch nur annähernd auf den Anblick eines ermordeten Menschen vorbereiten. Erst recht nicht auf den Geruch. Weil nichts, wirklich nichts, dir vermitteln kann, was Verwesung bedeutet."

Es dauerte einen Moment, dann ließ Julia sich auf die Couch zurücksinken. „Und erst recht kann kein Ausbilder der Welt einen Schüler darauf vorbereiten, was es heißt, eine Mordermittlung zu führen, den Täter zu kennen, ihn aber nicht überführen zu können. Damit muss man leben. Man muss damit leben, dass da draußen irgendwo ein Mörder frei herumläuft, und man kann nichts dagegen tun." Julia atmete tief durch. „Wenn die Beweise nicht ausreichen, kannst du einfach nichts machen … Und kaum hast du dich einigermaßen mit der einen Geschichte abgefunden, da kommt schon der nächste Anruf, und du findest die nächste Leiche, und alles geht von vorne los." Sie wandte Eva das Gesicht zu. „Und weil ich weiß, dass man all das nicht vermitteln kann, glaube ich nicht, dass ich eine gute Ausbilderin wäre. Völlig egal, wie viel Mühe ich mir auch geben würde, egal, was ich auch versuchen würde, es würde nicht reichen."

„Trotzdem glaube ich, dass du den Job gut machen würdest", sagte Eva.

„Vielleicht. Vielleicht aber auch nicht." Julia sah sie einen Moment an. „Quid pro quo. Du hast gestern Abend eine Frage von mir nicht beantwortet."

„Wirklich? Welche?"

„Ich hatte dich gefragt, warum du mich nie hast fallen lassen, obwohl es mit mir selten einfach war."

Eva hob eine Hand in die Höhe. „Tja, wenn du Antworten von mir willst, Julia, dann solltest du mir Fragen stellen, die ich auch beantworten kann."

„Du weißt es also nicht."
„Nein."
Einen Moment sahen sie sich in die Augen.
Dann sagte Julia: „Erinnerst du dich eigentlich noch an den Kuss?"
Eine ganze Weile sagte Eva gar nichts. Dann: „Ich dachte, wir waren uns einig, nie wieder darüber zu sprechen."
„Das haben wir ja auch nicht getan. Zwanzig Jahre lang."
„Und gerade eben kam dir in den Sinn, dass wir es jetzt tun könnten?"
„Warum eigentlich nicht?"
„Haben wir keine anderen Probleme?"
Als Julias Blick unnachgiebig blieb, hob Eva ungeduldig die Hände in die Höhe. „Was, um Himmels willen, willst du darüber noch reden? Wir waren fünfzehn. Wir lagen zusammen auf dem Bett und haben gelernt. Das Fenster war offen, es fing an zu regnen, du hast dich über mich gebeugt, um es zu schließen, und dann haben wir uns geküsst. Das war es."
„Es war ein bisschen mehr als das."
„Es war kaum mehr als das. Und selbst wenn, was würde das heute noch ändern?" Mit dem Zeigefinger deutete Eva auf Julias Brust. „Du bist doch damals abgehauen. Du hast dich aus dem Waisenhaus verzogen, kaum dass du die Gelegenheit dazu hattest. Du hast dich danach nie wieder bei mir gemeldet. Nicht ich war das, du warst das."
„Du weißt, warum ich das getan habe."
„Ach wirklich? Weiß ich das?" Eva beugte sich etwas nach vorne, suchte Julias Blick. „Ich weiß überhaupt nichts. Bist du gegangen, weil dir die Toten schon immer mehr bedeutet haben als die Lebenden? Oder bist du gegangen, weil dir deine ach so teure Freiheit schon immer mehr wert war als alles andere? Sag es mir, ich weiß es nämlich wirklich nicht. Ich weiß nur, dass du auf einmal weg warst und ich überhaupt nicht wusste, was

los war.“ Eva brach ab, machte einen tiefen Atemzug, sprach dann etwas leiser weiter: „Kein Wort, Julia. Nicht ein einziges Wort von dir, in all den Jahren, und hätten wir uns nicht ausgerechnet zu Kerstins Beerdigung wiedergetroffen, dann wüsste ich heute noch nicht, ob du schon tot oder noch am Leben bist.“ Noch einmal brach sie ab, atmete tief durch. „Ich hatte wirklich nicht damit gerechnet, dich in diesem Leben noch mal zu sehen. Ich habe immer gedacht: Sie wird nie wieder auftauchen.“

„Aber ich bin wieder aufgetaucht.“

Etwas leuchtete in Evas grünen Augen auf und erlosch dann wieder. „Ja. Aber du wirst auch wieder verschwinden.“

„Woher weißt du das?“

„Ich weiß es nicht. Wirst du, Julia? Wirst du wieder verschwinden?“

Julia hielt Evas Blick stand, wenn auch nur mühsam. „Ich habe oft darüber nachgedacht, mich bei dir zu melden, wirklich, und ein paarmal war ich auch kurz davor. Aber ich konnte nicht. Ich brauchte einen Vorwand, einen Anlass.“

„Kerstins Selbstmord war also ein Anlass für dich?“ Erneut blitzte etwas in Evas Augen auf. „Ihre Beerdigung zu nutzen, um wieder in meinem Leben aufzutauchen, meinst du das damit?“

Hilflos hob Julia die Hände in die Höhe. „Glaub mir, Eva, ich wollte dir nie mit Absicht wehtun.“

„Vermutlich stimmt das sogar. Das Problem ist nur, dass du es überhaupt nicht bemerkst, wenn du es tust. Deshalb stellt sich die Frage in dem Fall erst gar nicht.“ Eva erhob sich von der Couch und bewegte sich in Richtung Schlafzimmer.

„Hätten wir eine Chance gehabt, wenn ich damals geblieben wäre?“, fragte Julia in ihren Rücken.

Eva verharrte in der Bewegung, drehte sich nicht noch einmal um, sagte auch nichts. Sie stand einfach nur da. Zwei Sekunden, drei. Dann setzte sie sich wieder in Bewegung, und kurz darauf war die Schlafzimmertür hinter ihr zugefallen.

Als sie fünfzehn Minuten später aus dem Badezimmer zurückkam, war Julia nicht mehr im Wohnzimmer. Die Tür stand offen, eiskalte Luft wehte durch den Raum, und Eva fand sie schließlich ohne Jacke und Schuhe vor der Hütte im peitschenden Wind.

„Was ist los?", fragte sie alarmiert.

Für einen Moment wusste Julia nicht, was sie sagen sollte. Einen Moment – und dann noch einen. Einen Atemzug – und noch einen. Sie betrachtete ihre Hände, ballte sie zu Fäusten. Dann hob sie den Blick wieder und sagte: „Ich habe gerade einen Schrei gehört."

„Was? Wo?"

„In meinem Kopf. Einen ganz fürchterlichen Schrei. Und dann habe ich meinen Vater auf dem Boden liegen sehen. Reglos, mit ganz grauem Gesicht. Aus seinem Arm tropfte Blut."

Eva griff nach ihrer Hand und zog sie zurück in die Hütte. „Du meinst, du warst dabei, als ihm das Gift verabreicht wurde?"

„Entweder das, oder ich hatte gerade eine Vision."

„Hast du sonst noch jemanden gesehen?"

„Nein, ich habe nur jemanden schreien hören."

„Deine Mutter?"

„Vielleicht. Ich weiß es nicht." Julia schloss die Augen und dachte angestrengt nach; sie gab sich alle Mühe, das Bild noch einmal heraufzubeschwören. Da war etwas … aber …

„Julia?"

„Nein, meine Mutter habe ich nicht gesehen." Julia rieb sich über das vom Schnee feuchte Gesicht, dann sah sie Eva eindringlich an. „Ich muss wissen, was passiert ist zwischen dem Moment, in dem der Besucher das Haus betrat, und dem Moment, in dem er in mein Zimmer kam. Ich weiß, dass dazwischen etwas vorgefallen ist. Ich glaube, dass das die entscheidenden Minuten sind. Wirst du mir dabei helfen?“

Eva sah ganz und gar nicht glücklich aus, nickte aber nach ein paar Sekunden.

39. KAPITEL

Failed

Weidling

Großer Gott, er hing da *wirklich*!

Ungläubig starrte Marina Mayer auf den Toten vom Marktplatz, der vor ihr an einer Eiche am Waldrand hing.

Auf den ersten Blick schien er in der Luft zu schweben. Mit nacktem Oberkörper. Erst auf den zweiten Blick sah man, dass er an den kräftigen Baum genagelt worden war.

Tatsächlich.

Genagelt.

„Meine Güte", flüsterte Frieder Fäth.

Marina hätte dasselbe gesagt, wenn es ihr gelungen wäre, Worte an dem dicken Klos in ihrem Hals vorbeizuzwängen. Vorsichtig machte sie einen Schritt auf den Toten zu. Das Herz hämmerte dabei nur so gegen ihre Brust. Das Blut pumpte laut wie Trommelschläge in ihren Ohren.

„Was steht da auf seiner Brust?", fragte Ulrich Pohl.

Marina trat noch einen Schritt näher an den Toten heran. Die anderen folgten ihr vorsichtig. *„Failed!"* Sie kniff die Augen zusammen. „Versagt?"

„Womit ist das auf seinen Oberkörper geschrieben worden?", wollte Frieder wissen. „Das sieht aus wie Blut."

„Nein." Marina schüttelte den Kopf. „Das ist Nagellack. Oder Lippenstift … Wir müssten ihn irgendwie von dem Baum herunterkriegen, wenn wir es genauer wissen wollen."

Pohl drehte sich einmal um die eigene Achse. In Richtung Nordosten blieb er stehen. „Wer immer das getan hat, ich wette, er ist dort im Wald und über den Hügel verschwunden."

„Wie kommst du darauf?", fragte Marina.

„Na ja, wenn ich von hier aus schnell abhauen wollte, dann würd ich dort entlanglaufen, in den Wald hinein; zwischen den Bäumen hindurch gibt es einen Weg, den man laufen kann, dann kommt man auf der anderen Seite auf einem Feld wieder aus dem Wald heraus."

„Das stimmt", bestätigte Frieder.

„Und was gibt es dort sonst noch?", wollte Marina wissen. Und noch während sie die Frage stellte, kannte sie die Antwort.

Frieder und Pohl sahen sich an. Dann sagten sie gleichzeitig: „Den Hof vom alten Bauermann."

Zwanzig Minuten später öffnete Marina die alte Holztür, die zu Bauermanns Haus führte. Er war ihnen nicht entgegengekommen. Er hatte nicht versucht, sie mit seiner Flinte zu erschießen. Ihr Unwohlsein stieg. Sie sagte laut: „Hallo?"

Niemand antwortete.

Schmutzige Schuhe lagen im Flur auf dem Boden vor einer braunen Kommode.

„Hallo?" Marina trat ein.

Mit schweren, widerhallenden Schritten stieg sie ein schmutzig graues Treppenhaus empor. Als sie den Absatz erreicht hatte, blieb sie stehen. Links führte eine Tür zur Toilette, geradeaus ging es zum Wohnzimmer. Es roch verraucht und stickig. Die Rollläden waren halb heruntergelassen, alles befand sich im Halbdunkeln.

Sie betrat das Wohnzimmer und sah, dass ein Sessel umgekippt war und zerbrochenes Porzellan auf dem Boden lag. Sie stockte und spürte immer größere Unruhe in sich. Die Stille um sie herum war Unheil verkündend. Sie ging in den nächsten Raum, der ihrer Meinung nach die Küche sein musste. Und dort fand sie den alten Mann. Er lag auf dem Linoleumfußboden, seine Füße zeigten in ihre Richtung. Der Küchentisch war umgefallen und lag auf der Seite.

Marina eilte auf ihn zu und beugte sich über ihn. Sie sah, dass er aus dem Hinterkopf geblutet hatte, allerdings war das Blut schon trocken. Sie suchte am Hals des alten Mannes nach einem Puls, fand aber nichts. Gerade als sie sich wieder aufrichtete, betrat Pohl die Küche. „Wir haben in der Scheune einen Kastenwagen gefunden, der definitiv nicht zum Dorf gehört …" Er brach ab und starrte auf die Leiche. Der alte Bauermann starrte mit toten Augen zurück.

40. KAPITEL

Entschlossen, es zu tun

Norwegen

„Ich werde zurück nach Deutschland gehen."

Jo, der am Tisch saß, hob den Blick. Edda, die mit einem Kochlöffel am Herd stand, wandte sich zu Susanne um.

„Mein Entschluss steht fest." Sie zog sich einen Stuhl heran und setzte sich. „Es gibt nichts mehr daran zu rütteln."

Ein Klecks Tomatensoße tropfte von Eddas Kochlöffel auf das abgewetzte Linoleum. Sie schnappte sich einen Lappen und wischte ihn auf.

Jo sagte: „Mach das nicht, Susanne. Das ist ein Fehler."

„Also, wie ich das sehe, wirst du sie schon mit Gewalt festhalten müssen, damit sie es nicht tut." Edda warf den Lappen ins Waschbecken und steckte den Löffel in den Topf zurück.

Susanne nickte. „Ich kann nicht länger einfach nur hier herumsitzen."

„Und was passiert, wenn du von der Polizei geschnappt wirst?"

„Ich weiß, was mir alles passieren kann. Ich bin darauf vorbereitet."

Jo schien da nicht so sicher zu sein.

„Es ist meine einzige Chance, mein altes Leben zurückzubekommen", fügte Susanne hinzu. „Irgendjemand hat mich reingelegt. Und diesen Jemand will ich finden. Ich will, dass er mir in die Augen sieht und mir den ganzen Scheiß erklärt. Und ich will, dass Lisa mir in die Augen sieht und mir sagt, wie viel sie dafür bekommen hat, sich auf den Mist einzulassen."

„Sei nicht zu nachsichtig mit ihr", bemerkte Edda vom Herd aus. „Sie hat keine Nachsicht verdient."

Jo warf einen kurzen Blick in ihre Richtung, dann breitete er die Hände aus. „Selbst wenn du die Dinge aufklärst, Susanne, wird dich das nicht vor einer Anklage bewahren. Du bist aus einer geschlossenen Psychiatrie ausgebrochen, das ist eine Tatsache. Und den Angriff mit der Glasscherbe gibt es auch immer noch. Abgekartetes Spiel oder nicht."

„Das weiß ich. Aber das ändert nichts an meiner Entscheidung." Susanne beugte sich etwas nach vorne und griff nach Jos Hand. „Ich danke dir für alles ... Ohne dich ... Ich danke dir, Jo."

Es war deutlich zu sehen, wie sehr er sich quälte, seine widersprüchlichsten Gefühle in Einklang zu bringen. „Mein Herz ist dagegen", sagte er. „Du bist dort ganz alleine. Wenn die Polizei dich in die Finger kriegt, verschwindest du vielleicht für immer in der Psychiatrie, und wir können dir dann nicht mehr helfen."

Susanne lächelte schwach. „Vernunftentscheidungen waren noch nie meine Stärke, das solltest du langsam wissen."

„Wirklich, es wäre mir lieber, du würdest das nicht tun." Jo atmete tief durch. „Aber wenn du es unbedingt willst und ich dich nicht davon abhalten kann, dann ... wirst du wohl gehen müssen."

„Ich an ihrer Stelle würde es auch tun." Edda schob den Topf von der heißen Herdplatte. „Wie heißt es so schön? Angriff ist die beste Verteidigung. Jemand Hunger? Also, ich hab mächtig Kohldampf."

41. KAPITEL

Sehr genau zuhören, Leute …

Mainz

Zander starrte einem Auto hinterher, das langsam an ihm vorbeifuhr. Dann setzte er sich wieder in Bewegung, schlug den Kragen seines Mantels hoch und zog den Kopf zwischen die Schultern.

Immer noch rieselten dichte Schneeflocken um ihn herum, und er war hundemüde. Er wollte einfach nur noch schlafen, sich zusammenrollen, die Decke über den Kopf ziehen und an nichts mehr denken.

Doch Schlaf war nicht drin. Überhaupt nicht.

Zander ging um die nächste Ecke und hielt abrupt inne, als sich ihm jemand in den Weg stellte. Eine Gestalt in einem dunklen Cape. Ein Mann – das erkannte er immerhin. Doch seine Augen waren kaum zu erkennen unter lauter Schorf. Er wankte, als könne er sich kaum auf den Beinen halten.

Zander blinzelte und sagte: „Geht es Ihnen nicht gut? Kann ich Ihnen helfen?“

Der Mann öffnete den Mund und sagte erstaunlich klar: „Erinnern Sie sich nicht an mich?“

Noch einmal blinzelte Zander. Dann sagte er: „Rabijo?“

Der Mann nickte. Und dann griff er mit überraschender Schnelligkeit und Kraft nach seinem Arm. „Sie müssen mir jetzt sehr genau zuhören. Es geht um Frau Wagner. Hören Sie mir sehr genau zu.“

Weidling

Eva rückte den Sessel näher an die Couch heran und begann dann, von zehn an rückwärtszuzählen.

Bei eins angekommen, wartete sie einen Moment. Dann sagte sie: „Du stehst oben an der Treppe und hörst deine Eltern streiten. Hörst du es?“

Julias Augen waren geschlossen. Ihre Lippen zuckten. Die Finger ihrer rechten Hand krümmten sich etwas. „Ja.“

„Kurz darauf klopft es an die Haustür. Kannst du es hören?“

„Ja.“

„Kannst du sehen, wer die Tür öffnet?“

„Meine Mutter.“

„Was passiert dann?“

„Mein Vater schreit.“

„Was schreit er?“

„‚Ich will, dass du verschwindest.‘“

„Sagt deine Mutter auch etwas?“

„Nein, sie ist ganz still.“

„Sagt der Besucher etwas?“

„Nein.“

„Was passiert dann?“

„Mein Vater schreit weiter: ‚Ich lasse das nicht zu. Ich lasse das nicht zu.‘ Dann ist auf einmal alles still.“

„Was tust du?“

„Ich spüre, dass etwas nicht stimmt. Ich nehme all meinen Mut zusammen und renne die Treppe hinunter.“

„Was siehst du, als du unten angekommen bist?“

„Mein Vater liegt im Badezimmer auf den Fliesen. Auf seinem rechten Arm ist ein kleiner roter Fleck. Er sieht tot aus.“

Eva rieb sich über die Augen, sah Julia dann wieder an. „Wo ist deine Mutter?“

„Sie steht neben meinem Vater. Ganz reglos und ganz starr.“

„Wo ist der Besucher?“

„Ich weiß es nicht. Ich sehe ihn nicht. Er ist nicht im Badezimmer.“

„Sagt deine Mutter etwas?“

„Nein. Sie steht einfach nur da und sieht auf meinen Vater hinab.“

„Was passiert dann?“

„Mein Vater öffnet die Augen. Er will sich bewegen, aber es gelingt ihm nicht gleich. Er sieht mich an und sagt: ‚Versteck dich.‘“ Julias Stimme wurde jetzt wieder hektisch. „Ich drehe mich um und renne hinauf in mein Zimmer. Dort verstecke ich mich unter dem Bett.“ Sie begann, sich die Hände vor das Gesicht zu halten. „Er kommt, er kommt, ich höre ihn. Er kommt!“

„Julia?“

„Er ist böse. Ich weiß es. Ganz arg böse.“

„Julia!“

„Und dann ist er auf einmal wieder verschwunden. Ich gucke ganz vorsichtig unter dem Bett hervor, aber er ist nicht mehr da.“

Erleichtert atmete Eva durch. „Was passiert dann?“

„Mein Vater schwankt, aber er ist wild entschlossen. Er sagt: ‚Wir fahren zurück nach Deutschland. Sofort.‘ Und dann fängt er an zu packen. Ich frage ihn, wo wir hinfahren, und er sagt, dass ich eine Zeit lang verreisen muss. Ich frage ihn, wohin. Und er sagt, dahin, wo es schön ist.“

„Wo ist deine Mutter gerade?“, fragte Eva.

Langsam schüttelte Julia den Kopf. „Ich weiß es nicht. Ich sehe sie nicht. Ich frage meinen Vater, ob ich böse war. Ob wir deshalb wegmüssen, aber er schüttelt den Kopf. Er sagt, ich wäre das allerbeste Mädchen auf der Welt. Ich wäre ein Engel. Und er verspricht mir, dass alles gut wird.“

„Und dann seid ihr zurück nach Deutschland gefahren?“

„Ja.“

„Und später hattet ihr den Autounfall?“

„Ja … Da ist eine Tür.“

„Was für eine Tür?“ Eva blinzelte verwirrt. „Wo bist du?“

„Hinter der Tür befindet sich ein Gang. Ganz hinten sind Menschen. Ich höre Schreie. Dann packt mich jemand an der Hand. Es ist mein Vater. Er packt mich, und wir rennen los. Aber sie sind hinter uns her."

Die Entführung! durchschoss es Eva.

Julia zitterte jetzt am ganzen Körper. „Sie werden uns kriegen! Sie werden uns kriegen! Wir rennen auf eine Tür zu. Sie sind immer noch hinter uns her! Ich habe Angst! Ganz fürchterliche Angst! Aber mein Vater hat mich an der Hand, er lässt nicht los. Und dann sind wir draußen."

Die Bilder in Julias Kopf wurden deutlicher, gewannen immer mehr an Leben. Dazu kamen jetzt Gerüche. Das wundervolle Parfüm ihrer Mutter, der Geruch des Badezimmers. Sie schluckte mehrmals. „Ich habe es gesehen. Ich habe gesehen, wie meinem Vater die Spritze verpasst wurde."

Eva überlegte einen Moment. „Wann ist das genau passiert? Ich meine, wie viel Zeit lag zwischen deiner Entführung und diesem letzten Tag in Norwegen?"

„Es war im Frühsommer, also knapp ein halbes Jahr später."

„Warum haben sie so lange gewartet?", fragte Eva. „Ich meine, wenn sie dich noch einmal entführen wollten, warum haben sie es nicht gleich getan?"

Julia hob die Schultern in die Höhe. „Ich weiß es nicht. Ich vermute, dass mein Vater etwas gegen diese Leute in der Hand hatte. Etwas, womit er sie zurückhalten konnte. Jedenfalls bis zu diesem Tag."

Sie schwiegen einen Moment.

„Du hast wieder von dieser Tür erzählt", sagte Eva dann. „Glaubst du, das war der Ort, an den sie dich nach deiner Entführung gebracht hatten?"

Julia sah auf. „Es kann nur so gewesen sein, oder? Und mein Vater kam, um mich zu befreien."

„Hast du eine Ahnung, was das für Menschen waren, die du hinter der Tür gesehen hast?“

„Nein.“

Eva nickte langsam und nachdenklich. „In Ordnung. Lass uns rekapitulieren, was wir bis jetzt wissen oder glauben zu wissen: Du bist als Kind entführt worden. Dein Vater hat dich aus der Gefangenschaft befreit. Ein paar Monate später hat deine Mutter in Norwegen einem Besucher die Tür geöffnet. Kurz darauf lag dein Vater mit Ricin im Blut auf den Badezimmerfliesen.“

„Ja.“

„Aber du hast den Besucher nicht gesehen, als dein Vater auf den Fliesen lag.“

„Nein.“

„Aber du hast deine Mutter gesehen.“

„Ja.“

Sie sahen sich in die Augen.

„Du denkst, sie hat meinen Vater umgebracht, richtig?“, sagte Julia. „Du denkst, sie hat uns verraten.“

Hilflos hob Eva die Hände in die Höhe.

„Nein, so war es ganz bestimmt nicht.“

„‚Wen liebst du?‘ Das hat dein Vater sie gefragt, oder nicht?“

„Das kann alles Mögliche bedeuten.“

„Und er hat hinzugefügt: ‚Nicht uns.‘“

Julia antwortete nicht. Für einen kurzen Augenblick sah sie ihre Mutter vor sich, die hübsche Frau mit ihrem wunderbaren Duft, und sie erinnerte sich, wie sie sie einmal gefragt hatte: „Was hast du gemacht, bevor ich auf die Welt kam?“ Und ihre Mutter hatte ihr daraufhin von ihrer Jugend erzählt und von der Hochzeit mit ihrem Vater. Es klang wie ein Märchen, vielleicht viel zu schön, um wahr zu sein. Und doch …

„Sie hat uns geliebt“, sagte Julia.

„Das mag sein“, gab Eva zurück. „Aber es war deine Mutter, die neben deinem Vater stand, als du ins Badezimmer kamst.“

„Sie hatte keine Spritze in der Hand."
„Okay. Aber der Besucher war auch nicht da. Und dein Vater lag auf den Fliesen."
„Sie hatte keine Spritze in der Hand", wiederholte Julia.
Sie sahen sich in die Augen, und der Rest des Raumes verschwamm.
Schließlich beugte Eva sich etwas nach vorne, faltete die Hände und legte sie an die Lippen. „Was würdest du sagen, wenn das ein ganz normaler Fall wäre und es dabei nicht um deine Mutter ginge?"
„Dann hätte sie immer noch keine Spritze in der Hand gehalten. Das Mordwerkzeug. Und ein Motiv, Eva. Es fehlt das Motiv. Warum hätte meine Mutter das tun sollen?"
Eva schwieg, und Julia fügte nach ein paar Sekunden hinzu: „Du hast doch längst beschlossen, dass sie es getan hat."
„Und du, dass sie es nicht getan hat."
„Noch einmal: Meine Mutter hat uns geliebt."
„Julia …"
„Sie hatte das Mordwerkzeug nicht in der Hand und kein Motiv."
„Meine Güte", fuhr Eva auf. „Ich gehe doch auch nicht davon aus, dass sie … eine kaltblütige Mörderin war. Aber nach dem, was wir bisher jetzt wissen, müssen wir ja wohl immerhin feststellen, dass damals irgendwas im Busch war. Irgendwas ist da gelaufen, Julia, und wenn du mal für eine Sekunde die Augen aufmachst, dann siehst du das auch."
Julia erhob sich. „Sie war es nicht. Mehr gibt es nicht dazu zu sagen."
Keine drei Sekunden später hatte sie die Badezimmertür hinter sich zugeschlagen.
Sie zog sich aus, warf mit Wut ihre Kleidung um sich und stieg unter die Dusche.
Sie duschte nicht heiß, sie duschte eiskalt, wollte schreien.

Während sich ihre Haut schmerzhaft zusammenzog, sah sie noch einmal die schwarzen Schuhe vor dem Bett.

Energie pulsierte nur so durch ihren Körper. Mit der flachen Hand schlug sie gegen die Fliesen. Es war so unbegreiflich und unsinnig wie der ganze Albtraum, in dem sie sich befand. Verworren und unentwirrbar.

Es ist immer bedrohlich, wenn aus Möglichkeiten Wahrscheinlichkeiten werden, und vor einem solchen Moment stand Julia gerade. Sie fühlte sich verwirrt und hilflos, und eine furchtbare Angst lag ihr wie ein schwerer Stein im Magen. Ihr war schlecht.

Sie wollte auch weiterhin davon überzeugt sein, dass ihre Mutter keine Mörderin war. Und es gab ja auch keinen echten Beweis dafür. Aber Eva hatte immerhin dahingehend recht, dass die Dinge auf den ersten Blick so aussahen. Sie selbst hatte ihren Vater auf den Fliesen liegen sehen. Und daneben stand ihre Mutter. Und von dem Besucher war in diesem Moment weit und breit nichts zu sehen gewesen.

Julia zitterte.

Aber die Frage nach dem Warum blieb auch weiterhin bestehen. Warum hätte ihre Mutter ihren Vater umbringen sollen?

Einen Grund.

Ein Motiv.

Was für ein Motiv?

Julia zwang sich, weiter nachzudenken, während das eiskalte Wasser unnachgiebig auf sie herabprasselte. Ihre Hände und Füße waren jetzt so kalt, dass sie sie kaum noch spürte. Sie zermarterte sich das Hirn nach weiteren Erinnerungen, versuchte, jedes noch so kleine Detail hervorzuholen. Aber sie stieß nicht auf das kleinste Motiv, auf keine Erklärung, entdeckte nichts. Kein Fünkchen Wut im Verhalten ihrer Mutter in den Tagen vor ihrem Tod. Keine Eifersucht, kein Hass, keine Furcht – nur dieses erdrückende Bild von ihr im Badezimmer, neben ihrem Vater.

Julia dachte an die Augen ihrer Mutter. Sie hatte wunderschöne Augen gehabt: durchdringend, klar und grau, beinahe hypnotisch. Niemals wäre sie auf den Gedanken gekommen, eines Tages hinter diesen Augen eine völlig fremde Frau wiederzufinden.

Das Wasser schien immer kälter zu werden.

Julia drehte es ab und verließ die Dusche.

Mit nassen Haaren betrat sie zehn Minuten später wieder das Wohnzimmer. Sie ging zur Anrichte und wusste eigentlich gar nicht, was sie dort tun sollte. Sie stellte einen Teller und eine Flasche neben die Spüle. Blieb stehen. Unbewusst öffnete und schloss sie die rechte Hand.

Dann, endlich, wandte sie sich Eva zu und sagte: „Ich weiß nicht, was damals gelaufen ist, aber ich weiß, dass meine Mutter keine Mörderin ist."

Eva, die auf der Couch saß, schwieg, und Julia fügte hinzu: „Vielleicht hältst du es für sentimentalen Quatsch und vielleicht bin ich tatsächlich voreingenommen, aber ich bleibe dabei."

Eva schwieg weiter.

„Paula von Jäckle sagte, der Zaren wäre auf dem Weg zu mir, auf verschiedensten Wegen und in Form von verschiedensten Personen. Und sie betonte, dass ich niemals vergessen darf, dass er nicht fair spielt."

„Du meinst, es ist eine Täuschung?", sagte Eva. „Ein Manöver?"

Julia nickte. „Das Böse ist immer trügerisch, nicht wahr? Es ist nie hässlich – erst dann, wenn es sich zu erkennen gibt. Es sieht nie aus wie etwas Schlechtes. Das wäre viel zu leicht, viel zu einfach. Wir würden es viel zu schnell erkennen. Das, worin das Böse am besten ist, hat Pastor Jordan einmal zu mir gesagt, ist die Täuschung. Und er hat betont, dass ich das niemals vergessen dürfe."

Eva schwieg wieder, und Julia fügte hinzu: „Und das ist auch die einzige Erklärung, die in meinen Augen einen Sinn macht. Keinen Sinn hingegen ergibt der Gedanke, dass meine Mutter meinen Vater umgebracht haben soll."

Lange sah Eva Julia an. „Ich wünsche dir, dass du recht hast", sagte sie dann. „Ich wünsche es dir wirklich."

42. KAPITEL

Nur mal angenommen

Norwegen

Susanne sah inzwischen ganz anders aus. Sie hatte den Pony noch nie kurz getragen, hatte noch nie einen Pagenkopf gehabt, und sie war schon lange nicht mehr einfarbig auf dem Kopf gewesen. Das helle Braun machte sie erwachsener, seriöser, verlieh ihr fast so etwas wie Reife. Je länger sie in den Spiegel sah, desto weniger erkannte sie sich selbst. „Ich sehe aus wie meine Mutter!"

„Du siehst toll aus", gab Edda gelassen zurück. „Wie fühlen sich die Kontaktlinsen an?"

„Bei Weitem nicht so angenehm, wie du behauptet hast."

„Nimm die Tropfen, die ich dir gegeben habe."

„Hab ich schon."

Edda nickte zufrieden und hob eine Auswahl ordentlicher dunkelblauer Hosen und heller Blusen in die Höhe. Gebügelt. „Die hier hab ich dir noch mitgebracht."

Susanne betrachtete die Auswahl skeptisch. „Eher sterbe ich. Und was ist das überhaupt für ein fürchterliches Ding an meinen Beinen?" Sie konnte nicht aufhören, sich an den Oberschenkeln zu kratzen.

„Das ist eine Strumpfhose, und sie steht dir ausgezeichnet. Die Farbe ist perfekt."

Susanne betrachtete ihre Beine. „Was für eine Farbe soll das sein? Ich seh keine Farbe."

„Das habe ich doch gerade gesagt. Die Farbe heißt: Perfekt. *Perfekt nackt,* um genau zu sein."

„Nackt ist keine Farbe. Nackt werde ich im Park verhaftet." Susanne verzog das Gesicht. „Ich mag's nicht. Ich mag keine

Strumpfhosen, ich mag keine Kontaktlinsen, und ich mag keine knallroten Lippenstifte."

„Ob es dir passt oder nicht, es wird dir den Hintern retten, wenn du wieder nach Deutschland einreist. Außerdem bekommst du auch noch einen Ausweis."

„Woher?"

„Du solltest nicht so viel fragen."

Susanne legte den Kopf schief. „Du hast doch hoffentlich niemanden umgebracht, um an diesen Ausweis zu kommen?"

Edda lächelte dünn. „Natürlich nicht. Ich habe nur einen guten Freund, der sich mit der Herstellung von Dokumenten auskennt. Und ich meine: wirklich gut auskennt."

„Ich erinnere mich daran, dass du sagtest, ihr seid die Guten."

„Das sind wir auch. Deshalb tun wir das hier. Dein neuer Name wird übrigens Claudia Müller sein."

„Claudia Müller? Ist das nicht ein bisschen einfach?"

„Das ist genau der Grund, warum du keine Mühe haben wirst, ihn dir zu merken."

Susanne nickte ergeben und machte sich auf den Weg in die Küche.

Jo, der gerade den Kopf in den Kühlschrank gesteckt hatte, richtete sich auf. Als er sie erkannte, tauchte an seinem rechten Auge ein Zucken auf. „Mein lieber Schwan!"

„Was meinst du?" Susanne griff nach der Wodkaflasche auf dem Tisch und schraubte sie auf. „Die ekelhaften Wursthäute an meinen Beinen oder die braune Stuhlprobe auf meinen Kopf?"

Jo verzog die Lippen zu einem Grinsen. „Du bist ein echtes Talent, Edda."

Edda, die in der Tür stand, lächelte zufrieden.

Susanne gab ein unverständliches Brummen von sich und trank einen Schluck Wodka.

„Ich weiß, ich kann dich nicht davon abhalten", sagte Jo in ihre Richtung. „Aber ich will dich trotzdem noch einmal fragen: Hast du dir das wirklich gut überlegt?"

„Ja." Susanne wandte sich an Edda. „Ich hätte da noch eine Frage an dich."

„Nur zu." Edda zog sich einen Stuhl heran und setzte sich an den Tisch.

„Wenn ich mir Geld besorgen wollte, nur mal angenommen …"

„Schätzchen, du weißt, dass ich vieles für dich mache, aber ich werde dir nicht dabei helfen, eine Bank zu überfallen, dafür bin ich zu gut erzogen."

„Nein. Mal angenommen, ich wüsste jemanden, der den Verlust von ein paar Euro locker verkraften könnte …"

„Was verstehst du unter ein paar Euro? Nur aus Interesse."

„Fünfzigtausend."

Edda verzog das Gesicht zu einem Lächeln. „Du bist einfach zu bescheiden."

„Mal angenommen", redete Susanne weiter, „ich wäre mit der Person, der das Geld gehört, verwandt, wäre quasi ihre Tochter …"

„Okay …"

„Und ich würde den Namen und die Kontonummer der Bank kennen, auf der die betreffende Person ihr Geld hat … nur mal angenommen … und nehmen wir weiter an, du würdest einen Namen und die Kontonummer einer Bank kennen, wohin das Geld transferiert werden könnte …"

Edda schwieg abwartend.

„Nehmen wir weiter an, ich wollte das Geld von dem einen Konto auf das andere umleiten. Wäre das möglich? Ich meine, würdest du das hinkriegen?"

Edda überlegte einen Moment. „Es gäbe sicher Möglichkeiten, wie man das schaffen könnte. Allerdings könnte ich es nicht machen." Sie hob eine Hand in die Höhe. „Ich könnte es vermutlich schon. Irgendwann würde ich es sicher hinkriegen, aber es würde viel zu lange dauern." Sie überlegte ein paar Sekunden. „Aber ich kenne jemanden, der es ein wenig schneller schaffen könnte. Sein Name ist Greg. Ein Freak, etwas seltsam. Aber mich mag er." Edda erhob sich vom Stuhl. „Gib mir ein bisschen Zeit. Ich klär das."

43. KAPITEL

2012

Weidling

Marina Mayer stand immer noch unter Schock. Anders konnte man ihren Zustand nicht beschreiben. Mit einer Tasse lauwarmem Kaffee saß sie an ihrem Schreibtisch, und wann immer sie die Augen schloss, sah sie Bauermanns Leiche vor sich. Nun hatten sie einen Kastenwagen in seiner Scheune gefunden, aber keine Ahnung, wer ihn dort abgestellt hatte. Intensiv hatten sie sich in der letzten Stunde mit dem Wagen beschäftigt, aber nichts gefunden, und Marina war sich sicher, dass Frieder immer noch suchte.

Indem sie Bauermann nicht sofort von seinem Hof geholt hatte, hatte sie einen großen Fehler gemacht, das wusste sie. Einen Fehler, den sie nun nicht mehr gut machen konnte.

In der Hoffnung, doch noch einen entscheidenden Hinweis zu finden, legte Marina die Hände an den Kopf und versuchte, sich zu konzentrieren, doch ihr Kopf fühlte sich an wie ein Eisblock.

Denk nach!

Denk nach!

Marina betrachtete noch einmal die Kugel, die sie auf dem Marktplatz gefunden hatte. Irgendetwas daran war seltsam, sie konnte nur nicht sagen, was.

Sie überlegte und überlegte.

Und dann hatte sie es.

Sie griff nach ihrer Waffe und holte das Magazin heraus.

Tatsächlich. Die Kugel vom Marktplatz stammte aus einer Polizeiwaffe.

Dann hatte sie die Zahl vier im Kopf.

Vier Personen. Es mussten vier Personen gewesen sein. Gestern Morgen auf dem Marktplatz. Das würde bedeuten, es gab neben dem erschossenen noch einen zweiten Mann.

Ergab das einen Sinn?

Marina stellte sich das Szenario vor:

Eva Haack kommt aus der Apotheke. Sie geht zu ihrem Wagen, öffnet die Tür und setzt sich hinein. Der Tote vom Marktplatz taucht auf und zwingt sie, wieder auszusteigen. Sie tut es, er bedroht sie mit seiner Waffe, die sie neben ihm im Schnee gefunden hatten. In der nächsten Sekunde trifft ihn eine Kugel. Die Polizeikugel. Er bricht zusammen, hebt seine eigene Waffe aber noch einmal an und zielt. Er wird noch einmal getroffen, dieses Mal ins Herz. Eva Haack und ihr Retter verschwinden.

Aber wenn der Tote auf dem Marktplatz tatsächlich einen Komplizen hatte, überlegte Marina, hätte der dann nicht eingegriffen, nachdem sein Kompagnon von der ersten Kugel getroffen worden war?

Sie überlegte weiter. Es war ja schließlich anzunehmen, dass er irgendwo nicht weit entfernt in dem Kastenwagen saß und die Szene beobachtete.

Marina stellte es sich wieder vor:

Der Komplize befindet sich in dem Kastenwagen, was Sinn macht, denn irgendwie müssen sie Eva Haack ja wegbringen. Sie haben nicht mit der vierten Person gerechnet. Sie dachten, es würde ganz schnell gehen.

Dafür sprachen die teuren italienischen Schuhe. Damit spazierte man nicht länger durch den Schnee.

Nachdem sein Kompagnon von der zweiten Kugel getroffen worden ist, überlegt der Mann, was er nun tun soll. Er entscheidet sich dafür, zu verschwinden, vermutlich weil er weiß, dass er gerade die schlechteren Karten hat. Und weil er weiß, dass es nicht lange dauert, bis das ganze Dorf auf den Beinen ist. Er verschwindet, hat aber keine Möglichkeit, das Dorf zu verlassen, weil es vom Rest der Welt abgeschnitten ist. Er ist aufgeregt und nervös. Er grübelt, wie es nun weitergehen soll. Er versucht, die Situation wieder in den Griff zu bekommen. Er versucht sich zu orientieren. Wo ist er? Wo kann er sich verstecken? Es schneit immer weiter, die Sicht ist schlecht, und es ist verdammt kalt. Er muss schnell etwas finden. Und schließlich findet er einen Ort. Bauermanns Hof.

Der alte Mann selbst hatte die Guten gestern Morgen noch mit seiner Schrotflinte verjagt, der Böse gelangte dafür in sein Haus.

In seinem Versteck denkt der zweite Mann darüber nach, dass sein toter Kompagnon, wenn der Schnee wieder nachlässt, von der Polizei untersucht werden wird. Sie werden ihn identifizieren, früher oder später. Und dann kommen sie vielleicht auch auf ihn. Also macht er sich auf den Weg, sucht nach der Leiche und findet sie im Schuppen der Pohls. Er schnappt sie sich und verschwindet damit.

Aber warum hatte er sie an den Baum genagelt? Hatte das etwas zu bedeuten?

Genagelt.

Und das Wort: *Failed.* Warum hatte er ausgerechnet dieses Wort auf seine Brust geschrieben?

Marina kaute auf ihren Fingernägeln.

Das musste etwas zu bedeuten haben.

Sie zwang sich weiter zur Konzentration, bis ihr Kopf vor Anstrengung schmerzte.

Und warum ausgerechnet Eva Haack? Warum sollte ausgerechnet sie entführt werden?

Es dauerte noch einen Moment, und dann erreichte es Marina plötzlich.

Ein Funken einer Erinnerung.

Der Hinweis.

Der Zusammenhang.

Einen Augenblick blieb sie vollkommen reglos sitzen. Ein ganz stiller Moment. Dann erhob sie sich und eilte aus der Wache.

Zehn Minuten später wühlte sie in ihrer Wohnung alle alten Zeitungen durch. Sie reichten zurück bis zum Anfang des Jahres, was eine ganze Menge war.

Und es dauerte auch eine ganze Weile, aber dann, endlich, hatte Marina es gefunden. Die erste Meldung im April dieses Jahres. Die halbe Titelseite war dem Thema gewidmet, den „Teufelsmorden" und jenen, die ihnen zum Opfer gefallen waren.

Ungläubig schüttelte Marina den Kopf. Menschen waren in einem kleinen Ort in Niedersachsen die Kehlen durchgeschnitten worden, Pentagramme in ihre Bäuche geritzt. Unglaublich. Der sogenannte „Teufelsmörder" war ein angesehener Polizist gewesen, er war damals erschossen worden.

Der nächste Artikel berichtete über die beiden Opfer, die nur knapp überlebt hatten. Und eines der Opfer war Eva Haack gewesen.

Marina schlug mit der Faust auf den Tisch. *Das hast du's!*

Die Frau war vom Teufelsmörder in einer alten Kapelle nackt an ein Kreuz genagelt worden – *genagelt* – und hatte die ganze Sache nur um ein Haar überlebt.

Gott, wie schrecklich.

Wie grausam.

Und wie verrückt.

Dann tauchte noch ein weiterer Name auf. Der Name des zweiten Opfers, das die Ereignisse in jener Nacht überlebt hatte: Julia Wagner.

Angespannt las Marina weiter. Julia Wagner und Eva Haack waren zusammen aufgewachsen. In einem Waisenhaus. Das erklärte einiges. Und da war auch der Zusammenhang. Denn als Nächstes folgte die Erklärung: Julia Wagner war Polizistin gewesen.

Marina sah auf. Sie war es, die auf dem Marktplatz geschossen hatte, anders konnte es nicht sein. Sie wollte ihre Freundin beschützen.

Trotzdem war sie sich sicher, dass hinter dieser Sache noch mehr steckte.

Aber wo sollte sie weiter ansetzen?

Sie erhob sich und trat zum Fenster, stand so reglos da, dass sie kaum ihren eigenen Atem hörte, dann zog sie langsam den Zettel mit der Zahl 2012 aus ihrer Hosentasche. Dann kam ihr ein Gedanke. Sie wühlte wieder die Zeitungen durch, suchte, und dann hatte sie es. Und als sie es hatte, wurde ihr für einen Moment schwindlig. Sie wandte den Kopf und blickte in Richtung Kalender.

„Das gibt's doch gar nicht", murmelte sie.

2012. Das war kein PIN-Code, das war ein Datum! Der 20.12. Julia Wagners Geburtstag. Jemand wollte sie an ihrem Geburtstag töten.

Marina richtete sich auf und sah auf die Uhr.

Noch eine Stunde.

„Oh Scheiße. Verdammte Scheiße."

Marina überlegte wieder fieberhaft. Wenn sie um jeden Preis um Mitternacht dort oben auf dem Berg sein wollte, wie würde sie es anstellen?

Es gab eigentlich keine Möglichkeit.

Außer ... mit einem Schneemobil.

Marina wandte sich ab und griff nach ihrer Jacke. Der Einzige, der im Dorf ein Schneemobil besaß, war Frieder Fäth.

Sie klopfte gegen die Haustür. Niemand öffnete.

Wo, zum Teufel, steckte er?

Noch einmal klopfte Marina gegen die Tür. Heftiger diesmal. Inzwischen war jeder Muskel in ihrem Inneren angespannt. Sie legte die Hand auf den Griff der Pistole an der Seite. Unüberhörbar galoppierte ihr Herz sich selbst voraus, und ihr Puls bemühte sich, Schritt zu halten.

Sie wartete noch gute dreißig Sekunden. Nichts tat sich. Nicht das leiseste Geräusch von drinnen.

„Frieder!“, rief sie. „Ich bin’s! Marina!“

Dieses Mal war etwas zu hören. Ein deutliches Geräusch von drinnen.

Na endlich!

Erleichtert atmete Marina durch.

Das Geräusch des zurückschnellenden Riegels erklang. Der Türknauf drehte sich, die Tür öffnete sich langsam.

Ein Mann tauchte in ihrem Blickfeld auf, und das war nicht Frieder Fäth.

„Was …?“, setzte Marina an, und es war das Letzte, was sie in ihrem Leben sagte, denn der Mann hob die Hand und setzte mit seiner Waffe ein Einschussloch genau in ihre Stirn.

Er wartete, bis ein dünner Streifen Blut wie eine Träne aus ihrem Augenwinkel quoll und an der Wange entlanglief. Dann wartete er noch einen Moment, bis sie in sich zusammensackte, ehe er sie ins Haus zog und die Tür hinter ihnen schloss.

Schnell bewegte er sich dann durch das Haus, stieg dabei über Frieder Fäths Leiche, betrat die Garage und stieg auf das Schneemobil.

44. KAPITEL

Des Teufels General

Mainz

Plötzlich glaubte auch Zander, das Böse spüren zu können. Den Ozean des Bösen.

Rabijo.

Julia.

Die Kraniche.

Plötzlich nahm alles eine völlig neue Dimension an.

Er schloss die Wohnungstür hinter sich und atmete tief durch. Dann überlegte er, während er langsam durch die Wohnung schritt.

Im Wohnzimmer blieb er stehen, betrachtete ein eingerahmtes Foto an der Wand. Es zeigte ihn und Julia auf einer Feier. Damals war ein Kollege in den Ruhestand gegangen.

Der nächste Gedanke war stark und klar. Zander griff nach dem Foto und hängte es ab. Dann machte er sich auf die Suche nach einem Stift.

Kaum hatte er das Foto ein paar Minuten später wieder an die Wand gehängt, klingelte sein Handy. Er nahm das Gespräch an.

„Claas Mok", sagte eine Stimme am anderen Ende und fügte auf Englisch hinzu: „Norwegen. Tut mir leid, dass ich mich so spät erst melde, aber meine Frau hatte heute einen Autounfall. Ich war bis eben im Krankenhaus."

„Vielen Dank, dass Sie trotzdem zurückrufen", antwortete Zander, ebenfalls auf Englisch.

„Eigentlich wollte ich es heute nicht mehr tun, aber dann erfuhr ich, dass es um Sten Kjaer geht."

„Richtig."

„Nun, ich bin inzwischen in Rente, habe mich die letzten Jahre allerdings sehr intensiv mit diesem Mann beschäftigt. Er steht auf unserer schwarzen Liste. Unsere Most-wanted-People, wenn Sie so wollen. Wir sind seit geschlagenen fünfzehn Jahren hinter ihm her. Im Laufe dieser Zeit ist es ihm gelungen, vier unserer Kollegen zu töten. Das heißt, für uns ist dieser Mann eine persönliche Angelegenheit. Davon abgesehen können wir nur schätzen, wie viele private Leichen auf sein Konto gehen. Erzählen Sie mir, was bei Ihnen in Deutschland los ist."

Zander erzählte von den Ereignissen in Mainz. Als er geendet hatte, holte der norwegische Kommissar a. D. tief Luft. „Tja, wie es aussieht, habt ihr da einen größeren Schlamassel am Hals, als ich dachte. Die Art der Morde würde tatsächlich zu Kjaer passen. Allerdings ist er kein Entführer und auch kein Vergewaltiger. Er ist einfach nur ein Killer. Er arbeitet für eine Organisation, und wie es aussieht, ist die gerade dabei, Verbindungen zu kappen, die ihnen gefährlich werden könnten. Man könnte auch sagen, da räumt jemand das Spielfeld auf."

„Reden wir von den Kranichen?"

„Sie haben also schon davon gehört?"

„Ja. Was können Sie mir über diese Organisation sagen?"

„Leider nicht viel mehr als ihren Namen. Sie sind sehr gut aufgebaut, genial, um genau zu sein, und das macht es so schwer, an sie heranzukommen." Mok schwieg einen Moment, dann fügte er hinzu: „Es ist ein System, bei dem das Wissen aus tausend Quellen in eine Richtung fließt – und zwar durch ein Nervensystem, das immer dünner wird, je näher es der Spitze kommt. So verhindern sie Infektionen, Störungen im System. Ganz einfach. Das ist wie eine Gespensterjagd. Auf sehr dünnem Eis."

„Ich nehme an, dann wissen Sie auch nicht, wer der Oberkranich ist?"

„Nein. Leider nicht.“

„Aber Kjaer ist definitiv einer von ihnen?“

„Definitiv.“ Mok hustete. „Auf den ersten Blick ist er nur ein Killer, aber …“

„Auf den zweiten?“

„Auf den zweiten ist er ein genialer Verbrecher. Er besitzt die Intelligenz, jedes normale Schema, nach dem Verbrechen sonst so ablaufen, umzukehren. Das heißt, er ist der Polizei immer einen Schritt voraus. Man könnte ihn beinahe bewundern, wenn man nicht auf der anderen Seite wäre.“ Mok hustete. „Das Problem ist, dass er sich nicht wie ein normaler Serienkiller verhält. Alle anderen von diesen Typen, das wissen Sie selbst am besten, müssen morden. Niemand wacht eines Morgens auf und sagt: ‚Juhuu, ab heute bin ich ein Serienmörder.‘ Das hat nichts mit freier Entscheidung zu tun, es steckt ein Trieb dahinter, ein elementarer, fundamentaler Impuls. Bei Kjaer ist das anders. Er tötet weder aus Mordlust noch aus sexuellem Antrieb. Er hat keinen festen Rhythmus, er folgt keinem bestimmten Muster. Lange Rede, kurzer Sinn: Er hat keine Zwänge und auch sonst keine Motive, außer jenem, dass er dafür bezahlt wird.“

„Trotzdem muss der Kerl doch zu schnappen sein. Wir haben darüber nachgedacht, dass er eine militärische Ausbildung haben muss …“

„Ja, davon gehen wir auch aus. Ein Exmilitär. Diese Typen kann man oft meistbietend kaufen. Manche werden zu Söldnern, andere zu Auftragskillern.“

Darüber dachte Zander einen Moment nach. „Was können Sie mir sonst noch über Kjaer sagen?“, fragte er dann.

„Nicht viel mehr, als dass er um die fünfzig sein muss und ein Albino ist.“ Mok seufzte leise auf. „Man sollte meinen, als solcher wäre er ganz leicht aufzuspüren, aber leider ist dem nicht so. Er ist so schwer zu fassen, weil er nicht verrückt ist. Eiskalt ja, aber nicht verrückt. Allen Anstrengungen zum Trotz wurde bisher nicht ein einziges handfestes Beweisstück gegen ihn gefunden. Nie gab es einen zuverlässigen, unabhängigen Zeugen, keine belastbaren Indizien, kein Beweisstück. Nichts."

Zander trommelte mit den Fingerspitzen auf den Tisch. „Aber wir haben etwas. Wir haben ein Haar und ein paar Fasern. Wir wissen, dass er für eine Organisation arbeitet, die sich die *Kraniche* nennt, und irgendjemand muss diesen Verein hochgehen lassen. Die geben die Richtung vor, wir werden ihnen das Bein stellen."

„Ich bezweifle, dass das so leicht wird. Ich fürchte, wenn überhaupt, dann kommen Sie an diese Organisation nur über Kjaer heran. Er ist zwar nicht der Boss, aber er hat enormen Einfluss, befindet sich in der Hierarchie direkt unter dem großen Meister."

„Wo Sie gerade großer Meister sagen", bemerkte Zander. „Wir haben hier eine Aussage, dass diese Kraniche … wie soll ich es am besten ausdrücken …?"

„Die Weltherrschaft übernehmen wollen?", vollendete Mok.

„Ja. So ähnlich. Dass sie ‚das Gute von innen heraus ausrotten' wollen, so habe ich es gehört."

„Diese Gerüchte gibt es hier bei uns auch. Man sagt, dass diese Kraniche Satanisten sein sollen, und vielleicht streben sie ja tatsächlich nach der ultimativen Macht. Ich war allerdings Polizist, ich habe immer nur an das geglaubt, was ich sehen und anfassen kann. Für mich sind das ganz normale Verbrecher, mehr nicht. Auch Kjaer ist ein ganz normaler Verbrecher. Unglaublich intelligent, ja. Er taucht wie aus dem Nichts auf und verschwindet genauso schnell wieder. Das ist seine Masche." Mok hustete wieder. „Ich weiß, so etwas sollte nicht aus dem Mund eines Polizisten kommen, aber der Mann ist der perfekte Killer. Er hat sich besser unter Kontrolle als alle anderen Mörder, mit denen wir es bisher zu tun hatten. Wenn Sie es mit ihm aufnehmen wollen, Herr Kommissar, dann passen Sie gut auf sich auf."

Ein guter Rat, wie sich zeigen sollte, aber leider auch vergeblich. Denn kaum hatte Zander das Gespräch beendet, hörte er hinter sich ein schwaches Geräusch.

Er erstarrte, wandte langsam den Kopf und sah eine schallgedämpfte Pistole auf sich gerichtet. Der Mann, der sie in der Hand hielt, warf einen kurzen Blick zu Boden und kräuselte in milder Enttäuschung den Mund, weil er das Stück lockeres Laminat übersehen hatte, auf das er soeben getreten war.

Und dann roch Zander es.

Süß und außergewöhnlich.

Butterscotch.

„Bitte, versuchen Sie erst gar nicht, Ihre Waffe zu ziehen, Herr Kommissar. Vertrauen Sie mir, Sie werden nicht schnell genug sein." Sten Kjaers Stimme war leicht dunkel, mit einer weichen Schwärze am Grund.

Er sah tatsächlich genau so aus, wie die Ladenbesitzerin ihn beschrieben hatte. Sein Gesicht und seine Haare waren vollkommen weiß und halb lang und seine Augen merkwürdig durchsichtig. Er hatte tatsächlich etwas von einem Geist.

„Wir haben gerade über Sie gesprochen", sagte Zander.

„Ich weiß. Der gute alte Mok." Kjaer lächelte dünn. „Es tat mir fast ein bisschen leid, als er in Rente ging. Es machte mir Spaß, mit ihm zu spielen."

Zander deutete auf die Waffe. „Und jetzt? Wollen Sie mich umbringen? Mit einer schnöden Pistole? Sie können es doch viel besser und eleganter, das wissen wir beide."

„Verlassen Sie sich darauf, dass ich bei Ihnen ganz besonders kreativ sein werde."

„Warum ergeben Sie sich nicht einfach? Dadurch könnten wir einiges Blutvergießen vermeiden."

Ein weiteres dünnes Lächeln erschien in dem weißen Gesicht des Albinos. „Meinen Sie? Und was wird dann geschehen?"

„Ermittlungen." Zander hielt seinem Blick stand. „Gerichtsverhandlungen. Das übliche Programm. Sie haben sicher genug Geld beiseitegeschafft, um die besten Anwälte bezahlen zu können."

„Sie wollen also, dass ich mich ergebe?"

„Das wäre das Beste für alle."

„Sie kennen mich nicht, sonst wüssten sie, dass das unmöglich ist. Wir können nicht verhandeln, Herr Kommissar. Alles oder nichts, heißt die Devise. Wir kapitulieren niemals."

„Wir? Wen meinen Sie damit? Die Kraniche?"

„Natürlich."

„Erzählen Sie mir davon."

„Spielen Sie keine Spielchen, Herr Kommissar. Dafür haben Sie nicht mehr lange genug zu leben."

„Dann will ich wenigstens nicht dumm sterben. Wo wir schon so gemütlich hier stehen, möchte ich Sie bitten, mir noch ein paar Fragen zu beantworten."

„Wenn Sie unbedingt Zeit schinden wollen."

„Wie viele Menschen haben Sie bereits im Auftrag der Kraniche umgebracht, von denen wir, die Polizei, überhaupt nichts wissen. Wahrscheinlich einige, oder?"

Kjaer nickte.

„Und Ihr ... Verein ... hat seine Finger nicht nur bei Entführung und Zwangsprostitution im Spiel, wie ich annehme. Ich vermute, ganz im Gegenteil, dass das nur ein Nebenerwerb ist."

Darauf antwortete Kjaer nicht, was Zander als Ja nahm.

„Worin haben Sie sonst noch so Ihre Finger?"

Sten Kjaer lächelte milde und nachsichtig. Eine Antwort darauf gab er wieder nicht.

„Irgendwann machen alle einen Fehler", redete Zander weiter. „Auch Sie. Früher oder später wird Ihr Verein auffliegen. Es ist nur eine Frage der Zeit."

„Und Sie glauben, dass Sie derjenige sind, der uns das Handwerk legen kann?"

„Ja."

„Das zeugt von großem Selbstbewusstsein, wenn man Ihre momentane Lage betrachtet."

Zander schwieg. Was sollte er darauf auch sagen? Und Kjaer fügte hinzu: „Niemand kann uns das Handwerk legen. Auch Sie nicht, Herr Kommissar. Denn um das zu tun, müssten Sie uns verstehen, und das tun Sie nicht. Sie haben nicht die geringste Ahnung von uns."

„Oh, ich glaube, ich habe mehr Ahnung, als Sie ahnen. Es heißt, es hätte etwas mit Satanismus zu tun. Es heißt, Sie wollen das Gute von innen heraus ausrotten. Aber ich glaube, dass das nur eine Masche ist, mit der Sie den Leuten Angst einjagen. Denn wer Angst hat, der ist beherrschbar, nicht wahr? Und dann geht es am Ende doch wieder nur um etwas ganz Menschliches: den schnöden Mammon."

Wieder lächelte Kjaer dünn, hob die Pistole an, und Zander fügte eilig hinzu: „Wenn Sie mich jetzt umbringen, das schwöre ich Ihnen, wird Julia Ihren Laden auseinandernehmen, bis kein Stein mehr auf dem anderen sitzt."

„Oh. Sind wir jetzt bei Julia Wagner angekommen?"

„Sie wird so lange keine Ruhe geben, bis auch der letzte Kranich abgestürzt und beerdigt ist."

„Wir haben keine Angst vor ihr."

„Oh doch, das haben Sie." Zander starrte dem Killer in die durchsichtigen Augen. „Sie haben sogar sehr große Angst vor ihr."

Kjaer schwieg, und er fügte hinzu: „Julia verfügt über etwas, womit sie euren verdammten Verein ein für alle Mal zerstören kann. Und das ist der Grund, warum sie sterben soll. Es ist völlig egal, was Sie jetzt sagen, ich weiß, dass es stimmt."

Kjaer schwieg noch ein paar Sekunden, dann sagte er: „Sie haben recht. Sie haben recht mit jedem Wort. Sie könnte uns zerstören, aber um das zu tun, müsste sie verstehen. Sie müsste alles verstehen. Und das ist nicht der Fall. Sie hat keine Ahnung." Er hob eine Hand in die Höhe. „Tja, so ist das. Wir hätten es wissen müssen. Es ist immer schwierig, wenn Gut und Böse sich vermischen. Das kann gefährlich werden."

„Wie bitte?"

„Sie verdient den Tod."

„Niemand verdient den Tod."

Kjaer erwiderte Zanders Blick, ohne mit der Wimper zu zucken. „Und doch ist sie nur noch ein paar Minuten am Leben. Vertrauen Sie mir, ich weiß es."

Und dann ging alles ganz schnell. Bereits in der nächsten Sekunde stürzte Zander in eine große, dunkle Tiefe, wo irgendwo am Horizont ein Leuchtturm strahlte und ein Nebelhorn dröhnte.

Es war fünfzehn Minuten vor Mitternacht.

TEIL 3

45. KAPITEL

Schwarz gegen Weiß

Wir bewegen uns nun auf das Ende zu.

Was Du noch nicht weißt, ist, dass diese Zeilen mit Menschenblut geschrieben sind, in einer aus Hass geschriebenen Sprache. Sie stammen aus der Hand des Bösen selbst. Und dieses Böse, das bin ich.
Du bist kurz davor, mein wahres Wesen zu sehen, das brillante Ungeheuer, das mit nichts zu vernichten ist.
Ich schreie meinen Hass in die Welt. Ich schreie Dir meinen Hass ins Gesicht. Dir, der Du Vieh bist. Nutzloses Vieh. Ich kann Dich schlachten, warum sollte ich mich darum kümmern?
Wenn ich erst gewonnen habe, dann gibt es für Euch keine Hoffnung mehr. Keine Güte, keine Liebe, nur noch Dunkelheit.
Hörst Du den Chor? Ganz leise, noch weit entfernt. Eine Kakofonie von Geheul und Geschrei.
Es sind die Stimmen der Seelenräuber.
Sie kommen näher.
Spürst Du die Kälte? Diese Eiseskälte?
Kannst Du es riechen? Du kannst es riechen, nicht wahr? Den Geruch von Stall und Dung. Von Urin und Schmutz.
Du musst Dich der Wirklichkeit stellen: Das hier hat nichts mit Einbildung zu tun.
Ganz langsam ergibt sich Deine Seele, und Du kannst nichts dagegen tun. Niemand kann etwas dagegen tun. Ich werde gewinnen. Ich werde Dich ins Tal der blutigen Tränen führen.
Einzig sie steht mir noch im Wege.

Einzig sie könnte mich aufhalten. Nur sie wäre in der Lage, mich zu vernichten.
Das Wesen, das sie einst war, glaubt, mich abgeschüttelt zu haben. Doch nein. Ich werde sie mit Schaudern daran erinnern, dass ich immer bei ihr bin.
Ich werde sie noch in dieser Nacht besiegen und damit Euch alle!
Ihr habt verloren. Das ist die Wahrheit.
Sie kann nicht gewinnen.
Ich bin der Zaren.
Ich bin das, was Ihr am meisten fürchtet.
Und sie wird Euch nicht retten.
Höre meinen Schrei!
HÖRE MEINEN SCHREI!
HÖRE MEINEN SCHREI!
HÖRE MEINEN SCHREI!
HÖRE MEINEN SCHREI!
HÖRE MEINEN SCHREI!

„Nur noch ein paar Minuten", sagte Eva. „Ich hätte dir einen anderen Geburtstag gewünscht. Wirklich."

Julia schritt zu ihrem Rucksack und holte einen Streifen Kopfschmerztabletten heraus. Dann ging sie zur Anrichte und ließ Wasser in ein Glas laufen, ehe sie drei Tabletten damit hinunterspülte.

Eva hob fragend die Augenbrauen in die Höhe. „Sind die Kopfschmerzen so stark?"

„Kaum auszuhalten. Ich …" Etwas ließ Julia inne halten. Sie hob den Kopf, als würde sie ahnen, dass es auf sie zukam. Sie versuchte, sich dagegen zu wappnen, doch schon in der nächsten Sekunde schoss ein Schmerz durch sie hindurch, der sie zusammenzucken ließ. Er zirkulierte als unerbittliches Pochen durch ihren Körper. Sie hätte nicht benennen können, ob er sich gerade in ihrem Rücken, ihrem Bauch oder ihrem Kopf befand. Das Glas in ihrer Hand fiel zu Boden und zersplitterte.

„Julia!“ Das war Evas Stimme.

Sie wollte etwas sagen, schaffte es aber nicht. Der Schmerz konzentrierte sich jetzt nur noch auf ihren Kopf. Irgendetwas darin schwoll mehr und mehr an. Es krachte regelrecht. Es krachte und krachte.

Julia stöhnte auf, sank in die Knie und legte sich die Hände an den Kopf.

Sofort war Eva bei ihr. „Um Himmels willen, was ist los?“

„Mein Kopf … Hilf mir …“ Bei jedem Wort, das über ihre Lippen kam, schoss ein weiterer stechender Schmerz durch Julias Gehirn. „Bitte … Eva … hilf … mir …“

Eva antwortete etwas, was sie nicht verstand, und dann, in der nächsten Sekunde, schien etwas in Julia entzweizuspringen. Es war ein ganz und gar seltsames Gefühl, so, als wäre eine elementare Kraft, ein Energiestoß, durch sie hindurchgefegt, und es traf sie mit voller Wucht. Die Zeit stand still. Plötzlich war sie in einer ganz anderen Welt. Oder besser: auf der Schwelle zu einer solchen. Aus ihrer Nase begann Blut zu laufen, während es in ihrem Kopf weiter hämmerte und hämmerte. Gleichzeitig fühlte sie sich wie in dickes Glas eingekapselt.

Sie schmeckte das Blut, das aus ihrer Nase lief. „Guter … Gott“, stöhnte sie. „Was … ist … das?“

Dann war plötzlich alles um sie herum vollkommen still. Auch Evas Worte waren nicht mehr zu hören. Dafür eine andere Stimme, einerseits wie dicht an ihrem Ohr, andererseits weit entfernt.

Prinzessin?

Ein erneuter brennender Schmerz durchzuckte Julias Gehirn. Gleichzeitig gefror ihr das Blut in den Adern. *Was, zum …?*

In diesem Moment war sie fest davon überzeugt, jetzt wirklich und endgültig den Verstand zu verlieren.

Ich weiß, dass du mich hören kannst.

Die Stimme peitschte durch Julias Kopf wie ein eiskalter Regenguss.

Ich werde mir dein Herz holen. Es ist Zeit dafür.

Dann wurde es wieder still.

Es dauerte einen Moment, bis Julia begriff, dass er auf eine Antwort wartete. *Aber wie ...?*

„Mein Name ist Julia Wagner." Es war nur ein Test.

Aber das weiß ich doch.

Er konnte sie tatsächlich verstehen.

Allerdings hatte das seinen Preis. Ein weiterer stechender Schmerz durchbohrte Julias Gehirn.

„Meine Eltern waren Sven und Christine Wagner. Meine Noten waren mittelmäßig. Ich bin in einem katholischen Waisenhaus aufgewachsen. Meine Eltern sind auf einem Friedhof in Hannover begraben."

Die Kopfschmerzen waren jetzt kaum noch auszuhalten.

„Ich glaube an keinen Gott, und ganz bestimmt verkörpere ich nicht das Gute. Aber ich weiß, verdammt noch mal, dass du das Böse bist. Und ich weiß auch, dass ich dir gewaltig auf den Sack gehe."

Schweigen.

„Wer bist du?"

Aber das weißt du doch.

„Ich will es von dir hören."

Ich bin der, der sich dein Herz holen wird.

„Dann komm und hol es dir. Wenn du dich traust."

Du kannst nicht gewinnen.

„Das werden wir sehen."

Stille.

Dann: *Ist dir nie in den Sinn gekommen, dass deine Familie Geheimnisse haben könnte, Prinzessin?*

„Nenn mich nicht Prinzessin!"

Geheimnisse beruhen immer auf Lügen, nicht wahr? Was weißt du schon über deine Familie? Was weißt du nicht? Du kannst mich jetzt, in diesem Augenblick, hören. Und warum kannst du das?

Ja, das war eine verdammt gute Frage. Warum?

Du bist ein Ekenlat, genau wie ich.

In Julias Kopf ging es drunter und drüber. „Ich bin ein ... *was*? Eine tote Seele? Was, zum Teufel, hast du geraucht?"

In ihrem Kopf schepperte es.

Woher hast du diese Gabe, Prinzessin?

„Nenn mich nicht Prinzessin!"

Ich sage es dir: Du hast sie, weil ich sie habe. Ich bin bei dir seit deiner Geburt.

Und dann, gerade als Julias Sinne zu schwinden drohten, vernahm sie wieder Evas Stimme. Innerhalb weniger Sekunden war sie wieder in der Realität. Alles um sie herum wurde wieder heller und lichtete sich zu einem verschwommenen grauen Flecken, so, als blickte sie durch ein nicht scharf fokussiertes Fernglas.

„Lieber Himmel!" Evas Gesicht tauchte vor ihren Augen auf. „Ich dachte gerade, du ... stirbst."

„Kann ich ... brauchst du etwas?"

Julia hatte den Kopf zurückgelegt, hielt sich ein Taschentuch an die blutende Nase. Alles drehte sich immer noch um sie herum. „Wasser ...", brachte sie hervor.

Eva eilte zur Spüle und ließ Wasser in ein Glas laufen. Allerdings zitterten ihre Hände so stark, dass sie es für Sekunden wieder absetzen musste. Erst dann kam sie damit zu Julia zurück.

In einem Zug leerte diese das Glas, dann legte sie den Kopf wieder zurück und das Taschentuch erneut an die Nase.

Eva schob ihr den langen Pony aus der Stirn, fragte ängstlich: „Julia, was war das gerade? Was passiert mit dir?"

„Hast du ... hast du eben meine Stimme gehört?"

„Nein. Du hast nur auf dem Boden gelegen und dir den Kopf gehalten."

Julia ließ das Taschentuch sinken. Das war zu viel. Sie hatte gedacht, sie käme mit allem zurecht. Mit den Träumen, mit den grauen Gestalten, mit den Toten, die versuchten, mit ihr zu sprechen, und die sie nie verstanden hatte.

Jetzt hatte sie verstanden. Sogar klar und deutlich. Und es machte ihr mehr Angst als irgendetwas sonst. Sie hatte keine Ahnung, wie sie damit umgehen sollte.

„Was war eben los?", fragte Eva noch einmal.

„Er hat mit mir gesprochen."

„Wer?"

„Der Zaren. Er war in meinem Kopf." Julia wandte ihr das Gesicht zu. „Ich weiß, das klingt total psycho, aber es war tatsächlich so. Er war in meinem Kopf, ich habe klar und deutlich seine Stimme gehört."

Eva öffnete den Mund, schloss ihn wieder. Setzte nach ein paar Sekunden noch einmal an: „Was hat er gesagt?"

„Dass ich nichts über meine Familie wüsste." Die grauen Schleier um Julia herum verschwanden nun endgültig und hinterließen nichts als reines, weißes Licht. „Und er sprach von Lügen und davon, dass meine Familie Geheimnisse hätte. Und er sagte …" Sie verstummte.

„Was?"

„Er sagte, ich wäre ein Ekenlat, genau wie er. Eine tote Seele. Und dass er bei mir wäre, seit meiner Geburt."

„Das hat er gesagt?"

„Ja."

Eva ließ sich neben Julia auf den Boden sinken. Es dauerte ein paar Sekunden, dann sagte sie: „Julia, ich glaube, wir müssen uns jetzt wirklich mit dem Gedanken auseinandersetzen, dass irgendjemand aus deiner Familie noch lebt. Und dass dieser Jemand der Zaren ist."

„Ich habe aber keine lebenden Verwandten mehr, Eva."
„Es kann ein Cousin dritten oder viertes Grades sein … oder ein angeheirateter … was weiß ich? Du musst deinen Familienzweig noch einmal überprüfen."
„Es kann niemanden geben."
„Es muss jemanden geben. Deine Familie hatte Geheimnisse, das hast du doch gerade eben gesagt, oder nicht? Und er sprach von Lügen. Was sonst könnte er damit gemeint haben?"
Als sie es sich endlich eingestand, durchfuhr es Julia wie ein Stromstoß. „Paula von Jäckle hat es gesagt. Und Wolfgang Lange. ‚*Du trägst es in dir.*' Sie sprachen nicht vom Guten, Eva. Sie meinten das Böse. Ich habe das Böse in mir. Böses Blut."
„Das ist Käse, Julia. Du bist nicht böse. Du hast mit diesem Menschen nichts gemeinsam. Absolut nichts. Und du bist auch kein Ekenlat, das ist Schwachsinn."
Langsam erhob Julia sich vom Boden. „Er war gerade in meinem Kopf. Weißt du, was das bedeutet?"
„Ja, aber …"
Eva kam nicht dazu, den Satz zu beenden. Bereits in der nächsten Sekunde zerbrach explosionsartig etwas in Julia, fiel in tausend kleinen Scherben zu Boden. Man konnte es fast klirren hören. In einer einzigen Bewegung griff sie nach einer Tasse auf der Spüle und warf sie an die Wand.
Es kam für Eva ebenso unerwartet wie für Julia selbst. Trotzdem war sie sofort auf den Füßen bei ihr. „Hör auf!"
Julia konnte aber nicht aufhören, wollte es auch nicht. „Was ist das für eine gottverdammte Scheiße?" Eine Mischung aus Angst und Wutschrei. Währenddessen es in ihr unbarmherzig schrie: *Du trägst es in dir. Du trägst es in dir. Du trägst es in dir.*
„Julia, hör auf!" Eva griff nach ihrer Schulter. „Beruhige dich!"
Julia schlug ihre Hand weg, entriss sich ihr. „Geh weg! Hau ab!"

„Hör mir zu!“, sagte Eva laut. „Du musst mir zuhören!“

Doch Julia hörte nicht. Sie stieß Eva von sich und rannte auf die Tür zu. Ohne Stiefel, ohne Jacke stürmte sie aus der Hütte.

Sie wusste nicht, wohin, sie rannte einfach. Kopf-, ziel- und planlos.

Dann, plötzlich, war es vollkommen still. Nur Julias heftiger Atem war zu hören. Sie blieb stehen, sah sich um und stellte fest, dass sie vor dem Holzschuppen stand. Sie wischte sich über das nasse Gesicht, ihre Fingerspitzen waren eiskalt. Ihre Beine zitterten. Bevor sie umfiel, griff sie nach dem Riegel der Schuppentür und hielt sich daran fest.

Die Tür ging auf.

Eine Sekunde, zwei, war Julia irritiert, weil sie sicher wusste, dass sie sie beim letzten Mal, als sie Holz geholt hatte, abgeschlossen hatte.

Sie öffnete die Tür und trat ein.

Die Stille im Inneren des Schuppens hatte dann eine ganz neue Qualität: Sie schien tief und irgendwie dicht.

Julia machte noch einen weiteren Schritt und blieb dann wie angewurzelt stehen. Irgendetwas stimmte schon wieder nicht. Da war schon wieder diese Kälte. In ihr. Und die Schwärze. Für einen kurzen Moment tauchte etwas vor ihren Augen auf. Zuerst waren es nur Punkte und Kreise. Dann formte es sich zu einem Bild. Zu einer Gestalt. Im nächsten Moment sah sie ihn glasklar vor sich.

„Was soll'n das hier werden?“ Zwei Hände packten sie und umfassten sie wie ein Schraubstock. „Du kommst hier nicht raus, Prinzessin, und wenn du es noch so oft versuchst.“

In dem Moment, in dem sie das Bild vor sich sah, in dem die Erinnerung sie erreichte, wusste Julia, dass er da war. Ebenso wie sie in dem Moment wusste, dass sie in eine Falle gelaufen war. Dass genau das der Plan gewesen war. Der Grund, warum der Zaren mit ihr „gesprochen“ hatte. Er hatte sie kopflos machen wollen, verunsichern, verwirren. Er wollte, dass sie irrational handelte. Und genau das hatte sie getan. Und deshalb war sie jetzt hier.

Seltsamerweise war Julia in dem Moment, in dem sie das alles verstand, wieder vollkommen ruhig. War wieder ganz Herrin über ihre Sinne.

Ganz langsam drehte sie sich um. Zuerst gelang es ihr nicht, ihren Blick scharf zu stellen, aber das war auch nicht nötig, weil sie genau wusste, wer er war.

„Hier bin ich“, sagte sie. „Du hast mich.“

November 2009

Das schlechte Wetter passte zu jenem Tag. Es regnete, es stürmte, es war kalt, und es war dunkel. Die Kneipe, in der Julia und Zander saßen, war brechend voll. Sie hatten den letzten freien Tisch ergattert, saßen sich nun gegenüber und sahen sich an.

Das Urteil war ein Schlag in die Magengrube gewesen, und von dort strahlte der Schock immer noch in den ganzen Körper aus.

„Ich kann das einfach nicht glauben.“ Julia trank den Tequila, den sie sich gerade erst bestellt hatte, in einem Zug leer und winkte sofort nach einem neuen Glas. „Wie ist das möglich? Er hätte verurteilt werden müssen. Wir hätten gewinnen müssen.“

„Wir wussten, dass es schwierig werden würde“, sagte Zander. „Ohne Lilly Schöns Aussage …“

„Er hat sie beide auf dem Gewissen. Ich weiß es. Und du weißt es auch.“

„Ja, aber wir leben nun mal in einem Rechtsstaat, in dem wir ihm das auch beweisen müssen.“

Julia schüttelte den Kopf und schwieg.

„Wir haben getan, was wir konnten“, fügte Zander hinzu.

„Das hätte nicht passieren dürfen. Wir waren es ihr schuldig. Wir waren es Lena schuldig, ihren Mörder hinter Gitter zu bringen."

„Das werden wir. Nicht heute, aber wir werden es. Irgendwann kriegen wir ihn."

Die Bedienung kam und brachte den nächsten Tequila.

Als sie wieder alleine waren, sagte Zander: „Du nimmst diese Sachen zu persönlich, Julia. So etwas ist immer gefährlich."

„Ich bin Polizistin geworden, um Arschlöcher wie Cirpka aus dem Verkehr zu ziehen", gab sie zurück. „Ich bin Polizistin geworden, um den Toten Gerechtigkeit widerfahren zu lassen. Wenigstens das. Das war alles, was ich immer wollte. Lena Pawelczyk wird jetzt keine Gerechtigkeit zuteil."

„Wie viele Verbrecher haben wir zusammen schon verhaftet, Julia?", fragte Zander.

Bevor sie darauf antworten konnte, ging die Tür auf und Klaus Bartosch betrat die Kneipe. Zielstrebig marschierte er auf ihren Tisch zu und blieb davor stehen. „Na, das hat ja wohl nicht geklappt."

„Halt die Klappe", zischte Zander.

Dies tat Bartosch nicht. Sein Blick legte sich auf Julia und er fügte hinzu: „Man kann eben nicht immer gewinnen. Auch Musterschüler ziehen mal eine Niete ... Shit happens."

Bevor Zander reagieren konnte, fuhr Julia in die Höhe. „Ist es das, worum es dir geht? Ist das alles, was dich interessiert? Dein beschissener Kleinkrieg mit mir?"

„Du musst doch vor Wut schier zerspringen. Das du einmal nicht gewonnen hast, Julia Wagner."

Zanders Stimme war leise, aber sehr klar: „Bartosch, verschwinde. Julia, setz dich wieder hin."

Keiner von beiden hörte auf ihn.

„Ja, ich habe verloren." Julia braune Augen funkelten hart. „Und ja, es frisst mich auf. Aber ich habe wenigstens meinen

Job gemacht. Ich weiß immerhin, dass ich eine gute Polizistin bin, während du nur ein chauvinistischer Arsch bist, der keine Ahnung von Ermittlungsarbeit hat."

„Das nimmst du zurück", zischte Bartosch.

„Ich denk nicht dran. Du bist kein guter Bulle, Bartosch, du wärst es gerne, aber du bist es nicht. Weil du es einfach nicht draufhast. Du kannst es nicht, du konntest es nie, und du wirst es niemals können." Damit warf Julia einen Schein auf den Tisch und verließ die Kneipe.

Zander folgte ihr eilig. „Warte!"

Julia marschierte auf ihren Wagen zu und schloss ihn auf.

Müde ließ sie sich dann auf den Fahrersitz fallen und legte die Hände auf das Lenkrad.

Und falls Zander dachte, das wäre bereits der Höhepunkt des Abends gewesen, so sah er sich getäuscht. Denn jetzt ging es erst richtig los.

Er hatte gerade die Hand auf den Türriegel der Beifahrerseite gelegt, als ein Schatten aus der Dunkelheit trat und auf den Wagen zukam.

Eine Stimme sagte: „Ich habe auf Sie gewartet."

Für Zander wirkte das alles so dermaßen unwirklich, dass er einen Moment darüber spekulierte, dass es gar nicht sein konnte. Aber es war tatsächlich so. Eric Cirpka näherte sich Schritt für Schritt dem Wagen und blieb dann bei der Fahrertür stehen.

Der heftige Regen hatte alle anderen Menschen von der Straße vertrieben, nur sie waren hier, und was dann geschah, würde Zander noch lange verfolgen: Julia stieg wieder aus ihrem Wagen, stellte sich vor Cirpka hin und sah ihm in die Augen.

Der verzog die Lippen zu einem dünnen Lächeln und sagte etwas, was Zander nicht verstand. Es war zu leise. Aber er sah, wie sich schlagartig etwas in Julias Gesicht veränderte, und keine zwei Sekunden später richtete sie den Lauf ihrer Pistole auf seine Stirn.

Vollkommen reglos stand Zander einen Moment lang da, beobachtete die Szene, als würde er ohne Ton fernsehen. Dann setzte er sich in Bewegung, eilte um den Wagen herum und sagte: „Julia, leg die Waffe weg."

Sie reagierte nicht.

„Leg … die … Waffe … weg!" Zander legte die Betonung auf jede einzelne Silbe.

Sie hörte nicht auf ihn, und Zander wagte nicht darüber nachzudenken, was passierte, wenn er nicht zu ihr durchdrang. „Leg die Waffe weg, Julia. Bitte!"

„Hast du jetzt Angst?", sagte sie zu Cirpka, mit einer Stimme, die er nie zuvor an ihr gehört hatte. „Es wäre nur gerecht, oder?"

„Das bringst du nicht", sagte dieser, weiterhin dieses dünne Lächeln auf den Lippen.

„Je länger ich darüber nachdenke, desto mehr schreit alles in mir danach, es zu tun."

„Julia, du wirst jetzt sofort die Waffe weglegen!", brüllte Zander dazwischen. „Gib mir die Pistole! Du bist …"

Er brach ab, als der Finger am Abzug zuckte.

46. KAPITEL

Der dritte Entführer

Der Lauf seiner Waffe war direkt auf Julia gerichtet. Eine Glock. Die Kugel würde ein faustgroßes Loch in ihren Brustkorb schlagen. Sie wusste, das würde sie nicht überleben. „Ich hätte dich erschießen sollen, als ich die Gelegenheit dazu hatte", sagte sie.

„Ja, das hättest du", gab Eric Cirpka zurück. „Aber du hast es nicht getan."

„Oh, glaub mir, ich hätte es getan, wenn Zander nicht schneller gewesen wäre und mir im letzten Moment die Waffe aus der Hand geschlagen hätte."

„Ja, der gute alte Zander. Er würde einfach alles für dich tun. Und dann war da ja noch dieser andere … wie hieß er noch gleich?"

„Bartosch", presste Julia hervor.

„Richtig." Cirpka schnippte mit den Fingern. „Dumm, dass er ausgerechnet in dem Moment aus der Kneipe kam, als du mit der Pistole auf mich gezielt hast. Er hat es sich nicht nehmen lassen, oder?"

„Natürlich nicht."

„War das anschließende Disziplinarverfahren sehr schlimm? Aber es ging doch gut für dich aus, oder nicht?"

„Weil mein Chef sich blind stellte und auch Zander aussagte, er hätte nichts gesehen. Und …"

„… weil auch ich geschwiegen habe." Cirpka lächelte kühl. „War das nicht nett von mir? Zu behaupten, es wäre nichts gewesen. Nichts passiert. Alles reine Einbildung. Keine Waffe, keine Bedrohung. Alles gut."

„Warum hast du das getan? Du hättest mich fertigmachen können, mein Leben ruinieren, das wäre deine Chance gewesen."

„Aber nein. Nicht durch ein schnödes Disziplinarverfahren. So etwas hier …“ Cirpka deutete um sich. „Das ist ein würdiges Ende. Tja, und nun stehen wir hier, und du bist vollkommen unbewaffnet. Wie unachtsam von dir.“ Doch anstatt auf sie zu schießen, griff er in die Tasche seiner Jacke und holte eine zweite Waffe hervor. Er legte sie auf den Boden und schob sie mit dem Schuh zu ihr hin. „Du bekommst eine zweite Chance. Heb sie auf!“

Julia bewegte sich nicht, verlagerte nur leicht das Gewicht.

„Heb sie auf“, wiederholte er. „Dann kannst du es vielleicht schaffen, der Schlampe Lena doch noch Gerechtigkeit widerfahren zu lassen. Das war doch das, was du immer wolltest.“

Julia bewegte sich trotzdem nicht. Sie sagte auch nichts, und er sprach weiter: „Sie war Vieh. Nichts wert.“

Immer noch nichts von Julia.

„Aber unser Verhör damals, das war große Klasse.“ Cirpka lächelte breit. „Du hast mich nicht erkannt. Du hast mich einfach nicht erkannt.“

„Nein“, sagte Julia jetzt. „Ich hab dich nicht erkannt.“

„Aber jetzt, jetzt erkennst du mich wieder, nicht wahr?“

„Ja. Du warst mein dritter Entführer. Lange. Der Pigmentlose. Und du. Ihr drei wart es.“

Cirpka nickte. „Ich konnte es überhaupt nicht glauben, als du vor zwei Jahren auf einmal in Lebensgröße vor mir standest. Ich dachte, jetzt hat sie mich. Wirklich, ich war mir sicher. Aber nichts. Keine Regung in deinem Gesicht, kein Aufblitzen in deinen Augen. Nichts. In deinem Kopf blieb alles leer.“

Da hatte er recht. Nichts hatte sich damals in Julias Kopf getan. Rein gar nichts.

Was immer sie dir gegeben haben, Julia, es muss starker Stoff gewesen sein.

„Und heute ist dein Geburtstag“, redete Cirpka weiter. „Der

zwanzigste Dezember. Du wirst an deinem Geburtstag sterben. Ist das nicht ein schönes Geschenk? Ich habe wirklich lange darüber nachgedacht."

„Was ist eigentlich aus deinem Kumpel geworden?", fragte Julia, ohne darauf einzugehen. „Du warst doch sicher ganz in der Nähe, als er Eva im Dorf entführen wollte."

„Natürlich. Ich habe gesehen, wie du ihn erschossen hast."

„Wo hast du dich bis jetzt herumgetrieben?"

„Sagen wir, ich habe dafür gesorgt, dass das Dorfleben ein bisschen spannender wurde. Diese Tristesse war ja nicht auszuhalten. Ich hab ein bisschen Spuk veranstaltet, meinen alten Kumpel Barzik an einen Baum genagelt und der Welt gezeigt, dass er versagt hat. Der kleinen dummen Polizistin übrigens auch. Versager können wir nicht gebrauchen. Damit können wir nichts anfangen. Jetzt heb die Waffe auf!"

Als Julia sich immer noch nicht rührte, fügte Cirpka mit leisem Lächeln hinzu. „Oder hast du etwa Angst? Hast du Angst vor dem Sterben, Julia?"

Es war ein Spiel für ihn, nicht mehr. Er spielte mit ihr. Jedenfalls hatte er das vor. Sie musste das Kräfteverhältnis wieder verschieben.

Julia holte tief Luft und sagte: „Man hat keine Angst mehr, wenn man nichts mehr zu verlieren hat."

„Oh, du glaubst, du hast schon alles verloren? Wie süß. Dann dürfte das, was noch auf dich zukommt, trübe sein."

„Was wollt ihr mir denn noch antun? Ihr habt mir doch schon alles genommen."

„Das denkst du wirklich? Ich könnte, zum Beispiel, deine kleine rothaarige Freundin unter grausamen Schmerzen sterben lassen, was hältst du davon? Bis eben wollte ich sie einfach nur erschießen, jetzt denke ich darüber nach, ein Feuer mit ihr zu veranstalten. Was denkst du darüber?"

„Ich denke, dass du ein krankes Schwein bist."

„Deine Meinung. Weil du auf deiner Seite stehst. Weil du es einfach nicht verstehst. Dabei ist Töten etwas ganz Besonderes. Wenn man es erst einmal getan hat, ist es extrem befriedigend …" Cirpka ließ Julia keine Sekunde aus den Augen. „Und Feuer ist etwas Wunderbares. Reinigendes. Man kann einen Menschen vollkommen damit auslöschen."

„Warum erzählst du mir das?", fragte sie.

„Warum? Warum?" Er zog die Schultern in die Höhe. „Weil es dich interessiert. Weil du mich gejagt und verloren hast. Und dabei warst du so nahe dran. Du warst wirklich gut. Es hat mir Spaß gemacht, mich mit dir zu messen. Das war eine hohe Kunst. Dabei war es von Anfang an klar, dass du verlieren würdest. Du wusstest es nur nicht. Jetzt heb die Pistole auf!"

Julia ballte so fest die Fäuste zusammen, dass die Knöchel sichtbar hervortraten. „Ich heb sie auf, wenn du mir vorher noch ein paar Fragen beantwortet hast."

„Ich weiß, was du vorhast. Du suchst nach einem Ausweg. Du lauerst auf den Moment, in dem ich einen Fehler mache. Ich muss dir leider sagen, dass es dazu nicht kommen wird. Es nützt dir überhaupt nichts, Zeit zu schinden."

„Wenn du mich sowieso umbringst, warum soll ich dann die Waffe aufheben?"

„Vielleicht bleibst du ja doch am Leben. Vielleicht bist du schneller als ich. Es ist deine einzige Chance, Julia."

Sobald sie sich auch nur einen Zentimeter in Richtung der Waffe bewegte, drückte er ab. Das war längst entschieden, und sie wussten es beide.

„Warum wurde mein Vater umgebracht?", fragte Julia.

Cirpka seufzte leise. „Er hat es provoziert. Sich dumm verhalten. Er hätte sich nicht mit uns anlegen sollen. Ganz ehrlich, ich hätte ihn für intelligenter gehalten. Für gebildeter."

„Wer ist ‚uns'?"

„Aber das weißt du doch."

„Ich weiß, dass ihr euch für eine verdammte Wesenheit haltet. Für das Böse. Aber ich weiß nicht, was für einen Namen euer Scheißverein hat und wer der Boss ist."

„Die Kraniche, Julia. Wir sind die Kraniche."

Der Name auf Jordans Zettel: *Kranich*.

Und noch eine weitere Erinnerung spielte sich in diesem Moment vor Julias Augen ab. Sie sah, wie ihre Mutter ihr eine silberne Kette mit einem Kranichanhänger reichte und wie sie danach greifen wollte.

„Die ist wunderschön."

„Ja, das ist sie."

„Sie wird diese Kette nicht anfassen!"

Und dann war sie durch die Straßen gerannt. Unglaublich wütend auf ihren Vater.

Dann war der braune Wagen gekommen.

„Wir können dich nicht länger dulden", redete Cirpka indessen weiter. „Es gilt, unsere Interessen zu schützen, und deshalb musst du sterben."

„Und was sind eure Interessen?", fragte Julia.

„Die ultimative Macht."

„Ach so. Na dann …"

Cirpka lächelte sie herablassend an. „Du würdest nicht glauben, hinter wie vielen Namen und Fassaden wie vieler verschiedener Unternehmen und Organisationen wir uns vor der Welt verbergen. Noch. Wir sind es, die darüber entscheiden, wer leben und wer sterben darf. Und das Urteil über dich wurde längst gesprochen. Es lautet auf *schuldig*." Er deutete auf den Revolver am Boden. „Ich hab dir deine Fragen beantwortet, also heb ihn jetzt auf. Oder ich geh tatsächlich zur Hütte und kümmere mich um deine Freundin."

Julia warf einen kurzen Blick auf die Waffe, sah Cirpka dann wieder an. „War meine Mutter eine von euch?"

Er legte den Kopf etwas zur Seite. „Die Antwort kennst du doch bereits."

„Ich will es von dir hören."

Fast eine Minute lang antwortete Cirpka gar nicht. Er musterte Julia nur aufmerksam. Schließlich sagte er: „Ja."

In dem Moment, in dem er es aussprach, fühlte Julia, wie das Blut für einen Moment ihren Kopf verließ.

„Sie gehörte uns", fügte Cirpka hinzu. „Ebenso wie du uns gehörst."

„Warum sollte ich euch gehören?"

„Weil du es in dir trägst. Und jetzt genug geredet." Cirpka deutete einmal mehr auf die Waffe. „Heb sie endlich auf. Nutze deine winzige Chance."

„Nur noch ein paar Fragen", sagte Julia, ohne der Waffe auch nur einen Blick zu schenken. „Ich denke, ein paar Antworten bist du mir einfach schuldig."

„Die Antworten spielen keine Rolle mehr."

„Antworte mir trotzdem."

„Warum sollte ich das tun?"

„Du sagst doch selbst, dass es keine Rolle mehr spielt, was ich weiß oder nicht. Ich werde sterben. Mein Todesurteil ist gesprochen."

„Ja."

„Dann hilf mir, die Geschichte wenigstens so weit zu verstehen, dass ich beruhigt sterben kann. Was hast du schon zu verlieren? Ob ich eine Minute früher oder später sterbe, wo ist der Unterschied für dich?"

Cirpka musste lachen. „Irgendwie mag ich dich ja, Julia. Du gibst einfach nicht auf. Also gut, allein aus dem Grund, dass du nichts mehr damit anfangen kannst, werde ich dir deine Fragen beantworten. Also, worüber möchtest du sprechen? Über deinen Vater? Ich weiß, dass du ihn für einen Helden hältst, aber das war er nicht. Er war feige. Und dumm. Er rechnete damit, dass er nicht mehr lange am Leben sein würde, deshalb tat er zu seinen Lebzeiten noch alles dafür, dass du nach seinem Tod in dieses verdammte Waisenhaus kamst. Und der Pfaffe hat uns auch nach Strich und Faden ausgetrickst.“

Fragend sah Julia auf. „Wie meinst du das?“

„Es war abgesprochen, dass er dich schon bald nach dem Tod deiner Eltern an uns übergeben würde. Aber das hat er nicht getan. Stattdessen schindete er immer wieder aufs Neue Zeit.“

Julia blinzelte verwirrt.

„Wie viele Stunden hat er alleine mit dir verbracht, in denen er mit dir über Gott, das Gute, das Böse und weiß der Teufel was noch gesprochen hat?“, fragte Cirpka. „Wie viele Stunden, Julia? Ihr beide, ganz alleine.“

„Jede Menge.“

„Warum, meinst du, hat der Pfaffe das getan?“ Er hob resigniert die Schultern in die Höhe. „Wir dachten, wir hätten ihn im Griff, aber das hatten wir nicht. Er hatte seinen eigenen Plan.“

„Lass uns versuchen, das mal zu rekapitulieren“, sagte Julia. „Ihr habt mich entführt, mein Vater hat mich befreit und euch dann eine Zeit lang mit irgendetwas in Schach gehalten. Irgendetwas hatte er gegen euch in der Hand. Er wollte mich damit beschützen, und ihr wusstet, wenn ihr ihn ausschaltet, dann geht das Material an die Zeitungen und an offizielle Stellen. So musstet ihr anders handeln.“ Julia brach kurz ab. „Ich weiß nicht genau, wie das damals mit meiner Mutter wirklich gelaufen ist. Ich will immer noch nicht glauben, dass sie ein böser Mensch war. Aber ich bin mir sicher, dass sie es war, die meinem Vater das Material gestohlen hat, das er gegen euch in der Hand hatte. Und dann, endlich, konntet ihr ihn ausschalten. Ihr habt ihn umgebracht. Jetzt hättet ihr mich haben können. Aber mein Vater hatte in weißer Voraussicht dafür gesorgt, dass ich nach seinem Tod zu Pastor Jordan ins Waisenhaus kam. Zu meinem weiteren Schutz, und dagegen konntet ihr erst einmal nichts tun. Ihr dachtet, ihr hättet Jordan auf eurer Seite, ihr hattet ihn ja auch in der Hand. Eigentlich. Aber er war nicht auf eurer Seite. Richtig so weit?"

Cirpka schwieg, und auch Julia tat es einen Moment lang. Als sie ihn dann wieder ansah, lag etwas in ihrem Blick, ein Hauch des Verstehens. „Und jetzt habt ihr Angst vor mir. Jordan hat mir während der Jahre im Waisenhaus irgendetwas mitgegeben, wovor ihr so richtig Schiss habt." Zwar hatte sie keinen Plan, was das sein könnte, aber es war die einzige logische Erklärung. Im Augenblick.

„Wir haben keine Angst." Cirpkas Stimme klang nun schneidend. „Wir haben längst eine Macht erlangt, die jenseits aller von Menschenhand geschaffenen Gesetze steht. Nichts und niemand kann uns etwas anhaben. Nichts und niemand kann uns aufhalten. Wir haben längst gewonnen."

Es dauerte einen Moment, dann lachte Julia auf, kühl und trocken. „Ihr habt nicht gewonnen. Ihr habt verloren. Weil ich immer noch da bin. Und ich, das schwöre ich dir, werde jeden Einzelnen von euch finden und ausschalten. Ihr habt nicht gewonnen, Cirpka, ihr habt verloren."

„Du wirst diese Nacht nicht überleben."

„Ach nein? Und warum hast du mich dann nicht schon längst erschossen?" Der Revolver auf dem Boden berührte Julias Schuhspitze, aber Cirpka hatte seine Glock keinen Millimeter gesenkt. Der Lauf deutete immer noch genau auf ihre Brust. „Stattdessen stehe ich immer noch hier und warte darauf, dass du es endlich tust." Sie machte einen Schritt nach vorne, über den Revolver hinweg, trat vor ihn hin, direkt vor den Lauf der Waffe. „Du hast keine Skrupel, so lange auf Frauen einzuprügeln, bis ihnen alle Knochen brechen. Du hast keine Skrupel, sie mit Benzin zu übergießen und anzuzünden. Du hast keine Skrupel, Frauen so richtig wehzutun. Und ausgerechnet bei mir hast du Schiss? Was ist los mit dir, Cirpka?" Mit dem Finger deutete Julia auf sich selbst. „Glaub mir, ich bin nicht übermächtig. Ich kann auf keinem Besen reiten, und ich kann dich auch nicht mit einem Fingerschnippen zu Staub zerfallen lassen. Ich stehe hier vor dir, vollkommen menschlich, und ich bin immer noch unbewaffnet. Und trotzdem schaffst du es nicht?"

„Ich habe keine Angst vor dir."

„Dann tu es endlich. Du kannst nicht danebenschießen. Drück ab. Jetzt!"

Cirpka stand einfach nur weiter da, und jetzt legte sich offene Verachtung in Julias Miene. „Weißt du, was ich glaube? Dein ganzes Gerede von diesen Kranichen und dem ganzen Mist ist erstunken und erlogen. Selbst wenn du tatsächlich ein Teil dieses beschissenen Vereins bist, dann bist du höchstens ein Handlanger. Ein Dienstmädchen. Kein Mann, Cirpka, nein, die Pussy, die dem großen Boss nachts heimlich im Hinterzimmer einen blasen darf."

Sein Gesicht wurde dunkelrot, die Adern an seinem Hals traten hervor.

„Mir würden ja ganz spontan eine Menge Ausdrücke für dich einfallen", redete Julia weiter. „Scheißkerl wäre einer davon. Irrer Psychopath ein anderer. Aber niemals – niemals – hätte ich gedacht, dass auch das Wort Pussy darunter sein würde. Aber genau das bist du, Cirpka. Das und nichts anderes: ein feiges kleines *Mädchen*."

In dem Moment, in dem er die Glock anhob, machte Julia eine halbe Drehung, griff nach einer Dose mit irgendwas, die auf einer Holzkiste links von ihr stand, und sprühte ihm damit ins Gesicht. Sie wusste nicht, was es war, aber sie hoffte, dass es ihn blind machte. Immerhin, er schrie auf – vor Schreck oder Schmerz war nicht auszumachen, und sie hatte auch keine Zeit, es herauszufinden. Sie hechtete bereits in Richtung der Waffe auf dem Boden, streckte die Hand danach aus, doch Cirpka bekam sie zu fassen und riss sie zurück. Mit dem Ellbogen holte sie aus, traf sein Gesicht, und er stöhnte auf vor Schmerz. Sein Kopf flog nach hinten, aus seiner Nase spritzte Blut.

Julia versuchte, sich in Richtung der Waffe zu drehen, doch im selben Moment warf Cirpka sich auf sie. Mit einem schmerzhaften Zischen entwich ihr die Luft aus den Lungen. Vor ihren Augen tanzten Sterne. Sie hörte nicht auf, nach ihm zu treten, versuchte, unter ihm hervorzukriechen. Sich windend gewann sie genug Raum, um einen Arm frei zu bekommen und tastete blind um sich. Ihre Finger schlossen sich um einen Stein, nur wenig größer als eine Faust. Sie rutschte unter Cirpka weg, rollte herum und rammte ihm den Stein gegen den Kiefer. Die Glock in seiner Hand segelte davon. Aus seinem Mund rann Blut. Er hätte vor Schmerz schreien müssen, stattdessen versetzte er ihr im Gegenzug einen Faustschlag gegen die Stirn, und ihr wurde schwarz vor Augen. Für ein paar Sekunden war sie außerstande, sich zu bewegen.

Mit den Knien auf ihrer Brust hielt Cirpka sie fest, während er mit der rechten Hand nach der Glock griff, die dummerweise genau in seiner Reichweite lag. Dann beugte er sich über sie und sagte leise in ihr Ohr: „Das war es, Prinzessin. Du hast doch verloren."

„Tu es", sagte Julia. „Ich weiß, dass du es kannst. Drück ab. Jetzt!"

In dem Moment, in dem Cirpka realisierte, dass nicht er mit diesen Worten gemeint war, war es bereits zu spät.

Es gab eine markerschütternde Explosion, die in ihren Ohren dröhnte, und er sank getroffen zur Seite.

Eva stand, Julias Pistole in den zitternden Händen, in der Tür und murmelte: „Oh … mein … Gott."

Dann sank sie ohnmächtig in sich zusammen.

47. KAPITEL

Stärker, als du glaubst

„Hörst du mich?"

Eine Stimme. Von fern.

„Eva, hörst du mich?"

Ganz langsam öffnete Eva die Augen, blinzelte. Eine Gestalt tauchte in ihrem Blickfeld auf. Sie sah sie einmal klar, einmal verschwommen. Eine Hand ergriff die ihre.

„Eva, hörst du mich?"

Als sie nickte, lächelte Julia erleichtert. „Ich hatte mir schon Sorgen gemacht."

„Du … blutest."

„Ich werde es überleben."

„Ist er …?"

Die Antwort auf die Frage gab Cirpka selbst. Seine Stimme erklang im Hintergrund. Leise, wie durch Watte: „Ich … hätte … gleich … schießen … sollen …"

„Das habe ich dir von Anfang an gesagt", bemerkte Julia in seine Richtung.

„Mir wird … kalt."

„Das liegt daran, dass du stirbst."

Cirpka hustete Blut. „Du musst … mir … helfen …"

Julia gab Eva einen Kuss auf die Stirn, trat zu ihm hin und ging neben ihm in die Hocke. „Warum sollte ich dir helfen?"

„Du … musst." Die Worte kamen in kurzen, hastigen Stößen, dazwischen rang Cirpka immer wieder nach Luft. Er zitterte. Aber nicht vor Schmerzen. Er zitterte vor Angst. Die Angst vor dem Tod.

„Sag mir, wer der Zaren ist, und ich helfe dir."

„Du wirst … ihn … nicht … finden."

„Überlass das mir."

Cirpkas Stimme wurde immer schwächer, so leise, dass Julia sie kaum noch verstehen konnte. „Hilf … mir …“

„Nur, wenn du mir hilfst.“

„Such …“ Er hustete Blut. „Such … nach … Sten … Kjaer.“ Wieder hustete er. „Bitte hilf …“

Das war es.

Keine fünf Sekunden später war Eric Cirpka tot.

Völlig erschöpft und entkräftet suchte Julia zehn Minuten später in den Wandschränken nach etwas Alkoholischem. Als sie eine Flasche Grappa fand, holte sie sie hervor und griff nach einem Glas. Sie schenkte sich ein, kippte den Alkohol hinunter und ließ sofort ein weiteres Glas folgen.

„Gibt du mir auch einen, bitte?“, sagte Eva.

Julia tat es, füllte ein Glas für sie und kam damit zur Couch. Sie reichte es an sie weiter und setzte sich dann auf die Kante des Sessels. „Du hast mir das Leben gerettet. Wenn du nicht gekommen wärst, hätte er mich umgebracht.“

„Und das konnte ich ja nicht zulassen.“ Mit zitternden Fingern trank Eva einen Schluck Grappa. Dann ließ sie sich langsam zurücksinken. Sie war immer noch völlig bleich. „Ich weiß, ich sollte das nicht sagen, aber … ich bin froh, dass er tot ist.“

„Ich auch. Beeindruckend, wie zielgerichtet du mit der Waffe umgegangen bist.“

„Ich sage doch, du bist eine gute Lehrerin. Du hättest gute Chancen, wenn du es versuchen würdest.“

Julia lächelte, suchte nach ihren Zigaretten und zündete sich zitternd eine an. Nachdem sie zweimal tief inhaliert hatte, sagte sie: „Ich kann es immer noch nicht glauben. Dass dieser Mensch in der Lage war, sich in meinen Kopf zu … hämmern und mit mir zu reden.“

„Ich habe irgendwann einmal einen Artikel über solch paranormale Phänomene gelesen.“ Eva runzelte die Stirn. „Ich weiß nicht genau, wie es funktioniert, aber es muss sich dabei um eine Syntonie, eine Übereinstimmung von Wellenlängen handeln. So etwas gibt es tatsächlich. Es ist außergewöhnlich, aber es kommt vor."

Julia warf ihr einen Blick zu. „Da spricht die Wissenschaftlerin in dir. Für mich ist das einfach nur ... irre."

„Ich stelle mir die Frage: Wenn er das bei dir kann, dann müsstest du es bei ihm auch können."

„Ich werde es jetzt nicht ausprobieren, falls du das meinst."

„Aber in der Theorie müsste es so sein, oder nicht? Wenn er es bei dir kann, kannst du es auch bei ihm."

„Das alles macht mir Angst, Eva."

„Das verstehe ich." Eva richtete sich etwas auf. „Aber du bist stark und klug und verdammt gut. Und deshalb wirst du gewinnen. Darf ich mal ziehen?"

Julia reichte ihr die Zigarette und sagte: „Damit das klar ist: Ich habe Cirpka erschossen. Du hast meine Waffe nicht angefasst. Dein Name wird in dieser Geschichte nicht fallen. Es ist folgendermaßen abgelaufen: Wir waren hier in der Hütte und haben uns gestritten. Ich bin hinausgegangen, um Holz zu holen. Im Schuppen traf ich auf Cirpka, er wollte mich umbringen, ich habe meine Pistole gezogen und ihn erschossen. Das war es. Und jetzt musst du so schnell wie möglich zurück nach Hamburg."

Eva sah auf. „Was?"

„Du musst aus der Schusslinie. Du hast schon genug durchgemacht. Ich will dich nicht noch mehr gefährden."

„Ach so? Na, dann erinnere dich mal zwei Minuten an das, was wir bereits hinter uns haben. Wittenrode, Wolfgang Lange, die alte Kapelle, die letzten beiden Tage hier in der Hütte. Glaubst du im Ernst, du kannst mich jetzt einfach so wieder wegschicken?" Eva schüttelte den Kopf. „Ich stecke genauso in dieser Geschichte wie du. Und deshalb werde ich nicht zurück nach Hamburg fahren; auf gar keinen Fall. Das kannst du vergessen.

Wir werden diesen Zaren zusammen aufspüren. Du hast noch lange nicht alle deine Erinnerungen wieder, und ich weiß, dass ich dir helfen kann."

„Das hier, das ist nicht dein Kampf, Eva."

„Falls du es noch nicht mitgekriegt hast, Julia, ich bin schon mittendrin."

Julia wollte noch etwas sagen, als in diesem Moment ihr Handy klingelte. Sie hatte diesen Ton schon so lange nicht mehr gehört, dass es einen Moment dauerte, ehe sie ihn einordnen konnte.

Sie suchte es, fand es neben Eva auf der Couch, meldete sich und hörte einen Moment zu. Als sie das nächste Mal aufsah, war ihr Gesicht kreidebleich. „Zander ist spurlos verschwunden."

– ENDE –

Lesen Sie auch von Tanja Noy:

Tanja Noy
Todesruhe

Wer hat den Patienten der Nervenheilanstalt „Mönchshof“ erschossen und ihm die Augen herausgerissen? Julia Wagner und Zander sind auf der Suche nach einem Mörder in der geschlossenen Psychiatrie.

Band-Nr. 25802
9,99 € (D)
ISBN: 978-3-95649-092-7
eBook: 978-3-95649-350-8
416 Seiten

Tanja Noy
Teufelsmord

Über 20 Jahre sind vergangen seit drei grausame Morde in Julia Wagners niedersächsischer Heimat als „Teufelsmorde“ Schlagzeilen machten. Doch jetzt taucht eine nach gleichem Muster zugerichtete Leiche auf.

Band-Nr. 25758
9,99 € (D)
ISBN: 978-3-95649-029-3
eBook: 978-3-95649-330-0
384 Seiten

Cordula Hamann
Spurlos im Schnee

Ein Dorf, nach einem Lawinenunglück von der Außenwelt abgeschnitten. Ein entflohener Serienmörder, der sich im Schnee versteckt – der neue packende Thriller von Cordula Hamann.

Band-Nr. 25820
10,99 € (D)
ISBN: 978-3-95649-117-7
eBook: 978-3-95649-414-7
320 Seiten

Cordula Hamann
Glasgesichter

Gesichter, farbenfroh gemalt auf Glas, im Todeskampf verzerrt – die spektakuläre Bilderserie des jungen Künstlers Maximilian Ross soll der Galerie von Andrea Wahrig den Durchbruch bringen. Da erhält sie einen anonymen Brief: „Sagen Sie die Ausstellung ab oder jemand, den Sie lieben, wird sterben."

Band-Nr. 25787
9,99 € (D)
ISBN: 978-3-95649-072-9
eBook: 978-3-95649-367-6
352 Seiten